유미 에브리싱

유 미 에브리싱

캐서린 아이작 지음 | 노진선 옮김

마시멜로

나의 가족에게 이 책을 바친다.

프롤로그

2006년
영국 맨체스터

─────── 이따금 인생은 우리 몫으로 정해진 최고의 행복과 최악의 불행을 하나로 합쳐서 같은 날에 던져준다.

이는 산통(産痛)에 시달리다 보면 흔히 얻게 되는 결론일 테지만, 내 경우에는 산모들이 으레 겪기 마련인 통증과 기쁨이 뒤섞인 감정 때문은 아니었다. 이유는 따로 있었다. 지난 9개월간 내 몸을 공유한 조그마한 인간을 드디어 만나기 직전이었는데도 나는 산통에 시달리던 그 여덟 시간 동안 계속 아기 아빠라는 작자에게 휴대전화로 연락을 하고 있었다. 그가 있는 곳이 술집이든 클럽이든 다른 여자의 품이든 거기서 당장 끌어내기 위해서.

"출산 계획서는 잊지 않고 챙겨 왔나요, 제시카?"

아까 병원에 혼자 도착한 나를 보고서 조산사는 그렇게 물었다.

"계획서는 가져왔는데 남자 친구는 못 데려왔어요."

나는 사과하듯 미소 지으며 그렇게 말했다. 그러고는 배가 찢어질 듯한 통증이 지나가길 기다리며 출산 병동 안내 데스크에 몸을 기댔다. 조산사는 고개를 숙인 채로 날 힐끗 올려다보았다.

"그이도 분명 곧 도착할 거예요."

그렇게 말하는 내 목덜미에 땀이 맺혔다.

"메시지를 두 개나 남겼거든요."

실제로는 열두 개였다.

"지금 외근 중인데 아마 수신이 잘 안 되는 곳에 있나 봐요."

이런 상황에서도 마음 한편으로는 그 말이 사실이기를 여전히 바랐다. 나는 늘 애덤의 좋은 면만 보겠다고 결심한 터였다. 설사 정반대의 증거가 눈앞에 펼쳐졌다 해도.

"본래 여기는 금남 구역이었어요. 그러니까 아빠 없이 출산해도 아무 문제 없어요."

조산사가 말했다.

'아빠.' 애덤이 아기의 친부라는 사실은 부인할 수 없지만, 그와는 참으로 어울리지 않는 단어다.

튼튼한 두 다리와 화분도 올려놓을 수 있을 만큼의 풍만한 가슴을 가진, 밤새 스펀지 헤어롤을 말아놓은 듯 곱슬곱슬한 머리를 한 조산사는 어느 모로 보나 아줌마여서 마음이 놓였다. 이름표에 적힌 이름은 메리였다. 메리를 만난 지 3분 정도밖에 안 됐지만 벌써 그녀가 마음에 들었다. 앞으로 그녀가 내 자궁 경부를 들여다볼 사람이라는 사실을 고려하면 잘된 일이었다.

"자, 병실로 안내해줄게요."

나는 아까 택시에서 내릴 때 운전사가 함께 들어준 보스턴백을 집어 들려고 했지만, 조산사가 잽싸게 끼어들어 가방을 들어 올렸다가 뜻밖의 무게에 휘청거렸다.

"아예 여기서 눌러살 작정이에요?"

조산사는 웃음을 터뜨렸고 나도 최선을 다해 따라 웃었지만, 또 다른 진통이 밀려오고 있었다. 통증 때문에 나는 입을 꾹 다물고 선 채 눈을 질끈 감았다. 귀청이 떨어지게 소리를 질러대서 사람들을 겁에 질리게 만드는 산모는 되고 싶지 않았다.

통증이 가라앉자 메리를 따라 불이 지나치게 환히 밝혀진 복도를 천천히 걸어갔다. 휴대전화를 꺼내 혹시 메시지가 왔는지 다시 한번 확인했다. 단짝 친구 베키와 엄마에게서 열두 개의 문자메시지가 와 있었지만 정작 애덤은 여전히 감감무소식이었다.

이건 내가 생각했던 그림이 아니었다.

혼자서 아이를 낳고 싶지는 않았다.

지난 몇 달간 애덤과 나의 관계가 심각하게 걱정스럽기는 했어도, 지금 그가 내 곁에서 손을 잡아주며 다 잘될 거라고 말해주기만 한다면 난 무엇이든 했을 것이다.

내가 임신 사실을 알게 된 것은 스물두 번째 생일 다음 날이었다. 그 뒤로 9개월간 난 훌륭한 엄마가 될 수 있다고 나 자신을 설득했다. 하지만 불현듯 그 모두가 덧없는 허세로 느껴졌다.

"괜찮아요?"

병실 문 앞에 이르러 메리가 물었다.

괜찮지 않았지만 나는 말없이 고개를 끄덕였다. 메리처럼 유능한 조산사가 날 돌봐준다 해도 나는 외롭고 무서웠으며, 애덤이 찾아와 내 이마를 쓰다듬어주고 손을 꽉 잡아주는 의무를 다하기 전까지는 이런 감정이 사라지지 않을 터였다.

실용적으로 꾸며진 작은 병실에는 무늬가 있는 얇은 커튼이 달려서 오래된 트레블로지호텔의 객실 같았다. 창밖의 하늘은 당밀처럼 까매 한 치 앞도 보이지 않았고 진주처럼 뽀얗게 빛나는 달만 구름 뒤로 누워 있었다.

"여기 누우세요."

메리가 침대를 톡톡 치며 말했다.

나는 그녀가 하라는 대로 침대에 누워 다리를 벌렸다. 메리는 침착하게 "들어갑니다"라고 외치더니 내 은밀한 부위에 손가락을 집어넣었다. 나는 숨을 쉴 수가 없었고, 눈이 튀어나올 듯했다.

"4센티미터 열렸네요."

메리는 허리를 펴더니 미소를 지으며 라텍스 장갑을 홱 벗었다. 자궁 수축이 심해지고 있었다.

"산통이 시작됐어요, 제시카."

나는 "흥분되네요"라고 대답했다. 지나치게 예의 바른 성격 탓에 그 사실이 새삼스러울 것도 없다는 말은 할 수 없었다. 몇 시간 전에 이미 우리 집 부엌 바닥은 내 양수로 세례를 받은 터였다.

"출산 볼(birthing ball: 커다란 공으로, 진통이 올 때 앉아 있으면 허리 통증을 줄일 수 있다-옮긴이)에 앉아서 중력의 도움을 받는 게 최선이에요. 나는 옆 병실 산모를 살펴보고 있을 테니 필요하면 언제든 호출 벨을 누르세요. 곁에 있어 줄 사람 또 없어요? 친구라든가, 엄마라든가?"

근처에 베키가 살지만 내 유일한 선택지는 늘 엄마다. 물론 엄마한테 전화해서 애덤이 옆에 없다는 사실을 설명하려면 너무 창피할 테지만.

"엄마가 대기 중이에요. 새벽 2시까지 남자 친구한테서 연락이 없으면 엄마가 오기로 했어요."

"잘됐네요. 그럼…….."

메리는 그렇게 말하고서 병실 밖으로 나갔다. 잭 존슨의 노래가 가득 담긴 아이팟, 그리고 깜빡하고 사용법을 물어보지 못한 엔토녹스(산소와 아산화질소로 이뤄진 무색무취 가스로, 진통을 줄이는 효과가 있다-옮긴이) 기계만 내 곁에 남겨둔 채.

나는 새벽 2시 정각이 되자 엄마에게 전화했고, 엄마는 6분 뒤에 도착했다. 통이 좁은 청바지에 부드러운 리넨 블라우스를 입은 엄마의 목에서 에스티로더 뷰티풀 향수 냄새가 살짝 풍겼다. 엄마가 들고 온 큼직한 운동 가방에는 막바지 '출산 물품'이 들어 있었다. 소형 비디오카메라, 거위털 베개, 치약, 〈우먼 앤드 홈〉 잡지, 닐스 야드 핸드크림, 포도 한 송이, 구운 지 얼마 안 된 갖가지 케이크가 담긴 대형 타파웨어 두 통, 분홍색 수건 서너 장, 그리고…… (믿기지 않겠지만) 봉제 인형까지.

"몸은 좀 어떠니?"

엄마는 짧게 자른 금발을 귀 뒤로 넘기며 침대 곁으로 의자를 끌고 와 걱정스럽게 물었다. 화장은 아주 엷게 했는데 워낙 피부가 좋아서 진하게 할 필요가 없었다. 예쁜 두 눈은 새파랗게 반짝거렸다.

"괜찮아. 엄마는?"

"나야 좋지. 사실 지금 아주 행복하단다."

엄마는 그렇게 말하면서 발로 침대를 톡톡 쳤고, 쇳소리가 병실에 울려 퍼졌다. 본래 엄마는 위기 상황에서도 늘 침착한 사람인데 난 최근에서야 엄마도 긴장하면 틱(tic)이 나타난다는 사실을 알아차렸다. 그날 저녁 엄마의 다리는 아주 제멋대로 움직였다.

"어떻게 집에서 6분 만에 온 거야?"

나는 그렇게 묻고, 처음으로 엔토녹스를 들이마셨다가 가스가 목에 걸리는 바람에 기침을 했다.

"자정부터 병원 주차장에 와 있었어. 혹시라도 길이 막힐까 봐."

"애덤이 엄마처럼 사려 깊으면 좋을 텐데."

엄마의 미소가 흔들렸다.

"또 문자 보내봤니?"

나는 고개를 끄덕이며 내가 얼마나 화났는지 감추려 했다.

"응. 하지만 애덤한테 지금 여기 있는 것보다 더 중요한 일이 있는 게 틀림없어."

엄마가 내 손을 꽉 잡았다. 엄마에게는 내 화난 목소리가 익숙지 않았다. 난 본래 어떤 일로든 또는 누구에게든 화를 잘 내지 않는 편이다. 인터넷이 느려 터질 때만 빼고.

하지만 그날 밤에는 아무도 그 말을 믿지 않았으리라.

"애덤이 미워."

나는 코를 훌쩍거렸다.

엄마는 고개를 저으며 손끝으로 내 손등을 쓰다듬었다.

"아니, 그렇지 않아."

"최근에 우리 사이가 어땠는지 엄마가 몰라서 그래."

나는 엄마에게 시시콜콜 털어놓기가 두려웠다. 그랬다가는 내가 애덤과 꾸리게 될 가정이 엄마, 아빠가 어린 내게 꾸려준 가정처럼 화목할 거라는 기대가 깨져버릴 터였다. 내 어린 시절을 돌아보면 축복받은 편이었다. 이따금 힘든 시기가 있기는 했어도 대체로 안정되고 행복했다.

엄마는 한숨을 쉬었다.

"알았으니까 지금은 괜히 그 일로 흥분하지 마. 이 순간은 다시 돌아오지 않아. 배고프지?"

그러고는 타파웨어 하나를 열었다.

나는 억지로 미소를 지었다.

"농담이지, 엄마?"

"배 안 고파?"

엄마가 깜짝 놀라며 말을 이었다.

"난 널 낳을 때 엄청 배고팠거든. 터진 양수가 마르기도 전에 레몬 드리즐케이크를 절반이나 먹어치웠지."

엄마는 훌륭한 출산 도우미였다. 진통 사이사이에 날 웃게 해줬고, 마음을 가라앉게 도와줬다. 하지만 통증이 걷잡을 수 없이 밀려오자 나는 마침내 참지 못하고 비명을 질렀다.

"왜 이 병원에서는 통증 없애는 주사 같은 걸 안 놔주는 거야?"

엄마가 나직이 말했다.

"내가 무통 주사는 맞지 않겠다고 했어. 난 약의 도움 없이 자연분만할 거야. 그리고…… 요가도 배웠고."

"제스, 넌 지금 한 인간을 질 밖으로 밀어 내려는 거야. 호흡 연습을 하고 초를 켜는 것만으로는 안 된다고."

엄마 말이 맞았다. 내가 몇 번째인지 셀 수 없을 정도로 토했을 무렵에는 통증이 너무도 심해서 마약이라도 기꺼이 흡입할 판이었다. 말 없는 태양이 창 너머로 흐릿하게 빛나기 시작했고, 다른 조산사(아마 내가 통증에 정신이 빠져 있을 때 자기소개를 했을 것이다)가 허리를 숙여 내 아래쪽을 들여다보더니 이렇게 말했다.

"미안하지만 무통 주사를 맞기에는 너무나 늦었어요. 원하시면 진통제를 놔드릴 순 있는데 아기가 곧 나올 거예요.”

다리가 걷잡을 수 없이 떨렸고 통증이 너무 심해서 숨 쉬기도 힘들 정도였다. 제대로 말하거나 이성적으로 생각할 능력까지 사라져버렸다.

“난 그냥 애덤이 여기 있었으면 좋겠어. 엄마……, 제발.”

엄마는 애덤에게 전화하려고 미친 듯이 휴대전화를 더듬거리다가 전화기를 바닥에 떨어뜨렸다. 그러고는 칠칠치 못한 자신을 욕하며 허리를 숙인 채 욕실에서 비누를 잡을 때처럼 자꾸 도망치는 전화기를 따라다녔다.

그 뒤의 일들은 기억이 희미하다. 왜냐하면 애덤의 전화나 허벅지에 꽂히는 주삿바늘에 신경 쓸 겨를이 없었기 때문이다. 그보다는 내 몸의 기적적이면서 엄청난 힘에 정신이 나간 상태였다.

진통제를 맞고 1분쯤 지나 세 번째로 힘을 주었을 때 아기가 세상에 나왔다. 경이로운 생명체인 내 아들은 팔다리가 통통했고, 조산사에 의해 내 품에 안겼을 때는 어리둥절한 표정으로 눈을 깜박거리고 얼굴을 찡그렸다.

“맙소사, 아기가 정말…….”

엄마가 숨을 헉 들이쉬었다.

“예뻐요!”

“크구나!”

내가 속삭이는 말에 엄마가 대꾸했다.

신생아는 마냥 연약하고 무력할 줄 알았는데 윌리엄은 4.3킬로그램의 우량아였다. 그리고 태어난 직후에는 울지도 않았다. 그저 내 따뜻한 가슴에 찰싹 안기며 만사가 순조롭다는 느낌을 주었다.

뭐, 만사는 아니더라도 거의 모든 일이.

내가 아기 머리에 입술을 대고서 달콤하고 낯선 향기를 들이마시고 있는데 병실 문이 쾅 열리더니 애덤이 나타났다. 늦더라도 안 오는 것보다는 낫다는 말은 완전히 틀렸다.

우리에게 다가오는 애덤에게서 낯선 여자 향수 냄새와 시큼털털한 술 냄새가 우열을 가릴 수 없을 정도로 지독하게 풍겼다. 옷은 어제 입은 그대로였고, 목에 립스틱 자국이 고스란히 남아 있었다. 천박하고 강렬한 분홍색 얼룩이 귀에서 시작해 목을 따라 내려가 셔츠 칼라에서 끝나 있었다.

갑자기 애덤이 나나 우리 아기 곁에 다가오는 게 싫었다. 손 세정제를 들이붓는다고 해도 그가 더럽다는 사실은 바뀌지 않을 터였다. 비유적으로나 물리적으로나. 언제부터 그런 결론을 내렸을까 생각하니 마음이 씁쓸했다.

"우리…… 딸 좀 안아 봐도 돼?"

애덤이 양팔을 쭉 뻗으며 말했다.

내가 숨을 헉 들이쉬자 엄마가 움찔하며 말했다.

"아들이야, 애덤."

애덤은 놀란 표정으로 고개를 들더니 팔을 거두었다. 그러고는 제대로 된 말은 고사하고 무슨 말을 해야 할지 모르겠다는 표정으로 우리를 바라보았다.

"당신은 우리 아기가 태어나는 순간을 놓쳤어."

나는 다시 눈에 고이는 눈물을 닦아내며 말을 이었다.

"어떻게 그럴 수가 있어, 애덤?"

"제스, 들어봐……. 사정이 있었어."

1

10년 뒤
2016년 여름

——————— 내가 언제부터 이렇게 짐을 못 싸게 됐을까? 한때
는 짐 싸기의 달인이었는데. 튜브형 목 베개와 휴대용 세면도구를
잔뜩 챙길 시간과 정신이 있었던 시절에는. 그렇다고 해서 짐이 적
은 것은 결코 아니다. 낡은 시트로엥자동차가 미어터지기 직전이니
까. 하지만 틀림없이 무언가, 그것도 하나가 아닌 여러 개를 빠뜨린
듯한 기분이다.

문제는 내가 목록을 만들지 않았다는 것이다. 우리 세대 여자들
은 설사 지구 종말이 찾아온다 해도 목록만 만들면 모든 일이 해결
된다고 믿는다. 하지만 지금 나는 목록 작성은 엄두도 못 낼 처지
다. 살다 보면 할 일이 너무 많아서 가만히 앉아 목록을 작성하는
한가로운 짓이 어리석게 느껴지는 때가 오는 법이다. 게다가 빠뜨
린 물건은 도착해서 사면 그만이다. 우리가 가려는 곳은 프랑스 시
골 마을이지, 아마존 분지가 아니니까.

내가 무턱대고 이것저것 다 챙기는 타입이라면, 윌리엄의 짐 싸
는 방식은 뭐라고 해야 할까. 윌리엄이 가방 속에 담은 물건은 최근

그 애의 친구들이 우리 집에서 자고 간 뒤 침대 밑에 떨어져 있던 하리보 젤리,《세계의 독사》 같은 제목의 책들, 물총 몇 개, 향이 독한 세면용품이 전부다.

윌리엄은 얼마 전 친구 캐머런한테서 열 살이 되면 학교 갈 때 데오도란트를 뿌려야 한다는 말을 들은 뒤 부쩍 향이 독한 화장품에 관심이 많아졌다. 나는 윌리엄에게 프랑스에서 데오도란트를 잔뜩 뿌리고 돌아다니려면 일단 바지부터 챙겨야 하지 않겠냐고 부드럽게 일깨워준다.

나는 운전석에 앉아 열쇠를 돌린다. 시동이 걸리자 늘 그랬듯이 기적이라고 생각하며 윌리엄에게 묻는다.

"정말 빠뜨린 물건 없이 다 챙겼어?"

"그런 거 같아."

잔뜩 들뜬 아이의 얼굴을 보니 조금 서운하다. 올여름은 아빠와 함께 보낼 거라는 말을 들은 뒤로 윌리엄은 쭉 저런 표정이다. 나는 몸을 굽혀 아이의 관자놀이에 재빨리 키스한다. 싫은 내색을 하진 않았지만, 그 애가 나를 껴안으며 "엄마는 내 평생 최고의 엄마야"라고 말해주던 시절은 진작에 끝났다.

윌리엄은 나이에 비해 키가 크다. 식욕이 왕성한 데다 최근 들어 도미노피자를 엄청나게 먹어대는데도 마른 편이다. 큰 키는 아빠에게서 물려받았다. 촉촉한 갈색 눈동자와 잘 타는 피부, 목덜미의 곱슬거리는 머리카락도.

내 키가 165센티미터니까 곧 나보다 더 클 것이다. 그리고 그때가 되면 아마 지금보다 훨씬 더 아빠를 닮았을 것이다. 내 피부는 창백하고 주근깨가 있으며 조금만 햇볕을 쬐어도 빨갛게 달아오르는 편이다. 걱정거리가 없던 시절에는 그것 때문에 짜증이 나곤 했다.

"우리가 없는 동안에 집은 누가 관리해?"

윌리엄이 묻는다.

"별로 관리할 필요 없어. 그냥 누가 우편물만 대신 챙겨주면 돼."

"그러다 도둑이라도 들면?"

"그럴 일 없어."

"엄마가 그걸 어떻게 알아?"

"만약 누군가 이 길에 있는 집을 털기로 작정했다면 우리 집은 맨 마지막 후보일 거야."

나는 아빠에게 경제적 지원을 받아 맨체스터 남쪽에 작은 테라스하우스(한쪽 벽면을 옆집과 공유하는 다층 구조의 집-옮긴이)를 구입했다. 윌리엄을 낳은 직후, 그리고 이 동네가 우연히 유행의 첨단을 걷기 직전에.

우리 집이 있는 길 끝의 팔라펠식당에서 열리는 빙고 게임에 참석한 적도 없고, 파티시에 장인이 운영한다는 빵집에서 퀴노아가 든 사워도우 빵을 사 먹은 것도 딱 한 번뿐이지만, 이런 가게들이 생기는 건 전적으로 찬성이다. 그래야 우리 집값이 크게 오를 테니까.

그러나 이 말은 곧 이 동네에서 나 정도의 월급을 받으며 서른셋의 나이에 혼자 아이를 키우는 한 부모 가정은 우리 집뿐이라는 뜻이다. 나는 근처 고등학교에서 글쓰기를 가르치는데 월급보다는 직업에 대한 만족도가 높은 일이다.

"제이크 밀턴네 집에 도둑이 들었대."

우리가 탄 차가 모퉁이를 돌아 직진하는 동안 윌리엄이 진지하게 말한다.

"제이크 엄마의 보석이랑 아빠의 차, 제이크의 엑스박스까지 도둑맞았대."

"정말? 끔찍하다."

"응. 제이크는 〈가든 워페어〉 마지막 판까지 갔었다고."

윌리엄은 한숨을 쉬며 고개를 젓더니 "거기까지는 두 번 다시 못 갈 거야" 하고 말한다.

페리를 타는 남부 해안까지 가려면 차로 네댓 시간이 걸리지만, 우리는 예정 시간보다 일찍 나섰다. 집에서 멀지 않은 곳에 잠시 들렀다 가기 위해서다.

10분 뒤 윌로뱅크요양원에 도착해 건물 앞 작은 주차 구역에 차를 세운다. 천편일률적인 황토색 벽돌로 만든 건물에 회색 타일 지붕을 얹은 이곳은 겉에서 보면 레고 블록으로 만든 대형 주택 같다. 하지만 건물 미관을 고려해서 요양원을 선택하는 사람은 없다.

두 개의 문에 연달아 비밀번호를 입력하고 방명록에 이름을 남기는 동안 너무 오래 구운 고기 냄새, 푹 삶은 채소 냄새가 코를 찌른다. 실내는 환하고 깨끗하게 잘 관리되어 있다. 다만 인테리어 디자이너는 색맹이 틀림없다. 나선형 무늬 벽지는 짙은 아보카도색이었고, 바닥에는 감색과 빨간색 바둑판무늬 카펫이 깔렸으며, 벽 아래쪽을 두른 나무 테두리는 마멀레이드 색깔 광택제를 발라놓았다. 그걸 바르면 진짜 나무처럼 자연스러워 보일 거라고 착각한 걸까?

쌍여닫이문 너머 텔레비전이 켜진 방에서 점심시간을 알리는 종소리가 흘러나와서 우리는 엄마 병실이 있는 복도로 가지 않고 그쪽으로 향한다.

"괜찮으세요, 할아버지?"

이 요양원의 장기 입원자인 아서 할아버지가 화장실에서 나와 이제 막 나니아(C. S. 루이스의 《나니아 연대기》에 등장하는 마법의 세계—옮긴이)에 들어선 표정으로 방황하는 걸 보고 내가 부드럽게 말을 건다. 아서 할아버지는 기분 나쁜 지적이라도 받았다는 듯이 얼른 등을 곧게 편다.

"난 냄비를 찾고 있네. 자네가 내 냄비를 가져갔나?"

"아뇨, 할아버지. 식당으로 가서 찾아보는 게 어떨까요?"

청소 도구를 넣어두는 비품실로 들어가려는 아서 할아버지를 말리려는 찰나 쌍여닫이문이 열리더니 간호사 라힘이 나타나 아서를 부축해 다른 쪽으로 안내한다.

"안녕, 라힘 아저씨."

윌리엄이 인사한다. 20대 중반에 소말리아 혈통인 라힘도 게임을 좋아해서 둘은 늘 이야기가 잘 통한다.

"왔니, 윌리엄? 할머니는 곧 점심 드실 거야. 파인애플 파이가 남았을 텐데 좀 가져다줄까?"

"네, 좋아요."

우리 아들은 음식이라면 절대 사양하지 않는다. 내가 엄청 공들여 만든 음식만 빼고. 내가 정성껏 요리해서 음식을 내놓으면 윌리엄은 김이 모락모락 나는 산업폐기물이라도 되는 양 바라본다.

아서 할아버지가 발을 질질 끌며 쌍여닫이문을 통과하고, 라힘이 뒤따라 나가자 그 자리에 한 남자가 나타난다. 몇 년간 점점 더 심해진 스트레스로 남자의 눈가에 주름이 생겼는데, 그 스트레스는 그가 한때 알코올 의존자였다는 사실보다 건강에 더 나쁜 영향을 끼치는 게 틀림없다.

"할아버지!"

윌리엄의 얼굴에서 미소가 터지고, 우리 아빠의 연회색 눈동자가
생기를 띤다.

2

─────── 엄청나게 힘든 상황인데도 손자를 볼 때마다 활짝 미소 짓는 아빠를 보면 기적이 따로 없다는 생각이 든다.

"준비 다 했니, 윌리엄?"

"네. 짐 싸서 가는 길이에요, 할아버지."

아빠는 숱 많은 윌리엄의 곱슬머리를 헝클어뜨리고는 뒤로 물러서서 아이를 뜯어본다.

"떠나기 전에 할아버지가 머리를 잘라줄 걸 그랬구나."

"하지만 전 긴 머리가 좋아요."

"터져서 솜이 삐져나온 쿠션 같아 보이는걸."

숱하게 들은 농담인데도 윌리엄은 킥킥 웃는다.

"4시간 30분은 몇 분이지?"

아빠가 문제를 낸다.

"흠. 200 하고…… 70분요."

"잘했다."

아빠가 윌리엄을 슬쩍 포옹한다.

내 아들이 수학 영재라는 사실은 절대 내 덕이라고 할 수 없다. 나는 단연코 수학에 소질이 없고, 애덤 역시 잘 아는 숫자라고 해봐야 여자들 몸 치수 뿐이다.

하지만 윌리엄에게는 애덤보다 회계사인 우리 아빠가 아버지 역할을 더 많이 했다. 부모님 집은 우리 집에서 불과 10분 거리고, 초등학교에 입학하기 전까지 그곳은 윌리엄에게 두 번째 집이었다. 거기서 윌리엄은 우리 아빠와 퍼즐을 맞추고, 엄마와 컵케이크를 구웠다.

심지어 윌리엄이 초등학교에 입학한 뒤에도 아빠는 학교 정문에서 윌리엄을 기다렸다가 집으로 데려가서 숙제를 봐주거나 윌리엄을 가라테 클럽에 데려다주고 데려왔다. 덕분에 나는 근무를 무사히 마칠 수 있었다.

그러다 지난 2년 동안 모든 것이 바뀌었다.

이제 엄마는 예전의 할머니가 아니다. 7~8년 전만 해도 실내 놀이터에서 윌리엄을 무릎에 앉히고서 구불구불한 대형 미끄럼틀을 앞장서서 타던 엄마였다. 엄마는 남들이 주책맞다고 흉보든 말든 개의치 않았다. 그저 신발을 벗어 던지고 열심히 미끄럼틀을 탔다. 그럼 윌리엄은 신나서 비명을 질러대고, 엄마 나이 또래의 다른 아주머니들은 카페라테를 홀짝거리며 옆에서 바라보기만 했다.

"할아버지가 용돈을 좀 주마."

아빠는 그렇게 말하며 바지 주머니를 뒤적거린다.

"안 그러셔도 되는데."

아빠가 손에 20파운드짜리 지폐를 쥐여주자 윌리엄이 공연히 마음에도 없는 말을 웅얼거린다.

"페리에서 만화책이라도 사 보렴."

"콜라 사 먹어도 돼요?"

"되고말고."

내가 "절대 안 돼"라고 미처 대답하기 전에 아빠가 말한다.

"고맙습니다, 할아버지. 잘 쓸게요."

윌리엄은 할머니를 찾아 식당으로 깡충깡충 뛰어가고, 나는 남아서 아빠와 이야기한다.

"그냥 곧장 페리 타러 가지 그랬니, 얘야. 가는 길에 굳이 들르지 않아도 되는데."

"당연히 들러야지. 가기 전에 엄마 점심을 먹여드리고 싶었어."

"그건 내가 할 거야. 신문 사러 잠깐 나갔다 왔어."

"아니, 내가 먹여드리고 싶어. 아빠만 괜찮다면."

아빠는 천천히 숨을 들이쉬며 고개를 끄덕인다.

"저기, 프랑스에서 푹 쉬다 오너라. 넌 휴가가 필요해."

나는 미심쩍은 미소를 지으며 묻는다.

"이게 휴가라고?"

"네가 마음만 먹으면 얼마든지 즐길 수 있어. 꼭 그렇게 해라. 네 엄마에게 효도한다고 생각하렴. 그래서 네 마음이 조금이라도 편해진다면. 너도 알다시피 이건 네 엄마가 간절히 원했던 일이야."

"그래도 너무 오래 자리를 비우는 것 같아."

"우린 지난 10년을 이 병과 함께 살았어, 제스. 5주 동안 무슨 큰일이 있겠니."

엄마는 식당 맨 안쪽, 파티오(건물 옆에 딸린 공간으로, 바닥에 타일이 깔려 있으며 고기를 구워 먹거나 휴식을 취하는 용도로 쓰인다-옮긴이)가 보이는 열린 창문 옆에 앉아 있고, 윌리엄이 그 옆에 앉아 조잘댄다. 태양이 높이 떠 있고 시원한 여름 바람이 느껴지는 이맘때에는 저 자리가 명당이다.

엄마는 서너 달 전에 내가 보덴에서 사다 준 청록색 원피스를 입고서 휠체어에 앉아 있다. 하지만 과연 저 상태를 앉아 있다고 해도 될지 모르겠다. 보통 앉아 있다고 하면 움직이지 않고 가만히 있다는 뜻이니까.

요즘 엄마는 한시도 가만히 있지 않는다. 그래도 독한 약 덕분에 예전처럼 심하게 경련을 일으키지는 않는다. 하지만 내가 뼈저리게 인식하고 있듯이 약이 기적을 일으키지도 않는다.

그래서 엄마는 의지와 상관없이 몸을 비틀고 꿈틀댄다. 엄마의 얼굴과 앙상한 팔다리는 희한한 모양으로 뒤틀려 있다. 요즘은 몸무게도 많이 줄어서 팔꿈치와 무릎은 뼈가 튀어나오고, 광대뼈도 도드라져 보인다. 이따금 엄마를 보고 있으면 얼굴에 비해 눈이 너무 크다는 생각이 든다. 손도 뼈마디가 불거졌고, 나이 많은 노인처럼 쇠약해져 있다. 한때는 동안이었는데 지금은 엄마가 겨우 쉰셋이라는 사실을 아무도 짐작하지 못한다.

"안녕, 엄마."

나는 허리를 숙여 평소보다 좀 더 오래 엄마를 껴안는다. 그러고는 엄마에게서 몸을 떼고 침 흘리는 엄마의 입을 바라보며 엄마가 미소로 답하는지 살핀다.

시간이 한참 걸리기는 해도 마침내 엄마가 더듬더듬 말한다.

"에…… 우리 딸."

나는 여전히 엄마가 하는 말을 잘 알아듣는다. 비록 이제 그런 사람은 얼마 없지만. 엄마는 서너 단어로 된 문장만 말할 수 있는데, 늘 혀 꼬부라진 발음에 목소리는 나직하고 쉬어 있다.

"가장 좋은 자리를 맡았네. 다들 부러워하겠어."

긴 침묵 속에서 엄마가 열심히 할 말을 찾은 끝에 "뇌물을 줬어"라고 말한다. 나는 웃음을 터뜨린다.

새로 온 직원이 엄마의 점심이 담긴 접시를 식탁에 내려놓고 큼직한 비닐 턱받이를 펼쳐 엄마의 목에 살며시 두른다. 내가 손을 뻗어 턱받이를 쓸어내리는데 엄마의 왼팔이 경련을 일으키며 턱받이를 계속 위로 튕긴다. 턱받이는 잠시 내려왔다가 다시 올라간다.

접시 한쪽에 있는 아기용 스푼을 집어서 엄마에게 음식을 먹여줄까 하다가 혹시 엄마가 직접 먹고 싶어 할지 몰라서 그냥 둔다. 요즘에는 엄마가 직접 먹는 경우는 거의 없다. 혹시라도 누가 먹여주겠다고 먼저 나서면 노발대발하면서도.

엄마가 이 요양원에 들어온 지 거의 1년이다. 우리 모두 가능한한 엄마를 집에서 돌보고 싶었지만 상황이 힘들어졌다. 심지어 아빠가 엄마의 침대를 1층으로 옮겼는데도 소용없었다. 아빠는 아직 직장에 다니기 때문에 24시간 엄마를 돌볼 수 없다. 누가 봐도 엄마에게는 아빠 말고도 다른 간병인이 필요했다. 기왕이면 욕조까지가는 데 목숨을 걸지 않아도 되는 곳에서.

다행히 이 요양원에는 엄마를 찾아오는 손님들이 끊이질 않는다. 사실상 엄마에게는 지난 10년간 힘든 순간이 닥칠 때마다 극복할 수 있게 도와준 소수 정예 친구들이 있다. 가장 친한 친구인 제마 아주머니는 주말마다 엄마를 만나러 온다. 새로 산 오디오 북이나 자칭 아주머니의 '대표 요리'인 찌그러진 체리 스콘 한 통을 들고서.

"신나?"

엄마가 윌리엄에게 묻자 윌리엄이 대답한다.

"네, 빨리 가고 싶어요! 아빠가 우리를 위해 계획을 잔뜩 세워 뒀어요, 할머니. 우린 아주 멋진 별채에서 지낼 거예요. 그렇지, 엄마? 카약도 타고, 암벽등반도 하고, 아빠랑 함께 DIY 가구도 만들 거예요."

엄마가 이 여행에서 무엇을 기대하는지 나는 심히 걱정된다. 이번 여행 자체가 아예 엄마의 아이디어였다. 엄마가 이 여행을 제안하며 다소 극적으로 "죽기 전 소원"이라는 말까지 덧붙였을 때 난 놀라지 않았다. 엄마는 그렇게 말하면 내가 엄마 뜻대로 해줄 것임을 알고 있다고 솔직히 인정했다.

애덤과 내가 헤어진 뒤에 엄마는 나만큼이나 애덤에게 분노했고, 내가 애덤과 거리를 두고 싶어 하는 마음도 충분히 이해했다. 하지만 우리 둘이 재결합하기를 바라는 마음이 추호도 없는 것과는 별개로 엄마는 윌리엄이 친아빠와 어떤 식으로든 관계를 맺을 거라고 짐작했거나 그러기를 바랐다.

하지만 애덤이 프랑스로 이사하면서 그런 일은 물 건너갔다.

엄밀히 말해 애덤은 의무를 등한시하는 아빠는 아니다. 양육비를 제때 지급하고, 윌리엄의 생일을 기억하며, 약속한 시간에 윌리엄과 스카이프로 영상통화를 한다. 하지만 우리 아들은 애덤의 화려한 삶에서 그저 작은 퍼즐 조각에 지나지 않고, 둘은 기껏해야 1년에 두세 번 만날 뿐이다. 요즘 같아서는 자식에게 무관심하다는 비난을 받아도 애덤이 발끈할는지 잘 모르겠다.

엄마는 늘 그 점을 걱정했다. 우리가 거의 연락하지 않을뿐 아니라 내가 그에 대해 어떤 조치도 취하지 않는다는 사실을. 나는 기꺼이 애덤을 떠나보낼 생각이다. 솔직히 말하면 그게 달갑기도 하다. 내가 아빠 몫까지 윌리엄을 사랑해줄 수 있다.

엄마도 애덤과 내가 윌리엄을 위한답시고 매주 일요일 저녁 식탁에 둘러앉아 서로를 죽도록 미워하며 그레이비소스를 건네주기를 바라지는 않았다. 하지만 윌리엄한테 아빠와 '진정한' 관계를 맺게 해주어야 한다고 오랫동안 부르짖었다. 아마 엄마 자신이 입양된 처지라서 친부모를 모르기 때문일 것이다.

어쨌든 현재 우리는 맨체스터에서 2층에 침실이 두 개 있는 손바닥만 한 집에 살지만 애덤은 도르도뉴에서 호화롭게 살고 있다. 설사 우리 집 근처 길모퉁이에 멋진 빵집이 있다고 해도, 애덤과 나의 처지는 전혀 비슷해지지 않는다. 그래도 나는 엄마의 말을 귀담아들었다. 그 말에 동의하지는 않아도 귀담아들었다. 그리고 최근 들어 엄마를 바라보며 엄마가 병마와 싸워야 한다는 사실을 생각할 때마다 내 입장만 고집할 순 없다는 생각이 들었다. 그래서 애덤에게 우리가 그를 만나러 프랑스로 가겠다는 이메일을 보냈다. 아마 애덤은 충격으로 기절할 뻔했으리라.

어쨌든 적어도, 그걸 뭐라고 해야 할지 모르겠지만 '유대감'이랄까, 하는 감정을 쌓을 수 있다면 엄마를 조금이나마 기쁘게 해주었다는 보람이 느껴질 것이다. 게다가 거기서 지내는 동안 몇 주는 지원군까지 있다. 친구 나타샤가 서너 주 동안 우리와 함께 머물기로 했고, 베키도 중간에 남편과 아이들을 데리고 합류할 예정이다.

"할머니도…… 프랑스 좋아."

엄마가 갑자기 말문을 열고는 흔들리는 눈빛으로 윌리엄을 바라보며 말을 잇는다.

"사진 찍어 와."

내가 윌리엄 나이였을 때 우리 가족은 프랑스로 자주 놀러 갔다. 해마다 같은 야영지의 캠핑카에서 지냈는데 천국이 따로 없었다. 늘 해가 쨍쨍하고, 진짜 초콜릿이 든 페이스트리를 아침으로 먹는 신세계였다.

"페달 보트 타. 네 엄마가…… 그거 좋아해."

엄마가 윌리엄에게 말한다.

엄마와 내가 야영지 변두리에 있는 호수에서 함께 킥킥거리며 햇살 속에서 페달 보트를 타던 기억이 떠오르자 목이 멘다.

윌리엄이 이층 침대가 어쩌고저쩌고하면서 다시 떠들어댄다. 나는 두 사람에게 눈물을 보이지 않으려고 고개를 돌린다. 침을 꿀꺽 삼키면서 겨우 5주 동안 자리를 비우는 것뿐이라는 사실을 떠올린다. 아무리 마음이 아파도 지금 내가 울어봤자 누구에게도 도움이 안 된다.

고개를 숙인 나는 엄마의 아기용 스푼이 그대로 있는 걸 보고 스푼을 집어 든다. 그러고는 푹 삶은 채소를 조심스럽게 떠서 엄마의 입으로 가져간다.

"특급 서비스네."

엄마가 중얼거리고 나는 콧소리를 내며 웃는다.

3

─────── 우리는 비틀스에서 아비치까지 라디오에서 나오는 온갖 노래를 음정 무시한 채 따라 부르며 1,327킬로미터에 달하는 28시간의 여행을 기운차게 시작한다. 내가 어릴 때 엄마랑 놀러 갔던 프랑스가 어땠는지도 이야기한다. 부드러운 모래 해변, 달콤한 아이스크림, 프랑과 상팀(유로로 통합되기 전의 프랑스 화폐-옮긴이)을 걸고 엄마에게 블랙잭을 배운 일.

윌리엄은 몸을 웅크리고서 한동안 내 아이패드만 들여다보고 있다. 마침내 나는 아이의 목이 저대로 굳어버릴까 걱정돼서 아이패드를 빼앗는다. 대신 데이비드 윌리엄스의 《억만장자 소년》 오디오북을 틀고, 이내 우리는 턱이 아플 정도로 웃어댄다. 중간에 누드모델과 데이트하는 한 인물의 이야기가 나온다. 누드모델이 뭔지 윌리엄은 알까? 잘 모르겠다. 다만 지금 내 기분은 올해 초 윌리엄에게 아기가 어디서 오는지 알려달라는 말을 들었을 때와 비슷하다.

당시 나는 황급히 자리를 떴다가 관련 주제를 다룬 책을 가지고 가서 윌리엄에게 먼저 직접 읽어본 다음에 질문하라고 했다. 그래야 우리가 서로 민망해지지 않는다고 덧붙이면서. 그러자 윌리엄은 "왜 내가 민망해져?"라고 천진난만하게 물었고, 나는 어쩔 수 없이 "어떤 사람들은 이를 '자위'라고 부르기도 한다"와 같은 문장을 태평한 목소리를 가장해 낭독했다.

우리가 페리에 탈 무렵, 윌리엄의 말수가 부쩍 줄어든다. 페리 안 지하 주차장에 차를 세우고 창가 자리에 앉기 위해 위층으로 올라가는 동안 윌리엄의 얼굴이 창백해진다.

"여기가 전망이 좋을 거야."

내가 명랑하게 말하자 윌리엄은 "나 토할 것 같아"라고 대답한다. 보통은 자면서 가야 할 여섯 시간의 야간 항해에서 윌리엄은 일곱 번이나 토하고는 〈엑소시스트〉에 나오는 여자아이 몰골로 페리에서 내린다. 우리는 프랑스에서 처음 발견한 피크닉장에 차를 세운 뒤 윌리엄의 울렁거림이 가라앉기를 기다리며 물을 홀짝이다가 로터리에서 역주행을 시도하는 영국인 가족들의 차량 행렬을 바라본다.

그 뒤 고속도로를 전속력으로 달리는 동안 윌리엄은 화장실에 갈 때만 깨고 계속 잔다. 덕분에 나는 홀로 이런저런 생각을 하며 마침내 숲과 언덕이 얽혀 있는 도르도뉴에 도착한다. 우리는 전원 풍경을 가로지르고, 새빨간 제라늄 화분과 덧창 달린 크림색 석조 주택이 점점이 펼쳐진 수십 개의 작은 마을을 통과한다.

눈앞에 이렇게 아름다운 풍경이 펼쳐지는데도 나는 계속 엄마 생각을 한다. 늘 같은 생각에 사로잡혀 너무 불안한 나머지 태어나서 처음으로 올해부터 항우울제를 복용하고 있다. 그 전까지는 내가 의학적 도움을 받아야만 기분이 좋아지는 사람이라고는 생각해 본 적이 없다.

난 늘 내가 '재미있는 사람'이라고 생각했다. 크리스마스에는 맨 먼저 나서서 우스꽝스러운 모자를 쓰고, 노래방에서는 폴짝폴짝 뛰면서 음정과 박자도 무시한 채 노래를 부르고, 윌리엄이 친구들과 벌이는 물총 싸움에도 끼어드는 사람. 힘든 날에도 매그넘아이스크림 하나면 충분하다. 가끔은 연달아 피노 그리지오를 마시기도 하지만. 업무 평가에도 "에너지가 넘치며 학생들에게 인기가 많다"라는 구절이 강조되어 있다. 이런 말을 듣자고 사람들에게 돈을 준 적도 없는데 말이다.

윌로뱅크가 최고의 요양원이라고 생각하면서도 엄마가 그곳에 입주한 뒤로 나는 서서히 변해갔고, 6개월 전에는 바닥을 찍었다. 사람들은 대부분 그런 사실을 몰랐다. 내가 여전히 옛날과 똑같은 제스 행세를 하고 다녔으니까. 하지만 내면은 달라졌다.

처음에는 이해할 만한 수준이었던 걱정이 엄마의 건강이 악화되면서 걷잡을 수 없어졌다. 우울증이라고 할 수도 없었다. 나는 피가 마를 정도로 불안했고, 불쌍한 우리 엄마가 암울하고 힘든 미래를 살게 될 거라는 생각에만 빠져 있었다.

약을 먹는다는 사실이 여전히 못마땅하기는 해도 약은 도움이 되었다. 하지만 애초에 약을 먹게 만든 근본적인 사실까지 바꿔놓지는 못했다. 우리 엄마는 요양원에 있고, 자기가 누군지 서서히 잊어버리고 있다는 사실. 그리고 아무도 그걸 손쓸 수 없다는 사실.

4

─────────── 빽빽이 늘어선 호두나무와 울창한 나뭇잎에 둘러싸였을 때 마침내 GPS가 목적지에 도착했다고 알린다. 근처에 어떤 건물도 없다는 점을 고려할 때 GPS가 헛소리를 지껄이는 게 분명하다.

나는 수납함을 뒤져 쓸 일이 없기를 바랐던 지도를 꺼내고, 몇 번 잘못된 길로 빠진 끝에 로시뇰성을 가리키는 교차로에 이른다. 우두둑 소리와 함께 모래가 깔린 진입로에 들어서자 가슴이 설렌다. 지금 내가 휴가를 왔다는 사실에 정말로 기뻐하는 걸까? 비록 애덤과 함께 보내야 하는 휴가일지라도 이런 설렘을 느끼는 건 괜찮으리라.

애덤을 미워하던 때가 있었지만 미움은 내게 자연스러운 감정이 아니었다. 나를 피곤하게 만드는 감정일 뿐. 그래서 난 오랫동안 애덤에게 예의 바른 태도를 지켜왔다. 애덤이 아이를 데리러 오면 윌리엄을 생각해서 미소 짓고, 집에 돌아온 윌리엄이 아빠가 사준 맥도날드 해피밀이 너무나 맛있었다고 칭찬할 때도 "정말 멋지구나!"라고 외쳤다.

설사 애덤을 미워하는 데 시간과 에너지를 낭비하고 싶다 해도, 나는 그럴 처지가 못 된다. 요즘에는 그에게 아무런 감정도 없다.

애덤이 일부일처제와 아버지 노릇이라는 재미없는 임무에 얽이기 싫어서가 아니라 일 때문에 어쩔 수 없이 프랑스로 떠났다는 핑계에도 동의하는 척한다.

윌리엄이 몸을 뒤척이며 일어나 눈을 비빌 무렵 처음으로 로시뇰성이 눈에 들어온다. 나는 저 성이 폐허였을 때부터 보수 중인 단계마다 사진으로만 봤다. 윌리엄이 어려서 말도 못 하던 시절이었는데 애덤은 이따금 내게 이메일을 보낼 때 로시뇰성 사진을 첨부했다. 처음에 애덤이 저 성을 샀을 때 다들 미쳤다고 생각했다.

사진 속 마구 자란 덤불과 다듬어지지 않은 정원 너머 어딘가에 웅장한 건물이 있다는 건 알 수 있었다. 하지만 전기도 들어오지 않고, 마룻널 밑에는 쥐가 살고, 하수 시설은 중세에 지어졌다. 그러나 많은 단점에도 불구하고 애덤은 한번 한다고 마음먹으면 해내는 사람이다.

3년 동안 매달 수신함에 애덤의 이메일이 도착하면서 나는 그의 새로운 인생이 궁금하지도 않고, 알고 싶지도 않다는 사실을 깨달았다. 애덤이 몇 시간 동안 중노동을 하든 말든, 강박적일 정도로 꼼꼼하게 사업 계획을 세우든 말든, 그 성을 바탕으로 터무니없을 정도의 야심만만한 이상을 꿈꾸든 말든 관심 없었다. 그저 재정적으로 무리하다가 윌리엄의 양육비가 끊길까 봐 걱정될 뿐이었다. 당시에는 그 돈이 없으면 도저히 살아갈 수 없는 처지였다.

나는 호기심과 질투, 분노, 절망이 뒤섞인 채 애덤의 이메일을 읽었다. 하지만 이제 와서 돌이켜보면 애덤이 내게 메일을 보낸 가장 큰 동기는 자기 스스로 무언가를 하고 있다는 사실을 증명하고 싶은, 어린아이와도 같은 마음 때문이었으리라.

호텔이 거의 다 완공되고, 윌리엄의 세 번째 생일이 되었을 때 애덤은 누가 봐도 성공한 듯했다.

나는 비통해하지 않겠다고 마음먹었다. 적어도 애덤이 그토록 열심히 노력해서 성공했다는 이유로 그러고 싶지는 않았다. 그가 나와 헤어진 뒤에 재빨리 다른 여자를 사귀었다는 사실은 죽을 때까지 용서가 안 될 테지만. 그것도 나는 젖꼭지 통증과 불면증에 시달리면서 오후 3시 전에 이를 닦을 수만 있으면 성공한 하루인 삶에 적응하고 있을 때 말이다.

"우리 여기서 묵는 거야? 와, 진짜 멋지다. 그치?"

윌리엄이 환해진 얼굴로 묻는다.

"그러게. 아빠가 굉장한 일을 해냈구나."

로시뇰성은 어느 모로 보나 아름답다. 평소 내가 생각했던 성의 이미지보다는 프랑스식 저택에 가깝지만, 장엄하면서도 누구라도 좋아할 만한 신고전주의적 분위기가 감돈다.

3층에 지붕은 은회색이며, 비스킷 빛깔의 벽에는 정교한 황백색 덧창이 달린 대형 창문이 나 있다. 복잡한 무늬의 연철 난간이 달린 오래된 돌계단 두 개를 올라가면 아치 모양의 큰 문이 나온다. 담쟁이덩굴로 뒤덮인 3층 발코니에서는 자갈이 깔린 진입로와 하늘 높이 곧게 뻗은 상록수가 내려다보이고, 성 가장자리를 따라 알록달록 꽃이 핀 화분들이 놓여 있다.

정적을 깨뜨리며 우리 차가 털털 나아간다. 나이팅게일이 지저귀는 소리와 나뭇잎이 미풍에 부드럽게 바스락거리는 소리만 들리는 가운데 어디선가 타임과 초롱꽃 냄새가 풍긴다.

"아빠 빨리 보고 싶어. 우릴 마중 나올까?"

윌리엄이 묻는다.

"그러려고 할 거야. 도착하면 곧장 프런트로 오라고 했어."

애덤은 우리가 도착하는 순간에 재빨리 달려 나와 윌리엄을 꼭 안아주겠다고 맹세했지만 나는 그 말을 흘려들었다. 상대가 다름 아닌 애덤인 데다 한 시간 전에 기름을 넣으려고 정차했을 때 내가 보낸 문자에 아직도 답이 없다는 사실을 고려하면 괜한 기대는 하고 싶지 않다. 나는 시동을 끄고 차에서 내리며 말한다.

"가서 아빠가 있는지 찾아보자. 아빠가 널 못 알아볼지 몰라. 지난번에 만난 뒤로 네가 5센티미터나 자랐으니까."

지난해 크리스마스 이후로 우리는 애덤을 딱 한 번 만났다. 당시 그는 런던에 머무는 중이었고, 새로 사귄 여자 친구 엘사의 집에서 지냈다. 나와 헤어진 뒤로 애덤이 사귄 수두룩한 여자들처럼 엘사도 그보다 예닐곱 살 어렸고, 그와 함께 있으면 좋아서 어쩔 줄을 몰라 했으며, 그의 반짝이는 갈색 눈동자 앞에서 맥을 못 췄다.

예전에 애덤과 사귈 때 나도 그랬는지 도무지 기억나지 않지만 논리적으로 따져볼 때 틀림없이 그랬으리라. 우리는 3년 넘게 사귀었고 그 시간 동안 서로 사랑했으며 비록 사고였다고 해도 아이까지 생겼으니까.

물론 평생 아빠가 되고 싶었던 적이 없다는 애덤의 말이 진심임을 깨닫기 전의 일이다.

자기는 우리 아빠 같은 아빠가 될 수 없다고 먼저 인정한 사람은 애덤이었다. 우리 아빠도 완벽한 아빠와는 거리가 멀었지만, 어린 나와 함께 인형 놀이를 하거나 내게 운전을 가르쳐줄 때는 매 순간 사랑이 넘쳤다. 그런 삶은 애덤에게 아무런 매력도 없었다. 아빠 노룻이 자기가 선택할 수 있는 라이프 스타일이 아니라 피할 수 없는 현실이 된 뒤에도.

그래서 나는 애덤과 헤어질 수밖에 없었다. 평생 가장 힘든 일 중 하나였지만 내겐 선택의 여지가 없었다.

5

─────────── 돌계단을 올라가 육중한 문을 밀치고 들어가니 바닥에 거친 돌이 깔린 서늘한 로비가 나온다. 골동품으로 보이는 길쭉한 책상이 있는 프런트로 다가간다. 책상에는 불룩한 유리병에 향이 진한 흰 꽃이 꽂혀 있고, 눈처럼 새하얀 압지철이 놓여 있다.

프런트를 지키는 사람이 아무도 없는 걸 보고 윌리엄은 이때다 싶어 은색 종을 연신 땡땡 눌러댄다. 그러자 검은색 짧은 치마에 속이 반쯤 비치는 흰 블라우스, 플랫 슈즈를 신은 젊은 여자가 나온다. 매끈하고 촉촉한 피부에 새하얀 이를 빛내며, 긴 금발은 뒤로 바짝 모아 묶어서 말꼬리처럼 늘어뜨렸다.

"어서 오세요. 뭘 도와드릴까요?"

그녀는 영국인이다. 고음의 자신감 넘치는 목소리로 보아 상류층 출신이다. 이십 대 중반쯤 되어 보이고, 결코 말랐다고는 할 수 없지만 출렁거리는 군살은 하나도 없다. 군살이 있어야 할 곳을 제외하고. 그런 쪽은 꽤나 출렁거린다.

"펜들튼이라는 이름으로 별채를 예약했어요. 제시카 펜들튼요."

여자는 부활절 초콜릿 달걀이 0칼로리라는 소식이라도 들은 사람처럼 환하게 웃는다.

"당신이 제스군요! 전 시몬이에요."

그러더니 볼펜을 내려놓고 책상을 돌아 나와 나를 껴안는다. 참으로 특이한 고객 서비스가 아닐 수 없다. 더구나 우리는 공짜로 묵는 손님인데 말이다.

"그럼 네가 윌리엄이겠구나!"

윌리엄은 제자리에 서서 발을 이리저리 움직이며 "네"라고 대답한다.

시몬의 얼굴에서 웃음이 떠나지 않는다.

"아빠랑 똑같이 생겼네."

윌리엄은 그 말이 듣기 좋은 모양이다.

"그래요?"

"솔직히 말하면, 네 아빠 판박이야. 너도 잘생겼어."

이번엔 윌리엄의 볼이 빨갛게 달아오른다.

"두 사람을 만나게 돼서 정말 반가워요. 그리고 윌리엄, 너랑 친해지고 싶구나. 왜냐하면 내가 네 아빠를 설득해서 올여름에 아이들을 위한 프로그램을 만들자고 했거든. 그리고 곧 만들게 됐단다."

윌리엄이 다시 씩 웃는다. 사실은 볼의 보조개에 연필을 집어넣으면 그대로 꽂혀 있을 만큼 활짝 웃는다.

"혹시 축구 좋아하니? 그렇다면 너한테 딱 맞는 프로그램이 있는데, 내가 신청해줄까?"

윌리엄은 반에서뿐 아니라 89년 전에 세워진 그 학교 역사상 축구에 전혀 관심이 없는 유일한 아이일 것이다. 저 애가 해본 활동 중에 그나마 스포츠와 가장 비슷한 걸 꼽으라면 학교 토론 팀에 참석한 정도다.

"음……, 네."

윌리엄의 대답에 나는 깜짝 놀란다.

"어느 팀을 응원하니?"

윌리엄은 침을 꿀꺽 삼키고는 "맨체스터요"라고 말한다.

"시티, 아니면 유나이티드?"

"음……, 둘 다요."

시몬은 킥킥 웃고, 윌리엄도 따라 웃는다. 시몬은 다시 책상 앞으로 가더니 컴퓨터 마우스를 클릭한다.

"먼저 체크인부터 해드릴게요."

아무리 화려한 성이라 해도 이 건물에 묵지 않아 다행이다. 여기는 애덤의 사무실이 있어서 영 불편할 테니까.

"한 분 더 예약되어 있네요. 맞죠?"

"친구 나타샤요. 하지만 일주일쯤 뒤에 올 거예요."

"아, 그렇군요. 방은 준비되어 있어요. 지금 안내해드릴게요."

시몬은 사무실로 사라졌다가 열쇠를 들고 나와 우리에게 따라오라고 말한다. 우리는 다시 밖으로, 강렬한 햇살 속으로 나간다. 시몬은 골프 카트에 올라타고, 윌리엄과 나는 내 차를 타고서 시몬을 따라간다.

"참 친절하네, 그렇지?"라는 내 말에 윌리엄은 "응. 그리고 좋은 향기가 나"라고 흥분한 목소리로 대답한다. 나는 적당한 대답이 떠오르지 않는다.

길은 성 주위를 돌아 해바라기처럼 노란 선 베드와 같은 색 파라솔이 점점이 놓인 아름다운 수영장으로 향한다. 수영장에는 어린 자녀를 데리고 온 젊은 부부들이 있는데 가로줄 무늬 래시가드를 입은 아기들과 수심이 깊은 쪽에서 물장구를 치는 윌리엄 또래의 아이들이 보인다.

수영장이 내려다보이는, 바에 딸린 테라스에는 탁자 대여섯 개가 놓여 있고, 향긋한 꽃이 만개한 인동덩굴이 트렐리스(덩굴 식물을 지탱하기 위해 목재와 금속으로 만든 격자 모양의 구조물-옮긴이)를 타고 올라가 지붕을 이뤄 그늘을 만들어준다. 저 멀리 테니스장과 축구장, 알록달록하게 꾸며진 놀이터가 있는데 양옆으로 잘 가꿔진 정원, 그리고 덩굴장미와 데이지로 꾸며진 낭만적인 화단이 보인다.

시몬의 골프 카트를 따라 숲으로 가는 동안 'Les Ecuries(마구간)'이라고 적힌 표지판이 눈에 띈다. 나무 그늘 속으로 들어가니 기온이 뚝 떨어지고, 조금 더 들어가니 작은 주차장이 나온다. 그 옆에 안뜰을 중심으로 석조 주택들이 모여 있는데 창문마다 연푸른색 덧창이 달려 있고, 하얀 제라늄이 만발한 파티오가 딸려 있다.

"멋지네요. 이런 별채가 몇 개나 되죠?"

나는 먼지가 이는 안뜰을 가로질러 오른쪽 맨 끝 집으로 향하며 시몬에게 묻는다.

"스물한 개요. 방 두 개짜리도 있고, 세 개짜리도 있어요. 다 마구간 쪽에만 있지는 않아요. 단지 반대편에 있는 예전 하인들 숙소도 개조했거든요."

시몬이 내게 몸을 기울이며 속삭인다.

"그래도 마구간에 있는 별채들이 가장 좋아요. 숲속 길로 걸어가면 5분 만에 성에 도착하거든요."

시몬이 무쇠로 된 열쇠를 육중한 나무 문에 밀어 넣고는 문을 밀친다. 별채 안은 군더더기 없는 전원풍으로 꾸며져 있다. 오픈형 거실과 부엌을 포함해 곳곳에 연회색 타일이 깔려 있다. 가장 눈에 띄는 물건은 옛날식 대형 벽난로인데 그 앞에 작은 푸른색 소파 두 개가 놓여 있다. 커다란 식탁도 있고, 기능적이면서도 아기자기하게 꾸며진 부엌에는 깊은 세라믹 싱크대와 벽에 걸린 주물 냄비, 두툼한 참나무 상판의 조리대가 있다. 예쁜 꽃무늬 침구와 에나멜 꽃병이 놓여 있는 침실은 흰색 칠이 되어 있고 햇살이 환히 들어온다.

"정말 예쁘네요. 고마워요."

윌리엄이 마음에 드는 침실을 골라 자기가 쓰겠다고 외치는 사이 내가 말한다.

"마음에 드신다니 애덤도 좋아할 거예요."

시몬의 대답에 나는 "근데…… 애덤은 어디 있나요?"라고 묻는다.

"아! 깜빡했네요. 오후에 급한 일이 생겼어요."

시몬이 애매하게 답한다.

"두 분이 도착할 때 맞아주고 싶어 했는데 피치 못할 사정이 있었어요."

나는 볼 안쪽을 깨물며 예의상 고개를 끄덕인다. 그래, 당신은 늘 그렇지.

6

───────── 시몬이 떠나고 나는 윌리엄에게 말한다.

"자동차가 저절로 짐을 풀지는 않아, 윌리엄. 엄마가 문 앞에 차를 댈 테니 좀 도와줄래?"

"이것만 보고."

윌리엄이 아이패드에 얼굴을 바짝 댄 채 웅얼거린다.

"뭘 보는 거야?"

나는 윌리엄 어깨너머를 보며 묻는다.

"〈우먼 인 블랙〉."

"언제 다운로드했어? 너한테는 너무 무섭지 않니?"

"엄마, 이건 겨우 12세 관람가야."

윌리엄이 한숨을 쉬며 대꾸한다.

"정말?"

"응."

열 살은 이상한 나이다. 윌리엄은 아직 어린아이나 다름없지만 장차 어떤 청소년이 될지 두려운 미래가 언뜻언뜻 보인다. 내게 아기가 어떻게 생기는지 설명해달라고 하면서도 다른 한편으로는 아직도 산타를 믿는다(날 위해 그런 척하는 것 같기는 해도).

"악몽을 꿨다고 엄마한테 달려오지나 마."

"악몽 안 꿀 건데."

"1분만 더 기다려줄게, 알았지? 그다음에는 엄마를 도와줘야 해."

윌리엄은 대답하지 않는다.

"윌리엄?"

"알았어. 걱정 마."

밖으로 나가 차를 운전해서 별채 옆으로 가는 동안 열기와 피로 때문에 살짝 어지럽다. 차에서 내려 뒷좌석을 바라보니 대체 저 물건들을 어떻게 다 밀어 넣었나 싶다. 뒤쪽 유리창을 가릴 정도로 물건을 실으면 불법 아닌가? 트렁크 잠금장치를 딸깍하고 여는 순간 아차 싶어 몸을 날려 트렁크 문을 막는다. 안에 든 물건들이 쏟아지지 않도록. 이마에 땀이 방울방울 맺힌다. 나는 머뭇거리며 트렁크에서 물건을 빼내기 시작한다. 어느새 내 주위에는 쓰레기가 쌓인다. 그런데도 아직 트렁크에는 피크닉 바구니와 책 열두 권, 1.8킬로그램짜리 덤벨 두 개가 남아 있다.

"윌리엄?"

윌리엄이 날 도와주러 달려 나오리라고는 기대하지 않지만 그래도 나는 큰 소리로 아이를 부른다.

"윌리어어어엄!"

"그 감미로운 목소리는 어디서든 알아들을 수 있지."

고개를 홱 돌리니 내 쪽으로 걸어오는 애덤이 보인다. 목덜미가 따끔거린다. 나는 "아, 안녕?" 하고 웅얼거린다.

"내가 도와줄게."

애덤은 예쁜 파란색 꽃다발과 갈색 봉지를 파티오 탁자에 내려놓는다.

"난 괜찮아. 정말이야."

나는 그렇게 우기지만 애덤은 아랑곳하지 않고 달려와 트렁크 문을 붙잡는다.

"내가 문을 잡고 있을 테니까 당신은 안에 든 물건을 꺼내. 지게 차를 부르지 않고도 해낼 수 있는지 어디 보자고."

바닥에 물건이 산더미처럼 쌓이고, 더는 트렁크에서 물건이 쏟아질 염려가 없어진 뒤에야 나는 애덤의 한쪽 입꼬리가 올라가 있다는 걸 알아차린다.

"집에 있는 세간을 전부 다 가져온 거야?"

애덤이 내 미니 덤벨을 집어 들어 팔운동을 하며 묻는다. 그것만이 내 팔뚝 살을 처지지 않게 해주는 유일한 도구지만, 그걸 설명할 마음은 없으니 난 그저 애덤의 손에서 덤벨을 낚아챈다.

"저게 뭐가 많다고 그래? 내 차가 워낙 작아서 많아 보일 뿐이야. 게다가 우린 두 사람이잖아. 둘이서 5주간 지내는데 이 정도는 있어야지."

애덤은 윌리엄의 팝콘 만드는 기계를 집어 들더니 "이건 비상용인가?"라고 묻는다.

"그건 내 물건이 아니야."

한눈에 봐도 애덤은 신선하고 잘 익은 음식을 먹어서 눈이 반짝이고, 좋은 레드 와인을 즐기고, 운동을 많이 하고, 햇볕 쬐기를 좋아한다는 걸 알 수 있다. 조금만 웃겨도 활짝 웃고, 이마에는 스트레스의 흔적인 주름이 전혀 없다. 갈색 머리카락은 예전에 회사를 다닐 때보다 1센티미터쯤 더 길어서 그을린 이마 위에서 부드럽게 물결친다.

"좋아 보이네."

내가 예의 바르게 말한다.

애덤은 약간 놀란 듯하더니 날 바라보며 "당신도 좋아 보여, 제스"라고 말한다. 나는 달아오른 뺨을 들키지 않으려고 얼른 몸을 돌린다.

애덤은 트렁크를 들여다보다가 성교육 책을 집어 든다. 순간 나는 당황한다. 왜 저 책이 트렁크에 들어 있지? 대체 열 살짜리 남자애가 음모에 대해 뭘 더 알고 싶다고? 한 번 읽은 걸로 충분하지 않나?

"이런 걸 설명해줄 사람이 필요하면 진작 말하지 그랬어, 제스."

애덤은 책장을 뒤적이며 말을 잇는다.

"내가 윌리엄에게 기꺼이 설명해줬을 텐데."

"재밌네."

애덤이 계속 책을 뒤적이며 묻는다.

"윌리엄 때문에 가져온 거지?"

"그럼 내가 보려고 가져왔겠어?"

애덤은 한숨을 쉬고는 말한다.

"윌리엄이 탄 그네를 밀어준 게 5분 전 같은데. 어쨌든 직접 맞아주지 못해서 미안해. 급한 일이 생기는 바람에."

나는 이를 악물다가 내가 왜 여기 왔는지 떠올린다.

"괜찮아. 저렇게 멋진 별채를 내줘서 고마워. 여름에는 손님이 많을 텐데."

"마음에 든다니 다행이네. 아……, 윌리엄에게 주려고 몇 가지 샀어."

애덤은 탁자로 걸어가 봉지를 들고 와서는 내게 건넨다.

"사탕이랑 초콜릿하고 티셔츠 서너 장이야."

나는 티셔츠 하나를 꺼내본다. 정원을 지키는 요정에게나 딱 맞을 정도로 작다.

"예쁘네. 혹시 영수증 있어? 윌리엄에게 작을지 몰라서."

"글쎄, 잘 모르겠어."

순간적으로 애덤이 반전 매력과 카리스마가 넘치던 스물한 살 때와 똑같아 보인다.

"가서 윌리엄에게 깜짝 인사라도 하지 그래? 이 선물도 직접 주고. 지금 침실에 있어."

내 말에 애덤은 잠깐 생각하더니 고개를 끄덕이며 "그래"라고 말한 뒤 현관 쪽으로 간다. 그러다 걸음을 멈추고 탁자에서 꽃다발을 집어 들어 줄기를 가지런히 매만진 뒤 내게 내민다. 나는 불편한 마음으로 꽃다발을 받아 든다.

"다정하기도 하지. 고마워."

애덤이 친절을 베푸니 괜히 불안해진다. 나는 별채 쪽을 향해 고갯짓하며 덧붙인다.

"어서 가봐. 당신을 몹시 만나고 싶어 해."

7

─────────── 이번 여행을 준비하면서 나는 우리 아들이 아빠와 어떤 재회를 하게 될 거라고 상상했을까? 잘 모르겠다. 윌리엄이 이번 여행에 잔뜩 들떠 있고, 두 사람이 오랫동안 떨어져 있었다는 사실을 감안할 때 들판에서 서로를 향해 슬로모션으로 달려가는 장면을 살짝 상상하기는 했다. 1970년대 유치한 향수 광고에서처럼.

막상 닥쳐보니 현실은 그에 한참 못 미쳐서 애덤이 우리 별채 옆쪽으로 살금살금 다가가고 있다.

"뭐 하는 거야?"

내가 애덤을 따라가며 묻는다.

애덤은 집게손가락을 입술에 대고서 "쉬이이이이" 속삭이더니 침실 창문을 들여다보며 소리를 지른다.

"왁!"

"으아아아아아아악! 엄마!"

창문을 들여다보니 소스라치게 놀란 윌리엄이 이층 침대에서 마룻바닥으로 뛰어내린다. 내가 현관으로 가는 동안 윌리엄이 황급히 현관으로 달려온다.

"창밖에서 뭔가가 나한테 덤볐어!"

초자연적인 존재가 공격했다고 확신하며 윌리엄이 떠들어댄다.

"윌리엄, 진정해. 아빠가 장난친 거야."

그것도 한심한 장난을.

애덤이 모퉁이를 돌아 나오자 윌리엄의 어깨가 축 내려간다.

"아, 윌리엄. 미안하다."

우리 아들이 잠자코 수치심을 견디는 동안 애덤은 재미있어 죽겠다는 기색을 감추며 말한다.

나는 팔꿈치로 윌리엄을 슬쩍 치며 "가서 아빠를 안아드려"라고 한다.

윌리엄은 앞으로 걸어가고 애덤도 다가와서 아이의 앙상한 몸을 붙잡아 가슴으로 끌어당긴다.

"반갑구나, 윌리엄."

윌리엄은 고개를 들고 눈을 깜빡거린다.

"아빠인 줄 몰랐어요. 사실 그렇게 막 무섭지는 않았어요."

튀어나온 아이의 흉곽 안에서 아직도 팔딱거리는 심장이 보이는 듯한데도.

"걱정 마라."

지금이 사과해야 할 타이밍이라는 것도 모른 채 애덤이 말을 잇는다.

"그래, 여행은 어땠니? 엄마가 문자를 보내줬는데 오는 내내 토했다면서?"

윌리엄이 나에게 눈을 흘긴다.

"내내 토하지는 않았어요. 그냥 조금 토했죠."

"그래, 어쨌든 무사히 왔구나. 여기가 마음에 드니?"

"아주 멋져요. 이층 침대를 좋아하거든요. 내 친구 잭의 집에도 있어요."

윌리엄은 갑자기 활기에 넘쳐서 대답한다.

"운이 좋은 친구로구나."

대화가 뚝 끊기고 두 사람은 1미터가량 떨어진 채 어색하게 서 있다. 마음 아프지만 어쩌면 휴가 내내 두 사람이 이야기를 나눌 수 있는 공통 관심사는 이층 침대뿐일지 모른다.

"자."

애덤이 손뼉을 짝 치면서 말한다.

"자."

윌리엄 따라 말한다.

"방학이라서 신나니?"

"물론이죠."

"너 학교 가는 거 좋아하잖아."

내가 지적한다.

"그치만 여기 있는 게 더 좋아."

"지금도 수학을 가장 좋아하니?"

애덤이 묻자 윌리엄은 잠깐 생각한다.

"음, 역사가 더 좋은 것 같아요. 이번 학기에 빅토리아 여왕에 대해 배웠는데 꽤 슬펐어요. 남편 앨버트 공이 죽자 여왕은 남편이 너무 그리워서 남편의 손을 석고로 떠서 늘 가지고 다녔대요."

윌리엄이 숨도 안 쉬고 말한다.

"빅토리아 시대는 여러모로 흥미진진해요."

윌리엄은 흥분해서 그렇게 덧붙이더니 19세기 말에 이룩한 의학적 진보에서 여성의 종속에 이르기까지 5분간 강의를 늘어놓는다.

"와, 내가 디프테리아에 대해 그렇게 무지한 줄 몰랐네."

애덤이 무덤덤하게 결론을 내린다.

"원하시면 더 말해드릴 수 있어요."

윌리엄의 말에 나는 신중히 생각하고 대답하라는 뜻으로 애덤을 노려본다.

"그래, 더 듣고 싶구나."

윌리엄은 미소를 지으며 "제 아이패드 가져올게요"라고 말하고는 별채로 들어간다.

"네 아이패드가 아니라 엄마 거야."

내가 윌리엄 뒤에 대고 외친다.

애덤이 여행 가방을 들고 안으로 들어가며 말한다.

"오늘 저녁에 여기서 일하는 직원들이랑 다 함께 식사할 거야. 사람들에게 어서 빨리 윌리엄을 소개하고 싶어. 물론 당신도."

나는 애덤을 따라 집 안으로 들어간다. 애덤은 가방을 바닥에 내려놓고는 그대로 서 있다.

"나머지 짐은 내가 알아서 할게. 도와줘서 고마워."

내 말에 애덤은 "천만에"라고 말하고는 여전히 움직이지 않는다.

"당신이 와서 좋아, 제스."

나는 힘껏 고개를 끄덕이며 채근한다.

"윌리엄은 어서 빨리 당신과 시간을 보내고 싶어 해."

애덤은 진작에 물어봐야 할 것이 이제야 생각났다는 듯한 표정으로 "어머님은 어떠셔?"라고 묻는다.

옆구리가 결려온다. "별로 좋지는 않아"라고 대답하며 여행 가방의 지퍼를 열어 안에 든 물건들을 탁자 위에 올려놓는다.

"요즘은 당신이 못 알아볼 정도로 변하셨어."

"정말 유감이야. 힘들었겠어."

"그랬지."

나는 화제를 바꾸기로 한다.

"애덤, 아까 시몬을 만났어."

"그래?"

"엘사하고는 언제 헤어졌어?"

애덤의 몸이 굳는다.

"엘사랑 헤어진 거 어떻게 알아?"

나는 고개를 들고 "시몬이 새 여자 친구 아니야?"라고 말한다.

"그렇게 티가 났어?"

"당신은 속이 빤히 들여다보여. 게다가 단순하기도 하고."

"내가 예민한 성격이 아니라서 다행인 줄 알아. 다른 사람이었으면 기분 나빠했을지도 몰라."

애덤은 이렇게 말하고는 웃음을 터뜨리더니 내게 손을 흔들며 현관 쪽으로 걸음을 옮긴다.

나는 티셔츠 안에서 움직이는 애덤의 등 윤곽을 바라본다. 그는 주머니에 양손을 찔러 넣고 한껏 허세를 부리며 걸어간다.

"걱정 마, 애덤. 당신이 무딘 사람이라는 건 세상이 다 아니까."

8

———————— 저녁 식사는 성 뒤쪽 테라스에 있는 기다란 대형 식탁에서 열렸다. 윌리엄과 내가 도착했을 때는 고성의 벽이 장밋빛 석양에 물들었고, 허브와 시트로넬라 향기마저 진하게 감돌았다.

수영장 수면은 실크처럼 매끈하고 고요하며, 선 베드는 여러 줄로 가지런히 정렬되어 있다. 테라스 맞은편에서는 몇몇 가족이 커다란 접시에 담긴 껍질콩 샐러드와 오리 가슴살을 나눠 먹는 가운데 와인 잔이 쨍강쨍강 부딪치고 아이들의 낭랑한 웃음소리가 하늘로 피어오른다. 나는 반짝이는 촛불이 드문드문 놓인 기다란 식탁에서 내게 배정된 자리에 앉아 물방울이 맺힐 정도로 차가운 파스티스 한 잔을 받아 든다.

오늘 저녁에 모인 사람들 중에는 나이 지긋한 프랑스인 직원도 몇몇 있다. 관리인 장뤼크와 '마담 블랑샤르', '무슈 블랑샤르' 노부부 같은 사람들이다. 블랑샤르 부부는 집안 대대로 이 성을 소유하다가 애덤에게 팔았는데, 팔기 전 10년간 재정상 어려움을 겪었다. 성을 호텔로 개조하겠다는 그들의 희망도 실현될 기미가 보이지 않다가 애덤이 성을 사들인 뒤에야 가능해졌다. 은퇴하기는 했어도 두 사람 모두 훌륭한 요리사여서 일주일에 한두 번씩 호텔 부엌에서 요리 솜씨를 발휘하기도 하고, 투숙객들을 대상으로 강좌를 진행하기도 한다. 비록 애덤은 자기가 이 성을 망가뜨리지 않는지 두 사람한테 감시해달라고 우겼기 때문이라고 농담을 하지만.

그 밖에 젊은 영국인 네 명과 그들의 프랑스인 파트너들이 있는데 다들 발목에 문신을 하고 있고 여행 중에 겪었던 일들을 들려주는 분위기가 꼭 대학 입학 전에 1년간 쉬고 있는 고등학생 같다. 그들과 어울리는 애덤의 모습에서 위화감은 전혀 느껴지지 않는다. 저 나이 때 우리 아빠는 갚아야 할 대출금과 부양해야 할 가족이 있었고, 예순다섯에 은퇴하기까지 숨 돌릴 틈도 없는 회계사라는 직업에 종사했는데 말이다.

하지만 여기서 애덤은 영원히 스물한 살로 살 수 있다. 늘 반짝이는 태양과 그의 비위를 맞춰주려고 애쓰는 여자들에게 둘러싸여서. 꼭 여자들만 그에게 호감을 보이는 건 아니다. 그들에게 애덤은 멋진 형이자 오빠, 그리고 상냥한 독재자가 합쳐진 듯한 존재로, 주고받는 술 속에서 남녀노소의 관심을 한몸에 받는다. 이내 타는 듯한 낮의 더위가 물러가며 선선해지고, 오렌지색 달과 촛불, 수영장 바닥에서 흘러나오는 푸른색 불빛이 주위를 밝힌다.

음식은 격식 없는 프랑스 스타일로, 여러 종류의 아삭한 잎채소 샐러드와 샤퀴테리 플래터로 시작한다. 염장 고기를 비롯해 무스, 얇게 저민 훈제 오리 가슴살이 점판암 그릇에 담겨 나온다.

"이게 뭐예요?"

윌리엄이 샐러드를 바라보며 묻는다. 아까 애덤이 사 온 티셔츠를 입었는데 겨드랑이가 꼭 끼어서 피가 안 통할 듯하다.

"제지에(Gesier)야. 먹어보렴. 아주 맛있어."

애덤이 그렇게 말하며 일부를 덜어 아들 접시에 놓아준다.

윌리엄은 코를 찡그리며 "그러니까 제지에가 뭐냐고요?"라고 다시 묻는다.

"모래주머니. 구체적으로 말하면 오리의 소화기 일부지. 이렇게 말하니까 참 맛없게 들리긴 하네."

애덤이 씩 웃는다. 윌리엄은 얼굴을 찡그리고, 나는 살라미를 가리키며 그걸 먹으라고 말한다. 피자에 들어가는 페퍼로니와 똑같다고, 오히려 더 고급 소시지라고 덧붙이면서.

"애덤 말로는 선생님이라고요?"

시몬이 와인 잔을 입으로 가져가며 묻는다.

"네, 고등학교에서 작문을 가르쳐요."

"멋지네요. 재미있나요?"

"너무 재밌죠."

내가 으레 하는 대답이다. 한때는 교사라는 직업에 열정이 넘쳤지만 올해부터 너무 울적해져서 내 삶에 다시 재미있는 일이 생기기나 할까 하는 의문이 든다고 사실대로 설명하려면 너무 복잡하기 때문이다.

"한 부모로서 일을 병행하려면 힘드시겠어요."

시몬은 특히 '한 부모'라는 단어를 강조하며 말한다.

"네, 하루하루가 전쟁이죠"라며 나는 시몬의 말에 동의한다. "게다가 어머니도 건강이 안 좋으셔서 예전처럼 도와주지 못하세요."

"저런, 어머니가 빨리 회복되시면 좋겠네요."

시몬이 건성으로 말한다.

나는 미소를 짓고 고개를 끄덕인다. 이거야말로 지금까지 내가 한 행동 중에서 가장 영국인다운 행동이 아닐까? 불치병 같은 불편한 주제로 분위기를 망치지 않는 일.

"당신을 보면 정말이지 우리 엄마가 떠올라요."

느닷없이 시몬이 그렇게 말한다.

나는 놀라서 고개를 들며 "어머, 어머님이 안젤리나 졸리라면 좋겠네요"라고 말하고는 씩 웃지만 시몬은 멍하니 날 바라볼 뿐이다.

"우리 엄마도 할 일이 많으셨죠. 여자는 특정한 나이가 되면 책임져야 할 일이 산더미처럼 늘어나는 거 같아요. 엄마는 늘 동분서주했어요. 그래서 전 여러 가지 책임과 튼살에 발목 잡히기 전에 이십 대를 최대한 즐기기로 마음먹었죠."

시몬은 미소를 짓더니 아차 하는 표정으로 덧붙인다.

"그렇다고 해서 당신에게 튼살이 있다는 뜻은 아니에요. 제 말이 너무 무례하게 들렸죠?"

"전혀요. 게다가 사실이기도 하고요."

나는 시몬을 안심시킨다.

얼마 뒤 시몬이 화장실에 가고 애덤과 나 사이에 잠시 침묵이 흐른다.

"좋은 여자네."

내가 애덤에게 말한다.

"고마워."

"윌리엄도 시몬을 좋아해."

정작 애덤은 윌리엄이 시몬을 어떻게 받아들일지 생각해본 적도 없는 표정이다.

"시몬의 부모님은 아직 안 만났어?"

애덤은 와인을 마시다 말고 기침을 하더니 몸을 돌려 날 바라본다. 그가 요즘 무슨 샤워 젤을 쓰는지 몰라도 갑자기 그 향기가 내 머릿속을 가득 채운다.

"나와 사귀기에는 시몬이 너무 어리다는 뜻이야?"

"몇 살인데?"

애덤은 머뭇거리다가 "스물둘"이라고 대답한다.

"내가 이러쿵저러쿵 평가할 생각은 전혀 없어."

나는 와인 잔을 입에 대고 빙그레 미소를 짓다가 애덤의 시선을 느끼고 덧붙인다.

"아냐, 시몬은 좋은 여자야. 정말로."

그러고는 이걸로 이 이야기는 끝내야겠다고 마음먹는다.

"자, 윌리엄, 네 사진을 찍어서 할아버지께 보내드리자."

윌리엄이 미소를 지으며 포즈를 잡자 애덤이 우리 둘을 찍어주 겠다고 나선다. 나는 사진을 선택하고 문자메시지를 쓴다.

무사히 도착했어! 긴 여행이었지만 윌리엄은 벌써 신났어! 엄마는 어때? x

나는 '보내기' 버튼을 누르고 액정 속 작은 선이 천천히, 힘겹게 움직이는 모습을 지켜본다.

"유감스럽게도 여기는 인터넷이 그다지 빠르지 않아. 너무 시골 이라서"라고 말하고는 애덤이 덧붙인다. "그래도 문자가 가기는 할 거야. 하지만 부모님과 영상통화를 하고 싶다거나 급히 보내야 할 문자가 있으면 내 사무실에서 해."

"고마워."

애덤은 뒷주머니에서 종이 몇 장과 가루담배를 꺼낸다. 나는 휴대전화를 내린다.

"담배 끊은 줄 알았는데."

"요즘엔 사람들과 어울릴 때만 피워."

나는 애덤이 담배 마는 모습을 바라보며 윌리엄의 눈치를 살핀다. 윌리엄은 똑똑한 아이라 담배가 해롭다는 걸 알지만 그래도 굳이 그 애에게 아빠가 담배 피우는 모습을 보여주고 싶지는 않다.

애덤은 어깨를 으쓱이며 "누구나 나쁜 습관이 하나씩은 있잖아"라고 말한다.

"그래. 하지만 내 나쁜 습관은 케이크를 먹고 넷플릭스를 보는 거야. 둘 다 죽음을 초래하지는 않지."

애덤이 내게 그쯤 해두라는 눈빛을 보내며 말한다.

"너무 빡빡하게 굴지 마, 제스."

그 말에 대꾸할 만한 대답이 스무 개도 넘게 머릿속을 스쳐 가지만 나는 심호흡을 하고 와인을 한 모금 마신 다음, 다른 이야기 상대를 찾는다.

그때 마침 윌리엄 옆에 앉은 젊은 남자가 "별채는 마음에 들어요, 제스?"라고 묻는다. 졸려 보이는 갈색 눈에 엄청나게 부드러운 웨일스 억양을 구사하는데 머리는 서퍼처럼 금발에 소금기를 머금었다.

"정말 예쁘더라고요, 고마워요."

"들었죠, 보스?"

그가 애덤을 보며 씩 웃는다.

"잘했어."

애덤이 남자를 칭찬하고는 날 돌아보며 말한다.

"당신이 도착하기 전에 벤이 그 별채를 청소했거든. 이 친구는 고무장갑을 끼면 천하무적이지."

벤이 웃음을 터뜨린다.

"이렇게 멋진 곳에서 일할 때는 그게 단점이에요. 햇살이 좋고 아름다운 경치가 눈앞에 펼쳐져 있지만, 청소부가 전화로 병가를 내면 내가 대신 소매를 걷어붙이고 변기 청소를 해야 하죠."

"변기가 아주 반짝반짝 빛나더라고요. 칭찬받을 만해요."

내가 확실하게 말해준다.

"그 말에 건배!"라고 말하며 벤이 잔을 들어 올린다.

두세 시간쯤 뒤 윌리엄과 나는 각자의 침대에 털썩 쓰러진다. 나는 누워서 휴대전화를 확인한다. 아빠한테서 문자가 와 있다.

윌리엄이 즐겁게 지낸다니 다행이구나. 넌 어떠냐? 엄마도 오늘 즐거운 하루를 보냈다. 오후에 엄마랑 함께 윌로뱅크에 갔는데 날씨가 좋아서 정원에 앉아 제과 제빵 책을 봤단다. ㅡ아빠가 x

나는 눈을 감고서 장미꽃들 사이에 앉아 있는 두 분을 상상한다. 아빠는 반질반질하고 두꺼운 책장을 천천히 넘기며 엄마가 각각의 사진을 찬찬히 볼 때까지 기다렸을 것이다. 엄마는 그 책에 나오는 케이크 장식들을 거의 다 한 번쯤 만들어봤다. 엄마에게 케이크 만들기는 단순한 취미가 아니라 열정을 쏟아붓는 대상이었다.

비록 이제는 그 책에 실린 정교한 장식을 만들 수 없다고 해도 엄마는 사진을 보면서 한때 자신이 부렸던 마법을 회상하는 걸 좋아한다. 온갖 재료로 가득한 찬장과 부족한 참을성, 타고난 예술적 감각을 동원해서 부렸던 마법이었다.

9

──────────── 엄마가 날 위해 만들어준 케이크 중에서 최고는 여섯 살 생일 케이크인데, 지금도 그걸 생각하면 가슴이 뛴다. 내가 "정말로 내일 파티 시작하기 전까지 완성할 수 있어?"라고 물었을 때는 엄마가 스펀지케이크 시트 세 개를 쌓아 올리고 그 위에 거품처럼 새하얀 버터크림을 산더미처럼 바른 직후였다.

당시에는 식당과 부엌 사이의 벽을 트기 전이라 부엌이 좁았다. 좁은 부엌에는 눈처럼 새하얗고 아무런 장식도 없는 찬장이 있고, 바닥에는 무늬 있는 베이지색 타일이 깔렸으며, 고장 날까 봐 늘 불안한 마음으로 사용하던 전자레인지가 있었다.

"넌 이 엄마를 못 믿는구나, 그렇지?"

엄마는 웃으면서 내가 핥아 먹게 반죽을 젓던 국자를 건넸다. 케이크를 만드는 과정에서 가장 행복한 순간이었다.

"그때까지 완성할 수 있다는 뜻이야?"

내가 묻자 엄마는 몸을 기울여 내 머리에 키스했다.

"제스, 엄마가 약속할게. 내일 친구 열네 명이 이 집에 들이닥칠 때는 케이크가 완성되어 있을 거야. 설사 엄마가 밤을 새우는 한이 있어도."

정말로 밤을 새워야 한다고 해도 엄마는 마다하지 않았을 것이다.

엄마는 집안에 생일이나 세례식, 결혼식이 있을 때마다 부탁받지 않아도 자진해서 케이크를 구웠다. 내 세 살 생일에는 무당벌레 케이크를, 내 사촌 샬럿의 결혼식에는 4층 웨딩 케이크를, 그리고 또 하나의 걸작인 아빠를 주인공으로 한 슈퍼맨 케이크까지.

내가 식당으로 어슬렁어슬렁 걸어갔더니 아빠가 장식을 걸고 있었다.

"아빠가 잘하고 있는지 감시하러 온 거야?"

아빠는 사다리 꼭대기에 올라서서 천장 몰딩에 '해피 버스데이'라고 적힌 커다란 현수막과 푸른색, 초록색, 하얀색 풍선을 달고 있었다. 식당의 세 면을 차지한 책꽂이에는 색색의 장식용 테이프가 붙어 있었다.

귀찮음을 무릅쓰고 세어본다면 그 식당에는 분명 수백 권의 책이 있을 터였다. 엄마가 제과 제빵 책을 위한 공간을 따로 마련해두기는 했지만 대부분 소설책이었다. 특히 엄마는 범죄소설을 좋아해서 루스 렌델부터 《오리엔트 특급 살인》에 이르기까지 온갖 범죄소설이 다 있었고, 특히 《오리엔트 특급 살인》은 읽고 또 읽었다.

"너무 신나!"

나는 또 그렇게 말했다.

"그래, 그런 것 같구나."

아빠는 씩 웃으며 사다리에서 내려왔다.

"제스, 한 번 더 물을게……. 네가 가장 받고 싶은 선물이 뭐라고 했지?"

"자전거."

나는 거짓말을 했다.

아빠는 애매한 미소를 지으며 "정말이야? 다른 건 줄 알았는데……. 정말 자전거로 괜찮겠어?"라고 물었다.

나는 뭐라고 대답해야 할지 몰랐다.

여름에 런던에 사는 앨런 삼촌 집에 놀러 갔다가 백화점 쇼윈도에 진열된 공주풍 성인용 화장대를 봤다. 장난감 말고 다른 물건을 가지고 싶었던 적은 처음이었다. 내 눈에는 너무나 아름다워 보였다. 강낭콩 모양 화장대와 정교한 테두리 장식이 달린 거울 세 개, 그리고 화장대 아래쪽에 미로처럼 복잡한 서랍장을 가려주는 태피스트리 커튼까지.

"응, 진짜 자전거로 충분해"라고 말하는데 볼이 화끈거렸다.

아빠는 심각한 눈으로 날 바라보며 "왜 생일 선물로 화장대를 받을 수 없는지는 알지?"라고 물었다.

나는 고개를 끄덕였다.

"그렇게 비싼 물건을 사는 건 어리석은 짓이니까. 그렇지, 아빠?"

"아주 어리석은 짓이지."

아빠는 내 말에 동의하고는 다시 풍선을 달았다.

이튿날 아침, 나는 자전거를 선물 받고 기뻐했다. 얼마 전 텔레비전에서 〈찰리와 초콜릿 공장〉을 본 뒤 거기 나오는 베루카 솔트처럼 버릇없는 아이는 되고 싶지 않았기 때문에 기쁘다는 표현을 확실히 했다.

시간이 괴로울 정도로 더디게 흐르는 동안 엄마는 샌드위치를 만들었다. 아빠는 소포 전달 게임에 필요한 음악과 쿠션을 준비해둔 다음, 시간이 있을 때 술을 마셔두려고 슬그머니 밖으로 나갔다. 조금 뒤 할머니가 오셔서 내가 생일 파티 의상인 빨간 원피스와 하얀 타이츠, 검은 에나멜 신발을 입고 신는 걸 도와주셨다.

"배꼽은 왜 생겼어요?"

할머니가 타이츠를 입혀주는 동안 내가 물었다. 당시 나는《어린이를 위한 인체 백과사전》을 자주 읽어서 장의 기능은 잘 알았지만 왜 배꼽이 있는지는 읽은 기억이 없었다.

할머니는 타이츠를 좌우로 움직여 한쪽으로 치우치지 않게 하고는 "하느님이 네 귀를 붙이고 머리 색깔을 정한 다음 배를 쿡 찌르면서 '다 됐다'라고 말씀하셨기 때문이야. 그다음에는 하느님이 정해주신 엄마와 아빠한테 황새가 널 데려다주는 거지"라고 말했다.

나는 코를 찡그렸다.

"거짓말."

"정말이란다."

그때 초인종이 울렸고 할머니가 말했다.

"첫 번째 손님이 왔구나!"

나는 생일 파티를 즐기는 데 정신이 팔려서 아직 아빠가 돌아오지 않았다는 사실을 처음에는 몰랐다. 의자 앉기 게임을 하고, 선물을 풀어보고, 무엇보다 엄마가 내온 케이크에 쏟아지는 손님들의 찬사를 즐기느라 바빴다.

엄마가 만든 케이크는 굉장했다. 동화에 나오는 궁전 모양의 황백색 케이크였는데 노란색 퐁당(순백색 설탕액으로, 케이크 장식에 쓰인다―옮긴이) 장미로 뒤덮인 격자 모양 울타리에 무지개색 설탕 과자가 뿌려진 첨탑까지 있었다.

내가 촛불을 끄자 날 둘러싼 친구들이 박수를 보냈다. 할머니는 엄마의 팔을 슬쩍 치며 "어쩌면 없는 게 나을지도 몰라"라고 말했다. 엄마는 고개를 끄덕였지만 금방이라도 울음을 터뜨릴 듯한 표정이었다.

"소시지 꼬치구이 더 있나요?"

세라 헴스가 물었다.

엄마는 얼른 정신을 차리고 대답했다.

"그럼, 잔뜩 있단다. 자, 이제 우리 다른 게임 할까?"

그제야 파티에서 게임을 담당한 사람은 엄마가 아니었다는 사실이 떠올랐다. 내가 물었다.

"아빠는 어디 갔어?"

"이따가 오시겠지"라는 말로 엄마는 대답을 얼버무렸다.

"내 생일 파티를 까먹은 거야?"

엄마는 대답하지 않았다.

"혹시 그때 우리가 〈사운드 오브 뮤직〉을 봤을 때처럼 여자들끼리만 노는 게 더 나을 거라고 생각했나?"

내가 먼저 대답을 제시했다.

"맞아, 그래서 그래."

엄마가 말했다.

하지만 난 그럴 거라고 생각하지 않았고, 아빠가 내 생일 파티에 참석하지 않았다고 생각하니 슬픔이 밀려왔다. 아빠도 이따금 깜빡할 수 있다. 워낙 지각 대장이고, 그럴 때마다 엄마는 불같이 화를 내곤 했다. 하지만 내 생일 파티를 놓쳤다는 걸 알면 아빠도 속상해할 것이다.

나는 그 사실을 떨쳐내고 파티를 즐기려고 했지만 자꾸 걱정이 되었다. 어쩌면 아빠는 버스에 치였을지도 모른다. 시간이 갈수록 그 생각은 점점 더 그럴듯해졌다. 특히 엄마가 입버릇처럼 그렇게 말했던 일을 생각하면.

내 친구 부모님들이 아이를 데리러 하나둘 집으로 찾아오자 나는 할머니의 팔을 끌어당기며 물었다.

"경찰에 신고해서 아빠가 어디 있는지 아냐고 물어볼까?"

"왜? 아빠가 어디 있을 것 같은데?"

"86번 버스에 치여서 길에 쓰러져 있을 것 같아."

할머니는 너무 슬프지만 동시에 짜증 난다는 듯이 눈을 질끈 감았다.

"안녕하세요, 여러분!"

나는 현관에 모여 있는 친구들 부모님들 쪽으로 고개를 홱 돌렸다. 아빠가 타조 털 먼지떨이처럼 머리카락이 잔뜩 헝클어진 채 아주 행복한 표정으로 사람들을 밀치며 걸어 나왔다. 나는 달려가 아빠를 껴안았다. 아빠가 펍에 다녀올 때면 늘 코트에서 나던 시큼한 냄새가 진동했다.

"그래, 오늘 생일 파티 주인공이구나. 넌 잠시 거실에 가 있거라. 아빠가 깜짝 선물을 준비했단다."

아빠가 혀 풀린 소리로 우렁차게 말했고, 나는 엄마를 힐끗 보았다. 엄마가 얼마나 화났을지 걱정되었지만 이번에는 엄마도 그저 다른 사람들처럼 놀라고 약간 긴장한 듯 보였다.

"자, 친구, 나 좀 도와주게."

아빠는 평소답지 않게 상남자 같은 말투로 말했다. 그러고는 비키 존스네 아빠의 팔을 붙잡더니 비틀거리며 현관 쪽으로 끌고 갔다. 나를 향해 "넌 어서 거실로 가거라, 제스!"라고 외치면서.

할머니는 경직된 자세로 날 거실로 데려가 문을 닫았다. 밖에서 요란한 소리가 나고 1분이 지나자 누군가가 거실 문손잡이를 잡아당겼다. 순간 문이 활짝 열리며 아빠가 외쳤다.

"짜잔!"

내 눈앞에 런던에서 가져온 공주 화장대가 놓여 있었다.

세라 헴스가 입을 딱 벌리며 말했다.

"와, 좋겠다!"

앞으로 걸어가 화장대를 만져보는 동안 내 가슴속에서는 작은 새 한 마리가 날아다니는 듯했다. 나는 "그러게"라고 가만가만 말하며 그날 밤 하느님께 기도하겠다고 다짐했다. 황새가 세상에서 가장 좋은 부모님에게 날 데려다줘서 감사하다고. 그리고 당분간 아빠가 말썽 피우지 않게 해달라는 부탁도 함께.

10

——————— 부엌 창문 너머로 낮게 뜬 태양이 안개에 가려져 흐릿한 아침 풍경이 보인다. 하루 종일 날씨가 안 좋을 듯하다. 나는 커피를 한 잔 내려서 밖으로 가지고 나간다.

별채 앞 의자에 앉자 안뜰 반대편 별채의 문이 열리며 한 남자가 딸로 보이는 여자아이와 함께 나온다. 남자는 나와 나이가 비슷하거나 좀 더 많아 보이는데, 잘 그을린 근육질 다리를 드러낸 반바지에 말끔하게 다린 셔츠를 입고 있다. 여자아이는 검은색 긴 머리에 코에 피어싱을 한 데다 화장이 너무 진해서 열두 살 같기도 하고 스물다섯 살 같기도 하다.

"안녕, 엄마!"

뒤돌아보니 윌리엄이 현관에서 기지개를 켜고 있다. 아직 잠이 덜 깬 눈에 잠옷 바지는 뒤집어 입었다.

"잘 잤니, 아들? 몸은 좀 어때?"

"배고파 죽겠어."

요즘에는 저 후렴구를 하루에 적어도 열두 번은 듣는다. 물론 모래주머니 요리가 나왔을 때는 제외하고.

"아침으로 팽 오 쇼콜라 먹을 수 있어?"

"그래, 성으로 가자. 내 프랑스어도 연습할 겸."

나는 중학교 때 프랑스어를 배웠는데, 그 뒤로 내가 열네 살이며 취미는 네트볼과 주디 블룸 책 읽기라고 설명해야 할 때마다 큰 도움이 되었다. 하지만 최근에 프랑스어 어학 교재를 다운받아서 공부했으니 자기소개 정도는 새롭게 할 수 있으면 좋겠다.

윌리엄과 내가 옷을 갈아입고 밖으로 나가니 연무가 빠르게 증발해버린다. 날씨는 어제 오후보다 더 상쾌한 듯하다. 새파란 하늘에 하얀 뭉게구름이 피어올라 있다. 나뭇가지 사이로 햇살이 쏟아지는 숲을 빠져나가자 테라스에 몇몇 커플이 앉아 느긋하게 신문을 읽거나 아침을 먹고 있다. 갓 구운 페이스트리의 달콤한 향기와 진한 커피 향이 진동하고, 방금 물을 준 화분에 색색의 꽃들이 반짝이는 물기를 머금고 피어 있다.

쌍여닫이문을 열고 들어가니 서늘한 로비가 나오고, 윤기 흐르는 골동품 탁자 한가운데에 큼직하게 잘 익은 무화과가 그릇에 담겨 있다. 탁자 맞은편 구석에는 아가판투스가 가득 꽂힌 길쭉한 유리 꽃병이 있다. 로비 전체에서 고급 비누와 막 꺾어 온 꽃, 그리고 사치스런 향기가 풍긴다.

"Bonjour, madame(안녕하세요, 부인)."

우리를 맞아준 여자는 다른 직원보다 나이가 훨씬 많았지만, 환하게 미소를 짓고 생기 넘치는 피부에는 광채가 흐른다.

"Je peux vous aider? Vous avez l'air un peu perdu tous les deux(뭘 도와드릴까요? 길을 잃으신 것 같네요)."

여자는 부드러운 말투로 자장가를 부르듯이 말하며 말 끝머리에 살짝 웃는다. 나는 여자가 무슨 말을 하는지 전혀 못 알아듣지만 그래도 따라 웃는다.

"Vous désirez quelque chose(뭘 드시겠어요)?"

내가 다운받은 오디오 교재에서보다 훨씬 빠른 속도로 여자가 말을 잇는다.

나는 헛기침을 한 번 하고, 복잡하게 말할 필요 없이 마실 것부터 주문하기로 한다.

"Vous avez EAU(물 있나요)?"

여자가 콧등을 찡그리며 어리둥절한 표정을 짓는다.

"Eauuuu" 하며 내가 되풀이해 묻는다.

이렇게 또랑또랑하게 말하는데도 여자는 마치 그게 처음 듣는 물건이라서 일단 구글에서 검색한 다음 시베리아 외곽에 있는 작은 전문점에서 주문해야 한다는 듯한 표정으로 날 바라본다.

"OOOhhhhww?"

여자가 내 발음을 따라 하며 천천히 얼굴을 찡그린다.

"Oui(네)!"

나는 씩 웃으며 의기양양하게 대답한다.

"Je ne comprends pas. Vous pouvez répéter? Si nous n'en avons pas, je peux en commander(뭘 달라고 하시는지 모르겠네요. 한 번 더 말씀해주실래요? 우리 호텔에 없으면 주문해드릴게요)."

내 얼굴과 목이 시뻘게지는 걸 보고 "괜찮아, 엄마?" 하고 윌리엄이 묻는다.

"그럼, 괜찮지."

나는 여자에게 내가 원하는 걸 보여주기로 마음먹고 생수병 뚜껑을 돌려서 열고 잔에 물을 따라 꿀꺽꿀꺽 마시는 흉내를 낸다.

"아!"

여자는 마침내 우리를 야외 탁자로 안내한다. 그러고는 성안으로 들어가 와인 메뉴판을 들고 다시 나온다.

"도와줄까?"

애덤이 시원한 회색 바지에 첫 단추를 푼 하늘색 셔츠 차림으로 문에서 나온다.

"아무 문제 없어"라고 내가 우기는 사이 여자는 애덤에게 프랑스어를 속사포처럼 쏟아낸다. 나는 둘이 무슨 말을 나누는지 다 이해하는 척 고개를 끄덕인다.

"뭘 주문하려고 한 거야? 클로딘은 당신이 자동차 부동액을 달라는 것 같다는데 정말 그래?"

애덤이 묻자 나는 "그냥 물을 좀 달라고 했을 뿐이야"라고 중얼거린다.

"아아! water(물)!"

클로딘이 외친다.

"네, 물" 하며 나는 속절없이 미소 짓는다. "Eau. 그냥 '물' 주세요. 아, 그리고 괜찮다면 팽 오 쇼콜라 두 개랑 카페라테도요."

"Bien sûr(물론이죠)."

클로딘은 그렇게 대답하고 쌍여닫이문 너머로 사라진다. 애덤과 윌리엄은 날 바라보며 미소를 주고받는다.

내가 원했던 부자간의 유대감은 이런 게 아니었는데.

11

─────────── 애덤은 전화하러 사무실로 돌아가고, 노란색 수영복과 같은 색깔의 모자를 쓴 어린 소녀가 아빠의 손을 잡고 온다. 아빠의 다른 쪽 손에는 플라스틱 양동이와 삽이 여러 개 들려 있다.

가방을 뒤져 선크림을 찾아낸 뒤 고개를 들어보니 우리 별채 맞은편에 묵고 있는 여학생이 옆 탁자에 앉아 있다. 검은 선글라스에 검은 티셔츠, 가늘고 하얀 허벅지가 드러나는 청 반바지 차림으로 카프카의 《변신》을 읽고 있다. 나로서는 한 번도 휴가지에서 읽고 싶다고 생각해본 적 없는 책이다. 여학생이 고개를 들자 나와 눈이 마주친다.

"안녕."

내가 미소를 짓지만 그 애는 의심스럽다는 듯이 코를 찡긋한다.

"훌륭한 책이지. 재미있니?"

"과대평가된 작품 같아요."

"그래?"

"《심판》이 더 좋아요. 그게 더 재미있죠. 저는 실존주의를 더 좋아하거든요, 솔직히."

여학생은 내 대답을 기다리지 않고 다시 책으로 고개를 돌린다. 내가 선크림 뚜껑을 열자 그 애가 고개를 들며 묻는다.

"우리 맞은편 별채에 묵으시죠?"

"응, 어제 도착했어."

"저희도요. 앞으로 13일이나 남았어요."

아이가 끔찍하다는 듯이 한숨을 쉰다.

"어디에서 왔니?"

"데번주요. 저는 엄마랑 거기서 살고, 아빠는 체셔주에 살아요."

"어머, 우리 집이랑 가깝구나. 우린 맨체스터에 살아."

순간적으로 책으로 고개를 돌릴 줄 알았던 아이가 다시 날 바라
본다.

"햄프슨 브라운이라고 들어보셨어요?"

"로펌 말이니?"

지역 뉴스가 끝나면 그 로펌의 광고가 나온다.

"네. 우리 아빠 회사예요."

"아버지가 거기서 일하셔?"

"우리 이삐기 햄프슨이에요."

말투만 봐서는 전혀 자랑하는 투가 아니다.

그때 내 휴대전화가 울린다. 나는 아이에게 양해를 구한 뒤 액정
에 뜬 베키의 번호를 보고는 '통화'를 누른다.

"여보세요? 별일 없어?"

내가 묻는다.

"이제 겨우 아침 10시 반인데 화이트 와인을 한 병 딸까 고민 중
이야. 이걸로 네 질문에 대답이 될까? 아무튼 그건 중요한 게 아니
고, 넌 어때?"

평소에는 저 질문에 솔직히 대답했지만 지금은 얼른 활기찬 말

투를 가장한다.

"나야 잘 지내지."

"정말?"

"응, 여긴 날씨가 끝내줘. 햇볕이 쨍한데 너무 덥지는 않아. 게다가 아이들을 위한 프로그램도 있어. 작은 축구장이랑 놀이터도 있고, 수영장도 아주 근사해서—"

갑자기 전화기 너머에서 고음이 폭발한다. 베키가 일곱 살짜리 첫째 제임스와 다섯 살짜리 둘째 루퍼스에게 소리를 지른 것이다.

"얘들아, 그만 좀 싸워! 얘들아아아아!"

뒤이어 요란한 발소리와 문을 쾅 닫는 소리가 나더니 주위가 조용해진다. 이윽고 다시 전화를 받은 베키가 숨을 헐떡이며 말한다.

"미안해."

"아이들을 옷장에 가둔 거야?"

"아니, 나를 가뒀지. 옷이 아니라 신발을 보관하는 곳이긴 하지만."

나는 웃음을 터뜨리고 베키도 함께 웃는다.

"얼떨결에 들어오긴 했는데 여기 꽤 조용하네. 솔직히 냄새는 좀 나지만 적어도 네가 하는 말은 들을 수 있잖아. 게다가 포피도 좋아해. 지금 우리가 숨바꼭질하는 줄 알거든."

포피는 베키의 두 살 반 된 딸이다.

"저기, 별채에 헤어드라이어가 있는지 물어보려고 전화했어. 없으면 가져가려고."

"우리 별채에 두 개나 있던데? 네가 묵을 별채에도 틀림없이 있을 거야."

"잘됐다. 그건 그렇고 애덤하고는 어때?"

"좋아."

"지금도 짜증 날 정도로 몸이 좋니?"

"그만해, 베키."

"미안. 그럼 여전히 재수 없어?"

나는 코웃음을 치며 윌리엄을 힐끗 쳐다본다. 저 애가 듣지 않았어야 할 텐데.

"직접 와서 판단하렴."

"이번 휴가에서 1분이라도 평화를 누릴 수 있다면 난 애덤을 다 용서할 거야. 아, 세상에…… 맙소사!"

"왜 그래?"

베키가 한숨을 쉰다.

"제임스와 루퍼스가 유리병에 든 2리터짜리 우유와 문간에 있던 창문용 세제를 엎질렀어. 포피는 똥을 쌌고. 여기는 즐거움이 끊이질 않는다."

12

—————————— 내 접시에는 얇은 페이스트리가 겹겹이 쌓인 팽오 쇼콜라가 놓여 있다. 냄새가 너무나 근사해서 입에 침이 고인다. 하지만 내가 아홉 살 이후로는 입을 엄두도 못 낸 짧디짧은 반바지 차림의 매끈한 십 대 후반에서 이십 대 초반 여자아이들에게 10분 동안 둘러싸여 있었더니 식욕이 떨어졌다. 나는 집게손가락으로 접시를 밀어낸다.

"먹기 싫어?"

윌리엄이 입 안에 빵을 가득 넣은 채 묻는다.

"당연히 먹고 싶지. 열 개라도 먹겠다."

윌리엄은 빵 열 개를 먹는 일은 생각도 못 해봤지만 그럴 수도 있다는 사실을 깨달은 듯한 표정이다. 나는 다시 팽 오 쇼콜라를 바라본다. 이제 와서 참은들 뭐 하겠나 싶어서 빵을 집어 들고 한 입 베어 먹는다.

"가서 주위를 둘러보지 그래?"

식사를 끝낸 윌리엄에게 내가 제안한다.

윌리엄은 어깨를 으쓱이며 "알았어"라고 대답하고는 의자를 밀고 일어선다.

"너무 멀리 가진 마, 알았지?"

윌리엄은 작작 좀 하라는 듯이 눈을 치뜬다. 이때 애덤이 커피잔을 들고서 성에서 나와 내 쪽으로 온다.

"나중에 중학생이라도 되면 어쩌려고 저러는지 몰라."

애덤이 자리에 앉는 동안 내가 중얼거린다.

"착한 애야. 분명 당신을 힘들게 하지는 않을 거야."

난 '그걸 당신이 어떻게 알아?'라고 대꾸하고 싶은 걸 꾹 참고 대신 이렇게 말한다.

"호텔 개조를 아주 잘했네."

그의 눈에 자부심이 스친다.

"이렇게 되기까지 오래 걸렸어."

"알아. 아주 뿌듯하겠어."

"응, 그래."

애덤은 커피잔을 집으려고 손을 뻗고, 나는 갈색으로 그을린 그의 굵은 손가락을 보며 회사를 다니던 시절과는 손이 완전히 달라졌다고 생각한다. 그때도 남자다운 손이기는 했지만 손톱을 단정하게 다듬고 피부는 부드러우면서 탄력이 있었다. 하지만 지금은 좀 더 갈색으로 그을었고, 손마디는 굵혀서 그보단 옅은 벌꿀색을 띤다.

"지난달에 이 호텔을 사고 싶다는 제안을 받았어."

"정말?"

"당연히 안 팔 거지만 기분은 좋더라고."

나는 윌리엄을 바라본다. 윌리엄은 갓난아기였을 때처럼 돌을 집어 들고서 이리저리 살펴보고 있다.

"저기, 담배 말인데"라며 갑자기 애덤이 화제를 돌린다. "이제 윌리엄 앞에서는 안 피우도록 할게."

나는 부드러워진 그의 태도에 살짝 놀랐지만 더 캐묻고 싶지 않아 그저 알겠다고 대답한다.

"담배를 끊지는 않을 거야. 하지만 당신이 왜 아이한테 아빠가 담배 피우는 모습을 보이고 싶어 하지 않는지 이해했어."

"고마워."

"근데 당신은 내가 윌리엄에게 끼치는 영향을 너무 과대평가하는 거 같아."

"사실을 알면 놀랄걸."

내가 나직이 중얼거리는데 윌리엄이 탁자로 다가와 애덤에게 묻는다.

"사탕이나 초콜릿 살 만한 곳 있어요?"

"금방 팽 오 쇼콜라를 두 개나 먹었잖아!"

나는 윌리엄을 말리고는 "곧 슈퍼마켓에 장 보러 갈 테니까 그때 사렴. 과일도 잔뜩 사고. 그건 그렇고 애덤, 앞으로 서너 주 동안 우리랑 뭘 할 계획이야?" 하고 묻는다.

애덤은 커피를 마시다가 멈칫하더니 천천히 잔을 내린다. 그의 시선은 잔 받침에 고정되어 있다. 이렇게 시간을 끄는 건 필시 대답을 생각할 시간을 벌기 위해서다.

"글쎄, 여기서 할 수 있는 일은 많아."

마침내 애덤이 말문을 연다.

"가이드북에도 그렇게 나와 있더라. 그래서 당신은 어떤 계획을 세워뒀는데?"

"당신이 뭘 하고 싶은지 의논한 뒤에 결정하는 게 나을 거라고 생각했어."

나는 냉소적인 표정으로 실눈을 뜬다.

"배려심이…… 넘치시네."

애덤은 내 말투를 무시하고 윌리엄을 돌아본다.

"너와 네 엄마가 할 수 있는 게 아주 많아. 내가 산책로를 알려줄 수도 있고, 아니면 카누를 타도 좋아. 둘 다 모험을 즐기고 싶다면 암벽 등반을 주관하는 여행사에 연락해줄 수도 있고."

"그래, 가이드북에서 봐서 알고 있어. 그거 말고 당신이 윌리엄과 뭘 하고 싶은지를 묻는 거야."

애덤이 머뭇거린다.

"나?"

"그래."

등을 곧추세우는 걸로 보아 애덤은 그제야 자신의 실수를 깨달은 모양이다.

"그렇지. 음, 지금은 성수기라서 사무실을 오래 비울 수 없어. 오후에 시간을 뺄 수는 있지만 시몬의 입장도 생각해야 하니까."

커피를 마시던 나는 사레가 들려 기침을 한다.

애덤이 황급히 덧붙인다.

"물론 네가 여기 있는 동안은 네가 최우선이야, 윌리엄. 이렇게 하자. 하루 날을 잡아서 협곡 탐험을 하거나 초급 캐니어닝(canyoning: 급류 타기, 암벽 타기, 동굴 탐사 등 깊은 협곡에서 할 수 있는 스포츠-옮긴이)을 하면 어떨까?"

"구체적으로 뭘 할 건데? 위험하지 않아?"

내가 묻는다. 애덤은 윌리엄의 나이에 알맞은 야외 활동이 무엇인지 한심할 정도로 감을 못 잡는다. 윌리엄의 다섯 살 생일에는 대형 토마스 기차를 사줬는데 윌리엄은 세 살 이후로 토마스에 흥미를 잃은 터였다. 윌리엄이 여덟 살 때는 열다섯 살 중학생도 탈 수 있을 정도로 큰 자전거를 사줬다. 안장이 어찌나 높던지 나조차도 세 번 만에, 심지어 한쪽 다리를 들고서 오줌 누는 코커스패니얼 흉내를 그럴싸하게 낸 끝에야 올라탈 수 있었다.

"캐니어닝은 괜찮아."

애덤이 전혀 괜찮지 않은 말투로 신경 쓸 것 없다는 듯이 말한다.

"그러니까 구체적으로 뭘 할 거냐고?"

"암벽 등반이랑 호수 다이빙, 폭포 타고 내려가기 같은 거지. 아주 재미있어. 우릴 안내해줄 친구도 있고."

난 등에 식은땀이 흐른다.

"이왕이면…… 자전거 타기 같은 건 어때? 아니면 여기 페달 보트 타는 데 있어?"

내가 의견을 내놓는다.

"난 캐니어닝이 좋아."

윌리엄이 단호하게 말한다.

나는 입을 다물고 만다. 그러다 애덤을 돌아보고 말한다.

"그래……, 알았어. 당신이 윌리엄을 데리고 가기 전에 알려줄 것들이 있어. 알레르기 같은 거. 그리고 윌리엄은 벌 공포증도 있어."

"없거든!"

"작년 여름에 벌이 다가오기만 하면 발작을 일으켰잖아."

"그건 작년 여름이지. 그땐 겨우 아홉 살이었다고."

마치 몇십 년 전 얘기라도 된다는 듯이 윌리엄이 말한다.

애덤을 힐끗 보니 그의 갈색 눈은 심드렁하게 수영장 반대편을 배회하고 있다. 그곳에는 테니스용 반바지를 입고 챙이 넓은 세련된 모자를 쓴 우아한 여자가 있다. 오십 대는 되었을 테지만, 목숨 걸고 관리한 여자처럼 몸매가 날씬하고 탄탄하다.

다시 애덤을 돌아보니 그는 그제야 내 시선을 느끼고 말한다.

"미안. 내가 아는 사람 같아서. 뭐라고 했어?"

"아무것도 아냐."

내가 어쩌다 이런 남자랑 얽히게 됐을까? 더구나 경고까지 받았는데 말이다.

13

─────────── 애덤은 나와 사귀기 전부터 명성이 자자했지만 나는 아랑곳하지 않았다. 사랑에 빠지는 데는 논리가 통하지 않으니까. 가슴이 노래할 때는 머리가 맥을 못 추는 법이다.

우리는 에든버러에서 만났다. 둘 다 대학에서 영문학을 공부하고 있었다. 나는 계몽주의와 영문학 강의를 들은 지 일주일쯤 지나 처음으로 애덤의 존재를 알게 되었다. 그렇다고 첫눈에 반해서 숨이 멎고 번개를 맞은 듯한 느낌이 들었던 건 아니다. 하지만 몇 주가 지나 애덤이 언뜻 보일 때마다, 심지어 강의실 반대편에 있을 때조차도 몸 전체가 녹아내렸다.

그 수업을 듣는 여학생들은 전부 애덤을 짝사랑했고, 평소에는 똑똑하던 아이들도 애덤 앞에서는 허둥지둥했다. 나도 그런 여자들 중 하나였다. 하지만 1학년 내내 그저 강의실 구석에 처박혀 투명인간처럼 지냈다.

그러다 여름방학에 베키와 함께 태국을 여행하면서 애덤을 좋아하는 마음을 털어놓았다. 당시 베키는 한밤중에 바다에서 알몸으로 수영을 하고, 스웨덴인 남자 바텐더 두 명과 셋이서 섹스를 하고, 매일 아침 11시에 일어나자마자 대마초를 피웠다. 하지만 나는 그 시간에 커피를 마시거나 치마를 걷은 채 패들 보드를 탔고, 아니면

〈왕과 나〉를 본 뒤로 늘 태국에 오고 싶었다던 던스터블 출신의 아주 착한 여자와 수다를 떠는 게 더 좋았다.

"그냥 가서 말을 걸어."

그런 일이 식은 죽 먹기인 베키는 나도 쉽게 할 수 있다는 듯이 그렇게 말했다.

하지만 방학이 끝나고 2학년이 되었을 때 나는 칼이라는 아주 좋은 남자와 뜨뜻미지근한 연애를 했다. 칼은 현재 보험업계의 거물이다. 내가 그 사실을 아는 이유는 몇 년 전 낮에 텔레비전에서 그가 나오는 광고를 봤기 때문이다. 광고에서 칼은 여행 보험 서류에 작은 글씨로 적힌 부분까지 읽지 않았다가 휴가 중에 내향성 발톱 치료비로 거액을 치러야 했던 여자의 사례를 이야기했다. 우리의 연애는 오래가지 않아서 크리스마스 직후에 헤어졌다. 둘 다 이별후에 딱히 힘들지도 않았다.

몇 주 뒤, 1월 어느 새벽에 나는 나이트클럽의 끈끈한 댄스 플로어에 서 있었다. 가슴속에서 음악이 쿵쿵 울리고, 머릿속에서 어둠과 빛이 깜빡거렸다. 베키의 혀가 섹스 피스톨스 티셔츠를 입은 남자에게 찰싹 붙어 있는 동안 나는 댄스 플로어 가장자리를 어색하게 어슬렁거리며 베키를 끌어내야 할지 말지 고민하고 있었다.

그러다가 내 옆에 누군가 있는 걸 느끼고 고개를 들었을 때 가슴이 터지는 줄 알았다. 애덤은 눈에 띄게 춤을 잘 추지는 않았지만 본능적으로 리듬에 따라 몸을 움직였고 남의 시선을 의식하지 않았다. 그의 몸에서 열기가 뿜어 나왔다. 나는 숨을 죽인 채 그의 게슴츠레한 눈과 도톰한 입술, 티셔츠 아래에서 움직이는 넓은 어깨를 보지 않으려 애썼다. 그러다 스피커에서 펄프의 〈코먼 피플

유미 에브리싱

〈Common People〉 전주가 흘러나오자 베키가 날 애덤 쪽으로 밀어버렸다.

훗날 애덤은 늘 말하기를 그때 처음으로 날 봤다고 했다. 그러니까 날 '제대로' 봤다는 말이다. 자비스 코커가 춤과 술과 섹스에 대해 큰 소리로 노래하는 동안 내가 자기를 향해 돌진해왔고, 갑자기 그 세 가지가 지구상에서 가장 위대한 발명처럼 느껴졌다고 했다.

우리는 서로 아무 말도 하지 않았다. 단 한 마디도. 애덤은 날 끌어안았고, 내 몸은 음악과 훨씬 더 강력한 무언가로 고동쳤다. 그날 밤 내내 우리는 춤을 췄고 키스했다. 이야기를 나누려고 했지만 음악 소리가 너무 커서 아무 말도 들리지 않았다. 클럽의 영업이 끝나자 우리는 손을 잡고 빈 택시를 찾아다녔다. 매섭고 캄캄한 밤이었고, 나는 불타고 있었다.

"난 영문학 전공이야."

내가 그 사실을 모를 거라고 생각했는지 애덤이 말했다.

나는 민망하지만 사실대로 말했다.

"응, 알아. 나도 영문학 전공이거든. 너랑 같이 듣는 수업도 두 개나 있어."

애덤은 그저 놀랐을 뿐인데, 난 그가 나를 학교에서 다시 봐야 한다는 사실에 난감해한다고 착각했다. 애덤에 관한 한 나는 늘 최악을 상상했다.

하지만 그다음 주 월요일, 수업을 들으러 강의실에 들어갔는데 누군가 내 어깨를 톡 쳤다. 뒤를 돌아보니 애덤이 미소를 지으며 "안녕? 옆에 앉아도 돼?"라고 물었다.

그것이 시작이었다.

애덤과 사귀는 첫 3년은 정말로 행복했다. 무일푼이었지만 누구보다 행복했다. 우리 둘 다 그랬다.

가족이 없는 애덤은 졸업 후 날 따라서 우리 집이 있는 맨체스터로 이사했고, 우리는 솔퍼드의 작고 가구도 거의 없는 아파트에서 함께 살았다. 지금은 그 아파트에서 BBC와 ITV, 그리고 화려한 바와 레스토랑까지 입주한 최첨단 건물 미디어시티 UK가 보이지만 당시에 그 자리는 주차장이었다. 하지만 어차피 전망은 필요 없었다. 우리에게는 서로가 있었고, 그걸로 충분하고도 남았다.

나는 교원자격증 1년 과정을 시작했고, 높은 학점으로 수월하게 졸업한 애덤은 에너지 회사에서 수습사원으로 일했다. 친구들도 많아졌다. 어릴 때부터 알고 지낸 친구들과 다시 우정을 쌓았고, 공부하는 과정에서 새로운 사람들도 만났다. 한편 에든버러에 남을 거라고만 생각했던 베키와 남자 친구 셉이 맨체스터에 있는 회사의 입사 제안을 받아들여 이사 왔다.

하지만 안타깝게도 일에 대한 애덤의 열정은 금세 시들기 시작했다. 그것도 이제 와 돌이켜보니 그런 생각이 들 뿐 당시에는 전혀 알아차리지 못했다. 아마 애덤 본인도 몰랐으리라. 당시 내 인생에는 오로지 우리 둘뿐이었다. 매일 아침 갓 우린 차 향기와 내 목에 닿는 그의 따뜻한 입술에 잠에서 깨던 짜릿한 시절이었다.

"다시 침대로 들어와."

어느 날 아침, 내가 이불 속에서 그렇게 중얼거렸다. 면도를 말끔히 하고 출근 준비를 마친 애덤은 말쑥했고, 키스는 감미로웠다.

"회의가 있어서 8시 45분까지 출근해야 해."

"알았어."

나는 마지못해 두 팔을 거둬들였다.

"하지만 당신이 설득하면 지각할 수도 있어."

그가 내 입술에 키스하며 속삭였다.

"괜히 난처하게 만들고 싶지 않아."

"요즘 열차가 자주 연착하거든."

애덤은 씩 웃으며 재킷을 벗고 침대로 올라와 내 품에 안겼다.

섹스가 끝난 뒤에도 그는 서둘러 일어나지 않았다. 계속 내 옆에 누워 언제나 그랬듯이 줄곧 키스하면서 틈틈이 꿈결 같은 대화를 나눴다. 애덤이 늘 이야기하고 싶어 한 주제는 미래였다. 현재는 별로 이야기하지 않았고, 과거도 당연히 아니었다. 그 이유는 나중에 알게 되었지만.

"당신이 교원자격증 과정을 마치면 어디에서 살까?"

"아주 멋진 곳에서 살아야지……. 번리(Burnley: 맨체스터에서 한 시간 30분 정도 떨어진 소도시-옮긴이) 같은?"

내 말에 애덤이 웃음을 터뜨린다.

"기대되는데."

"뭐……, 뉴욕에서 살 수도 있고."

"아, 좋지. 프랑스는 어때? 아니면 이탈리아는?"

"거긴 돈이 많이 들잖아."

"그래. 하지만 폐가를 사서 개조할 수 있어. 몇백 년 동안 방치되었지만 조금만 가꾸면 좋아질 만한 집을 사는 거지. 난 그러고 싶어. 당신 생각은 어때?"

"나도 좋아, 애덤. 하지만 친구들이 그리울 거야."

나는 솔직히 말했다.

"아니, 우리 둘이 함께 있는 한 세상 어디를 가든 괜찮을 거야."

애덤은 내 말은 아랑곳 않고 딱 잘라 말했다.

"이런 사랑꾼 같으니라고."

나는 빈정대듯이 중얼거렸지만, 사실은 그가 진심으로 한 말이라고 생각했다.

14

━━━━━━━ 샤를라의 미로처럼 얽힌 거리는 세월이 흘러도 변치 않는 매력이 있어서 이런 한여름에도 사람들이 찾아오는 듯하 다. 이 중세 도시는 여러 사람으로 웅성거리고, 연갈색 안뜰과 우아 한 중앙 광장에는 갓 구운 빵과 숙성된 치즈, 진한 블랙커피 향기가 가득하다.

오늘은 윌리엄과 내가 근처 관광에 나선 지 사흘째 되는 날이고, 우리는 군중 사이를 이리저리 빠져나가며 저택들과 카페테라스들 을 지나친다.

"보아하니 여긴 작은 시장이구나. 1년 중 특정한 시기에는 송로 버섯만 판매한대."

내가 가이드북에서 고개를 들며 말한다. 우리는 마침 천막을 치 고 고급 식재료를 파는 구역을 지나고 있었는데 큼직한 가판대에 송로버섯이 담긴 작은 바구니들이 끝없이 진열되어 있다. 윌리엄이 정말 살 거냐는 눈으로 날 바라본다. 솔직히 말해 지금까지 살면서 한 번도 송로버섯을 사야겠다고 생각해본 적이 없다.

하지만 어찌 된 일인지 나는 몽유병 환자처럼 순순히 22파운드 에 해당하는 유로를 지불하고 곰팡이 한 조각을 산다. 사고 난 뒤에 야 내가 요리에 테니스공 반쪽만큼이나 쓸모없는 물건을 샀다는 걸 깨닫는다.

하지만 결국엔 상관없게 된다. 우리는 길가에 있는 예쁜 카페에 들어가 커피 한 잔과 촉촉한 호두케이크 두 조각을 주문한다. 나는 송로버섯이 든 작은 갈색 봉지를 탁자 밑에 내려놓는다. 카페를 나선 지 10분이 지나서야 내가 봉지를 두고 왔다는 걸 깨닫지만, 윌리엄을 끌고 다시 카페로 가보니 그 자리는 이미 멋진 신사 둘이 차지했고, 그들이 데려온 개가 내 버섯을 점심 삼아 맛있게 먹고 있다.

내가 다운받은 프랑스어 오디오 교재에는 '당신의 푸들이 내 송로를 먹고 있어요'라는 문장이 나오지 않으므로, 난 그냥 넘어가기로 하고 카페를 나온다. 우리가 방문할 만한 매력적인 소도시가 몇 개 더 남았지만, 어릴 때 사람들 앞에서 헨리 8세의 부인들을 순서대로 나열하는 게 장기였던 윌리엄조차도 이젠 중세의 성당을 보는 데 흥미를 잃었다.

윌리엄이 "내 아이패드 가져왔어?"라고 나른한 목소리로 묻는다.

"내 아이패드를 말하는 거라면, 그래, 가방에 들었어."

윌리엄의 얼굴에 생기가 돈다.

"엄마, 우리 그만 점심 먹을까?"

"네가 〈클래시 오브 클랜〉을 할 수 있게 와이파이가 연결되는 식당에 가자는 말이지?"

"음, 그래도 돼?"

"그러자."

나는 고개를 끄덕이며 아이의 앙상한 어깨에 팔을 두르고 함께 자갈이 깔린 길을 구불구불 돌아서 내려간다.

"여기 어때?"

어서 빨리 게임을 하고 싶은 윌리엄이 급한 마음에 한 말이지만, 카페는 정말 멋지다. 이 마을 카페가 다 그렇듯이. 한 줄로 늘어선 작은 탁자마다 진한 크림색 대형 파라솔이 그늘을 만들어준다.

애덤 없이 우리 둘이서만 이렇게 돌아다닌다는 사실이 점점 마음에 걸리는 걸 부인할 수 없다. 그가 윌리엄과 가겠다고 애매하게 약속한 캐니어닝은 아직 구체적인 계획이 없고, 계획을 세우는 기색도 전혀 없다. 대신 애덤은 늘 호텔 단지 이쪽저쪽으로 뛰어다니고, 장을 보러 가거나 불특정의 '아주 중요한' 사람들과 회의를 한다.

윌리엄은 아무런 불평도 하지 않는데 나는 그런 점도 걱정된다. 아빠가 노력하지 않는다는 사실과 그로 인한 약간의 실망감에 너무 익숙해진 것이다. 지금이 성수기라는 사실은 이해하지만, 우리가 영국에서부터 먼 길을 달려왔다는 걸 고려하면 그다지 무리한 바람이라고는 생각하지 않는다. 더구나 난 자신이 누군지 조금씩 잊어가는 엄마를 아빠 혼자 돌보도록 남겨두고 오기까지 했다.

그런 애덤의 모습을 보면 미래가 암담하다. 나는 애덤이 여느 아빠들처럼 아들이 자라는 데 이런저런 도움을 주려고 나서는 모습을 상상하려고 노력한다. 대학생이 된 윌리엄을 학교까지 차로 데려다준다든가, 윌리엄이 처음으로 얻은 아파트로 이사하는 걸 도와주는 모습. 하지만 도무지 상상이 되질 않는다.

어젯밤에 아빠와 통화하면서 거짓말까지 하다 보니 벌써 엄마를 실망시킨 기분이 든다. 이곳에 온 뒤로 아빠와 문자를 숱하게 주고받았지만 통화는 처음이었다. 아빠는 계속 내게 잘 '쉬고' 있는지 물었고, 나는 "응, 당연하지!"라고 대답했다. 계속 연극을 하는 편이 우리 둘 모두에게 더 쉬운 듯하다.

내가 없다는 이유만으로 엄마의 상태가 급격히 악화되는 일은 없을 거라는 말을 아빠에게 여러 차례 듣기는 했어도 어젯밤에는 꼭 아빠의 목소리를 듣고 싶었다. 아마 아빠의 말이 맞으리라. 엄마의 몸과 뇌는 몇 주가 아니라 몇 년에 걸쳐 손상되었다.

윌리엄과 내가 로시뇰성으로 돌아온 건 오후 3시가 넘은 시간이었고, 애덤은 어디에도 보이지 않는다. 우연히 만난 시몬은 애덤이 전화를 받고 살리냑에 회의하러 갔으며 조금 뒤에 돌아올 거라고 말해준다.

"애덤에게 메시지를 남겨줄까요?"

나는 곰곰이 생각한 뒤에 "윌리엄과 약속했던 캐니어닝을 언제 갈지만 알려주면 좋겠어요"라고 대답한다. 내 아들이 기대에 찬 표정으로 고개를 들자 시몬의 미소가 흔들린다.

"지난번에 애덤이 좋은 계획이 있다고 그러더군요."

밝게 말하는 시몬의 코가 몇 센티미터 늘어나는 게 보이는 듯하다.

"그동안에 내가 유소년 축구팀을 만들었는데 곧 시작할 거야. 너도 거기 들어가지 그러니, 윌리엄? 그리고 제스, 수영장에서 아쿠아로빅 수업이 있어요. 당신 취향에 맞을 거예요."

"윌리엄은 축구를 별로 안 좋아해요. 그렇지, 윌리엄?" 하며 돌아보니 윌리엄의 볼이 살짝 상기되어 있다.

"한번 해보지, 뭐." 윌리엄이 중얼거린다. "엄마는 그 아쿠아 뭔가 하는 수업 들어봐. 그런 거 좋아하잖아."

아무래도 윌리엄은 나와 함께 있고 싶지 않은 모양이다.

조금 뒤, 나는 수영장에 서서 아쿠아로빅 수업이 시작되기를 기다린다. 이 수업의 참가자들 평균 나이보다 내가 어림잡아 반세기는 어린 듯하다. 나 말고 다른 사람은 다섯 명뿐인데 다들 칠십 대, 팔십 대다. 내 바로 앞의 등이 굽은 친절한 노부인만 제외하고. 그녀는 보어전쟁(1899년에서 1902년까지 영국과 트란스발공화국이 벌인 전쟁-옮긴이)도 직접 봤을 듯싶다.

수업이 시작되고서 가장 활기찬 동작이라고 해봐야 프랑스에서 리메이크한 〈아이 오브 더 타이거(Eye of the Tiger)〉 노래에 맞춰 제자리에서 살살 뛰는 것뿐이다. 그러는 동안 이 반에서는 청소년이나 다름없는 육십 대 선생님이 불타는 듯한 분홍색 운동복을 입고 수영장 밖에 서서 금방이라도 쓰러질 듯 땀을 뻘뻘 흘리고 있다.

나는 수영장에서 몰래 빠져나가기로 마음먹는다. 하지만 반쯤 나왔을 때 선생님이 음악을 멈추더니 내게 프랑스어로 소리친다.

"뭐라고요?" 하고 내가 영어로 묻는다.

"부낭을 돌려달라는군요."

뒤를 돌아보니 우리 별채 맞은편에 묵고 있는 남자, 햄프슨 브라운 로펌의 햄프슨이 앉아 있다. 그는 내 손에 들려 있는 푸른색 폴리스티렌을 가리킨다.

"아, 그렇군요. 죄송해요!"

나는 거듭 사과하고 부낭을 수영장 반대편에 내려놓은 뒤 살금살금 빠져나온다.

"수영장 안에서 별로 편해 보이지 않던데요."

나는 아까 비치 타월을 놓아둔 그의 옆자리에 가서 앉는다. 그는 서류에 둘러싸여 있지만 햇볕 아래서 이틀을 보내서인지 회사원 특유의 창백한 피부는 사라지고, 야외 활동을 많이 하는 사람처럼 보인다.

"앞으로는 달리기만 하려고요."

갑자기 부끄러워진 나는 타월로 가슴을 가리며 말한다.

"호수 주위에 좋은 산책로가 있더군요. 5킬로미터쯤 돼서 별로 힘들지도 않아요."

내가 그렇게 체력이 약해 보이나?

"잘됐네요. 그럼 두 바퀴는 돌아야겠어요."

내 말에 남자는 웃음을 터뜨리고 난 바보가 된 기분이다. 바보 맞지만.

"저는 그럼 아들의 축구 시합이 끝났는지 가봐야겠어요."

나는 일어서며 말을 잇는다.

"아이가 컴퓨터게임에서 빠져나올 수 있어서 다행이에요. 이 기회를 최대한 활용하려고요."

"제가 맞혀보죠. 중학생?"

"아직 아니에요. 열 살이거든요."

"음, 앞으로 재미있는 일이 많겠네요. 열네 살 딸을 둔 아빠로서 하는 말입니다."

"정말 힘드시겠어요. 하지만 어제 따님을 만났는데 아주 유쾌한 아이던데요."

아버지로서의 자부심에 그의 입꼬리가 올라간다.

"우리 클로이가 좀 괜찮죠? 특히 미소를 짓거나 제대로 된 대화를 할 때는요. 2주에 한 번 정도 있는 일이지만요."

"전 제스예요."

내가 손을 내밀며 인사하자 그는 나와 악수한다.

"찰리예요. 만나서 정말 반갑습니다. 영국분이라는 건 알겠는데, 어느 지역 출신인가요?"

"맨체스터요."

우리는 최근 이 도시가 얼마나 발전하고 있는지, 에티하드스타디움에서 무슨 공연을 봤는지 등등 10분 동안 이야기를 나누다가 그의 사무실이 우리 집에서 아주 가깝다는 사실을 알게 된다.

"좋은 동네에 사시네요. 가족이 살기에 좋죠."

"네, 윌리엄과 저도 좋아해요."

잠깐 침묵이 흐른 뒤 찰리가 묻는다.

"그럼 싱글이신가요?"

나는 고개를 끄덕인다.

"저도요"라는 찰리의 대답에 나는 가슴이 살짝 두근거린다. 찰리가 날 바라보는 눈빛 때문이기도 하고, 한편으로는 내가 아직 그런 눈빛을 즐긴다는 사실이 신기해서이기도 하다.

15

_____ 비 내리는 토요일 아침, 나는 잠옷 바람으로 양쪽 무릎을 가슴으로 끌어당긴 채 소파에 앉아 홀짝홀짝 커피를 마신다. 유리창을 타고 구불구불 흘러내리는 빗줄기는 마치 내 기분을 그대로 보여주는 것만 같다. 이렇게 예쁜 곳에서 아름다운 꽃과 음식, 와인에 둘러싸여 있는데도 도저히 잊을 수가 없다.

갑자기 창문을 두드리는 소리에 고개를 들어보니 애덤이 보인다. 내가 일어서기도 전에 윌리엄이 침실에서 나와 문을 열어준다.

"수영 좋아하니?"

애덤이 윌리엄에게 묻는다.

"네!"

"좋아. 그럼 운동화랑 반바지랑 수건 챙겨라."

"운동화? 수영장에 가는데 운동화가 왜 필요해?"

내가 어리둥절해서 묻자 애덤은 날 돌아보며 씩 웃는다.

"누가 수영장에서 수영한대?"

두 시간 뒤, 도르도뉴 관측 기록상 가장 심한 추위가 밀려오면서 비가 멈춘다. 엔조라는 가이드의 미심쩍은 보살핌을 받으며 짧은 산길을 터벅터벅 올라가니 하얀 물보라가 얼굴을 덮을 정도로 강물이 빠르게 떨어지는 폭포가 나타난다. 우리는 잠수복을 입고, 정강이 보호대를 차고, 헬멧까지 쓰고 있다. 개인적으로는 전부 다 휴가와는 거리가 먼 물건이라고 생각한다.

"윌리엄이 천식을 앓았던 거 기억해?" 하고 애덤에게 묻는다.

"괜찮을 거야."

애덤이 별걱정을 다 한다는 듯이 대답한다.

나는 얼굴을 찌푸린다.

"그걸 당신이 어떻게 알아?"

애덤은 윌리엄에게 오라고 손짓하며 "흡입기를 사용한 지가 언제야? 기저귀 차고 다닐 때 아니었어?"라고 말한다.

나는 대답하기를 그만두고, 애덤이 윌리엄의 헬멧 줄을 조이는 걸 바라본다.

"하지만 잘 생각해봐, 애덤. 이건 열 살짜리 아이에게 적합하지 않아."

애덤은 엔조를 돌아본다. 엔조는 나보다 키가 작고, 가무잡잡한 피부에 레고 인형처럼 어깨가 각졌다. 두 사람이 프랑스어로 대화를 나누는데 나는 전혀 알아들을 수 없다.

"엔조가 괜찮대"라는 애덤의 말에 내가 나직이 중얼거린다.

"엔조를 어떻게 믿어."

엔조는 날 보고 씩 웃더니 영어로 "믿으세요. 걱정 마요. 제가 아드님을 챙길게요"라고 말한다.

나는 고개를 끄덕이고는 엄지손가락 마디를 깨문다. 그때 윌리엄이 불쑥 끼어든다.

"엄마, 나 안 무서워. 그리고 엄마도 우리랑 함께 할 거잖아, 안 그래? 그렇게 걱정되면 날 계속 지켜보면 되잖아."

그게 또 다른 문제다. 난 사실 함께 하고 싶지 않다. 저기 들어가느니 정말로 무슨 일이든 하겠다. 차라리 소득세 신고서를 작성하거나 주차비를 정산하거나 자궁경부암 검사를 받겠다. 그 모두가 캐니어닝보다는 엄청나게 재미있을 것이다. 암벽 등반을 하고, 폭포를 타고 내려가는 일이 누군가에게는 천국이나 다름없겠지만(뮤즐리 광고에 등장하는 사람들이 즐기는 스포츠처럼) 나와는 정말 맞지 않기 때문이다.

나는 윌리엄을 힐끗 본다. 곧 얼음처럼 차가운 물에 들어가야 하고, 몸에 상처를 입거나, 아까 내가 서명한 권리 포기 각서에 유쾌하게 강조되어 있듯이 '사망'할지도 모른다는 가능성이 있다는 사실에 전혀 동요하지 않는 표정이다. 도리어 흥분으로 상기된 볼을 보니 내가 전부 그만두고 근처에 있는 14세기 성당으로 가서 근사한 탁본 뜨기를 하자고 설득해도 통하지 않을 듯하다.

"La première chose á faire, c'est d'entrer dans l'eau comme ça, tout doucement, pour éviter une crise cardiaque."

엔조의 말에 애덤이 웃음을 터뜨린다.

"뭐라는 거야?"

엔조가 첫 번째 연못에 들어가는 사이 나는 애덤의 어깨를 톡톡 치며 얼굴을 찡그리고서 묻는다.

"들어가래. 하지만 아마 물이 찰 거라고."

애덤은 허리까지 오는 물속에 들어가 앉으면서도 꿈쩍하지 않는다. 내가 그 뒤를 따라 들어가자 내 은밀한 부위는 소름 끼치도록 차갑고 불쾌한 경험을 하고 만다. 이 얼어붙은 몸이 녹으려면 며칠은 걸릴 것이다.

"Vous me remercierez de vous avoir avertis"라는 엔조의 말에 나는 통역해달라는 뜻으로 애덤을 바라본다.

"엔조 말이 나중에 당신이 고마워할 거래."

도대체 '뭘' 고마워하냐고 미처 묻기도 전에 엔조는 사이코패스처럼 다리를 앞뒤로 흔들어 내 얼굴에 얼음처럼 차가운 물을 튕긴다. 내 코와 눈에 물방울이 튀자 나는 너무 놀라 숨이 막힌다. 마침내 엔조가 발길질을 멈춘다. 만약 내가 그렇게까지 충격을 받지 않았더라면 아마 울었으리라. 역시 엔조의 발길질로 흠뻑 젖은 윌리엄과 애덤은 둘 다 낄낄거린다.

"괜찮아?"

애덤이 내 팔에 손을 올리며 묻는다. 나는 반사적으로 그의 손을 뿌리치고, 딱딱 부딪치는 이를 진정시키려고 한다. 이어서 콧구멍 깊이 들어간 젖은 머리카락 뭉치를 빼내며 "물론이지. 당신 아들이 나 잘 챙겨"라고 대꾸한다.

애덤은 다시 날 보며 얼굴을 찡그린다.

"제스, 내가 약속할게. 윌리엄은 무사할 거야."

그 뒤로 한 시간 반 동안 우리는 원초적이고 야생적이며 거친 아름다움을 간직한 자연을 경험한다. 성인이 되고서 손에 꼽을 만큼 끔찍한 경험이다.

저체온증에 걸리기 직전이지만 날 짜증 나게 한 건 그게 아니다. 애덤과 엔조의 말과 달리 이 취미는 여러모로 위험하고, 아이에게 알맞지도 않다. 적어도 '내' 아이에게는. 윌리엄은 이런 사실을 전혀 의식하지 못한 채 신나는 시간을 보내는 듯하다.

우리가 폭포를 타고 내려가 깊은 연못으로 떨어지는 동안 내 머릿속에는 뼈가 부러지고, 폐에 물이 차고, 상처가 나고, 음식이라고는 로스트 치킨 맛 감자 칩 한 봉지뿐인데 여기 고립되면 어쩌나 하는 걱정뿐이다.

"엄마, 이거 진짜 끝내준다!"

윌리엄이 외친다.

"그래……. 잘됐네"라며 나는 코를 훌쩍인다.

이제 거의 다 끝났기를 막연히 바라고 있을 때 엔조가 날 돌아보며 이를 드러내고 웃더니 "이건 당신만을 위한 담력 테스트예요"라고 말하고는 눈을 찡긋한다. 난 웬만해서는 사람을 싫어하지 않는데 엔조가 그 일을 해낸 듯하다.

"Voici comment il faut faire. Si vous ne faites pas comme moi, vous vous ferez mal, donc écoutez moi bien."

"자기가 하는 대로 똑같이 따라 하지 않으면 다칠 거래"라고 애덤이 통역해준다.

엔조가 폭포 가장자리에 서자 엄청난 양의 급류가 그의 정강이를 스쳐 간다.

곧 그가 아래로 뛰어내린다.

조금 뒤 폭포 밑에서 '첨벙' 소리가 난다. 폭포 가장자리 너머로 아래를 내려다보니 마침내 엔조가 수면 위로 올라와 양쪽 엄지를 들어 보이곤 강둑으로 올라간다.

"우리 아들은 저런 짓 안 할 거야."

내가 애덤에게 말한다.

애덤은 폭포 가장자리로 다가가 아래를 내려다보며 턱을 실룩거리며 알았다고 한다.

"농담 아냐, 애덤. 이건 말도 안 돼. 윌리엄은 겨우 열 살이라고."

"그래. 당신 말이 맞는 거—"

그때 첨벙 소리가 울리는 바람에 대화가 끊기고, 내 몸에서 아드레날린이 폭발한다. 고개를 돌려보니 윌리엄이 서 있던 자리가 텅 비어 있다. 애덤과 나는 폭포 가장자리로 달려가고, 나는 폭포 아래 수면과 그 밑의 그림자, 우리 아들이 떨어진 자리에서 맹렬히 숏구치는 거품을 바라본다.

다리가 후들거린다.

이 두 남자가 윌리엄을 구해줄 리 없다. 나는 강둑을 따라 아래로 뛰어간다. 그러다 발이 미끄러지면서 진흙탕 속에서 휘청대고 마침내 아래로 떨어지는 구멍을 발견한다. 모성 본능이 발동한 나는 얼른 바닥에 주저앉은 다음, 풀과 진흙, 바위를 움켜잡고 몸을 가누다가 엉덩이 먼저 강물로 떨어진다. 그 뒤로 5초 동안 날 집어삼킨 그 새하얀 급류를 뭐라고 표현해야 할지 모르겠다. 그저 물 내린 변기 안으로 빨려 들어가는 햄스터가 된 심정이었다고밖에는.

미친 듯이 팔을 휘저어 마침내 윌리엄의 다리라고 생각되는 무언가를 붙잡는다. 얼굴은 잔뜩 찌푸려지고 귀에선 소리가 울리는 가운데 이제 어떻게 해야 할지 생각하고 있는데 내 아들이 살아서 발길질을 한다. 더 정확히 말하면 발로 날 차고 있다.

성난 물결과 날 밀쳐내는 윌리엄의 다리에 맞서 싸우다가 끝내 나는 강둑으로 올라간다. 캑캑거리며 눈에서 물을 닦아내고 있는데 윌리엄이 강둑에 올라와 앉으며 고개를 절레절레 흔든다.

"내가 나온 다음에 들어오면 되잖아, 엄마. 아직 엄마 차례도 아니었다고."

폭포에서 나온 우리는 천장이 높은 원터치 텐트에서 옷을 갈아
입는다. 여기는 깊은 숲속이라서 시설이라고는 그것뿐이다. 아침
내내 꼬마 해군처럼 유능하고 믿음직하게 자연이 던져주는 장애물
이라면 무엇이든 타협할 수 있을 듯이 굴던 윌리엄은 갑자기 양말
조차 혼자 힘으로 벗지 못한다.

"너무 젖어서 발에 딱 달라붙었어. 벗겨낼 수가 없다고."

윌리엄이 투덜거린다.

이후 3분 동안 나는 추워서 미친 듯이 이를 부딪쳐가며 아이의
양말을 벗겨내려고 고군분투한다. 그러고 나서야 나도 옷을 갈아입
기 위해 윌리엄을 아빠에게 보낸다. 온갖 괴상한 자세를 취하며 옷
을 벗느라 텐트가 들썩인다. 다시 브래지어를 착용하려다 하마터면
팔꿈치가 탈골될 뻔한다.

텐트에서 나왔을 때는 구름 사이로 태양이 얼굴을 내밀고, 엔조
는 밴에 장비를 싣고 있다. 나는 젖은 잠수복을 그에게 건네며 억지
미소를 짓는다.

"고마웠어요."

"아드님이 잘했어요. 용감한 아이예요."

엔조의 말에 이상한 자부심이 느껴진다. "정말 그렇죠?"라며 엔
조가 차 문을 닫는 모습을 지켜보다가 내가 다시 묻는다.

"지금 윌리엄은 어디 있나요?"

엔조가 가리키는 길 반대편, 애덤과 윌리엄이 호숫가에 나란히
앉아 있다. 잿빛 구름이 잔뜩 낀 하늘 한쪽 구석에서 태양이 여러

갈래로 나뉘어 구름 사이로 쏟아져 내린다.

나는 천천히 두 사람에게 다가간다.

무슨 이야기를 하는지는 들리지 않지만 둘 다 다른 사람을 의식하지 않은 채 큰 소리로 껄껄 웃고 있다. 애덤이 윌리엄의 어깨에 팔을 둘러 아이를 꼭 끌어당긴다.

나는 걸음을 멈추고, 얼른 휴대전화를 꺼내 몰래 둘의 사진을 찍는다.

내 아들과 아이 아빠의 관계는 이 사진이 보여주는 것보다 훨씬 더 부실하고 복잡하다. 아무리 인스타그램 필터를 이용해 사진을 예쁘게 꾸민다 해도. 하지만 여전히 아름다운 장면이다. 심장이 뛰는 한 엄마가 이 장면을 가슴에 담아두면 좋겠다.

16

——————— 애덤의 문제는 여자라면 누구나 그와 사랑에 빠질 수밖에 없다는 점이다. 설사 그를 잘 모른다고 해도, 아니 그를 잘 안다고 해도 그의 심각한 단점은 장점에 가려서 보이지 않는다. 그가 똑똑하고 재미있고 카리스마 넘치고 잘생겼다는 장점. 애덤에게는 상대가 그에게 가장 중요한 존재라고 믿게 만드는 능력이 있는데(적어도 그 순간만큼은) 오늘 오후에는 윌리엄도 그런 심정일 것이다.

하지만 나는 윌리엄이 상처 받고 실망할까 봐, 가장 멋진 애덤의 모습에 매료되었다가 타인한테 철저히 무관심하고 이기적인 애덤의 모습에 상처 받을까 봐 걱정된다. 나는 그런 애덤을 직접 겪었다. 비록 우리 관계가 끝나가고 있다는 사실은 너무 늦게 알았지만.

애덤이 그럭저럭 참아가며 다니던 직장을 철저히 경멸하게 되면서 우리는 처음으로 장애물을 마주하게 되었다.

애덤이 그렇게까지 직장을 싫어하게 되었다는 걸 내가 아는 이유는 퇴근한 그가 현관문에 열쇠를 넣고 돌리는 소리가 날 때면 "오늘 어땠어?"라고 묻기가 두려웠기 때문이다. 굳이 대답을 듣지 않아도 애덤이 하루 종일 스트레스와 치졸한 권력 다툼에 시달리면서 성취감은 하나도 못 느꼈으리라는 걸 알았기 때문이다. 결과적

유미 에브리싱 ———— *101*

으로 우리는 대부분의 저녁 시간을 씁쓸한 기분으로 보내곤 했다.

"이걸 뭐라고 표현해야 할지 모르겠어."

어느 날 저녁, 내가 텔레비전을 작게 틀어둔 채 거실에 앉아 노트북을 보고 있을 때 퇴근한 애덤이 소파에 털썩 앉으며 말했다.

"오늘 가장 의미 있었던 일이 내가 회의 시간에 버즈워드 빙고(기업 회의 중에 진행하는 단어 게임-옮긴이)를 세 번이나 이겼다는 거야."

나는 옆에 있던 쿠션 위에 노트북을 내려놓고서 양팔로 그의 목을 끌어안으며 거뭇해진 면도 자국에 살짝 키스했다.

"회사 생활이 그렇게 엿 같다니 유감이야."

"투덜거리고 싶지는 않아. 그냥 회사가 너무 싫어."

이 문제가 단지 애덤이 삭막한 회사와의 나쁜 관계, 그리고 지루해질 대로 지루해진 '경력'에 갇힌 탓인지, 아니면 어떤 사람들은 그저 선천적으로 조직 생활에 안 맞는 것인지는 알 수 없다. 본질적으로 몽상가이자 모험가인 내 남자 친구도 그런 사람이었다.

"곧 내 공부가 끝나. 그럼 그동안 우리가 말해왔던 일들을 전부할 수 있어. 그래도 내가 너한테 얼마나 고마워하는지 알아줬으면 좋겠어."

"뭐가 고마워?"

"내가 공부를 마칠 때까지 날 부양해주는 거. 나 때문에 저녁마다 통조림 콩을 먹어야 하고, 난 학자금 대출로 빌린 돈에서 쥐꼬리만큼 떼어 월세에 보태는데도 참아주는 거."

"응, 그 말을 듣고 보니 당신은 별로 좋은 애인이 아닌데?"

애덤이 미소를 지었다.

"그것참, 재미있네."

"그런 거 다 상관없어, 제스. 영원히 그럴 것도 아니잖아. 오늘 밤에 또 해외 구직 사이트나 뒤져볼까?"

"노는 법을 아예 잊어버린 건 아니지?"

애덤이 몸을 기울여 짧고 부드럽게 키스하고는 이내 몸을 일으키며 말했다.

"아, 그건 그렇고, 목요일 저녁에 조지나를 만나도 될까? 그날 런던에 있대."

조지나는 애덤이 열일곱 살 때 서너 달 사귄 여자 친구였다. 애덤이 대학에 진학해 고향을 떠나면서 둘은 사이좋게 헤어졌고, 그 뒤로도 좋은 친구로 남아 계속 연락하고 지냈다.

"물론이지."

"당신도 함께 가자."

"난 할 일이 너무 많아, 애덤. 게다가 돈도 없고."

"내가 내줄게. 그러지 말고 가자. 당신이랑 함께 만나는 게 더 좋아."

"그럴 수 없다니까. 그냥 당신 혼자 가. 가서 즐겁게 놀다 와. 조지나에게 내 안부도 전해주고."

많은 여자가 남자 친구가 다른 여자와 술을 마시는 걸 불편해하지만 난 아무렇지도 않았다. 엄밀히 말해서 조지나는 애덤의 옛 애인이지만, 지금은 둘 사이에 아무런 감정도 없었다. 게다가 조지나를 처음 만났을 때 난 그녀가 상상했던 것만큼 미인은 아니라고 생각했다. 다리가 길고, 가슴이 풍만하기는 했어도. 조지나는 예쁘다기보다 인상이 강했다. 두꺼운 입술에는 번들거리는 꽃분홍색 립스틱을 발랐고, 새하얀 피부에 숱이 많은 검은 머리가 치렁치렁했다.

조지나는 재치가 넘쳤고 화물열차처럼 빠르게, 큰 소리로 말했다. 자신이 하는 말의 종착지를 향해 영원히 달리는 사람처럼. 나는 그녀를 좋아했다. 우리 아기가 태어나는 날, 나와 함께 있어야 할 애덤이 그녀와 함께 밤을 보냈다는 사실을 알기 전까지는. 하지만 그건 나중 일이다.

요점은 두 사람이 늘 가까운 사이였고, 난 그 사실에 아무런 거부감도 없었다는 것이다. 그리고 언젠가 애덤이 날 위해 치른 희생에 보답하고, 그가 그토록 바라던 여행을 함께 떠날 거라고 다짐했다.

그런데 계획에 없던 일이 생겼다.

내가 임신한 것이다.

계획에 없던 임신이 되었을 때 어떤 기분이 드는지는 직접 겪어 보기 전에는 알 수 없다. 그리고 내 반응은 애덤과 정반대였다. 애덤의 경우에는 단지 준비가 안 되었고, 앞날이 창창하고, 여행도 해야 하고, 실현하고 싶은 아이디어가 가득하다는 게 문제가 아니었다.

영원히 준비되지 않을 거라는 게 문제였다.

그 사실이 명백한 이유는 내가 임신 테스터를 보여주면서 지난 며칠 동안 속이 울렁거렸던 이유가 왠지 꺼림칙했던 치킨커리 때문이 아니라는 소식을 전했을 때 애덤이 겁을 먹어서가 아니었다. 그로부터 일주일이 지나고 이 소식을 받아들일 시간이 충분했는데도 그가 여전히 겁에 질려 있었기 때문이다.

"저기, 계획에 없던 임신이긴 하지만 우린 잘 해낼 수 있어."

그렇게 말하는 내 목소리는 평소보다 몇 옥타브나 올라갔다. 하지만 애덤은 소파에 붙박인 듯 앉아서 그 웃긴 〈펄티 타워스(Fawlty Towers)〉를 보는데도 전혀 웃지 않았다.

나는 두려웠고, 내가 뭘 하려는지 나도 몰랐다. 지금은 임신하기에 좋은 타이밍이 아니고, 임신을 끔찍한 사고로 생각해야 할 이유가 백만 가지나 된다는 사실도 알고 있었다.

하지만 시간이 흐르면서 '엄마'가 된다고 생각할 때마다 마음이 들뜨고, 볼이 상기되고, 심장 박동이 빨라졌다. 난 단지 육체적으로만 달라진 게 아니었다. 이미 내 안에서 무언가 변했고, 내가 원치 않아도 아이를 떠올릴 때마다 마음이 부풀었다.

그러나 애덤은 이런 감정을 느끼지 못했다.

"당신이 싫어하는 건 이해해. 하지만 이미 일어난 일이잖아."

애덤이 무슨 말이라도 하기를 바라며 내가 말을 이었다.

"없었던 일로 할 수는 없다고."

애덤이 천천히 고개를 들더니 무덤덤한 눈으로 말했다.

"음……, 할 수 있어."

그 말이 무슨 뜻인지 이해하는 동안 아드레날린이 치솟았다.

"낙태를 하자는 말이야?"

"제스……, 지금 단계에서는 그냥 알약 하나만 먹으면 돼. 그럼 모든 문제가 해결될 거라고. 번거롭지도 않아. 그냥 병원에 가기만 하면―"

"임신 테스터의 줄도 사라지고, 우리는 예전으로 돌아갈 수 있다고?"

내가 그의 말을 대신 끝내줬다.

애덤은 반발심에 이글거리는 눈으로 "그걸 바라는 게 그렇게 끔

유미 에브리싱

찍한 짓이야?"라고 말했다.

내가 거실을 나가자 애덤이 벌떡 일어나 날 따라왔다.

"날 쓰레기 취급하지 마, 제스. 그냥 얘기는 해볼 수 있잖아."

나는 홱 돌아서서 쏘아붙였다.

"이게 그냥 얘기해보는 거야? 넌 이미 마음을 정했고, 지금 내 안에서 자라는 아기를 없애버리고 싶어 하잖아."

"이 일은 나한테도 중요해, 제스."

나는 분노가 치밀었지만 대답하지 않았다.

애덤이 중얼거렸다.

"그리고 난 당신이 낙태에 찬성하는 줄 알았다고."

"이건 선택의 문제야, 애덤. 그리고 내 선택은 더할 나위 없이 분명해. 임신하려고 애쓰지는 않았지만, 임신한 게 현실이야. 그리고…… 난 이 아기를 낳고 싶어."

나도 모르는 사이에 소리를 지르고 있었다. 소리라도 지르지 않으면 울 것 같았으니까.

"알았어. 그럼 그 얘기는 이걸로 끝내자."

애덤이 쌀쌀맞게 대꾸하고는 머리를 식히러 산책을 다녀오겠다고 했다. 그리고 그 산책은 세 시간이나 걸렸다.

그 뒤에 있었던 일은 예비 부모로서 그다지 이상적인 출발은 아니었다. 우리는 몇 주 동안 말다툼을 벌이고 싸웠다. 애덤하고도, 다른 누구와도 그런 적은 처음이었다. 밤이면 밤마다 강도만 다를 뿐 난리가 났고, 밤이면 밤마다 내가 그토록 사랑했던 남자에게 조금씩 정이 떨어져갔다. 애덤이 보이는 반응은 너무도 부당했고, 그는 툭하면 화를 냈다.

물론 그때의 윌리엄은 지금의 윌리엄이 아니라는 걸 안다. 애덤에게 윌리엄은 그저 임신 테스터의 파란 줄이자 자신의 모든 야망에 찬물을 끼얹는 존재에 불과했다. 하지만 내게 그 아이는 내 안에서 뛰는 심장 박동이었다. 윌리엄이 존재한다는 사실을 안 순간부터 난 그 애를 사랑했고, 그 애가 어떤 아이일지 궁금했다. 그러니까 미안하지만 낙태는 하지 않을 작정이었다. 애덤을 위해서든, 누구를 위해서든. 운 좋게도 여자라는 생물학적인 이유로 '아기, 자궁, 결정'이 모두 내 몫이라는 사실이 기쁘기 그지없었다.

4주 뒤에 애덤은 내 결정을 받아들이겠다고 했다. 아마 그럴 수밖에 없었을 것이다. 그는 덫에 걸린 셈이었고, 애덤 같은 남자가 덫에 걸린 기분을 얼마나 싫어하는지 아주 분명해졌다.

그 뒤로 몇 달간 애덤은 모든 걸 내 탓으로 돌렸다. 굳이 말하지 않아도 눈빛을 보면 알 수 있었다. 게다가 피임에 실패하면 늘 여자가 죄인이 되는 듯하다. 속이 울렁거려서 피임약을 먹지 않겠다고 한 것도 나고, 우리가 콘돔에만 의존할 수밖에 없었던 이유도 나다. 그러다 술에 취한 어느 날 밤에 콘돔이 떨어졌고, 우리는 운에 맡겼다.

나를 향한 애덤의 사랑이 식어가는 것을 눈앞에서 볼 수 있었다. 그는 늘 딴 데 정신이 팔려 있었고, 평소와 달리 화를 잘 냈다. 더는 헐레벌떡 집으로 달려와 내게 키스하는 일이 최우선 순위가 아니었다. 대신 절친한 친구 조지나와 더 가까워졌다.

"누구랑 문자 하는 거야?"

어느 날 저녁, 나는 소파에 누워 부은 발목을 팔걸이에 올려놓은 채 〈소프라노스(The Sopranos)〉 DVD를 보며 물었다.

"그게 중요해?"

"그냥 궁금해서"라고 중얼거리고는 "내 안부도 전해줘"라고 덧붙였다.

애덤이 고개를 들었다.

"뭐라고?"

"조지나에게 내 안부도 전해달라고."

애덤은 내 말을 무시하고 다시 휴대전화를 보며 새로 온 문자를 읽었다. 무슨 문자인지 몰라도 그날 저녁에 처음으로 그의 미소를 볼 수 있었다.

조지나가 애덤의 직장 근처에 오는 일이 점점 더 잦아졌고, 애덤은 그녀와 만나서 술을 마셨다. 마지못해 내게도 함께 가자고 했지만 나는 대개 거절했다. 부푼 배를 안고서 거기 앉아 탄산수를 홀짝이면서 옛일을 회상하는 두 사람이 미친 듯이 웃어대는 소리를 듣고 싶진 않았다. "너도 그걸 봤어야 하는데"라는 말까지 들어가면서.

내 두려움을 털어놓을 수 있는 유일한 상대는 베키였다. 엄마에게는 말할 수 없었다. 엄마는 애덤을 아주 좋아했고, 내가 무슨 말이라도 했다가는 처음으로 할머니가 된다는 기쁨을 망치게 될 게 뻔했다.

베키는 걱정하지 않아도 된다고 했다.

"애덤은 너한테 푹 빠졌어. 그저 임신에 적응할 시간이 필요할 뿐이야. 게다가 야한 속옷을 입던 시절은 잠시 보류됐을지 몰라도, 그렇다고 해서 애덤이 옛 여자 친구와 자고 싶다는 뜻은 아니야."

베키의 생각은 틀려도 완전히 틀렸다.

YOU ME EVERYTHING

17

─────────── 지난 8년간 휴가를 떠날 때마다 흰색 반바지를 챙겼지만 한 번도 입을 용기가 나지 않았다. 하지만 일요일 늦은 오후 공항으로 나타샤를 마중 나가려고 옷을 갈아입는데, 마치 그녀를 환영하듯 태양이 다시 찬란하게 등장해 언덕과 초원을 환히 밝혀주었고, 그러자 불현듯 반바지를 입어도 괜찮겠다는 생각이 들었다.

나는 본래 반바지를 즐겨 입지 않는다. 스무 살 때도 나는 내 다리가 너무 짧고 근육이 없는 데다 지젤 번천의 다리처럼 예쁘지 않다고 생각했다. 하지만 의사에게 항우울제 복용뿐 아니라 운동도 하라는 말을 들은 뒤로 점심시간에 30분씩 짬을 내서 그릿(grit: 고강도 인터벌 트레이닝-옮긴이) 수업을 받았다.

벌을 받는 듯한 이 수업이 은근히 좋기도 했고, 운동이 어찌나 힘든지 내 엉덩이는 강철처럼 단단해졌다. 그래서 하얀 반바지를 봤을 때 '젠장, 그냥 입어버리자'라고 생각했다. 그리고 여러 면에서 반바지를 입은 내 모습은 꽤 괜찮았다. 현관에 나타난 애덤이 날 보고 "반바지가 예쁘네"라고 말하기 전까지는.

난 얼굴을 찡그렸다.

"조용히 해."

"미안. 하지만 당신은 좀 더 빅토리아 시대에 유행하던 길이를 선호하지 않았어? 기죽이려고 하는 말은 아냐."

나는 볼의 홍조를 감추며 "이미 기죽었어"라고 중얼거린다.

애석하게도 옷을 다시 갈아입을 시간이 없어서 지금 나는 반바지 차림으로 공항에 서서 사람들의 시선을 받고 있다. 이 반바지를 태워버리고 카프탄(kaftan: 터키인들의 셔츠에서 유래한 길고 헐렁한 원피스-옮긴이)이나 입고 왔더라면 좋았을 텐데.

입국장에 나타난 나타샤는 LA 국제공항 입국장에 들어서는 완벽하게 손질한 머리의 그레이스 켈리처럼 새까만 선글라스를 쓰고, 큼직한 핸드백을 들었다. 날 향해 손을 흔들더니 미끄러지듯 내 옆으로 다가와 날 껴안는다. 어찌나 꼭 껴안던지 내 중요 장기 몇 개는 필시 움직였을 것이다.

"세상에, 너 보니까 너무 좋다."

나타샤는 씩 웃더니 뒤로 몇 발짝 물러서서 날 위아래로 훑어보며 "와우!" 탄성을 내뱉는다.

"왜?"

"반바지가 멋지네."

나타샤는 그렇게 말하더니 바로잡는다.

"반바지가 아니라 다리가 멋져."

나타샤에게 그 말을 들으니 기분이 한결 좋아진다.

"고마워. 비행은 어땠어?"

"좋았어. 발 부은 거 빼고는. 이거 좀 봐. 호빗 발 같잖아."

나타샤는 마이클코어스 웨지 힐 샌들을 신은 발 한쪽을 내 앞에 들이민다. 나타샤의 과장된 말에 나는 웃음을 터뜨린다.

"그래도 불평할 수는 없지. 이륙한 뒤에 진토닉 한 잔 마시고 두 시간 갔더니 도착했더라."

"옆에서 계속 토하는 윌리엄을 지켜봐야 했던 나에 비하면 완전히 재미없었겠는걸."

나타샤가 "가여운 윌리엄" 하며 혀를 쯧쯧 차더니 걸음을 멈추고 날 바라본다. "참, 어머님은 어쩌셔? 넌?"

"엄마는 별로 좋지 않아. 하지만 난 괜찮아, 정말로."

나타샤가 실눈을 뜨지만, 나는 그녀가 더 캐묻기 전에 얼른 주차 기록기 쪽으로 간다. 내가 주차권을 밀어 넣자 나타샤가 부드럽게 날 밀치고 자기가 계산한다.

"그래, 애덤과 함께 지내는 건 익숙해졌어? 견딜 만해?"

"견딜 수 없을 거라고 생각했으면 여기 안 왔지. 설사 너와 베키가 지원군으로 온다고 해도."

"넌 완전히 금메달감이야. 다른 사람들은 옛 애인과 한방에 있는 것도 못 견딘다고."

우리는 입체주차장 쪽으로 걸어가며 엘리베이터가 도착하기를 기다린다.

"예전에 세인스버리슈퍼에서 스튜어트를 본 적 있는데, 알은체하기 싫어서 특공대처럼 바닥에 엎드려서 와인 진열대 사이를 기어갔다니까."

나는 애덤 말고는 진지하게 사귄 남자가 별로 없다. 대학 때 칼을 사귀었고(그것도 사귄 걸로 칠 수 있다면) 윌리엄이 여섯 살 때 토비라는 남자와 1년쯤 사귀었다. 그는 여러모로 좋은 남자였고, 정말 아무 문제도 없었다. 토비를 피하려고 동네 슈퍼마켓 바닥을 기어간 적은 없어도 나타샤의 말이 무슨 뜻인지 안다. 나도 굳이 토비를 다시 만나고 싶지는 않다. 불행히도 애덤의 경우에는 멀리할 호사조차 누릴 수 없지만.

내가 나타샤에게 말한다.

"누군가와 아이가 생기면 그게 문제야. 상대에게서 아무리 멀리 떨어져 있고 싶어도 영원히 엮이게 되지. 좋든 싫든."

내가 나타샤를 처음 만난 건 임신 6개월이 다 되어서 애덤의 회사 사장이 주최한 크리스마스 파티에 참석했을 때였다. 눈 내리는 상쾌한 저녁, 체셔맨션 1층에 세운 대형 천막에서 열린 파티였는데 난 그 자리에 전혀 어울리지 않는 기분이었다. 회사의 중요한 고객들과 주요 직원들이 참석하고, 샴페인과 칵테일이 제공되고, 전문 용어가 오가는 화려한 파티였다. 나는 애덤과 같은 탁자에 배정된 누군가가 갑자기 불참하는 바람에 어쩌다 가게 되었다.

회사를 싫어하는 사람치고 애덤은 고객이나 간부들과 잡담을 나누며 잘나가는 다른 젊은 사람들과 순순히 어울렸고, 급기야 그들은 애덤의 매력에 푹 빠졌다. 사실 애덤이 사람들과 어찌나 잘 어울리던지 내 임신 때문에 영국을 떠날 수 없는 데서 오는 그의 숨길 수 없는 불행이 더 절망적으로 느껴졌다. 나는 엄청난 피로와 뚱보가 된 기분을 느끼며 애덤을 따라다녔다. 임신 몇 개월째인지 말하는 것 말고는 대화에 전혀 낄 수 없었다.

나는 파티 초반에 회장과 이야기를 나누는 나타샤를 보았다. 그녀는 모델처럼 말랐고, 우아한 푸른색 실크 드레스를 입었으며, 붉은색 머리카락을 느슨하게 틀어 올렸다. 뭉툭한 코와 일자 눈썹이 학구적이고 외골수 같은 인상을 주었다. 그러다 무언가 재미있는 말을 들으면 얼굴이 확 변하면서 탐욕스럽고 거침없이 웃어댔다.

저녁 식사를 마치고 사람들이 이리저리 돌아다니며 이야기를 나누었을 때 나타샤가 슬그머니 내 옆자리에 앉더니 이렇게 속삭였다.

"당신한테는 너무 지루한 파티죠?"

"아뇨, 전혀 아니에요!"

나는 예의상 아니라고 말했다.

"정말요? 나야 이 사람들하고 함께 일하고, 국제 유가에 대해 이야기하는 게 재미있지만…… 일반인들은 이쪽에 관심이 없더라고요."

나는 웃음을 터뜨렸다.

"제스죠?"

나타샤가 씩 웃으며 말했고, 우리는 악수를 나눴다. 그녀는 군인처럼 손에 힘이 넘쳤다.

"애덤에게 당신 이야기 많이 들었어요. 근데 당신이 임신했다는 말은 한 번도 듣지 못했어요."

나타샤와 나는 공통점이 전혀 없어야 마땅했다. 나타샤는 야망과 능력으로 빛나는 반면, 스물두 살 배불뚝이인 나는 무능력하거나 커리어에 관심이 없는 사람처럼 보였을 테니.

그날 저녁 파티에서 나와 이야기하려고 노력한 사람들은 고객에게 아부하느니 차라리 임신부의 비위나 맞춰주겠다는 듯이 보였다. 하지만 나타샤는 전혀 그렇지 않았다. 그녀는 따뜻했고, 함께 있으면 편했고, 솔직하고 재미있었다.

우리는 온갖 이야기를 다 나눴다. 나타샤가 사랑하는 운동이자 내가 최근에 배우기 시작한 수영에서부터 한번은 침대에서 프링글스를 먹었다는 이유로 나타샤가 남자를 차버린 사건까지.

"내가 본래 그렇게 가벼운 성격은 아닌데 걸핏하면 팬티 속에 과자 부스러기가 들어가잖아요. 도저히 헤어지지 않을 수 없었다고요."

그때 디제이가 음악 소리를 높였고, 나타샤는 댄스 플로어를 향해 고갯짓했다.

"우리 춤춰요. 당신이 추면 나도 출게요."

나는 애덤을 힐끗 봤지만 그는 옆의 여자와 이야기하느라 정신이 없었다. 그래서 우리는 그냥 댄스 플로어 가운데로 나가서 보는 사람이 아무도 없다는 듯이 춤을 췄다. 그런 나를 보며 분명 애덤은 정말로 보는 사람이 아무도 없기를 바랐을 것이다.

나중에 나타샤와 나는 일주일에 세 번씩 저녁에 함께 수영하러 다녔다. 크리스마스 시즌을 지나 출산하기 직전까지. 너무 행복한 날들이었다. 물을 가르며 나아갈 때 무거운 팔다리가 가벼워지는 느낌도 좋았지만, 무엇보다 나타샤와 함께 있는 게 더 좋았다. 당시 나는 애덤과의 관계 때문에 점점 불안해졌는데, 나타샤의 이야기를 듣고 있으면 만사가 500퍼센트 정도는 더 쉽게 느껴졌다.

그런 나타샤가 지금 내 차 옆자리에 앉아 있다. 나는 시동을 건다. 여기서도 나타샤와 함께 있으면 그런 효과가 나타나기를 간절히 바라면서.

18

─────────── 나타샤와 내가 로시뇰성에 돌아오니 주위가 황금빛 햇살에 잠겨 있다. 우리는 나타샤의 짐을 별채에 내려놓고 곧장 수영장으로 간다. 오늘 저녁에 거기서 바비큐 파티가 열릴 예정이다.

벤(또는 어린 벤. 여기서 일하는 다른 직원들과 동갑인데도 이상하게 사람들은 벤을 그렇게 부른다)의 지휘 아래 엄청나게 큰 그릴이 운반되고 있다. 네 살부터 열두 살에 이르는 아이 몇몇이 배구 네트 앞에 모여 있고, 시몬이 아이들을 두 팀으로 나눈다. 그 옆에 펼쳐진 잔디밭에서 애덤과 함께 장애물 코스를 설치하고 있던 윌리엄이 하던 일을 마치고 시몬에게 달려가 경기에 참가한다.

"여기 너무 멋지다!"

깜짝 놀란 표정으로 나타샤가 말한다. 물론 그녀 역시 이 호텔의 사진도 보고, 웹 사이트에도 들어가보고, 후기도 다 읽었을 테지만 실물이 훨씬 더 근사하다고 느낀 듯하다.

"그래도 바베이도스만 하겠어?"

내가 미소 지으며 말한다. 나타샤는 지난해 휴가에 혼자 바베이도스에 다녀왔다.

"바베이도스는 과대평가됐어."

"정말?"

나타샤는 한숨을 쉬며 "아니, 사실은 그렇지 않아"라고 말한다.

나타샤는 나와 처음 만났을 때 몸담고 있던 회사에서 여전히 일한다. 하지만 현재는 국장으로 취임해서 런던 시내 중심가에 있는 작은 아파트에 산다. 고급 수도꼭지가 달리고 크림색 카펫이 깔린 그 집에 처음 이사 갔을 때는 스파이 소설을 각색한 영화 속에 등장하는 집 같았지만, 미니멀리즘에 적응할 수 없었던 나타샤는 이내 집 구석구석을 책과 여행에서 사 온 장식품들로 빼곡히 채웠다.

"내가 세상에서 가장 예뻐하는 여덟 살짜리는 어디 있지?"

"윌리엄을 말하는 거라면 저기서 배구하고 있어. 그리고 이젠 열 살이야."

나타샤는 숨을 헉 들이쉰다.

"언제부터?"

"올 3월부터."

"젠장. 그럼 이제 〈뚝딱뚝딱 밥 아저씨(Bob the Builder)〉는 안 보겠네?"라며 나타샤가 씩 웃는다.

우리가 배구장으로 걸어가는 동안 나타샤는 윌리엄의 주의를 끌려고 손을 흔든다. 저맘때의 소년들은 남의 이목을 끄는 걸 가장 싫어한다는 사실을 모른 채. 윌리엄이 반응을 보이지 않자 나타샤는 배구장으로 들어가고, 마침 그때 배구공이 그녀를 향해 날아온다.

나타샤는 망설이지 않고 폴짝 뛰어서 공을 네트 반대편 저 멀리 내리꽂는다. 평균 나이 7세인 선수들의 입이 딱 벌어진다. 다른 사람들 못지않게 나타샤도 자신의 행동에 놀란 모양이다.

"오호! 아직 실력이 남아 있네. 큭큭큭. 하이파이브, 윌리엄!"

월리엄은 예의상 나타샤의 손바닥을 살짝 치고는 남들 눈을 의식하며 허리를 수그린다. 마치 가슴에 얼굴을 파묻고 싶다는 듯이. 그러고는 어색하게 웃으며 "안녕하세요, 나타샤 이모" 하고 인사한다. 그때 시몬이 화가 난 표정으로 다가와 단호하게 말한다.

"이건 12세 이하 아이들 경기예요."

"미안해요."

나타샤는 빙긋 웃으며 전혀 미안하지 않은 표정으로 말한 뒤 다시 내 쪽으로 걸어온다.

"월리엄 너무 귀엽다, 제스. 이제 우리 화이트 와인 마실까? 아니면 레드 와인? 뭐든 좋으니까 와인 좀 마시자. 한 달 동안 금주하다가 아까 비행기에서 처음으로 술을 마셨더니 계속 마셔야겠어."

나타샤가 술을 가지러 가고 월리엄이 내게 달려온다.

"엄마, 내일 아빠랑 놀아도 돼?"

"아빠가 괜찮다고 했어?"

"응, 아침에 래프팅하러 가자고 했어."

"그래, 그럼. 나타샤 이모도 갈 건지 물어볼게. 아마 간다고 할 거야. 이모는 그런 거 좋아하니까. 도시락을 싸 가도 되겠다."

하지만 월리엄은 고개를 젓는다.

"그게 아니라 아빠하고 나하고 둘이만 가겠다고. 남자들끼리만 놀고 싶어."

확실히 나는 저 모임에 낄 수 있는 물건을 달고 태어나지 않았다.

"그래도 되지? 부탁이야, 엄마."

불현듯 월리엄이 찰리 쉰에게 자기를 맡겨달라고 부탁한 듯한 기분이 든다. 하지만 들뜬 아이의 눈을 보며 나는 걱정스러운 마음을 삼킨다. 적어도 이제는 나타샤와 함께 있으니 애덤이 몰래 담배를 피우는 사이 윌리엄이 익사하는 환영에서 벗어날 수 있을 것이다.

나는 미소 지으며 "그럼 아이패드에서 벗어날 수 있겠네"라고 말한다.

"아싸! 고마워, 엄마. 사랑해."

"그래, 네 뜻대로 될 때만 사랑하지."

나는 씩 웃고, 윌리엄은 다시 경기하러 달려간다.

"아, 그나저나 아이패드는 어디에 뒀어?"

내가 묻자 윌리엄은 얼굴을 찡그린다.

"음……, 아빠 사무실에 둔 거 같아."

"'같아'?"

"아니, 확실해. 경기 끝나고 가져올게."

나타샤는 레드 와인 한 병과 잔 두 개를 들고 돌아온다. 벤이 굽고 있는 버거 패티보다 내 친구에게 더 집중하면서 우리 쪽을 보고 있다.

"너한테 관심 있는 사람이 있네."

내가 벤 쪽으로 고갯짓을 하자 나타샤가 고개를 돌려 그를 본다. 벤이 수줍은 미소를 짓는다. 나타샤는 벤이 자신에게 관심이 있음을 알아차리고 눈동자를 반짝이지 순간적인 반사작용일 뿐이다. 나타샤는 와인병을 들어 잔에 와인을 따르며 말한다.

"진짜 잘생겼네. 하지만 요즘에는 섹시하고 어린 남자들을 열심히 피해 다녀."

나는 코를 찡긋하며 "왜?"라고 묻는다.

"지난 몇 년간 불장난은 실컷 했어, 제스. 이젠 좀 더…… 의미 있는 관계를 맺고 싶어."

"어머……, 잘됐네."

"하지만 생각보다 힘들어. 게다가 틴더는 도움이 안 되고."

"정말? 지난번에 나랑 얘기할 때는 틴더가 너무 좋다며?"

"이런 메시지를 받기 전까지는 그랬지."

나타샤는 휴대전화를 꺼내 최근에 주고받은 메시지를 보여준다.

안녕하세요. 전 아주 내성적인 성격이지만 이 말은 해야겠네요. 지금 당장 당신과 화끈하게 떡치고 싶어요. 당신 진짜 섹시해요.

나는 웃음을 터뜨리며 스크롤을 내려 나타샤의 답장을 확인한다.

'해야겠네요'겠죠. 고맙지만 꺼져요.

"나타샤!"

카고 반바지에 딱 달라붙는 흰색 티셔츠를 입은 애덤이 우리 쪽으로 걸어오더니 허리를 숙여 나타샤에게 키스한다. 나타샤는 애덤을 봐서 반가운 듯했으나 이내 멈칫하며 정색하다가 다시 미소를 짓는다. 공짜로 휴가를 보내게 해준 남자에게 쌀쌀맞기란 쉽지 않은 법이다. 하지만 나타샤는 나와의 의리 때문에 애덤을 보고 선뜻 반가워할 수도 없는 노릇이다.

"안녕, 애덤. 잘 지냈어?"

"아주 잘 지냈죠. 제스와 윌리엄이 와서 아주 좋아요."

"세월이 당신만 비켜 갔나 봐, 애덤. 아주 좋아 보이네."

나타샤는 아차 싶었는지 나를 힐끗 보더니 말을 잇는다.

"이젠 당신도 나이를 꽤 먹었을 텐데 말이야."

애덤은 웃음을 터뜨린다.

"네, 꽤 먹었죠. 서른셋이니까요. 여전히 일이 바빠요?"

"응, 하지만 좋은 일이지. 그래도 햇볕은 실컷 쬘 생각이야. 그리고 제스와 윌리엄이랑 시간도 좀 보내고. 물론 당신도 그러고 싶겠지만……."

"당연하죠"라고 말하고는 애덤이 나를 돌아보며 묻는다. "윌리엄이 나랑 래프팅 가도 되냐고 당신에게 물어봤어?"

"물어봤어. 응, 그렇게 해. 윌리엄이 엄청 좋아하던데."

"잘됐네."

애덤은 놀라면서도 즐거운 표정이다. 그러더니 나타샤에게 불쑥 말한다.

"어제 캐니어닝을 했거든요. 제스가 엄청 좋아했죠."

"농담하는 거야."

내가 끼어든다.

"정말 솔직히 말하면, 제스, 어제 날씨가 너무 안 좋았어. 다음번에는 당신 얼굴이 파랗게 질리지 않도록 날씨가 따뜻한지 꼭 확인할게."

"아직 잘 모르나 본데, 내가 또 가는 일은 없을 거야."

내 말에 나타샤가 웃는다.

"한 번이라도 시도해본 당신이 자랑스러워"라고 애덤이 말한다.

그 말이 왠지 이상하게 들린다. 이제 나는 애덤과 아무런 관계도 없는데 어떻게 내가 자랑스러울 수 있지?

나는 배구를 하고 있는 윌리엄에게 시선을 돌리고, 마침 우리를 바라보고 있던 시몬과 눈이 마주친다. 애덤 역시 그녀의 시선을 의식하고 내게서 한 발짝 물러선다. 마치 무언가 숨기려는 사람처럼.

"앞으로 지낼 별채는 둘러봤어요?"

애덤이 나타샤에게 묻는다.

"정말 멋지던데. 그렇게 멋진 별채를 내주다니 고마워."

"나타샤는 몰디브의 호화로운 빌라에 익숙해. 거기 따라가려면 멀었지."

내가 애덤에게 말한다.

"제스, 그만해. 난 버릇없는 공주가 아니라고. 게다가 너랑 윌리엄이 지겨워지면 이 호텔 웹 사이트에서 본 기둥 달린 침대가 있는 방으로 옮겨버릴 거야."

"당신을 위해 집사를 대기시켜 놓죠, 나타샤."

그러더니 애덤이 덧붙여 말한다.

"인사하려고 잠깐 들렀어요. 몇 가지 끝내야 할 일이 있어서 그만 가볼게요. 그걸 끝내야 제대로 쉴 수 있거든요. 아, 그리고 제스, 당신 아이패드는 프런트에 뒀어. 아마 윌리엄이 어디 뒀는지 찾을 거야. 밖에 두고 갔더라고."

나는 혀를 찬다.

"찾기라도 하면 다행이게?"

애덤이 자리를 뜨며 말한다.

"와줘서 정말 기뻐요, 나타샤."

그가 사라지자 나타샤가 날 바라보며 묻는다.

"어떻게 저럴 수가 있지?"

"뭐가?"

"도저히 미워할 수 없게 만들잖아."

"난 애덤이 사람들에게 미움받기를 원치 않아. 윌리엄의 아빠인 걸. 물론 우리 사이에 사건이 있기는 했지만 오래전 일이고, 이젠 남남이야."

나타샤는 다시 우리 쪽을 바라보는 시몬을 힐끗 보며 말한다.

"누군가는 틀림없이 그러기를 바라겠네."

19

─────────── 이튿날 아침, 마치 오늘이 크리스마스라도 되는 듯 윌리엄이 내 방으로 뛰어 들어온다.

"엄마, 지금 몇 시야?".

나는 게슴츠레한 눈으로 휴대전화를 보고는 쉰 목소리로 "으……, 7시네"라고 말한다. 그러자 윌리엄이 다시 부엌으로 사라진다.

아이를 불러서 왜 이렇게 일찍 일어났냐고 물어보려는데 그제야 생각이 난다. 어젯밤 윌리엄에게 잘 자라는 인사를 하러 방에 들어 갔다가 수영복 바지를 입은 채 침대에 누워 있는 아이를 보고서 래프팅을 간다고 했던 일이 기억났다. 윌리엄은 반쯤 감긴 눈을 잠깐 뜨고서 미리 수영복을 입고 자면 아침에 시간을 절약할 수 있을 거라고 설명했다.

나는 면 시트를 젖히고 눈을 비비며 침대에서 내려와 덧창을 연다. 천장을 가로지르는 따뜻한 느낌의 떡갈나무 대들보와 골동품 옷장에 햇볕이 쏟아진다. 아침에 눈 뜨는 게 행복한 방이다. 타일이 깔린 바닥과 털실로 짠 예쁜 러그, 튼튼한 연철로 만든 침대 프레임까지 자연스러운 소박함이 느껴진다.

비몽사몽 중에 머리를 묶고, 윌리엄이 있는 부엌으로 간다.

"아빠가 몇 시에 데리러 온다고 했어? 어제저녁에 좀 더 자세히 물어봤어야 했는데."

"8시 30분이라고 했던 거 같아."

"'했던 거 같아'?"

나는 문자를 보내려고 휴대전화를 놓아둔 침실로 들어간다. 하지만 늘 그렇듯이 신호가 잡히지 않는다.

윌리엄에게 뭐가 필요할지 몰라서 갈아입을 옷 두 벌과 수건 하나, 운동화, 자외선 차단 지수 50짜리 선크림, 벌레 퇴치제, 샌들, 생수 한 병, 그리고 다섯 식구가 먹을 만한 양의 로스트 치킨 맛 감자칩(요새 윌리엄은 이상하게 이 과자에 꽂혀 있다)을 챙긴다.

"엄마 생각엔 이걸 쓸 것 같아?"

방에서 오리발을 들고 나오며 윌리엄이 묻는다.

"아니, 그럴 일 없을 거야."

내가 대답하는 동안 윌리엄은 아이패드를 배낭에 집어넣는다.

"그리고 그것도 놓고 가고."

"하지만 동영상 찍고 싶단 말이야."

"래프팅 하는 동안에 그걸 어디에 두려고?"

"아!"

다시 휴대전화를 확인해보니 신호가 희미하게 잡힌다. 여기 온 뒤로 통화는 고사하고 문자를 보낼 수 있을 정도의 신호조차 잡기 힘들다. 그나마 별들이 한 줄로 늘어서는 순간 전화기를 쥐고 토스터에서 90센티미터 떨어져서 한쪽 다리로 서 있을 때가 가장 잘 되는 듯하다.

오늘 래프팅에 도시락 준비해야 해? 아니면 당신이 알아서 할 거야? 그리

고 8시 30분 맞아? 윌리엄은 지금 너무 들떠서 제정신이 아니야. :)

보내기 버튼을 누르는 순간 나는 맨 끝에 웃는 아이콘을 넣은 걸 후회했다. 저 아이콘과 애덤은 전혀 어울리지 않는다.

8시 20분이 되자 나는 별채 앞 현관에 앉아 기다리는 윌리엄을 지켜보며, 블랙커피를 작은 잔에 따라 이른 아침의 뿌연 햇살 속으로 나간다. 안뜰은 고요하고 적막하다. 부겐빌레아 근처에서 윙윙거리는 벌 소리, 원을 그리며 하늘을 나는 새들이 새로운 하루를 알리며 지저귀는 소리만 들린다.

윌리엄은 아무 말이 없지만 발로 탁자를 툭툭 차기 시작한다. 아이가 들뜬 이유가 래프팅 때문이 아닐지도 모른다는 의심이 든다. 그냥 아빠가 좋은 것이다. 어서 빨리 아빠와 함께 있고 싶은 것이다. 뜻밖의 감정이 밀려들면서 목이 멘다. 왜 그 사실에 목이 메는지 이유조차 모르겠다.

"왜 그래?"

윌리엄이 묻는다.

나는 열이 오른 눈을 깜빡이며 대답한다.

"아무것도 아냐. 알레르기 반응 같아. 선크림 때문일 거야."

하지만 윌리엄은 내게 별로 관심이 없다. 다시 주차장 쪽을 바라보며 애덤이 오는지 살핀다.

"지금 몇 시야?"

나는 손목시계를 보고 "8시 32분"이라고 알려준다.

"2분 전에 왔어야 하는데."

"좀 더 기다려 봐. 엄마는 아침 만들어야겠다. 일어나서 뭐 좀 마셨니?"

"왔다!"

하지만 그 차는 그저 애덤의 차와 색깔만 같은 검은색일 뿐 브랜드와 모델이 다르다.

"아빠 아니야. 하지만 곧 올 테니까 걱정하지 마."

15분 뒤에도 우린 여전히 밖에 있다. 지금까지 윌리엄에게 걱정하지 말라고 대략 열두 번쯤 말한 덕분에 윌리엄은 걱정하지 않는 듯하다. 하지만 나는 그 반대다. 휴대전화를 힐끗 보지만 애덤에게서는 아무런 답장도 없다. 성으로 가서 그를 직접 찾아볼까 생각하지만, 지름길인 오솔길로 갔다가 이미 출발한 애덤과 어긋날 수 있다. 그에게 전화했더니 곧장 음성 사서함으로 연결된다.

"기다리는 동안 퀴즈 내줘."

윌리엄이 말한다.

"응?"

"퀴즈."

"아, 그래."

윌리엄은 퀴즈라면 사족을 못 쓴다. 적어도 모든 문제를 다 맞힐 때는. 그리고 아직 어려서 문제를 못 맞혔을 때는 감정을 감추지 못한다.

"스페인의 수도는?"

윌리엄은 "마드리드"라고 답하고는 혀를 찬다.

"내가 이미 아는 문제잖아."

나는 서성거리기 시작한다.

"세상에서 가장 긴 강은?"

"또 지리 문제야?"

"그게 어때서?"

"지리 문제는 방금 냈으니까 다른 문제 내줘."

"답을 몰라서 그러는 건 아니고?"

"알아. 아마존이잖아. 그러니까 이제 다른 문제 내줘."

나는 손목시계를 보며 9시까지 기다려도 애덤이 오지 않으면 나타샤를 깨워서 윌리엄을 봐달라고 한 뒤, 애덤을 찾아 나서야겠다고 마음먹는다.

"엄마?"

"응, 알았어. 염화수소의 철자는?"

"으, 철자 문제는 싫어."

윌리엄이 짜증을 내며 "영화 문제는 어때?"라고 되묻는다.

"좋아."

나는 한숨을 쉬며 "슈퍼맨의 아버지 이름은?" 하고 문제를 낸다.

"조엘."

"잘했어."

나타샤가 헐렁한 티셔츠를 입고 현관으로 나와서 나른하게 기지개를 켠다.

"일어나서 다행이야, 나타샤. 혹시 애덤이 올지 모르니까 여기서 윌리엄 좀 봐줄래?"

나타샤는 눈을 비빈다.

"여기 꼼짝 않고 있을게. 윌리엄이랑 여기 앉아서 이야기를…… 근데 무슨 얘기를 하고 싶니, 윌리엄?"

"영화 퀴즈 내줄 수 있어요?"

"그거 정말 좋은 생각이다! 좋아. 1963년 히치콕 감독의 영화 〈새(The Birds)〉에 출연한 주연배우 이름을 하나만 대봐."

20

─────────── 나는 숲속 오솔길에서 나와 곧장 성의 웅장한 현관문으로 향한다. 애덤이 있을 만한 곳을 다 찾아도 보이지 않자 프런트를 지키는 벤에게 간다.

"오늘 사장님이 휴가라고 말하기는 했어요, 제스. 베제르 계곡에 갈 거라고요."

그제야 긴장했던 어깨가 풀린다.

"그럼 오늘 가기는 가는 거네요. 윌리엄은 애덤이 8시 반까지 데리러 오기로 했다는데 애덤하고 연락이 안 돼요."

"사장님 집에는 가보셨어요?"

애덤은 성과 손님들 별채에서 5분 거리, 호텔 단지 가장자리에 있는 작은 별채에 산다. 며칠 전에 내게 그 집을 구경시켜주려고 했지만 나는 그저 예의상 힐끗 보기만 했다. 요즘 그가 어떤 삶을 사는지 안다는 게 영 불편했다.

애덤의 집은 손님용 별채보다 가장자리가 더 거칠고, 지붕에는 석판이 깔렸으며, 푸른색 문은 페인트가 벗겨졌고, 벽은 비바람에 풍화되었다. 바람에 흔들리는 잔디와 야생 난이 집을 에워싸고 있다. 내가 본 바로는 집 안에도 사람이 장기간 거주한 듯해서 책장에는 책이 빼곡하고, 편지 더미가 있고, 와인 진열장에는 와인이 넉넉히 있고, 아주 오래되어 보이는 벽난로 위에는 옛 사진들이 서로 공간을 차지하려 다투고 있었다.

애덤의 집 앞에 도착하자 심한 운동을 할 때처럼 맥박이 펄떡인다. 머뭇거리다가 문을 두드리니 슬그머니 열린다. 잠겨 있지 않았던 모양이다.

"애덤? 나 제스야."

나는 문을 밀고 안으로 들어간다.

그러고는 '꺄악' 비명을 지른다. 어쩌면 '악' 하는 짧은 비명이었을지도 모른다. 어느 쪽이든 예상보다 큰 소리다. 하지만 블라우스를 활짝 풀어 헤친 채 가슴을 아슬아슬하게 가린 레이스 브래지어를 드러내고 있는 여자와 느닷없이 맞닥뜨리면 누구라도 그럴 것이다.

시몬은 블라우스 단추를 채우려고 몸을 돌리고, 애덤은 그녀에게서 얼른 물러난다. 그러고는 씩씩거리며 왜 노크하지 않았냐고 소리친다.

"노크했어!"

나는 시뻘겋게 달아오른 얼굴로 따진다. "문이 안 잠겨 있었다고!"라고 말하고서 나는 반사적으로 손을 들어 눈을 가린다. 하지만 방금 내가 본 장면을 지워버리기에는 역부족이다.

"내가 문을 안 잠갔네요, 미안해요."

시몬이 스커트를 쓸어내린 뒤 머리를 매만지면서 천사처럼 순진한 얼굴로 말한다. 누가 보면 방금 성경이라도 읽어주고 있었는 줄 알겠네.

"그게…… 괜찮아요."

나는 문에서 물러서서 말한다. 두 사람과 눈을 마주칠 수가 없다.

"그래도 윌리엄을 보낸 게 아니라서 천만다행이네. 오늘 몇 시에 래프팅 갈 건지 물어보려고 왔어. 윌리엄은 가엾게도 거의 한 시간 전부터 당신을 기다리고 있다고."

"오늘은 래프팅을 갈 수 없어. 시몬과 함께 보낼 거야."

애덤의 말에 시몬은 만족스러운 미소를 지으며 가슴 앞으로 팔짱을 끼고, 나는 가슴이 뻐근해진다.

"하지만 어제 나랑 이야기했잖아, 애덤. 열 살짜리 아이에게 한번 한 말은 꼭 지켜야 해."

"언젠가 윌리엄과 래프팅 하러 갈 거야. 하지만 오늘은 아냐."

애덤은 그렇게 말하고서 건성으로 "오늘은 못 가"라고 덧붙인다.

"하지만 갈 거라고 했다면서!"

"아니, 그런 적 없어."

애덤이 고개를 젓자 나는 분노로 목이 콱 막힌다.

"그랬어, 애덤."

시몬이 화난 얼굴로 무섭게 노려보는데도 애덤은 내 말에 흥분하지 않고 침착하게 설명한다.

"당신이 오해한 거야, 제스. 내가 손님용 침실에서 물이 새는 파이프를 고치고 있을 때 윌리엄이 와서 래프팅 이야기를 꺼내더라고. 최근에 거액을 주고 구입한 카펫이 젖기 일보 직전이라서 정신이 하나도 없었어."

내 머릿속에는 오로지 윌리엄 생각뿐이다. 너무 설레어 잠을 설치는 바람에 피곤하지만 들뜬 표정으로 배낭을 움켜잡고서 별채 앞 계단에 앉아 아빠를 기다리는 윌리엄.

"그래서 윌리엄에게 오늘 래프팅에 데려가겠다고 약속하지 않았다는 거야?"

"네, 그렇다잖아요."

시몬이 톡 쏘아붙이며 끼어든다.

애덤이 그녀를 힐끗 쳐다보며 "당신은 그 자리에 없었어, 시몬"이라고 하자 시몬은 뭐라고 대꾸하려다 말고 입을 다문다.

"이봐, 제스, 내가 뭐라고 했는지는 정확히 기억이 안 나. 래프팅에 가자는 말에 맞장구를 치기는 했어. 언젠가는 갈 거고. 하지만 오늘 가자고는 안 했을 거야. 왜냐하면 오늘은 이미 선약이 있었으니까. 그땐 그저 윌리엄을 얼른 치워버려야 했다고."

나는 어이가 없다 못해 훨씬 더 강렬한 감정이 끓어오른다.

"뭐라고?"

"말실수야."

"제스, 애덤이 뭐라고 했든 이이는 갈 수 없어요."

시몬이 소리를 지른다.

"하지만 애덤은 아이와 약속했어요, 시몬."

나는 한 명이라도 설득하려고 차분히 말한다.

"윌리엄이 받아들여야지 어쩌겠어요. 안 그래요? 게다가 약속한 것도 아니고요."

시몬이 내뱉는다.

"열 살짜리 아이에게 뭔가 하겠다고 말하는 건 전부 다 약속이에요."

내가 쏘아붙인다.

마치 바람이 새는 튜브처럼 시몬의 입에서 '푸우우우우' 하는 소리가 난다.

애덤은 우리 둘을 번갈아 바라보더니 내게 시선을 고정한다.

"제스, 우린 겨우 이틀 전에 캐니어닝을 다녀왔어. 래프팅은 다음 주쯤에 가면 되겠다고 생각하고 있었다고."

나는 간밤에 바보처럼 수영복을 입고 자던 윌리엄을 떠올린다. 그러자 분노가 솟구친다.

"영국에서 여기까지 왔는데 윌리엄은 고작 일주일에 한 번 아빠와 시간을 보낸다는 거야?"

"어차피 그렇게 급하게 예약을 받아주는 업체도 없어."

애덤은 내 말을 무시한 채 말을 이어간다.

"윌리엄이 오늘 가자고 하는 말인 줄 정말 몰랐어. '8시 30분쯤' 가자고 얘기한 것도 윌리엄이야. 나는…… 언젠가 가게 되면 그러자는 말인 줄 알았지. 지금 생각하니까 내가 멍청했어. 하지만 아까도 말했듯이 난 파이프 수리에 정신이 팔려 있었다고. 미안해. 그리 래프팅은 꼭 갈 거야."

애덤은 시몬을 곁눈질하더니 "다만 오늘은 안 된다는 거지"라고 덧붙인다.

나는 다시 한번 애덤을 설득하기로 하고 나직이 그의 이름을 부른다. 내 목소리가 떨린다.

"애덤. 꼭 래프팅을 가진 않아도 돼. 뭐든 좋아. 윌리엄은 그저 아빠와 함께 있고 싶은 거야. 사랑하는 아빠와. 그러려고 여기 온 거니까."

애덤은 머뭇거린다. 순간적으로 나는 그가 올바른 일을 할 거라고 확신한다.

그때 시몬이 불쑥 끼어든다.

"이 말까지는 안 하려고 했는데 우린 미스터 앤 미시즈 스미스 호텔을 예약했어요. 거긴 숙박비도 비싸거니와 몇 달 전에 예약해야 한다고요. 그러니까 포기하는 건 절대 불가능해요."

나는 손톱이 손바닥을 파고들 정도로 주먹을 꽉 쥔 채 우두커니 서서 애덤이 오늘 하루를 윌리엄이 아니라 스물두 살짜리 여자 친구와 침대에서 보내게 될 거라는 사실을 받아들인다.

그러고는 빙그르 돌아 앞으로 걸어간다. 애덤이 현관까지 따라나오며 내 이름을 부른다.

"제스, 돌아오는 대로 윌리엄과 함께할 만한 일을 생각해볼게. 약속해."

나는 길 끝까지 걸어갔다가 온몸의 피가 끓어올라 걸음을 멈추고 돌아선다. 그러고는 도저히 참지 못하고 이렇게 내뱉는다.

"내가 직접 경험한 바로는 말이야, 애덤. 당신에게 약속은 아무런 의미도 없더라고."

21

———————— 우리 아빠도 완벽했다고 할 수는 없다. 하지만 한 가지만 빼면 완벽했다. 내가 중학생이 됐을 때 나는 더 이상 아빠의 음주 문제를 모르는 척할 수 없었다. 아빠는 좋은 사람일 때가 많았지만 어쩌다 한 번씩은 아주 끔찍했다. 그리고 그럴 때는 늘 술이 끼어 있었다.

술에 취했는데도 주류 판매점까지 운전할 수 있다고 생각했다가 우리 집 벽을 들이받아 차가 찌부러진 적도 있고, 열쇠로 문을 열지 못해 베란다에 쓰러져 있었던 적도 있다. 물론 이런 일이 늘 있는 것은 아니었다. 아빠는 며칠이 아니라 몇 달간 술을 끊기도 했으니까.

하지만 애덤이 잔꾀를 부리고, 내가 우리 아들을 대신해 분노하게 될 때마다 난 아빠의 그런 과오를 이따금 상기할 필요가 있다. 그래도 두 사람 사이에는 큰 차이점이 있다. 아빠에게는 문제가 있었지만 아빠는 그 문제를 해결하려고 무언가를 '했다'. 그것도 엄마와 나를 위해서.

우리 부모님은 아빠가 회계사 자격증을 따 맨체스터에 있는 아서 미첼 회계 사무소에 취직한 직후에 만났다. 엄마는 열여섯 살에 중학교를 졸업한 후부터 그 회사에서 비서로 일했다. 일이 없을 때는 늘 빵과 케이크를 구웠고, 금요일마다 한 주 동안 구운 빵과 케이크를 회사로 가져갔다. 촉촉한 초콜릿 에클레어, 커피와 호두 슬라이스, 톡톡 씹히는 설탕 토핑의 상큼한 레몬 케이크.

"이 아빠가 배턴버그(Battenberg: 색깔이 다른 두 케이크 위에 마지팬을 씌운 케이크-옮긴이)를 먹고 완전히 넘어가서 드디어 엄마에게 데이트를 신청했지."

아빠는 그렇게 농담하곤 했다.

두 분은 첫 데이트에 극장에 가서 〈이블 데드(The Evil Dead)〉를 봤는데 듣자 하니 엄마의 제안이었던 모양이다. 그리고 넉 달 뒤에 약혼했다.

딸로서 부모님의 결혼 생활을 평가하는 건 부적절한 짓이지만 어릴 때 나는 두 분의 결혼 생활이 행복할 거라고 철석같이 믿었다. 이따금 돌이켜보면 왜 그런 결론을 내렸는지 의아하다. 객관적으로 볼 때 행복한 결혼 생활과 거리가 멀다고 할 만한 사건들이 있었기 때문이다.

나는 열여섯 살 때 학교에서 야심 차게 준비한 연극 〈레미제라블〉의 배역을 따냈다. 술집 처자로 나오는 작은 역할이고 대사도 한 줄뿐이었지만 나는 매우 진지하게 임했다. 공연 첫날 무대 뒤쪽에서 초조하게 연극 데뷔를 기다리고 있는데 선배들의 웃음소리가 들려왔다.

"누가 남자 화장실에 잔뜩 토해놓았대. 존스 선생님이 그걸 밟고 미끄러져서 하마터면 넘어질 뻔했나 봐. 덱시가 봤는데 학부모래. 완전히 꽐라가 돼 있었다던데."

차가운 깨달음이 내 안으로 서서히 스며들었다. 선배들이 말하는 사람이 누구인지 알 것 같았다. 공연 시작 한 시간 반 전에 엄마가 날 차로 데려다주었을 때 아빠는 이미 술에 취한 상태였다.

나는 두려움에 사로잡힌 채 무대에 올라가 사람들로 가득 찬 객석에서 부모님의 얼굴을 찾았다. 대사는 한 줄뿐이었지만 아빠를 보는 순간 대사가 입 안에서 말라버렸다. 아빠는 앞줄에서 세 번째 자리에 앉아 곤히 잠들어 있었고, 엄마는 경직된 자세로 그 옆에 앉아 있었다. 엄마의 얼굴은 수척했는데 무대조명을 받은 눈동자가 번들거렸다. 마침내 내 입에서 대사가 나오긴 했지만 연극이 끝났을 때는 전교생이 우리 아빠가 그랬다는 사실을 알고 있을 것만 같아 두려웠다.

그 주 주말에 우리는 대화를 거의 나누지 않았고, 나는 아빠를 쳐다볼 수가 없었다. 그저 방에 누워 빗줄기가 유리창에 나직이 속삭이는 소리를 들으며 계속 분노로 부글거렸다. 엄마는 아무도 모를 거라고 나를 달랬지만, 월요일이 되어 학교 식당에 갔더니 엄마의 예상은 완전히 빗나가 있었다.

그날 저녁에 내가 방에서 나와 저녁 식사를 하러 갔을 때 아빠는 안절부절못하며 날 바라보았다.

"저기, 미안하다."

아빠는 소금 통과 후추 통을 식탁에 올려놓으며 그렇게 말했고, 엄마는 직접 만든 라자냐를 오븐에서 꺼내 곧장 식탁으로 가져왔다.

"하지만…… 내가 한 일이 그렇게까지 잘못된 일인지는 모르겠구나."

엄마는 믿기지 않는다는 표정으로 멈칫했다.

나는 숨을 죽이며 엄마가 뭐라고 할지 예상해봤다. 하지만 엄마는 아무 말도 하지 않았다. 그저 엄마 안에서 부글부글 끓어오르는 분노가 출구를 찾는 게 보였다.

"야, 이 똥멍청이야!"

엄마는 버럭 소리를 질렀다. 그러고는 부글부글 끓고 있던 라자냐 그릇을 집어 들어 맞은편 벽으로 던져버렸다. 아빠는 숨을 헉 들이쉬었고, 나는 입을 떡 벌린 채 산산조각 난 접시와 벽을 타고 흘러내리는 뜨겁고 진한 토마토소스를 바라보았다.

순간적으로 엄마는 벽을 노려보며 떨리는 손으로 입을 막았다. 마치 자신이 방금 저지른 짓을 믿을 수가 없다는 듯이. 그러고는 부엌을 뛰쳐나갔다. 아빠를 바라봤더니 가벼운 쇼크에 빠진 듯 멍한 표정이었다.

나는 조용히 일어나서 고무장갑을 가져왔다. 아빠는 바닥에 신문지를 깔고 허리를 숙이더니 유리 파편을 쓸어 담았다. 나는 그제야 아빠가 울고 있다는 걸 깨달았다.

"미안하다, 제스."

날 똑바로 쳐다보지도 못한 채 아빠가 속삭였다.

"정말 미안해."

하지만 난 아빠를 용서할 준비가 되어 있지 않았다.

"그렇겠지. 전에도 늘 그랬듯이. 하지만 이런 일은 계속 일어날 거야, 그렇지? 아빠는 이런 짓을 한 자신을 미워하겠지만 절대 변하지는 않을 거야. 계속 술을 마시고 술에 취해서 일을 망쳐놓겠지. 전부 다."

아빠의 입술이 벌어지고, 얼굴은 눈물범벅이 되었다. 아빠는 내 말에 상처 받은 듯했지만 난 그냥 물러나지 않았다.

"가끔 아빠 때문에 너무 괴로워. 아빠가 그런 행동을 할 때마다 너무 창피하다고. 이 모든 게 다 그 바보 같은 술 때문이야. 아빠가 엄마와 내게 무슨 짓을 하고 있는지 모르겠어?"

사흘 뒤, 아빠는 처음으로 단주 모임에 나갔다.

아빠는 사회적 역할을 제대로 수행하지 못하는 알코올 의존자에서 재활에 성공한 알코올 의존자로 거듭났는데, 그 과정은 결코 쉽지 않았다. 하긴 애초에 쉬울 거라고 생각하지도 않았다.

다행히 아빠는 빠지지 않고 단주 모임에 나갔다. 하지만 그저 모임에 가입하고 사람들과 둥글게 둘러앉아 있다가 깨달음을 얻은 건 아니었다. 아빠는 단주 모임과 애증 관계였으며 다른 회원들과 친하지도 않았다. 그래도 빠지지 않고 계속 나갔는데 모임에 나가지 않고서는 알코올 의존을 극복할 수 없다는 걸 뼛속 깊이 알고 있었기 때문이다.

모임에 나가기 시작한 첫해에는 아빠가 눈에 띄게 흔들리는 순간들이 있었다. 파티에서 아는 사람들이 아빠에게 다가가 왜 레모네이드만 마시냐면서 술을 권할 때면 엄마와 나는 숨죽인 채 그 모습을 지켜보곤 했다. 그 시절에는 술 냄새만 맡아도 아빠의 눈빛이 변하는 것 같았다. 술을 무서워하는 듯했다.

가끔은 어떻게 아빠를 도와야 할지 알 수 없었다. 늘 아빠의 얼굴을 들여다보며 괜찮냐고 묻고 싶지는 않았다. 하지만 아빠가 얼마나 자랑스러운지 말하지 않고서는 견딜 수 없는 순간들이 있었다. '오늘 하루만 생각하자'라는 신조는 결국 한때 불가능하다고 생각했던 일을 이뤄냈다.

아빠가 술을 끊은 지 18개월쯤 된 어느 여름 저녁에 우리 부녀는 함께 테니스를 쳤고, 나는 아빠의 공을 받지 못했다. 아빠한테 졌지만 기분은 좋았다. 다시 활력을 찾은 아빠를 보니 행복했다.

"2년 전만 해도 아빠가 이렇게 건강해질 줄 누가 알았겠어? 정말 대단해, 아빠."

내가 말했다.

"그만해라, 제스. 난 그냥 똥배 나온 아저씨야. 테니스를 아무리 잘해도 배가 들어가진 않아."

"내 말, 무슨 뜻인지 알잖아."

내가 살짝 풀 죽은 표정을 지었는지 아빠가 목소리를 낮추어 말했다.

"물론 알지. 하지만 대단하다는 말을 들을 정도는 아냐. 난 그냥…… 예전의 나로 돌아가지 않겠다고 결심했다. 너랑 엄마가 더는 걱정하지 않게 말이야. 이 아빠가 약속하마."

그리고 그 뒤로 다시는 걱정할 일이 없었다. 왜냐하면 17년 동안 아빠는 날마다 우리 곁에서 우리를 부양하고 사랑해주었으니까. 그것도 술 한 방울 마시지 않은 또렷한 정신으로.

22

─────── 윌리엄에게 오늘 아빠와 가기로 한 래프팅이 취소되었다고 말하려니 심란하다. 하지만 윌리엄은 난리를 피우지도, 불평을 하지도, 소리를 지르지도 않는다. 이런 상황에서 해야 마땅한 어떤 일도 하지 않는다. 그저 내가 애덤을 대신해 꾸며낸 거짓말을 잠자코 듣고만 있다.

"여권을 잃어버린 가족이 있어서 아빠가 도와줘야 한대. 아니면 그 사람들은 집에 못 갈 거야. 대신 곧 너랑 놀 만한 다른 계획을 잡을 거라고 했어."

윌리엄은 고개를 숙인 채 입을 꾹 다물고 있다가 내 이야기가 끝나자 자리에서 일어나 방으로 달려가 문을 닫는다. 나는 윌리엄을 10분간 혼자 있게 한 다음, 과감하게 나타샤랑 셋이 놀러 가기로 한다.

우리 차는 브리브 근처 코스 호수로 향한다. 그곳에는 모래 해변이 있고, 맑은 호수는 수영하기에 제격이다. 게다가 페달 보트도 있다.

"보트 탈래? 할머니가 타보라고 하셨잖아."

내가 명랑하게 말한다.

"음, 좋아."

윌리엄은 어깨를 으쓱이며 말한다. 마침 아이패드 배터리가 다되었다는 신호다.

윌리엄은 호수로 나가자마자 활기를 되찾는다. 우리가 탄 보트가 윈드서핑을 즐기는 사람들 근처로 갈 때마다 죽어라 페달을 밟아대는 내 모습은 누가 봐도 웃기기 때문이다. 호수를 한 바퀴 다 돌고 나니 내 무릎에서 불이 난다. 옛 추억에 젖는 것도 좋지만 다시 육지에 발을 내디디니 크게 한시름이 놓인다.

윌리엄이 해변에서 나뭇가지를 줍는 동안 나는 나타샤 옆에 비치 타월을 펼친다. 나타샤는 최근 내가 누리지 못한 깊은 잠에 빠져 있다. 우리는 족히 두 시간 동안 그렇게 누워서 게으름을 피우다가 늦은 오후가 돼서야 로시뇰성으로 돌아간다.

별채로 걸어가고 있을 때 나타샤가 팔꿈치로 날 친다.

"누가 너한테 손 흔들잖아."

"안녕하세요, 제스!"

찰리가 안뜰 반대편에 있는 별채 앞 현관에 서 있다.

"어머, 안녕하세요."

나는 열쇠를 찾느라 가방을 뒤지며 미소로 답한다.

"저 남잔 널 좋아해"라고 나타샤가 속삭인다. 순간 나는 고개를 번쩍 들어 윌리엄이 들었는지 확인하고는 나직이 대꾸한다.

"말도 안 되는 소리. 그걸 네가 어떻게 알아?"

"일단 이쪽으로 오고 있잖아."

나는 현관문을 열고서 나타샤와 윌리엄에게 안으로 들어가라고 손짓한다. 윌리엄은 곧장 들어가지만 나타샤는 꿈쩍도 하지 않는다.

"잘 지냈어요?"

나는 다가오는 찰리에게 묻는다.

"어제는 흐리더니 오늘은 해가 다시 나와서 다행입니다."

"네, 어제가 일시적으로 흐린 거였으면 좋겠어요. 이쪽은 나타샤예요. 어제 도착했죠."

"만나서 반가워요."

나타샤는 인사하며 자동차 전시장에서 새 쿠페의 도장 상태를 확인하듯이 찰리를 위아래로 훑어본다.

찰리는 "저도요"라며 미소를 짓고는 다시 날 바라보며 말한다.

"어젯밤에 바비큐 파티에 갔습니까? 우린 파티가 있다는 걸 깜빡 잊고 외식을 했지 뭡니까."

"네, 좋았어요. 클로이는 어땠을지 잘 모르겠지만 윌리엄은 좋아했어요."

그의 반짝이는 초록색 눈동자가 내 얼굴을 빤히 바라본다.

"잘 기억해둘 걸 그랬습니다. 그랬으면 함께 식사할 수 있었을 텐데요."

나는 나타샤의 능글맞은 미소가 느껴져서 영 불편하다.

"아빠!"

찰리는 뒤돌아 딸이 있는 쪽을 바라본다.

"아, 미안합니다. 딸애가 부르네요. 바로 달려가지 않는 자는 화를 당할지니라. 곧 또 봅시다."

그러고는 클로이를 향해 달려간다. 정말 나타샤의 말대로 날 좋아하는 걸까?

"너한테서 눈을 못 떼더라."

집 안으로 들어가면서 나타샤가 말한다.

"제발 좀 조용히 해."

"사실이야. 어제 흰 반바지 입은 네 모습을 못 봐서 다행이지. 봤더라면 어쩔 줄 몰라 했을 거야."

윌리엄은 소파에 누워 벌써 아이패드를 붙잡고 있다.

"오늘 즐거웠니, 윌리엄?"

"괜찮았어."

"저기…… 오늘 아빠가 널 실망시켜서 정말 미안해."

윌리엄이 고개를 번쩍 든다.

"아빠는 날 실망시키지 않았어. 아빠는 사장이잖아. 일이 생기면 어쩔 수 없지, 뭐."

나는 치솟는 짜증을 억누른다. 윌리엄에게 아빠가 일해야 한다고 말한 사람은 나지만 저 애가 아빠를 두둔하는 소리를 들으니 자제력이 한계치에 이른다. 그래도 자기 아빠가 정말로 뭘 했는지 알면 상처를 받으리라.

23

━━━━━━━ 날마다 오후 중반이 되면 대기의 향기가 바뀐다.
높이 뜬 태양이 모든 꽃과 식물에 이글거리는 열기를 불어넣으면
풀 냄새가 섞인 달콤한 여름 향기가 미풍에 실려 온다.

호수에 다녀온 다음 날 윌리엄과 나타샤, 나는 시원한 음료를 마
시러 성으로 걸어간다. 축구장에서 몇몇 아이들이 놀고 있는데 그
중 한 아이가 우리 쪽으로 달려온다. 지난 주말 수영장에서 윌리엄
과 놀던 아이다. 우리 아들보다 두어 살 더 어려 보이고 당근색 머
리카락에 앞니 사이가 넓게 벌어져 있다.

"5분 뒤에 중요한 시합이 있는데 선수가 더 필요해. 형도 할래?"

"글쎄."

윌리엄이 대답한다.

"그러지 말고 같이 하자, 형."

윌리엄은 잠시 생각하더니 약간 창백한 얼굴로 고개를 끄덕인다.
축구장으로 걸어가는 윌리엄을 보고 있자니 수영장 옆에서 의자를
치우고 있는 벤이 눈에 들어온다. 나는 그에게 손을 흔든다. 벤도
내게 손을 흔들더니 다른 의자를 집어 든다. 하지만 머뭇거리다가
의자를 내려놓고 내 쪽으로 걸어와 묻는다.

"휴가는 잘 보내고 계세요?"

갈색으로 그을린 굵은 손목에 가죽 팔찌를 한 묶음 차고 빛바랜 글씨가 적힌 빈티지 티셔츠를 입고 있다. 얼굴은 벌꿀색으로 그을었고 그 때문에 갈색 눈동자가 더 다정해 보인다.

"네, 덕분에요. 고마워요, 벤. 이렇게 멋진 날씨에 일해야 한다니 유감이에요."

"이 정도는 약과죠. 그리고 오늘은 화장실 청소도 안 하는걸요."

그러고 보니 아직 나타샤를 소개하지 않은 걸 깨닫는다.

"이쪽은 내 친구 나타샤예요."

"만나서 반가워요. 말투가 카디프 억양 같네요."

나타샤가 눈을 깜빡이며 벤을 올려다본다.

벤이 환하게 미소 지으며 "잘 아시네요"라고 말한다.

"우리 할머니가 거기 출신이거든요."

국적이 다른 아이들 일곱이 축구장에 모이고, 그들은 축구라는 만국 공통어로 의사소통을 하지만 안타깝게도 윌리엄은 그 언어에 능통하지 않다. 다른 아이들이 축구장을 가로질러 전력으로 뛰어다니는 동안 우리 아들은 그냥…… 서성이는 듯하다.

솔직히 말해서 윌리엄은 마치 축구공을 열심히 피해 다니는 것이 경기의 주된 목표라고 배운 사람 같다. 이따금 공을 차보기도 하지만, 공차기 대신 낱말 맞추기로 승부를 결정한다는 새 법칙이라도 도입되지 않는 한 가망이 없다. 공을 놓칠 때마다 윌리엄은 절망감으로 얼굴이 일그러지고, 자신의 부족한 기량을 원망한다. 그런 모습을 보니 마음이 아프다.

나는 계속 경기를 지켜본다. 벤과 나타샤의 웃음소리가 들릴 때만 그쪽을 힐끗 보는데 나타샤에게 푹 빠진 벤의 얼굴이 보인다. 마침내 나타샤는 저녁 준비를 해야 한다면서 자리를 뜨고, 벤은 다시 의자를 치운다. 그의 발걸음이 마치 발바닥에 스프링이라도 달린 듯하다.

"안녕."

애덤이 내 옆으로 다가온다. 나는 고개를 돌려 그의 옆모습을 힐끗 본다. 짜증 나게도 지난 몇 년간 애덤은 더욱 미남이 되었다. 한때 그에게 반하게 만들었던 모든 요소, 말하자면 체취나 깊은 눈동자가 이제는 날 약 올리는 것만 같다.

"안녕."

난 냉담하게 대꾸한다.

우리는 나란히 서서 우리 아들이 최대한 구석으로 슬그머니 도망치는 모습을 말없이 지켜본다. 구경꾼은 우리뿐이다.

"윌리엄이 골 넣었어?"라고 애덤이 묻는다.

"아니……, 아직."

"힘내라, 윌리엄!"

애덤이 외치자 우리 아들이 고개를 들고 아빠를 바라보더니 걱정이 되는지 이마를 찡그린다. 하지만 아무리 잘해야겠다고 결심해도 실력은 나아지지 않는다. 윌리엄은 발끝으로 징검다리를 건너는 요정처럼 축구장을 가로지르며 공 근처에도 못 간다.

애덤은 이상하다는 표정이다. 마치 끔찍한 진실이 이제 막 탄로 났음을 알게 된 사람처럼.

"윌리엄이……."

"아무 말도 하지 마."

애덤이 몸을 돌려 나를 본다.

"하지만 저 애……."

"그래, 애덤. 나도 알아. 윌리엄은 축구 실력이 꽝이야. 한 골도 못 넣을 거야. 저 애는—"

"난 윌리엄의 신발 끈이 풀렸다는 말을 하려던 거야"라며 애덤이 내 말을 자른다.

나는 고개를 홱 돌린다.

"이런, 맙소사. 윌리엄!"

윌리엄에게 손을 흔들지만, 윌리엄은 지저분한 길고양이를 쫓아내듯이 내게 저리 가라고 손짓한다.

"신발 끈!"

윌리엄이 우뚝 멈춰 서서 날 향해 얼굴을 찡그렸을 때는 이미 너무 늦었다. 네덜란드 여자아이가 마침 윌리엄을 들이받는 바람에 윌리엄은 축구장 반대편으로 날아가 한쪽 볼을 땅에 댄 채 나동그라져 입 안에 흙이 잔뜩 들어간다. 애덤이 윌리엄에게 달려간다.

"난 괜찮아요, 아빠."

애덤이 일으켜주자 윌리엄이 캑캑거리며 말한다.

"정말이니? 저기 가서 좀 앉지 그래?"

용감하게도 윌리엄은 다시 경기에 참여하고 싶어 한다. 그리고 한층 더 용감하게도 윌리엄과 같은 편 아이들도 윌리엄이 계속 뛰어주기를 원한다. 애덤과 나는 축구장 가장자리로 물러난다.

"난 당신이 윌리엄이 축구를 못한다고, 형편없다고 불평하려는 줄 알았어."

나는 솔직히 털어놓는다.

"그런 말을 하려던 게 아니었어."

"미안해."

우리 사이에 어색한 침묵이 흐른다.

"그래도…… 정말 놀랍도록 못하기는 해."

나는 곁눈질로 애덤을 흘끔 보며 웃음을 터뜨리고는 이렇게 말한다.

"가여운 윌리엄. 그래도 난 그 애를 사랑해."

애덤은 다시 축구장을 바라보며 내 말을 바로잡는다.

"우리가 사랑하는 거지."

24

——————— 어제 윌리엄에게 그런 짓을 해놓고도 저렇게 말하는 애덤을 보니 당장이라도 반박하고 싶은 말들이 머릿속에 흘러넘친다. 만약 애덤이 정말로 윌리엄을 사랑한다면 행동으로 보여줬을 것이다. 자식을 사랑하는 부모라면 자식을 우선시하기 마련이니까. 언제든.

"어제 일은 미안해."

애덤이 말하는데 난 그를 바라볼 수가 없다.

"설명하자면 어제는 시몬의 생일이었어. 당신이 여기 오겠다고 말하기 훨씬 전부터 시몬은 그 호텔을 예약해뒀다고. 그러니까 몇 달 전에 말이야. 당신에게 미리 말했어야 했는데 난 별일 아니라고 생각했어. 당신이 여기 머무는 5주 중에서 겨우 하루니까. 당신이 날마다 나와 함께 보내고 싶어 할 줄 몰랐어."

"당신과 함께 있고 싶어 하는 사람은 내가 아냐. 그리고 그렇다 쳐도 윌리엄은 지난 몇 달간 당신을 보지 못한 반면, 시몬은 계속 당신과 함께 있었다는 사실을 고려할 때 윌리엄을 우선시해야 한다고 생각하지 않아?"

애덤은 대답하지 않는다.

"당신은 윌리엄을 캐니어닝에 한 번 데려갔으니까 그걸로 당신

역할은 끝났다고 생각하는 것 같아. 좋은 아빠놀이를 했고, 페이스북에 사진도 올렸으니 이젠 일상으로 돌아갈 수 있다고 말이야. 윌리엄이 존재하지 않는 일상으로."

"그렇지 않아, 제스."

"아니긴 뭐가 아냐!"

"우린 멀리 떨어져 살았어. 그건 사실이야. 그래서 난 그걸 보상하려고 영상통화도 하고—"

"당신은 윌리엄이 어떤 아이인지 거의 몰라, 애덤."

내가 그의 말을 자르자 애덤은 대답을 못 하고 시선을 돌린다.

"당신에게 윌리엄은 자식이라기보다…… 예뻐하지만 자주 보지는 않는 조카와 비슷하지. 당신은 양육의 힘든 과정을 한 번도 겪을 필요가 없었어. 멀리 떨어져 있는 호사를 누렸으니까. 당신 손으로 직접 아이를 키우지 않아도 되는 호사를."

애덤이 입을 굳게 다문다.

"나중에는 어떻게 될까, 애덤? 지금 말고 나중에 윌리엄이 성인이 됐을 때 말이야. 차를 사거나 독립해서 집을 나갈 때 누가 그 애 곁에서 조언해줄까? 그게 그냥 다 내 책임이라고 생각해?"

애덤은 왜 그렇게 먼 훗날의 일을 지금 이야기하는지 모르겠다는 듯 어리둥절한 표정이다.

"제스. 난 당신과 멀어지고 싶지 않아, 정말로. 하지만 이따금 당신은 먼저 헤어지자고 말한 사람이 당신이었다는 사실을 잊어버리는 것 같아."

"아, 그 얘기는 꺼내지도 마."

왜냐하면 저 말은 사실이 아니기 때문이다. 내게 선택의 여지가 없었다는 걸 애덤은 안다. 헤어지자는 말을 꺼낸 사람은 나일지 몰라도 그는 어서 빨리 우리 관계를 끝내고 싶어 했다. 나와 헤어지기 몇 달 전, 그리고 몇 년 뒤에 애덤이 어떻게 살았는지 보면 아주 분명해진다.

애덤은 나와 눈을 마주치려 하지만 나는 그가 원하는 대로 해주기 싫다.

"저기, 내가 늘 곁에 있어주지 못하고, 날마다 두 사람을 좀 더 지지해주지 못해서 미안해. 또 어제 일도 다시 한번 사과하고. 하지만 그건 그냥 오해였어. 내가 윌리엄에게 다 보상해줄게."

윌리엄을 바라보며 어제 내가 래프팅이 취소되었다는 말을 전할 때의 아이 표정을 떠올린다. 그러자 다시 턱에 힘이 들어간다.

"남자답게 행동해. 부끄럽지 않은 아빠가 되란 말이야, 애덤."

내가 속삭인다. 처음에는 그가 아무 말도 하지 않는다. 그저 내 말에 한 방 먹은 채 그 말의 의미를 생각할 뿐이다.

"한마디 해도 돼?"

나는 애덤의 맹공격에 맞설 준비를 한다. 선동적이지만 더없이 타당하고 적확한 내 발언으로 인해 말다툼이 시작될 것이다.

"미처 말 못 했는데 당신이 한 모든 일에 내가 얼마나 고마워하는지 알았으면 좋겠어. 당신은 훌륭한 엄마야. 그리고 우리 둘 사이에 무슨 일이 있었든지 간에 당신은 우리 아들을 훌륭하게 키웠어. 당신이 힘든 일을 하고 있다는 거 알아. 육아가 쉽지 않다는 것도 알고. 당신은 굉장한 아이를 키우고 있어. 그 애가 축구를 잘하든 못하든."

나는 숨을 깊이 들이쉰다. 위험할 정도로 감정이 복받친다. 축구장 가장자리를 뚫어져라 바라보며 나는 떨리는 입술을 진정시키려 애쓴다.

"또 내가 하고 싶은 말은…… 이유는 모르겠지만 당신은 지금 까지 계속 날 피하다가 갑자기 여기 오겠다고 했어. 그래도 난 기 뻤어."

가슴이 벅차서 애덤을 바라볼 수가 없다.

"엄마 때문이야."

"뭐?"

"우리가 여기 오길 바란 건 엄마였다고."

눈물이 나오려는 걸 꾹 참았더니 머리가 지끈거린다.

"물론 엄마는 당신을 싫어하지만 당신과 윌리엄이 떨어져 사는 건 잘못됐다고 생각해. 예전부터 그랬어. 그런데 요양원에 들어가 시고 나선 그 생각이 한층 더 강해졌어. 엄마는 가족이 중요하다고 생각하니까. 과거에 무슨 일이 있었든지 간에."

나는 바닥을 내려다보며 이야기를 이어간다.

"현실적인 문제 때문이기도 해. 부모님이 나와 함께 윌리엄을 키 웠지만 이제는 불가능해. 엄마는 내가 혼자서 윌리엄을 키울 수 있 을지 걱정하는 거야."

"돈이 더 필요해?"

애덤이 묻는다.

"아냐, 애덤. 솔직히 말해서 내가 여기 오겠다고 한 건 그냥 엄마 의 뜻을 따른 거야."

애덤은 아무 말도 하지 않는다.

"하지만 진실은 이거야. 여기 온 뒤로 난 윌리엄에게 당신이 얼마나 필요한지 내 눈으로 직접 보게 됐어. 윌리엄은 당신을 숭배해. 그리고 인정하기 힘들지만 엄마 말이 맞는 것 같아. 윌리엄에게는 당신이 필요해. 지금 당신이 그 애의 삶에서 차지하는 비중보다 훨씬 더."

나는 손을 내려다본 채 말을 잇는다.

"당신이 영국으로 다시 돌아오지 않으리라는 거 알아. 당신에게는 삶의 터전이 여기라는 것도 알고. 하지만…… 영국을 좀 더 자주 방문하거나 윌리엄이 당신을 찾아오거나 하는 식으로……."

"물론이지. 물론이야."

관자놀이가 욱신거리는 가운데 나는 목까지 차오른 질문을 속삭인다.

"혹시 영국으로 다시 돌아올 생각을 해본 적은 없어? 그냥 궁금해서."

애덤은 잠시 기다렸다가 대답한다.

"그 답은 당신이 이미 한 것 같은데, 제스. 안 그래?"

나는 코를 훌쩍이며 환하게 웃는다.

"한 번은 물어봐야 할 것 같았어."

그러고는 등을 펴며 분위기를 밝게 만들 방법을 찾는다.

"어쨌든 다시는 윌리엄에게 그런 짓 하지 않겠다고 약속해. 또 그러기만 해봐."

애덤의 눈빛이 부드러워진다.

"지금 협박하는 거야, 제스?"

"당연하지. 또다시 허튼짓하면 트립어드바이저에 안 좋은 리뷰를 쓸 거야."

애덤은 웃더니 잠시 침묵한다.

"어머님이 왜 아픈지 정확한 원인을 알아냈어?"

나는 가슴이 뻐근해진다.

"그냥 퇴행성 신경 질환이야."

"나도 알아. 하지만…… 루게릭병이나 뭐 그런 거냐고?"

"확실히 모른대."

나는 그렇게 대답하지만 거짓말이다. 애덤에게 사실을 말하기가 아직은 너무 힘들기 때문이다.

25

─────────── 엄마에게 증상이 처음 나타났을 때 주위 사람들은 그 변화를 잘 알아차리지 못했다. 그때는 증상을 '찾으려고' 하지 않았기 때문이다.

가장 먼저 바뀐 것은 엄마의 기분이었다. 대개 침착하고 태평하던 엄마가 갑자기 아주 사소한 일에도 화를 낼 수 있는 사람으로 변했다. 그렇다고 늘 화를 내는 것은 아니었지만, 너무 불같이 화를 내는 터라 모를 수가 없었다. 그리고 '무엇이든' 엄마의 분노를 유발할 수 있었다. 내 방이 지저분하다거나, 치맛단이 풀렸다거나, 내가 출연하는 연극이 시작하기 전에 학교 화장실에 토해놓은 아빠가 그게 별일 아니라고 우긴다거나.

돌이켜보면 한층 더 중요하게 느껴지는 사건이 몇 가지 기억난다. 한번은 대학 때 봄방학을 맞아 집에 돌아왔다. 일요일 아침에 아래층으로 내려가보니 엄마가 부엌에서 케이크 재료에 둘러싸여 있었다.

"뭐 만들어?"

라디오에서 에이미 와인하우스가 노래하고, 창문으로 서늘한 햇살이 흘러들어 왔다.

"부활절 케이크"라고 대답하며 엄마는 내게 윤기 흐르는 책에 실린 케이크 사진을 보여주었다. 엄마는 아주 복잡한 케이크를 즐겨 만들었지만 그 케이크는 귀여웠다. 단층 코코넛 케이크 겉에 초록색 퐁당을 씌웠고, 위에서 작은 흰 토끼가 고개를 내밀고 있었다.

"정말 귀엽네."

나는 그렇게 말하고 식탁 앞에 앉아 신문을 뒤적거리며 엄마와 이야기를 나누었고, 엄마는 계속 케이크를 만들었다.

하지만 내가 봄방학 전에 들었던 수업 이야기를 하는 동안 엄마는 케이크를 만들다 말고 자꾸 책에 적힌 레시피를 읽으며 걱정스러운 눈으로 설탕 반죽을 힐끗거렸다. 마치 엄마의 뇌가 내 이야기를 들으면서 동시에 케이크 만드는 일을 못 하는 것처럼. 엄마는 작은 반죽을 치대 원하는 모양으로 만들다가 또다시 멈추고 화를 내며 혼잣말을 했다.

"괜찮아, 엄마?"

내가 신문을 덮으며 물었다.

"응. 어젯밤에 늦게 자서 그래."

엄마는 퉁명스럽게 대꾸하고는 입으로 바람을 후 불어서 앞머리를 날렸다.

"케이크 만들기 싫다. 내일 해야겠어."

엄마는 책을 탁 덮었다.

하지만 부활절 케이크는 영영 완성되지 못했다.

돌이켜보면 산더미 같은 증거가 나타난 뒤에야 우리는 무언가 조치를 취해야겠다고 생각했다. 엄마는 안절부절못했고, 몸을 살짝 실룩거렸으며, 거의 눈에 띄지 않는 이상한 행동을 했다. 그런 증상이 몇 년씩 지속되고 나서야 우리는 그걸 심각하게 받아들였다.

엄마도 전혀 모르고 있었는지, 아니면 일부러 증상을 무시했는지는 잘 모르겠다. 어느 쪽이든 엄마를 병원에 데려가야 한다고 깨닫는 지경에 이르렀다.

윌리엄이 태어나기 전 크리스마스에 엄마와 나는 트래포드센터에 가서 크리스마스 쇼핑을 마저 끝낸 뒤, 엄마의 빨간색 소형 코르사를 타고 집으로 돌아가는 길이었다. 트렁크에는 크리스마스 선물과 엄마가 더는 버티지 못하고 산 아기용품이 잔뜩 실려 있었다.

"아기 내의는 충분하니?"

집 근처에서 신호에 걸리자 차를 멈추며 엄마가 물었다.

"마흔 개쯤 있으니까 충분할 거야."

"아기 내의는 아무리 많아도 부족해. 이 애가 널 닮았으면 내의가 늘 침범벅일 거다."

곧 신호가 바뀌었고 엄마는 기어를 바꿔 집이 있는 길로 들어섰지만 집 앞을 그냥 지나쳐버렸다.

"엄마, 뭐 하는 거야?"

내가 웃으며 말했다. 엄마는 날 힐끗 봤지만 운전을 멈추지는 않았다.

"왜?"

"방금 집을 지나쳤잖아."

내가 어이가 없다는 듯이 말했다.

엄마는 방향 지시등을 켜고 차를 세웠다. 얼굴은 창백했고, 눈에는 두려움이 가득했다.

"엄마, 왜 그래? 괜찮아?"

엄마는 고개를 저었다.

"아무것도 아냐. 딴생각하느라 그랬어. 우리 아기 생각했거든."

엄마는 다른 차들이 사라지기를 기다렸다가 유턴했다. 하지만 운전대를 잡은 엄마를 보니 뭔가 잘못됐다는 걸 알 수 있었다. 엄마는 집으로 가는 길을 기억하지 못했다.

"다음에 좌회전해."

내가 말했다.

"알아, 알아."

엄마가 짜증 내며 말했다. 하지만 내가 그렇게 일러주지 않았다면 과연 엄마가 15년간 살았던 집으로 돌아갈 수 있었을까?

나는 엄마에게 나중에 병원에 가보라고 신신당부했다. 엄마는 병원에서 검사했는데 아무 이상 없는 걸로 나왔다고 말했다. 엄마는 임신한 내게 끔찍한 소식을 알리지 않기로 마음먹고 거짓말한 것이다. 혹시라도 나와 아기가 스트레스를 받을까 걱정해서였다.

나는 애덤과의 관계에 정신이 팔리고 임신에만 신경을 쓴 나머지 엄마의 말을 그대로 믿었다. 진실을 알기 전인 그 당시에는 엄마의 상태가 그렇게까지 나쁘지 않았다. 나는 그저 엄마가 가만히 앉아 있지 못하는 성격이고, 그날 차에서 있었던 일을 내가 너무 부풀려서 기억하고 있다고 믿었다. 그렇게 쉽게 그 일을 마음 뒤쪽으로 밀어버릴 수 있었다.

그 시절이 그립다. 헌팅턴병이라는 말이 우리의 일상 어휘에 속하지 않던 시절. 엄마가 치명적인 병에 걸렸다는 사실을 모르고, 그 병이 인간이 걸릴 수 있는 가장 잔인한 병이라는 말도 듣지 않았던 시절. 또한 그 병을 일으키는 유전자가 내게 유전되었을 가능성이 50대 50이라는 사실도 모르던 시절.

26

―――――――― 엄마가 헌팅턴병에 걸렸다는 사실을 알기 전에는 몸에 대한 내 태도 역시 다른 사람들과 마찬가지였다.

우리는 건강이 신에게 받은 권리라고 생각하며 당연하게 여긴다. 마치 평생 이렇게 건강하게 살 것처럼. 심각한 질병은 다른 사람들 이나 걸리는 줄 안다. 신문이나 페이스북에서 숭고한 사연과 투병 담을 공유하는 사람들만.

그런데 하룻밤 사이에 우리도 그런 사람들이 되었다.

내가 애덤과 헤어진 지 몇 주 지났을 때 엄마와 아빠가 엄마의 병에 대해 이야기해주었다. 두 분은 나를 부르더니 식탁 앞에 앉으 라고 했다. 어릴 때 내가 저녁을 먹던 큼직한 소나무 식탁이었는데 평소 티끌 한 점 없이 깨끗했던 식탁에 낯선 방치의 흔적이 보였다. 행주로 닦지 않은 식탁 표면에는 커피잔이 남긴 둥근 자국이 있었 고, 싱크대에는 접시가 쌓여 있었고, 세탁기 옆에는 음식물 얼룩이 그대로 남은 행주가 돌돌 뭉쳐진 채 떨어져 있었다.

나는 윌리엄에게 우유를 먹이려 했지만 윌리엄은 울음을 그치지 않았다. 계속 난리 법석을 피우다가 내가 자리에서 일어나 이리저 리 서성이며 앞뒤로 흔들어준 뒤에야 겨우 조금 진정되었다.

엄마가 자리에서 일어나 "이리 다오. 내가 안고 있을게"라며 윌리엄을 안았다. 엄마 품에 안기자 윌리엄은 곧 조용해졌다. 아름다운 아기를 안고서 눈을 들여다보는 엄마의 모습이 너무도 행복해 보였던 터라 다시 자리에 앉아 말없이 아기를 위아래로 흔들던 엄마가 그렇게 끔찍한 말을 할 줄은 상상도 못 했다.

"의사들 말로는 내가 헌팅턴병에 걸렸다는구나."

나는 실눈을 뜨고서 엄마가 한 말을 곱씹었다.

"뭐라고?"

"그 병에 대해 들어본 적 있니?"

엄마가 부드럽게 물었다.

"그런 거 같아……. 아니, 잘 모르겠어."

"그래. 내가 아는 걸 전부 말해줄게."

엄마는 직설적이면서도 당당한 말투로 자신이 헌팅턴병에 걸렸고, 그것이 어떤 병이며, 내가 그 병을 유발하는 유전자를 물려받았을 확률이 50퍼센트라고 설명했다. 그때 엄마는 마흔네 살이었고, 그렇게 치명적인 병에 걸리기에는 너무 젊었다. 그럼에도 엄마는 이상하게 차분하다 못해 평온해 보일 지경이었다. 내가 평생 들어본 것 중에서 가장 충격적이고 잔인한 농담을 하면서도 엄마는 울지 않았다. 눈물은 나중을 위해 아껴두었다. 엄마는 결국 그 병으로 죽을 터였다. 아마도 머지않아. 엄마는 천성적으로 포기를 모르지만 시간이 많지 않았다.

"받아들이기 힘들 거야, 제스. 하지만 이것만은 알아두렴……. 앞으로 아무리 힘들다 해도 우린 서로의 버팀목이 되어줄 거야."

나는 땀이 나기 시작했다. 피부가 축축해지고 머리가 멍했다. 유체 이탈을 경험하는 듯했는데 기이하게도 그 느낌은 며칠 동안 지속되었고, 마침내 사라진 후에야 눈물이 났다. 꺼이꺼이 목 놓아 우는 울음이 멈추지 않았다.

그날 저녁 인터넷으로 그 병에 대해 이것저것 찾아보았는데 미국 헌팅턴병협회 웹 사이트에서 처음으로 읽은 글은 아직도 외울 수 있을 것 같다.

헌팅턴병(Huntington's disease, HD)은 뇌 신경 세포의 점진적 파괴를 유발하는 치명적인 유전병이다. 한창 일할 시기에 인간의 육체적·정신적 능력을 악화시키며 현재까지는 치료 약이 없다. 헌팅턴병에 걸린 부모를 둔 자식이 결함이 있는 유전자를 물려받았을 확률은 50퍼센트다.

많은 이들이 헌팅턴병의 증상을 루게릭병과 파킨슨병, 알츠하이머병이 동시에 나타나는 것으로 묘사한다. 증상은 대개 30~50세 사이에 시작되는데, 이후 10~25년에 걸쳐 악화된다. 시간이 흐르며 헌팅턴병은 이성적으로 판단하고, 걷고, 말하는 능력에 영향을 끼친다.

증상은 아래와 같다.
- 성격이 변하고 기분이 오락가락하며 우울증이 나타난다.
- 건망증이 심하고 판단력이 흐려진다.
- 걸음걸이가 불안정하고 몸이 제멋대로 움직인다(무도병).
- 말이 느려지고 음식물을 삼키기 힘들어하며 체중이 심각하게 감소한다.

결국 체력이 약해져서 폐렴, 심장 질환 또는 다른 합병증에 걸리기 쉽다.

우리 상황을 자세히 아는 사람은 베키와 나타샤를 포함해 손에 꼽을 정도다. 다른 사람들에게는 엄마의 병명을 정확히 말하지 않고 그냥 애덤에게 말했듯이 퇴행성 신경 질환이라고 둘러댄다. 그러면 다들 루게릭병이라고 생각하는 듯하다.

나는 비밀을 만드는 걸 좋아하지 않는다. 이게 사람들에게 공개해야 할 일이라는 것도 안다. 사람들에게 헌팅턴병을 더 알리고, 그래서 연구 기금을 마련하는 데 동참하게 하라는 양심의 소리도 들린다.

하지만 윌리엄에게 말하기 전까지는 이렇게 할 수밖에 없다.

윌리엄에게 언제 말해야 할지 오랫동안 열심히 생각했다. 그냥 지나가는 말로 서너 번 해야 할지, 아니면 자리에 앉으라고 해서 심각하게 말해야 할지 하나도 모르겠다. 하지만 난 이런 결론을 내렸다. 아직 열 살밖에 안 된 윌리엄이 잠재적으로 끔찍한 미래가 나와 자신을 기다릴지 모른다고 생각하는 건 도저히 견딜 수가 없다.

나는 윌리엄이 아이답게 크기를 원한다. 긍정적으로, 그리고 신나게. 축구할 때 공을 제대로 못 찬다는 사실만이 유일한 걱정거리이기를 바란다.

27

——————— 윌리엄의 팀이 18 대 3의 패배를 받아들일 때, 나는 아빠와 긴 문자를 주고받은 뒤 고칼로리 음식을 주문해서 지난 넉 달간의 운동을 무효로 만들어버린 참이었다. 메뉴는 톡 쏘는 맛의 셀러리 코울슬로와 노릇노릇하게 구운 빵을 곁들인 소시송 섹(saucisson sec: 하얀 가루를 묻혀 말린 프랑스식 소시지–옮긴이)이다.

"우리가 졌다니 믿을 수가 없어."

윌리엄이 낙담해서 허리를 푹 구부리며 말한다.

"신경 쓰지 마. 음료수 마실래?"

나는 어린 웨이트리스 델핀에게 사과 주스를 주문한다.

해가 지면서 삼나무와 부드러운 빛깔의 성벽이 폭포처럼 쏟아지는 오렌지색 햇살에 잠긴다. 수영장에서는 머리에 꼭 끼는 수경을 쓴 여자가 혼자서 여러 바퀴를 돌며 수영하고 있다. 약해지는 한낮의 열기 덕분에 대기에서는 시클라멘과 타임의 향이 강해진다.

"아빠가 나 축구하는 거 보고 잘한대?"

음료를 기다리면서 윌리엄이 묻는다.

"아주 끝내준다고 했어."

"막판에 내가 거의 골을 넣을 뻔한 순간도 봤어?"

도대체 무슨 소리를 하는지 모르겠다. 내가 지켜본 바로는 윌리엄은 이곳에서 상파울루만큼이나 골 득점과 거리가 멀었다.

"못 봤을 리가 없지, 윌리엄. 아주 잘했어."

나는 혼신을 다해 연기한다.

고개를 들어보니 나타샤가 우리를 만나러 와서는 곁길로 빠져 테라스 저쪽에 앉은 남자와 이야기하고 있다.

"아빠랑 축구해봐."

델핀이 주스를 들고 오는 동안 나는 말을 잇는다.

"아빠는 예전에 축구를 잘했어. 아마 요령을 알려줄 거야."

윌리엄이 어깨를 으쓱이며 "알았어"라고 대답한다. 그때 나타샤 가 이야기를 나누던 남자를 대동하고 우리 쪽으로 걸어온다. 남자 는 레드 와인이 든 잔을 들고 있다.

"제스, 이쪽은 조슈아. 이즐링턴에 있는 우리 집 근처에 살아. 사 실상 이웃사촌이야."

나타샤가 날 뚫어져라 바라본다. 나는 여자의 직감을 발휘해(어쩌 면 믹들토 내 비니를 내려지듯이 나나사가 내놓고 니를 봤기 때문일 수도 있나) 나타샤가 이 남자를 좋게 보고 있다는 사실을 꿰뚫는다.

"어머, 잘됐네. 여기 앉으세요. 이쪽은 윌리엄이에요."

나는 미소 지으며 의자를 가리킨다.

"만나서 반갑습니다."

새파란 눈동자를 가진 조슈아는 애써 갈색으로 그을린 피부 덕 분에 뺨에 피어나는 희미한 홍조가 가려져 있다. 배가 살짝 나왔고, 나타샤보다 족히 다섯 살은 많아 보였지만 미소가 멋졌다. 우리 할 머니가 봤다면 미남이라고 했을 정도로 숱 많은 머리를 세련되게 손질했다.

윌리엄이 "나 그네 탈래"라고 말하더니 놀이터에서 놀고 있는 아이들을 향해 잽싸게 달려간다.

"나타샤에게 런던으로 돌아가면 새로 산 제 아파트를 아주 마음에 들어 할 거라고 설득하던 참입니다."

조슈아가 씩 웃는다.

나는 미간을 찡그리며 이게 무슨 소리인지 의아해하는데 나타샤가 웃음을 터뜨린다.

조슈아가 잘 정돈된 한쪽 눈썹을 치켜세우며 "제가 재미 삼아 부동산에 투자를 좀 했거든요"라고 설명한다.

"아."

"유감이지만 전 우리 집에 아주 만족해요. 아주 힘들게 찾아낸 집이라서 당분간 이사는 하지 않을 생각이에요."

나타샤의 말에 조슈아는 한쪽 입꼬리를 실룩인다.

"아쉽네요. 당신을 또 만나려면 다른 평계를 생각해내야겠군요."

그 뒤로 두 사람은 30분 동안 장단이 잘 맞아 보인다. 아마 조슈아가 가장 좋아하는 화제는…… 조슈아 자신이라는 사실을 나타샤가 눈치채지 못했기 때문일 터다. 아니면 그걸 아는데도 조슈아가 좋거나.

조슈아는 차 두 대와 집 한 채가 있으며, 골동품 사업차 도르도뉴에 왔다는 이야기, 골프 핸디캡이 얼마이며, 올해 초에 스노보드를 타러 베르비에로 여행을 다녀온 이야기까지 하고 나서야 마침내 화제가 떨어진 듯 시계를 보며 일어선다.

"이런, 빨리 가야겠군요. 곧 다시 만났으면 좋겠네요."

나타샤는 멀어지는 조슈아를 향해 손을 흔든다.

"날 좋아하는 것 같아?"

나타샤가 속삭인다.

나는 "응, 그런 거 같아"라고 대답하고는 음료수를 한 모금 마시고서 묻는다. "너도 호감이 있는 거야?"

"음, 조건을 다 만족시키긴 하지. 지적이고, 지불 능력이 있고, 교육을 잘 받았고, 5개국어를 하고, 머리숱도 많고. 아, 저기 또 우리의 이웃사촌이 나타났네."

고개를 돌리니 찰리가 보인다. 우리를 뚫어져라 바라보고 있다. 날 바라보다가 들켰다는 사실에 잠깐 동요하는 듯하더니 활짝 미소를 짓는다.

나타샤는 선글라스를 아래로 살짝 내리며 "저쪽도 틀림없이 너한테 관심이 있어"라고 한다.

"그러니까 나한테 계속 말 걸어, 나타샤."

나타샤는 씩 웃으며 묻는다.

"래프닝 사선에 대해 애넘은 뭐래?"

나는 한숨을 쉰다.

"사과했어. 그러면서 엄마로서 내가 한 일에 고맙다고 하더라. 윌리엄을 사랑하는데 다만 그날이 시몬의 생일이었고 시몬이 오래전부터 예약해뒀기 때문에 안 갈 수 없었다고."

나타샤는 입을 굳게 다문 채 조그맣게 '으흠' 하는 소리를 내더니 "네가 그 말에 넘어가지 않았기를 바라자"라고 말한다.

"당연히 안 넘어갔지. 내가 머저리인 줄 알아?"

28

────────── 나타샤가 온 이후로 우리에게는 작은 일상이 생겼다. 윌리엄이 등교하던 때보다 늦게 일어나 윌리엄보다 훨씬 넉넉하게 아침을 먹고, 이웃 마을에 놀러 가거나 수영장 옆에서 게으름을 피우는 것이다. 정신은 반쯤 다른 데 있을지 몰라도 몸은 여기서 소박한 즐거움을 누린다.

나는 매일 아침 눈을 뜨자마자 엄마를 생각한다. 그 뒤를 이어 밀어닥치는 생각들은 하루 종일 날 따라다니면서 다른 일에 집중할 수 없게 만든다. 그래도 베키네 가족이 오니 행복하다. 내 머릿속의 요란한 잡념을 안 들리게 할 수 있는 것이 있다면 바로 그 가족뿐이다.

"이 싸구려 포도주 좀 네 냉장고에 넣어둬도 될까, 제스? 우리 냉장고에는 들어갈 자리가 없어 보여."

베키가 그렇게 말하는 동안 셉이 비틀거리며 맥주 한 상자를 들고 온다. 그의 연한 초록색 눈동자와 장난스러운 미소는 대학 때와 똑같지만 세월이 흐르고 세 아이를 키우면서 머리카락이 살짝 희끗해지고 피부가 약간 누레지고, 전반적으로 좀 더 지쳐 보인다.

"베키 말은 우리가 차가 내려앉을 정도로 술을 잔뜩 싣고 왔다는 뜻이야."

셉은 그렇게 말하더니 맥주 상자를 탁자에 쿵 내려놓고 내게 다가와 꼭 안아준다.

"아, 너희 둘이 너무 그리웠어!"

나도 셉을 꼭 껴안으며 말한다.

"우리 마지막으로 본 게 언제지, 제스?"

셉이 묻는다.

"올해 신년 파티. 그나저나 멋진 파티였어. 누군가 네 마누라에게 이제 술에 취해서 욕조에서 잘 나이는 지났다고 말해줘야 했지만."

베키와 셉이 머무를 별채는 우리 별채와 조금 떨어져서 성과 가까운 일꾼들 별채에 있고 지난해에 보수공사를 마쳤다. 작고 아담한 낡은 석조 주택인데 베키네 다섯 식구가 지내기에 충분하다. 거기에 크림색이 도는 노란 인동덩굴 향기가 숨 막힐 듯하다. 베키네 가족이 타고 온 사륜구동 자동차의 트렁크를 들여다보니 유모차와 아기용품, 기저귀, 바비 인형이 잔뜩 쌓여 있다.

"나처럼 몸만 왔네?"

내 말에 베키는 "4톤 트럭이라도 빌릴 판이야"라고 대꾸하며 와인 두 병을 들고 기저귀 갈 때 쓰는 매트를 겨드랑이에 찔러 넣은 다음, 운동 가방까지 집어 든다. 나는 여행 가방을 챙겨 그녀 뒤를 따른다.

대학 시절에 베키는 머리를 적갈색으로 염색했고, 그 뒤로도 재미 삼아 대략 열여섯 번쯤 머리 색깔을 바꾼 끝에 지난해부터 옅은 금발 웨이브에 정착했다. 몸무게가 조금 늘었지만 통통한 몸매가 오히려 잘 어울렸고, 복숭앗빛 홍조를 띤 맑은 피부와 초록색과 갈색이 섞인 눈동자도 더욱 돋보였다. 지금은 빛바랜 청바지에 얇고 부드러운 천으로 만든 와인색 티셔츠를 입었으며, 손목에는 은팔찌

수십 개가 짤그랑거린다.

헵든 브리지에서 방 네 개짜리 좋은 집에 사는데도 베키에게서는 여전히 정착할 수 없게 타고난 사람의 분위기가 풍긴다. 아마 내가 알던 베키는 대학 전공을 두 번이나 바꾸고, 이사를 열두 번이나 다니고, 장기적인 관계를 맺는 대상은 학자금 대출뿐이었기 때문일 것이다.

대학 시절에 베키와 셉은 둘이 사귀기 한참 전부터 애덤과 나의 친구였다. 버밍엄 출신의 경제학 전공인 셉은 상냥하고 수줍음이 많았다. 또 조용한 겉모습과 달리 무표정한 얼굴로 농담을 잘하는데 마시던 물을 뿜게 만들 정도로 재미있었다. 마르고 키가 크며, 숱이 많은 금발이지만 이따금 머리카락이 전혀 말을 듣지 않았다.

셉과 애덤은 기숙사에서 처음 만나 쭉 친구로 지냈다. 대학 2학년 때 처음 셉을 소개받고 난 그가 아주 좋은 사람이라는 사실을 금방 알아차렸는데 지금도 역시 그렇다. 아내밖에 모르는 남편이자 좋은 친구이며, 모든 면에서 좋은 사람이고 애덤에게는 형제나 다름없었다.

셉과 베키가 처음에 연인으로 발전하지 못한 이유는 셉이 베키에게 관심이 없어서가 아니었다. 셉은 베키를 숭배했다. 베키가 말할 때마다 셉은 열망으로 이글거렸고, 베키가 웃을 때마다 그의 눈동자는 감탄으로 빛났으며, 베키가 끼를 부릴 때마다 셉은 얼굴을 붉혔다. 슬프게도 당시 베키는 자기를 볼 수 있는 눈만 달렸다면 감자한테도 끼를 부렸을 것이다.

하지만 셉은 베키가 좋아하는 타입이 아니었다. 베키는 시간만 낭비하게 만드는 쓰레기들에게 끌렸다. 잘생겼지만 머리에 똥만 가득 찬 남자와 베키가 또 헤어지고 실연의 상처를 극복하려던 때에 우리 중 누군가가 시티 오브 맨체스터 스타디움에서 열리는 오아시스 공연 티켓을 구했다.

그날 저녁 우리는 기분 좋게 취해 있었고, 음악에 흥분해 있었으며, 인생이 늘 그렇게 쉽고 장밋빛일 거라고 겁도 없이 생각했다. 어스름한 황혼 속에서 애덤은 내 허리에 팔을 둘렀고, 〈샴페인 슈퍼노바(Champagne Supernova)〉의 요란한 기타 선율이 내 안에서 고동칠 때 무언가가 내 시선을 끌었다. 셉이 슬그머니 베키의 손을 잡은 것이다. 그러고는 베키가 자기 손을 뿌리치지 않는지 몰래 살펴보고 있었다.

베키는 살짝 놀란 표정이었다. 예전부터 셉이 자기를 좋아한다는 건 이미 알고 있었으리라. 하지만 이런 대담한 행동 덕분에 셉이 완전히 달라 보인 듯했다. 음악이 우리의 귀를 가득 채우고, 도시의 강렬한 여름 냄새가 우리 곁을 맴도는 동안 내가 좋아하는 두 사람이 마짐내 서로를 알아보았다.

"베키, 잠깐 이리 좀 올 수 있어?"

별채 안에서 셉이 외치자 베키는 한숨을 쉬고는 와인에 취해 비틀거리는 발걸음을 재촉한다. 나도 함께 안으로 들어가보니 제임스와 루퍼스가 누가 먼저 때렸는지를 두고 시끄럽게 옥신각신하고 있고, 포피는 바닥에 누워서 떼를 쓰고 있다.

"포피는 왜 저러고 있어?"

소음을 뚫고 베키가 큰 소리로 묻는다.

"텔레비전이 없어서 〈페파 피그(Peppa Pig: 돼지 가족이 주인공인 영국 애니메이션-옮긴이)〉를 볼 수 없다고 저래."

섭은 그렇게 말하며 이마를 문지른다.

베키는 어깨를 축 늘어뜨리더니 딸 앞에 쪼그려 앉는다.

"그래, 포피. 계속 이러면 계단에 서 있게 할 거야."

베키의 목소리는 차분하고 위엄이 넘쳐서 나도 무서울 정도다.

섭이 "여긴 계단이 없어"라고 말하고는 남자아이들에게로 주의를 돌린다. "너희 둘도 그만해라."

하지만 아이들은 섭이 있는지조차 모른다.

"이 녀석들, 그만하라니까!"

나는 섭이 언성을 높이는 모습을 처음 본다.

"우린 휴가를 보내려고 여기 온 거야. 그러니까 사이좋게 지내. 자, 이제 뭐가 문제인지 조용히, 차분히 한 명씩 말해봐."

"얘가먼저그랬어요—아니야형이먼저그랬잖아—하지만얘가날때리고—형미워그리고오—!"

"그만!"

섭을 밀치고 베키가 끼어들어 두 아이에게 서로 반대편 벽 쪽으로 떨어져 앉으라고 명령한다. 그러자 이번에는 어느 쪽에 앉을지를 두고 아이들이 싸우기 시작한다.

"집을 나서고부터 계속 저래."

"2012년부터 계속 저랬지."

섭이 베키의 말을 바로잡는다.

베키는 한숨을 쉬며 "집이 참 예쁘네. 섭은 빨리 애덤을 만나고 싶대"라고 말한다.

섭과 애덤은 지금까지도 계속 친구로 남아 있지만 베키랑 나의 관계와는 다르다. 우리는 늘 전화와 문자를 주고받고, 적어도 서너 주에 한 번은 만나려고 노력한다. 셉과 애덤은 여느 남자들이 그렇듯이 페이스북에 올라오는 글에 댓글을 달거나 총각 파티에 가거나 우연히 근처에 올 일이 있으면 서로에게 술을 사주는 식으로 연락을 이어갔다.

"애덤이 인기가 많네. 애덤에게 새 여자 친구가 생겼거든."

내 말에 베키가 경멸하듯이 대꾸한다.

"새 여자 친구야 늘 있었지. 지난 몇 년간 셉이 소개받은 여자만 해도 수십 명은 될걸. 근데 그중 단 한 명도 이름을 기억하지 못해."

"마틸다" 하고 셉이 끼어든다.

"뭐?"

베키가 묻는다.

"마틸다. 마틸다는 기억나."

"제시카 래빗처럼 몸매가 끝내주는 첼리스트 말이야? 왜 그 여자만 당신 기억에 남았는지 모르겠네."

"내가 스트라빈스키를 워낙 좋아하잖아"라고 말하며 셉이 씩 웃는다.

29

————————— 여기까지 오느라 힘들었을 베키와 셉, 아이들을 생각해서 나타샤와 나는 저녁으로 바비큐를 해주겠다고 했다. 그래서 오후에 근처 슈퍼마켓에 가서 버거 패티와 소시지, 스테이크 고기 두어 장 등을 잔뜩 사 왔다. 계산대에 있던 여자가 우리가 원하는 음식을 잘못 이해하는 바람에 정체를 알 수 없는 고기 제품도 하나 샀다. 그녀에게 제대로 설명하기가 너무 힘들었다.

마구간 맨 끝에 자리한 별채에 머무는 덕분에 다른 투숙객들보다 넓은 공간을 쓸 수 있는 이점이 있다. 별채 밖으로 나가 옆으로 돌아가면 옅은 초록색 풀들이 바람에 살랑거리는 초원이 보인다. 바로 앞에는 바닥에 돌이 깔린 작은 구역이 있는데 여기에 의자를 가져와 앉을 수 있다. 애덤이 접이식 의자 여섯 개와 낡은 탁자 하나를 일찌감치 가져다놓았고, 우리는 각자 별채에서 접시와 포크, 나이프 등을 가져왔다.

아이들이 잔디밭에서 술래잡기를 하는 동안 고기 굽는 그릴에서는 연기 자욱한 열기가 하늘로 피어오른다. 베키는 모두의 잔에 리오하 와인을 가득 따른 다음, 고기를 굽는 내게 다가온다.

"이건 대체 뭐야?"

내가 고기 굽는 집게를 집어 드는데 베키가 묻는다.

"고기야. 미안하지만 나도 그 이상은 몰라."

"셉이 먹을 테니 걱정하지 마. 그이 위장은 공업용 그라인더 같거든."

포피가 꼼지락거리며 엄마 품에서 빠져나가 아빠에게 달려간다. 셉이 포피를 번쩍 안아 올려 목을 간질이자 포피는 주위 사람들까지 미소 짓게 만드는 웃음을 터뜨리며 버둥거린다.

"애들이 사이좋게 노는 모습을 보니까 너무 좋다. 윌리엄 덕분에 애들이 차분해진 것 같아. 저 효과가 지속되면 좋으련만."

베키가 말한다.

제임스와 루퍼스가 다투는 게 처음 있는 일은 아니다. 형제자매는 싸우는 게 정상이지만 이 둘은 아무래도 다른 행성에서 태어난 듯 원수지간이 따로 없다. 제임스는 성실하고 학구적이며 원 디렉션(One Direction: 영국-아일랜드의 팝 보이 밴드-옮긴이)과 바비 인형, 〈사운드 오브 뮤직〉을 좋아한다. 반면 루퍼스는 한시도 가만히 있지 못하며, 프로레슬링과 럭비를 좋아하고 매사에 시끄럽다. 둘 다 사랑스러운 아이지만 둘이 함께 있으면 망나니로 변신한다.

"정말 나한테 안 넘길 거야?"

갑자기 옆에 애덤이 나타난다. 어찌나 가까이 있는지 그의 살갗에 남은 햇살 냄새까지 맡을 수 있을 지경이다. 나는 그에게서 조금씩 물러나 집게로 스테이크를 뒤집으며 말한다.

"내가 알아서 하고 있으니까 걱정하지 마."

무릎까지 내려오는 반바지에 딱 붙는 올리브색 티셔츠를 입은 애덤은 오늘 저녁에 작정하고 비번인 모양이다. 셉에게 자랑하려고 시몬을 데려올 줄 알았는데 시몬은 오늘 일찍 잔다며 벤과 함께 임대한 샤를라의 아파트로 갔다고 한다. 그 말을 들으니 솔직히 마음이 놓인다. 나는 우리 세 사람 다 그날 애덤의 집에서 있었던 그 끔찍한 사건을 다 털어냈기 바라지만, 그래도 새로운 사람 없이 옛 친구들하고만 함께 있는 편이 훨씬 편하고 왠지 더 즐겁다.

"정말 내가 해도 된다니까."

애덤이 끈질기게 말한다.

그 모습을 보고 베키가 웃음을 터뜨린다. 베키는 "대체 남자들은 왜 그렇게 바비큐에 집착하는 거지?"라며 팔꿈치로 나를 슬쩍 찌른다. "제스, 넌 지금 애덤의 영역을 침범한 거라고."

애덤은 베키를 보며 씩 웃는다.

"난 그냥 도와주겠다는 거야. 하지만 말이 나왔으니 말인데 그 집게를 내게 넘기면—"

"저리 꺼져." 나는 웃으며 행주로 애덤을 때리고는 "정말 돕고 싶으면 샐러드나 만들어"라고 말한다.

"아, 알았어. 그러니까 당신은 여기서 립아이 스테이크를 뒤집으면서 나한테는 집 안으로 들어가서 샐러드나 만들라고? 지금껏 당신이 한 말 중에 내 남성성을 가장 크게 거세하는 말이었어, 제스."

"너 없을 때 제스가 뭐라고 했는지 전혀 모르나 보네"라고 베키가 말한다.

"좋아. 샐러드를 만들지. 하지만 아주 남자다운 샐러드를 만들겠어."

애덤이 자리를 뜨자 베키는 킥킥 웃다가 웃음을 뚝 그치고는 "미안해"라고 속삭인다. "너무 웃기잖아. 그래도 여전히 재수 없어. 완전 재수 없지."

30

━━━━━━ 별이 빛나는 밤이 내려앉는 동안 피곤하지만 행복한 세 아이의 웃음이 초원을 가로질러 울려 퍼지고, 우리는 와인과 추억을 마신다. 9시 30분이 되자 잠옷을 입고 담요를 덮은 채 유모차에 앉아 있던 포피는 곤히 잠든다. 다른 아이들도 자야 할 시간이 지났지만 아이들은 늦게 자겠다고 작정한 듯싶고, 어른들도 굳이 말릴 기분이 아니다. 그래서 결국 셉과 베키는 아이들이 벌이는 이상한 말다툼의 심판을 보게 됐지만. 어른들은 시트로넬라 향초 불빛이 일렁이는 탁자에 둘러앉아 있다. 다들 술과 음식, 그리고 사랑하는 사람들에게 둘러싸여 있나는 순수한 기쁨이 충만하다.

"우리 이제 괜찮은 거지?"

애덤이 내게 몸을 기울이며 묻는다. 깜짝 놀란 나는 고개를 들어 정면을 바라본다. 촛불이 비추는 그의 얼굴과 반짝이는 갈색 눈동자를 보고 싶지 않다.

"당연하지."

"이 말이 도움이 될지 모르겠지만…… 난 당신이 하는 말은 다 귀담아듣고 있어."

그에게서 새로운 애프터셰이브 로션 향기가 풍긴다. 예전에는 내가 크리스마스 선물로 사준 에르메스 애프터셰이브 로션을 썼다.

유미 에브리싱

우리가 헤어지고 한참 지나서까지도.

"그래, 알았어."

"그리고 두 사람이 여기 있는 동안 윌리엄과 좀 더 시간을 보낼 거야."

"듣던 중 반가운 소리네. 고마워."

난 거기서 대화를 끝내야 한다고 생각하면서도 그러지 못한다.

"그래서…… 언제 시간을 낼 건데?"

마치 정곡을 찔린 듯이 애덤이 자세를 고쳐 앉으며 "일정을 살펴볼게"라고 말한다.

나는 풀이 죽는다.

"무리하지 말고 당신이 할 수 있는 걸 해, 애덤. 내가 바라는 건 그뿐이야."

"아빠, 우리랑 게임 할래요?"

윌리엄이 옆으로 다가와 말한다. 저녁 내내 윌리엄은 한순간도 애덤의 관심을 요구하지 않았다. 애덤 역시 저녁 내내 셉과 이야기하느라 그럴 틈이 없었다.

"좋은 생각이구나. 진 러미(gin rummy: 카드 게임의 하나-옮긴이) 어때?"라고 말하며 애덤이 뒷주머니에서 카드 상자를 꺼낸다.

"우린…… 크리켓을 할까 생각 중이었는데."

윌리엄이 말한다.

"크리켓을 하기엔 너무 어두워. 자, 여기 앉아봐. 제임스와 루퍼스도 이리 와서 함께 하자."

애덤이 모든 사람에게 카드를 돌리는 동안 두 아이가 터벅터벅 걸어온다. 흥미롭다기보다 지친 얼굴이다.

"이 게임을 하려면 돈을 걸어야 해. 아니면 의미가 없어."

애덤이 말하자 아이들의 눈빛이 완전히 달라진다. 갑자기 관심이 치솟는 모양이다.

"자, 윌리엄, 넌 돈이 얼마나 있고, 얼마를 걸 거지?"

"할아버지가 주신 용돈이 있어요."

윌리엄은 자리에서 벌떡 일어나 주머니에 손을 넣는다.

그러자 애덤이 윌리엄의 팔에 부드럽게 손을 올려 아이를 자리에 앉힌다. "이번 한 번만 내가 돈을 빌려주지"라며 주머니에서 동전을 한 움큼 꺼낸다.

우리는 그 동전으로 게임을 시작한다. 날이 어두워져 어깨에 한기가 느껴지지만 난 마음 한편으로 이 게임이 계속되기를 바란다. 다섯 살짜리에게 계속 돈을 뜯기는 상황에서도 그런 생각이 든다는 건 대단한 일이다.

루퍼스가 또다시 승리를 만끽할 때 나는 찰리가 묵는 반대편 별채의 불이 꺼진 걸 깨닫는다.

"이제 우리 좀 조용히 해야 할지 몰라."

나타샤가 찰리의 별채 쪽을 가리키며 말하고, 내가 그 말을 거든다.

"자, 다들 조용."

하지만 게임이 다시 시작되자 아무도 조용히 하려고 애쓰지 않는다. 아이들을 제치고 이긴 애덤은 신이 나서 승리를 자축한다. 나는 "당신 재수 없어"라고 그의 귀에 속삭인다. 살짝 취하기도 했고, 반은 농담이다.

애덤은 웃음을 터뜨리며 말한다.

"이거 왜 이래. 내가 다섯 판이나 져줬다고. 이젠 나도 품위를 지켜야지."

"이런 말까지 하기는 싫지만, 그런다고 품위가 지켜지진 않아."

"난 그저 이 아이들이 이것저것 다 잘하는 어른으로 자라도록 도와줬을 뿐이야. 게다가 돈도 떨어졌고."

그때 찰리가 테라스로 나와 누군가와 진지하게 전화 통화를 한다. 창문으로 새어 나온 불빛이 그의 등을 환히 비춘다. 그가 고개를 들자, 나는 시선을 피한다. 그때 나타샤가 팔꿈치로 나를 슬쩍 치며 말한다.

"가서 내가 인사 전하더라고 얘기해."

나는 갑자기 용감해진다. 아니면 술에 취했거나.

"잠깐 실례할게요, 여러분."

나는 사람들의 눈을 의식하며 의자를 뒤로 민다. 하지만 애덤은 이미 카드를 다시 돌리고 있다.

나는 우리 별채로 어슬렁어슬렁 걸어가 마치 볼일이 있는 사람처럼 한동안 시간을 끌다가 찰리가 통화를 끝내자 슬그머니 안뜰을 가로질러 그의 별채로 향한다.

"시끄러워서 미안해요. 우리 때문에 잠 못 자는 거예요? 아이들은 곧 재울 거예요."

"전혀 아니니까 걱정 마세요. 클로이는 아직 책을 읽는 중이고, 나는 어차피 새벽 1시가 넘어야 잠자리에 드니까요."

"변호사들은 원래 그 시간에 자나요?"

"불면증 환자들이 원래 그 시간에 자죠. 생각할 게 너무 많으니까요."

이상하지만 불편하지 않은 침묵이 흐르고 우리 뒤에서 웃음소리가 피어오른다. 나는 그에게 "우리랑 함께 한잔하실래요?"라고 제안한다.

"아, 방해하고 싶지 않습니다. 분명 밀린 이야기가 많을 테니까요."

"음, 그렇긴 해요. 하지만 그렇다고 해서 새로운 사람이 합류하지 말라는 법은 없죠."

찰리가 대답하지 않자 나는 괜한 이야기를 꺼낸 것 같아 민망해진다. 그러자 찰리가 미소를 짓는다.

"좋아요. 딱 한 잔만 하죠. 클로이에게 말하고 오겠습니다."

31

─────── 다시 자리로 돌아오니 마침 윌리엄이 애덤에게 퀴즈를 내달라고 말하고 있다.

"이번에는 생물학 문제를 내주세요."

애덤은 잠깐 생각하다가 "좋아. 하나 있어. 그러니까…… 짝짓기가 끝나자마자 수컷을 먹어치우는 곤충이 뭘까?"라고 묻는다.

나는 혀를 차며 "겨우 생각해낸 게 그거야?"라고 말한다.

"왜? 이건 순수한 질문이라고. 정답은 사마귀야. 블랙위도도 그렇고. 어느 쪽이든 아주 끔찍한 데이트 상대지."

"아빠, 내가 대답할 기회를 줘야죠."

윌리엄이 투덜대는 동안 나는 찰리에게 앉을 자리를 마련해주고 사람들에게 간단히 소개한다.

"아, 카드 게임을 하는 중이었군요. 누가 이겼죠?"라고 찰리가 묻는다.

"루퍼스가 계속 이기다가 마지막 판은 제가 이겼어요."

윌리엄의 대답에 질세라 애덤이 아들을 슬쩍 치며 "내가 봐준 거야"라고 말한다.

"꿈 깨세요, 아빠."

윌리엄이 고개를 절레절레 흔들며 씩 웃는다.

그 뒤 한 시간 동안 우리는 둘러앉아 이야기를 나누고 술을 마신다. 영국에서 챙겨 오기는 했지만 정말로 입게 될 줄 몰랐던 점퍼가 필요할 정도로 쌀쌀해진다. 여럿이 함께 앉아 있기는 해도 찰리와 나는 왠지 다른 사람들과 분리된 기분을 느끼며 사담을 나누다가 아주 알차고 흥미진진한 그의 인생사를 듣게 된다.

동생이 죽은 뒤 영국 천식협회 기금 마련을 위해 중국 만리장성을 종주했고, 한때 세미프로로 활약했을 정도로 열정적인 테니스 선수였으며, 올해 마흔두 살이 되었다는 이야기까지. 또한 클로이가 사는 데번주로 이사할 생각인데 연로한 아버지가 맨체스터에 살고 있고 "솔직히 말해 아버지가 날 훨씬 더 필요로 하기" 때문에 갈등하고 있단다.

자정이 넘자 다들 집으로 돌아간다. 하지만 찰리는 끝까지 남아 날 도와 설거지를 한다. 주위 어둠 속에서 매미가 울어댄다.

"안 그래도 되는데. 설거지 맡기려고 초대한 게 아니에요."

내가 찰리에게 말한다.

"사실 난 설거지를 좋아합니다."

"정말요?"

"아뇨, 사실은 별로 안 좋아합니다"라고 대답하고 나서 찰리는 또 다른 유리병을 집어 든다. "그냥 좀 더 남아 있으려는 한심한 핑계죠."

나는 얼굴이 달아오른다. 하지만 그는 아는지 모르는지 아무런 내색도 하지 않는다.

"혹시 윌리엄을 봐달라고 맡길 사람이 있나요? 점심에요."

"가능할 거예요. 왜요?"

찰리가 무슨 말을 하려는지 알지만 그래도 모른 척하고 묻는다. 승낙하기 전에 그가 나와 데이트를 하고 싶은 건지 확실히 알고 싶다.

"당신과 함께 식사하고 싶어서요."

나는 숨을 죽이고 바비큐 그릴로 걸어가 고기 집게를 집어 든다. 오랫동안 이런 쪽으로는 생각하고 싶지 않았다. 이런 일로 다시 고민할 날이 올 줄은 꿈에도 몰랐다. 와인 탓인지, 햇볕에 탄 어깨가 아직 따끔거려서인지 몰라도 왠지 승낙하고 싶은 마음이 든다.

"저도 좋아요."

나는 그렇게 대답한다. 가슴이 쿵 내려앉는 느낌이 신기하기도 하고 반갑기도 하다.

"잘됐네요. 그럼 토요일에 차 타고 나가서 점심 먹을까요? 12시쯤에 데리러 오겠습니다."

32

—————— 어젯밤 날 바라보는 찰리의 눈길 덕분에 난 다시 성적 매력이 넘치는 여자가 된 기분을 느꼈다. 그에게 잘 자라고 인사한 뒤 구름 위를 걷는 기분으로 별채에 들어가 살짝 어지러운 상태로 속옷만 입은 채 침대로 들어갔다.

몇 달 만에 처음으로 단잠을 자고 나서 창문으로 쏟아져 들어오는 햇살 속에서 눈을 감은 채 누워 있다. 이런저런 생각을 하며 살갗에 다시 남자의 손이 닿으면 어떤 기분일지 생각해내려 한다.

그때 누군가 창문을 두드린다.

나는 재빨리 시트를 턱 밑까지 끌어낭기고서 눈을 깜빡이며 창문을 바라본다. 그제야 어젯밤에 덧창을 닫아두지 않았다는 걸 깨닫는다. 창밖으로 어렴풋이 형체가 보인다. 누군가가 맹렬히 쏟아지는 햇살을 등지고 서서 방 안을 들여다보고 있다가 얼른 창문 아래로 몸을 숨긴다. "으악!" 나는 비명을 지르며 허둥지둥 덧창을 닫고, 가운을 입으려고 잠시 씨름하다가 그냥 내던지고서 티셔츠와 청바지를 찾아 입는다. 그러고는 비틀거리며 현관으로 후다닥 달려간다.

현관 앞에 숙취에 전혀 시달리지 않은 표정의 애덤이 서 있다.

"당신이 왜 여기 있어?"

"좋은 아침이야."

들어오라는 말도 없었는데 애덤이 안으로 성큼 들어온다.

"왜 내 방 창문을 들여다보고 있었어?"

"들여다본 게 아냐. 현관문을 세 번이나 두드렸는데 대답이 없길 래 그냥 가려던 참이었어. 근데 덧창이 열려 있는 걸 보고 당신이 일어난 줄 알았지."

"어젯밤에 닫는 걸 깜빡했어."

"당신 프라이버시를 침범할 생각은 없었어."

"다행이네."

"특히나 당신이 혼자 은밀한 시간을 보내고 있을 땐 말이야."

나는 가슴 위에서 팔짱을 낀다.

"용건이 뭐야, 애덤?"

애덤은 심호흡을 하고서 말한다.

"오늘 아침에 벤을 임시로 승진시켜서 사장 노릇을 하라고 했어. 그러니까 아침에 윌리엄과 시간을 보낼 수 있다는 말이지."

"아, 윌리엄은 아직 자고 있는데—"

"나 일어났어!"

윌리엄이 잠옷 바람으로 눈을 비비며 나온다.

"잘 잤니, 꼬맹이?" 하고 애덤이 마치 세 살배기를 대하듯 말한 다. "오늘 아빠랑 성에 갈래?"

"성이라면 이미 나랑 보고 다녔어. 그것도 한두 개가 아니라 꽤 많이. 중세 건축을 주제로 박사 논문을 써도 될 정도라고."

애덤은 내 말은 개의치 않는다.

"그렇겠지. 하지만 여긴 정말로 멋진 성이야."

"좋아요"라며 윌리엄이 흥분해서 말한다. "엄마도 함께 갈 거지?"

나는 간밤에 찰리와 했던 약속을 떠올린다.

"음……, 좋아. 근데 혹시 오늘 말고 토요일에 갈 수는 없을까? 엄마 빼고."

"왜?"

윌리엄이 묻는다.

"그날 다른 일을 해야 할 것 같아서. 둘이서 남자들만의 시간을 가질 수 있잖니."

"다른 일 뭐?"

"그냥…… 찰리 아저씨를 좀 도와주기로 했어."

"어젯밤에 왔던 찰리 아저씨? 엄마가 그 아저씨를 뭘 도와줘?"

나는 얼굴이 달아오르는 걸 느끼며 "별거 아니야……. 엄마가…… 아저씨도 그릿 수업을 들을까 생각 중이래. 엄마가 하는 운동 말이야. 그래서 엄마가 좀 알려주려고"라고 둘러댄다.

"엄마한테 시범을 보여 달라는 거야?"라고 윌리엄이 묻는다.

"아니."

"아, 다행이네. 엄마 또 토할지도 모르잖아."

내가 반박하려는데 애덤이 먼저 말한다.

"원한다면 내가 토요일에도 일정을 잡아볼게. 토요일에는 자리를 비울 수 없지만, 윌리엄이 내 일을 거들어줄 수 있을 거야."

순간적으로 나는 당황하고 분위기가 어색해진다. 말도 안 된다. 애덤은 그렇게 많은 여자를 사귀고도 내 앞에서 당당했건만.

"그래서 오늘은 엄마도 가는 거야?"

윌리엄이 다시 묻는다.

"또 잠수복을 입거나 폭포에서 떨어질 거야?"

"그런 거 전혀 없어. 그냥 즐거운 가족 소풍이야."

뜻밖의 단어가 나오자 내 입이 벌어진다. 본능적으로 그 말에 반대하고 싶다. 우리는 가족이 아니다. 그저 우리가 저지른 가장 아름다운 실수라는 초강력 접착제로 붙어 있는 두 파편일 뿐이다.

우리는 나타샤가 조슈아와 함께 하루를 보내도록 남겨둔 채 베이냑성으로 차를 몬다. 베이냑성은 도르도뉴강을 내려다보는 석회암 꼭대기에 소박하면서 장엄한 자태로 앉아 있다. 실제로 교전이 벌어졌던 중세의 거대한 요새로, 대형 도개교가 있고 성곽에는 망루가 있다. 성안에 감춰진 나선형 계단을 내려가면 동굴 같은 지하 감옥이 미로처럼 얽혀 있다.

우리는 지하 감옥을 탐험하고, 윌리엄은 이 성의 피비린내 나는 역사에 점점 매료된다. 햇살이 쏟아지는 성 꼭대기로 나가니 반짝이는 푸른 강이 짙은 녹음 사이를 구불구불 흘러가는 계곡이 훤히 보인다.

애덤은 윌리엄에게 "사자왕 리처드는 용케 이 성을 정복했지"라며 앞에 보이는 깎아지른 절벽을 가리킨다. "절벽을 타고 여기까지 올라왔다고."

윌리엄은 의심스럽다는 표정으로 "설마요"라고 대꾸하고는 지금 아빠가 농담을 하는 건지 알아내려 애쓴다.

"정말이야."

"내가 역사에서 가장 좋아하는 시기는 바이킹이 활약하던 때예요. 바이킹이 옷감에서 색이 빠지는 걸 막으려고 옷에다 오줌을 넣다는 거 알아요?"

윌리엄은 애덤에게 섬뜩한 역사적 사실들과 간담이 서늘해지는 정보들을 퍼붓는다. 죽은 자의 배에 칼을 꽂아두면 칼날이 예리해진다는 사실도 포함해서.

나는 두 사람을 따라 성 밖을 한 바퀴 돈다. 두 사람이 관광객들 사이를 헤치고 나가는 동안 쉴 새 없이 떠드는 윌리엄의 말소리가 들린다.

"엄마, 빨리 와!"

윌리엄은 구불구불 돌아가는 계단 앞에 도착해 올라가기 시작하고, 애덤은 곧바로 그 뒤를 따른다.

"알았어!"

나는 웃으며 난간을 잡고 첫 번째 계단에 발을 올려놓는다. 어둑한 불빛 안으로 들어가니 기온이 뚝 떨어진다. 차갑고 바닥이 고르지 못한 계단을 올라갈수록 혈압이 올라가더니 계단 맨 꼭대기에 이르러 발을 헛디디고 만다. 무슨 일이 벌어졌는지 나도 잘 모르겠다. 그저 그릿 강사의 말 "엉덩이에 힘주고!"를 실천하고 있는데, 다음 순간 대여섯 계단을 구르다가 손과 무릎에 얼얼한 통증을 느끼며 비로소 멈춰선다. 누군가 내 어깨를 잡기에 고개를 들어보니 날 내려다보는 젊은 여자의 얼굴이 흐릿하게 보인다.

"괜찮으세요?"

"괜찮아요."

나는 간신히 그렇게 말하고는 몸을 돌려 엉덩이를 바닥에 대고 앉는다.

"고마워요."

"천만에요. 천천히 일어나세요."

여자가 마음이 놓이지 않는 표정으로 미소 지으며 말한다.

자리에서 일어나자 목덜미가 따끔거리고 겨드랑이가 식은땀으로 축축하다. 손을 내려다보니 한 손에서 피가 흐르고, 양쪽 무릎이 다 벗겨져 있다.

"제스, 괜찮아? 어떻게 된 거야?"

애덤이 날 부르며 재빨리 계단을 내려온다.

애덤이 내 등에 손을 대자 난 얼른 고개를 든다. 걱정스러운 기색이 가득한 그의 촉촉한 갈색 눈동자가 코앞에 있다. "그냥 떨어진 거야. 별일 아냐. 뼈도 안 부러졌고"라고 우기며 나는 재빨리 그에게서 떨어져 앉는다. 그의 손바닥이 닿았던 자리에 열기가 남아 살갗을 간질이는 느낌이다.

33

─────────── 우리는 잔디가 깔린 강둑을 따라 걸으며 마을을 빠져나와 끝없이 펼쳐진 전원으로 들어선다. 머리 위에서는 새들이 급강하해서 우리를 덮칠 듯하고, 어깨 위로 햇볕이 쨍쨍 내리쬔다. 애덤과 윌리엄이 앞서서 걷는다. 내 아들의 가냘픈 다리는 아빠의 걸음을 따라잡느라 폴짝폴짝 뛴다.

마침내 잔잔한 호수가 나온다. 수면 위에서 잠자리가 춤을 추고, 수련 잎이 햇살에 반짝인다. 자전거를 탄 사람이 자갈길을 따라 우리 옆을 스쳐 지나고, 엄청나게 아름다운 젊은 연인이 언덕 위에서 소풍을 즐긴다. 우리는 물수제비뜨기를 한다. 윌리엄은 계속 연습한 끝에 돌이 서너 번 튀는 데 성공하고, 애덤은 연거푸 돌이 수면 아래로 곧장 가라앉자 시무룩한 척한다.

그리고 나서 애덤이 베이냑 에 카즈냑(Beynac-et-Cazenac) 마을에서 점심을 사준다. 새빨간 캐노피 아래에 자리를 잡으니 주위의 다른 손님들은 보석처럼 새빨간 토마토로 장식한 샐러드와 촉촉한 카베쿠 치즈, 딸기를 곁들인 미모사 아이스크림을 게걸스럽게 먹고 있다.

"모래주머니는 아무도 안 먹는데?"

나는 애덤에게 짚고 넘어간다.

"나중에 후회할걸. 뭐 마실래?"

"괜찮아. 내 건 내가 주문할게."

나는 내 발음이 완벽할 거라고 자신하며 웨이트리스를 돌아보고 주문한다.

"L'eau, s'il vous plaît(물 주세요)."

"네?"

"L'eau, s'il vous plaît(물 달라고요)."

웨이트리스는 애덤을 바라보며 어리둥절한 표정을 짓고, 윌리엄은 킥킥 웃는다.

"그러니까 je voudrais some l'······ Coca-Cola(코카콜라 달라고요)."

"Ah, oui(아, 네)!"

애덤이 다른 음식을 주문하는 동안 나는 언짢은 기분으로 마지못해 의자에 등을 기댄다. 지난 몇 세기 동안 그랬던 것처럼 머리 위로 끝내주게 파란 하늘이 펼쳐지고, 이 오래된 도시가 부산하게 웅성거리는 동안 우리 셋은 그늘 아래 느긋하게 앉아 있다.

"우리 직원들 어떻게 생각해?"라며 애덤이 묻는다.

"좋아. 일 처리가 아주 능숙해. 난 특히 벤이 좋더라."

"아, 우리 호텔 꽃미남? 괜찮은 친구지. 나타샤에게 반한 모양이던데."

"나타샤는 조슈아라는 골동품 상인한테 관심이 있는 것 같아, 유감스럽지만."

내가 가이드북을 힐끗 보다가 고개를 드니 애덤이 잎담배와 종이를 꺼내고 있다. 나는 그를 노려보지만 먹히지 않자 탁자 아래로 그의 다리를 살짝 찬다.

"악!"

애덤은 그제야 무엇이 잘못됐는지 깨닫는다.

"아, 맞다. 미안해. 그렇지만 이제 윌리엄은 다 컸어, 제스. 어른이 담배 피우는 모습을 보고 자기도 피우고 싶다고 생각하지 않을 정도의 분별력은 있다고."

"마음대로 해."

나는 톡 쏘아붙인다. 애덤은 머뭇거리다가 담배 끝을 비틀고 불을 붙인 다음, 길게 한 모금 빨아들인다.

"넌 절대, 절대 담배 피우면 안 된다."

내가 윌리엄에게 단호하게 말한다.

"담배가 널 죽일 거야. 죽기 전에는 폐가 쪼글쪼글한 강낭콩처럼 변하고, 입에서는 재떨이처럼 고약한 냄새가 나지."

"엄마 말이 맞아"라며 애덤이 어깨를 으쓱인다. "아빠 입은 재떨이야" 하고는 한 모금 더 빨아들인다.

"근데 왜 피워요?"

윌리엄이 묻는다.

애덤은 담배를 내리며 "중독됐으니까. 하지만 심한 중독은 아냐. 멍청한 짓이지. 그건 사실이야"라고 대답한다.

"근데…… 왜 안 끊어요? 난 아빠가 죽는 거 싫어요."

애덤은 잠시 숨을 멈추더니 재떨이로 손을 뻗어 말없이 담배를 비벼 끈다. 마침 웨이트리스가 음식을 가져온다.

윌리엄은 주문한 크로크 무슈를 한 입 먹더니 느닷없이 이렇게 말한다.

"21세기에 태어나서 다행이야. 그 성은 멋있긴 하지만 거기에서 살고 싶지는 않거든."

"나도. 수세식 화장실이나 중앙난방도 없이 어떻게 살아."

내 말에 윌리엄이 덧붙인다.

"아이패드도."

"믿기지 않겠지만 엄마, 아빠가 네 나이였을 때도 아이패드는 없었어."

"알아. 그리고 텔레비전은 흑백이었겠지—"

"캑캑, 너 대체 우리가 몇 살이라고 생각하는 거야?"

내 말에 윌리엄은 킥킥거리며 "엄마는 늘 어릴 때 부족함 없이 컸다고 했잖아"라고 말한다.

"맞거든."

윌리엄이 잠깐 생각하더니 "아빠 부모님은 어땠어요?"라고 묻는다.

애덤은 들고 있던 포크와 나이프를 내려놓는다.

"우리 부모님은 외할머니, 외할아버지와는 좀 달랐단다."

그 말은 사실이다.

34

――――――― 나는 술을 너무 마시는 아버지 밑에서 자라긴 했지만 그래도 보호받고 사랑받는다고 느꼈으며 더할 나위 없이 행복했다. 애덤은 그런 호사를 누리지 못했는데 나는 그 사실을 사귄 지 5개월 정도 지나서야 제대로 알게 되었다.

애덤에게 아버지는 누구인지 모르고, 엄마는 그가 아홉 살 때 교통사고로 돌아가셨다는 이야기는 이미 들었다. 하지만 그 밖에 자세한 사항은 몰랐고, 나도 더 캐묻지 않았다. 그 이야기가 나올 때마다 애덤의 얼굴에 슬픈 그림자가 드리웠기 때문이다.

자세한 이야기를 들려준 사람은 줄리 이모님이었다. 이모님이 일요일 점심에 우리를 초대한 적이 있다. 사실 그분은 애덤의 진짜 이모가 아니다. 애덤의 엄마 리사가 생전에 친했던 먼 친척 언니인데 자기 자식이 셋이나(열두 살짜리 쌍둥이 마이크와 대니얼, 애덤보다 한 살 어린 스테파니) 있는데도 애덤을 맡아서 키웠다.

줄리 이모님은 나이를 정확히 짚어내기 힘든 부류의 사람이었다. 내가 만났을 때 틀림없이 50대 초반이었을 것이다. 주름 때문에 나이가 더 들어 보이기는 했어도 활기가 넘쳤고, 눈이 반짝거릴 정도로 낙천적인 성격이었다.

"너랑 스테파니가 떠난 뒤로는 집이 너무 조용해."

유미 에브리싱

구운 감자를 담은 거대한 접시를 식탁에 내려놓으며 줄리 이모님이 애덤에게 말했다. 애덤은 윤기가 흐르는 뜨거운 닭을 자르고 있었다. 리즈에 있는 이모님의 테라스하우스는 아담했다. 하지만 벽난로 선반에 놓인 윤이 나는 장식품이며 변기 물을 내릴 때마다 소나무 숲 냄새가 풍기는 아래층 화장실까지 그녀가 부지런한 살림꾼임을 말해주고 있었다.

"네가 처음 우리 집에 왔을 때 기억하니, 애덤? 너랑 마이크, 대니가 모두 한 침대에서 잤지. 난리도 그런 난리가 없었어."

애덤이 고개를 들고 "그래도 이모 덕분에 마음은 편했어요"라고 하자 이모님은 완전히 감동한 표정이었다.

"어머나! 고맙구나, 얘야."

그 뒤에 애덤은 대니와 술을 한잔하러 길 건너 펍으로 갔다. 나는 이모님이 극구 말리는데도 설거지를 돕겠다며 집에 남았다.

"애덤의 엄마는 어떤 분이었어요? 엄마 이야기를 거의 듣지 못했어요."

줄리 이모님은 김이 모락모락 피어오르는 뜨거운 물이 담긴 설거지통에 손을 담그며 나를 올려다봤다.

"리사는…… 사랑스러우면서도 구제 불능인 면이 있었어. 남자보는 눈이 형편없었고 제정신이 아니었지. 하지만 정말로 아름다웠어. 내면이나 외면 모두."

애덤을 임신했을 때 리사는 겨우 열일곱 살이었고, 짐작하건대 사랑스러운 사람이지만 엄마 역할을 제대로 하지 못한 듯했다. 두 모자는 종종 허기와 추위에 시달렸고, 애덤은 늘 목에 다른 아이의 이름이 수놓아진 코트를 입고 다녔다. 리사는 애덤이 학교를 빠져도 내버려둘 뿐 아니라 오히려 환영하기까지 했다. 둘이 함께 공원에서 놀거나 소파에서 부둥켜안고서 텔레비전을 보기 위해서.

"애덤이 여섯 살쯤이었나? 리사는 캠핑카를 샀지."

줄리 이모님은 이야기를 계속했다.

"너도 그 캠핑카를 봤어야 해. 그야말로 똥차였단다. 대체 어디서 그런 차를 구했는지 모르겠어. 하루는 그 캠핑카를 몰고 학교로 가서 애덤을 태우고는 지도랑 통조림 몇 개, 옷 서너 벌만 가지고 염병할 전국 일주를 떠난 거야. 그렇게 넉 달을 여행하면서 신나게 놀았지."

이모님은 깔깔 웃었다.

나는 눈썹을 치켜세우며 "애덤이 왜 학교에 안 가는지 이상하게 생각하는 사람이 없었나요?"라고 물었다.

"그래, 너도 그런 생각이 들지? 엄마랑 여섯 살짜리 아들이 텔마와 루이스처럼 신나게 영국 전역을 쏘다녔는데 말이야. 하지만 이싱하다고 생각하는 사람은 아무도 없었어. 캠핑카의 서스펜션이 고장 나고 그걸 고칠 돈이 없었을 때야 비로소 집에 돌아왔지."

나는 리사의 사진을 몇 장 봤었기에 그녀가 애덤만큼이나 눈길을 끄는 외모의 소유자라는 사실을 알고 있었다. 툭 불거진 광대뼈에 쭉 뻗은 코, 입술산이 또렷한 입과 나른한 갈색 눈.

"리사는 좋은 엄마가 되려고 최선을 다했어."

줄리 이모님이 또 그렇게 말했다. 그러더니 리사가 전국 일주를 하고 돌아와 1년쯤 지났을 때 만난 보험 세일즈맨 워런 이야기를 꺼냈다.

"리사는 워런을 존경했지. 워런은 좋은 직장에 다니는 전문가였는데 처음에는 리사를 공주처럼 떠받들었어. 리사는 워런이 요리를 해주고 선물을 사주고, 자기한테서 한시도 손을 떼지 못한다고 했지. 그랬던 워런이 못되게 변해버렸어."

"폭력을 썼나요?"

줄리 이모님은 고개를 끄덕였다.

"뭔가 잘못되고 있다는 건 알 수 있었지만 리사는 한마디도 하지 않았어. 그러다 애덤의 팔이 부러졌지. 두 사람은 애덤이 나무에 올라가다가 떨어졌다고 했지만…… 난 그게 거짓말이라는 걸 알았어. 내가 경찰에 신고하겠다고 했더니 리사가 그러지 말라고 애원하더라고. 그 뒤로 워런은 적어도 애덤은 건드리지 않았어. 리사가 대신 맞았지."

하지만 어린 애덤은 보지 말아야 할 장면을 계속 목격했다.

"한동안 애덤은 딴판으로 달라졌어. 늘 사랑스럽고 까불고 재미있는 아이였는데 말수가 부쩍 줄어들었지. 끔찍했어. 대체 리사는 왜 워런한테 꺼지라고 하지 않았을까? 난 아직도 이해가 안 가. 그 점에는 변명의 여지가 없어. 너라도 그러지 않았겠니? 그렇게 어린 아들이 있는데 말이야."

"아마 워런이 무서웠을 거예요."

"분명 그랬겠지."

리사는 애덤을 데리러 학교로 걸어가는 길에 교통사고를 당해 사망했다. 목격자 말로는 리사가 공상에 빠진 것처럼 보였고, 어디선가 느닷없이 나타난 사륜구동 차에 치였다고 했다.

"리사는 병원에 입원해서 3주간 치료를 받았지만 결국 죽었어. 당시 애덤은 우리 집 간이침대에서 자고 있었지. 그 어린 것이 하룻밤 사이에 엄마와 집을 잃은 거야."

"그래서 애덤을 키우기로 하셨군요."

"고아원에 보낼 수는 없었어. 그러기 위해 싸워야 했지만 난 한 번도 후회한 적 없다. 애덤은 함께 있으면 너무도 즐거운 아이였지. 난 그 애가 정말 자랑스러웠어. 애덤 스스로 해낸 모든 일이."

애덤은 학교 성적이 좋아서 GCSE(영국의 중등교육 자격시험-옮긴이)를 우수한 성적으로 통과했고, 나중에는 에든버러로 떠나 대학에 진학했다.

"애덤은 쉬지 않고 아르바이트를 했어. 학기 중에는 카페에서 설거지를 하고, 여름방학에는 실리(Scilly)제도에 있는 건축 회사에서 막노동을 했지."

이모님의 말을 듣고 그제야 애덤이 나를 만났을 때는 산전수전 다 겪은 뒤임을 깨달았다.

"애덤은 그런 이야기를 한 적이 없어요. 캠핑카를 타고 엄마와 여행했다는 얘기만 했죠. 그 이야기는 서너 번 들었어요."

내 말에 줄리 이모님은 당연하다는 표정으로 말했다.

"아마 그때가 애덤 인생에서 가장 행복한 시기였을 거야. 리사가 학교에 애덤을 데리러 가서 그 똥차 조수석에 태우고, 둘이 함께 그 털털거리는 차를 타고 미친 모험을 떠났던 때가 말이야."

여기까지 말한 줄리 이모님이 날 향해 미소 짓더니 말을 이었다.

"그때 알았지. 그 여행이 애덤이 태어나서 처음으로 경험한 모험이 될 거라고."

35

─────── 여기 오고 나서 아빠와 서너 번 통화했지만, 영상
통화로 엄마까지 보기는 힘들었다. 영상통화를 10초 이상 지속할
수 있을 정도의 와이파이에 연결되려면 국제 우주정거장에 연락하
는 것보다 더 큰 행운이 따라야 한다.

하지만 금요일에 아빠가 통화 가능하냐는 문자를 보냈다. 아빠의
문자가 왠지 모르게 불길하게 느껴져서 나는 패닉에 빠지고 목덜미
가 따끔거린다. 그냥 전화로 두 분 다 "잘 지낸다"라는 아빠의 말을
듣는 것만으로는 부족하다. 내 눈으로 직접 엄마를 봐야겠다.

나는 윌리엄과 나타샤를 수영장에 남겨둔 채 성으로 간다. 그곳
에서 프런트 데스크를 지키고 있던 시몬과 마주한다.

"안녕하세요, 제스."

시몬은 예의 바르면서도 살짝 퉁명스럽게 말한다.

"안녕하세요, 시몬. 애덤은 지금 사무실에 있나요?"

그녀의 억지 미소가 흔들린다.

"있어요. 애덤과 이야기하시겠어요?"

"사실 내가 원하는 건 애덤이 아니에요. 부모님과 영상통화를 하
고 싶은데 애덤이 자기 사무실을 쓸 수 있다고 했거든요. 거기는 인
터넷이 더 잘 되니까요."

"아, 따라오세요."

시몬이 앞장서서 복도 끝으로 걸어가더니 오크나무로 만든 육중한 문을 두드리고는 밀치고 들어간다. 애덤은 컴퓨터 앞에 앉아 키보드를 두드리고 있다.

"제스가 왔어요."

마치 머리에 이가 있는지 검사할 양호 선생님이 왔다고 알리듯이 시큰둥한 말투로 시몬이 말한다. 애덤이 고개를 든다.

"여기서 아빠랑 영상통화를 할 수 있을까?"

"물론이지. 무슨 일 있어?"

내가 시몬을 힐끗 쳐다보자 그녀는 눈치를 채고 밖으로 나간다.

"별일 아닐 거야. 아빠에게서 통화할 수 있냐고 문자가 왔는데…… 엄마가 정말 괜찮은지 직접 확인하고 싶어."

애덤은 손으로 머리카락을 쓸어 넘기고는 서류를 치우기 시작한다. 그는 "비밀번호 알려줄게"라며 포스트잇을 한 장 떼어내 번호를 적은 뒤 자리에서 일어나며 내게 건넨다.

"자리 비켜줄게. 이메일은 다른 방에서 보내면 되니까."

애덤은 노트북을 집어 들더니 우리가 나란히 서게 되자 걸음을 멈춘다. 그러고는 몸을 돌려 내 팔을 가볍게 문지른다. 힘내라는 뜻이지만 내 몸은 여전히 뻣뻣하고, 살갗 아래로 이상한 불편함이 번져간다.

"고마워, 애덤."

애덤은 "부모님께 안부 전해줘"라고 말한 뒤 사무실에서 나간다.

일이 틀어지기 전에 애덤은 우리 부모님, 특히 아빠와 사이가 좋았다. 두 사람은 축구, 정치, 세탁기의 호스를 다시 연결하는 법을 비롯해 이야깃거리가 끊이지 않았다(내가 기억하기로는 DIY 가구에 관한 이야기가 압도적으로 많았다). 엄마도 애덤을 좋아했다. 윌리엄이 태어나던 날 애덤이 어리석은 실수를 저지르고, 뒤이어 임신 기간 내내 우리가 얼마나 껄끄럽게 지냈는지 듣기 전의 일이지만. 그 뒤로 애덤은 우리 엄마가 얼마나 무섭게 변할 수 있는지 두어 차례 겪었다.

나는 아이패드를 켜고 와이파이가 잡히자 비밀번호를 입력한다. 와이파이에 연결되기를 기다리며 사무실을 둘러본다. 호텔에서 유일하게 이 사무실만 전혀 꾸민 흔적이 없다. 그저 하얀 벽에 밋밋한 사무실 가구가 놓여 있고, 높이 자리한 창문에 칙칙한 커튼을 달아두었을 뿐이다.

산더미처럼 쌓인 서류와 넘쳐 나는 쓰레기통, 이것이 애덤의 전형적인 서류 정리 방식이다. 여기에도 나름의 질서가 있겠지만 오직 애덤만 아는 질서다. 한쪽 벽에는 열쇠걸이가 달려 있고, 반쯤 열린 서류 캐비닛 위에는 나달나달해진 종이 서류함이 금방이라도 떨어질 듯이 위태롭게 쌓여 있다.

나는 스카이프 아이콘을 클릭한다. 스카이프에 접속되기를 기다리는 동안 앞에 있는 코르크판에 눈길이 간다. 압정으로 사진을 꽂아두는 코르크판인데 인스타그램이 생긴 뒤로는 사람들이 굳이 사용하지 않는 물건이다.

여기 꽂혀 있는 사진들 중 두세 장이 애덤에게 남은 유일한 엄마 사진일 것이다. 나머지는 거의 다 윌리엄 사진이다. 갓난아기 윌리엄, 그러다 아장아장 걸어 다니는 윌리엄, 초등학교에 입학하던 날 우리 집 현관 앞에 서서 진주처럼 뽀얀 이를 드러내며 볼에 보조개가 파이도록 웃는 윌리엄이 있다. 대부분 애덤이 우리의 존재를 완전히 잊지 않도록 내가 6개월마다 한 번씩 보내준 사진들이다.

또 애덤이 직접 윌리엄과 함께 찍은 사진들도 있는데 지난 10년 동안 둘이 실제로 함께 보낸 시간이 적었던 데 비해 놀랄 정도로 많다. 한 사진에서는 일곱 살쯤 되어 보이는 윌리엄이 애덤과 함께 앨턴타워의 해적선 앞에 줄을 서 있다. 또 다른 사진에서는 둘이 피자 가게에서 엄청나게 큰 아이스크림을 먹고 있다. 그런가 하면 폼비 해변에서 윌리엄이 애덤을 모래에 묻으며 신나게 웃는 사진도 있다.

이 사진들을 보면 둘이 죽고 못 사는 사이처럼 보이지만 실상 두 사람은 가뭄에 콩 나듯 열 번 남짓 만났을 뿐이다. 그리고 이 사진들은 나와 윌리엄이 함께 보낸 날들과 뚜렷한 대조를 이룬다. 윌리엄이 숙제와 피아노 연습을 제대로 했는지 확인하고, 보이스카우트에 데려다주고, 아침마다 제시간에 출발하려고 안간힘 쓰며 "신발!" "양치질!"이라고 외쳐대던 나날 말이다.

그렇기는 해도 이 사진들을 보니 왠지 마음이 놓인다. 비록 애덤이 양육의 세세한 부분은 전혀 모른다 해도 좋은 아빠가 될 잠재력이 보인다. 본인이 알든 모르든.

손을 뻗어 보이스카우트 유니폼을 입은 윌리엄의 사진을 만지다가 실수로 압정이 빠지는 바람에 사진 석 장이 바닥에 떨어진다. 사진을 집어 다시 압정으로 꽂으려는데 두 장의 사진 뒤에 숨어 있던 빛바랜 사진 한 장이 눈에 들어온다.

뉴욕에서 애덤과 내가 함께 찍은 사진.

우리가 대학을 졸업하고 일주일쯤 뒤에 떠난 여행이었는데 아

유미 에브리싱

주 오랫동안 준비해왔다. 줄리 이모님의 막내딸 스테파니가 어퍼이스트사이드에 새로 생긴 멋진 호텔에서 셰프 보조로 일하고 있어서 우리는 스테파니 집에 머물 계획이었다. 그녀는 함께 보조로 일하는 동료 불가리아 남자와 한집에서 살았는데 집이 어찌나 작던지 욕실에 들어가려면 몸을 옆으로 돌리고 숨을 들이마셔서 배를 집어넣어야만 했다.

하지만 잊을 수 없는 여행이었다. 페리를 타고 엘리스아일랜드에 가고, 센트럴파크도 탐험하고, 어둠이 내릴 때 엠파이어스테이트빌딩 꼭대기에 올라가 반짝반짝 살아나는 도시를 지켜보기도 했다. 저 사진을 찍던 날 아침은 말도 안 되게 일찍 일어났는데 도착한 지 이틀밖에 안 된 터라 아직 시차 적응이 안 돼 얼떨떨한 상태였다. 하지만 그때는 부모가 되기 전이라 우리 자신 말고는 아무런 걱정거리가 없었다. 스테파니가 출근하고 블라인드 사이로 햇볕이 흘러 들어오는 동안 우리는 이불 속에서 서로의 몸을 구석구석 탐색하며 몇 시간 동안 방에 처박혀 있었다.

애덤은 늘 우리가 함께 찍은 사진 중에서 그 사진이 가장 좋다고 했었다. 섹스한 뒤에 미트패킹 지역에 있는 작고 멋진 식당에서 거창한 아침 식사를 앞에 두고서 함께 찍은 사진이다. 그날 애덤은 자신이 살면서 원하는 걸 다 얻었다고 했다. 나는 그게 나를 말하는 것인지, 아니면 바삭바삭한 베이컨을 말하는 것인지 물었다.

"여보세요?"

아빠 목소리에 나는 생각에서 깨어나 고개를 돌린다. 윌로뱅크요양원 입구 너머 복도에 서 있는 아빠가 보인다. 잠을 통 못 잔 얼굴이다.

36

―――――― "아무 문제 없다."

아빠가 말한다. 하지만 우리 아빠는 바닷속으로 가라앉는 타이태닉호에서 바이올린 연주자들에게 둘러싸여서도 그렇게 말할 사람이다.

"오늘 아침에 잠깐 놀랐을 뿐이야."

내 심장 박동이 두 배로 빨라진다.

"그게 무슨 말이야?"

"겁먹을 것 없다. 아침에 병원에 다녀왔어. 적절한 처치를 했고 지금은 다시 여기로 돌아왔다. 중요한 건 네 엄마가 괜찮다는 거야."

목 주변에 열이 오르면서 머릿속에 질문이 넘쳐흐른다.

"무슨 일인데? 병원에는 왜? 엄마는 지금 어디 있어?"

"엄마가 아침을 먹다가 질식했다"라고 말하고서 아빠는 차마 내 반응을 못 보겠는지 시선을 잠시 위로 올렸다가 내리며 말을 잇는다.

"지금 라힘이 엄마를 보살피고 있어. 아빠 회사로 전화가 왔더구나. 하지만 내가 병원에 도착했을 때는 이미 다 수습된 뒤였어. 네 엄마는 멀쩡하다, 정말로. 그 일로 조금 기운이 빠지긴 했지만 괜찮아."

이런 일이 처음은 아니다. 엄마에게 음식을 으깨서 주기 전에는 내 눈으로 직접 목격하기도 했다. 엄마가 숨을 쉬려고 안간힘을 쓰면서 얼굴빛이 잿빛으로 변하고 입술이 파래지는 모습은 두 번 다시 보고 싶지 않다. 엄마 주치의 기아노풀로스 박사는 엄마가 관 급식을 시작했어야 한다고 생각했는데 엄마는 오래전에 연명 치료를 거부하는 사전 결정서에 서명했기 때문에 불가능했다.

"괜찮다, 제스."

아빠가 침묵을 깨고 말을 이어간다.

"어쩔 수 없는 일이야. 앞으로 조심하면 돼. 그뿐이야."

"집에 돌아가야겠어."

"아니다. 절대 안 돼"라며 아빠는 고개를 젓는다. "이젠 아무 문제 없어. 너한테 말 안 하려고 했는데 네가 나중에 알면 난리를 칠 것 같아서 말한 거다."

"잘했어. 오늘 오후에 돌아가는 비행기를 알아볼게."

아빠는 꾸짖는 표정으로 날 바라보더니 이내 부드럽게 말한다.

"네가 돌아오려고 하는 걸 알면 엄마가 뭐라고 하겠니? 엄마를 더 힘들게 하지 마라."

나는 숨을 내쉬며 그제야 지금껏 숨죽이고 있었다는 걸 깨닫는다.

"엄마 거기 있어?"

"잠깐 기다리렴."

아빠는 복도를 지나 병실 문을 열고 엄마 곁으로 다가간다. 엄마는 휠체어에 앉아 있다. 텔레비전에서 오스트레일리아 드라마가 방송 중이지만 엄마는 보고 있지 않다.

아빠가 아이패드로 엄마를 비춰주자 나는 늘 그랬던 것처럼 엄마의 겉모습부터 살핀다. 객관적으로 말해서 아마 내가 떠났을 때와 별 차이가 없을 것이다. 그게 딱히 좋다는 뜻은 아니지만.

엄마의 팔다리는 불편해 보이는 모양새로 구부러져 있고, 아랫입술은 보이지 않는 물건이라도 매달아둔 듯 살짝 처져 있다. 살갗은 축 늘어지고, 몸은 움직일 힘조차 없어 보인다. 그런데도 얼굴을 계속 하늘로 들어 올린다.

"아빠한테 무슨 일이 있었는지 들었어, 엄마. 괜찮아?"

잠깐 시간이 흐르고 엄마는 경련하듯이 계속 얼굴을 위로 들어 올리면서 신음과 함께 대답한다.

"망할 놈의 토스트."

나는 미소조차 지을 수 없다.

"다음에는 죽 먹을 거야"라고 엄마가 덧붙인다.

"그래, 좋은 생각이야."

지금 이 순간 엄마에게 하고 싶은 말이 너무나 많다. 엄마를 사랑하고, 엄마 때문에 마음이 아프고, 이 끔찍한 병에 걸리기 전의 행복하고 건강한 엄마로 돌아갈 수만 있다면 무슨 짓이든 할 수 있다고. 하지만 그런 생각을 하기만 해도 목이 멘다.

"거기는…… 좋아?"

엄마가 묻는다. 한 마디 한 마디가 힘겹고, 그렇게 힘들여 말해도 입 밖으로 어떤 말이 나올지 알 수 없다. 엄마의 턱이 예전과 다르게 움직여서 이상하고 나직한 소리를 낸다.

나는 마음을 가라앉힌다.

"응, 좋아, 엄마. 애덤이 호텔을 꽤 잘 지었더라고. 윌리엄도 아빠랑 함께 있는 걸 아주 좋아해."

엄마는 잠시 말이 없고, 나는 10년도 더 전에 엄마 생일 선물로 오아시스에서 산 하늘색 블라우스 위로 튀어나온 엄마의 쇄골에 눈이 간다. 저 블라우스를 살 때 조금 무리해서 55사이즈를 고른 기억이 난다. 그랬던 블라우스가 지금은 헐렁헐렁하다. 한때 풍만했던 가슴은 사라지고, 고통스러운 자세를 취하느라 비틀어진 흉곽이 훤히 보인다.

"윌리엄…… 거기 있어?"

"아니, 윌리엄은 수영장에 있어. 가서 데려오면 돼."

"아냐"라며 엄마가 더듬더듬 말을 이어간다. "오늘 말고."

"그래. 그럼 내일 통화해."

하지만 엄마는 대답하지 않는다. 그저 의자에 앉아 온몸을 비튼다. 그러자 얼굴 근육도 일그러져서 엄마의 얼굴이 전혀 알아볼 수 없이 과장된 얼굴로 변한다. 나는 알고 있다. 나중에 욕실 거울에 비친 내 얼굴을 볼 때 바로 저 얼굴이 떠오를 테고, 난 차가운 공포로 숨이 막힐 것이다.

37

─────── 영상통화를 끝내고 성에서 나와 이글거리는 더위 속으로 들어간다. 발바닥에서 불이 나고 살갗이 끈끈해지는 그런 더위다. 수영장은 물장난을 치는 아이들로 바글거리고, 부모들은 파라솔 아래로 피신해 아이들을 지켜보고 있다.

나타샤는 조그마한 분홍색 꽃으로 이뤄진 캐노피를 늘어뜨린 탁자 앞에 앉아 옆에 서 있는 벤과 이야기를 나누고 있다. 벤은 자신에게 연적이 있다는 사실을 모르거나 알고도 신경 쓰지 않는 모양이다. 나타샤를 바라보는 눈빛을 보니 그녀에게 푹 빠져 있다.

윌리엄과 제임스, 루퍼스는 탁자 반대편에서 주문한 점심이 나오기를 기다리고 있다. 내가 아이들 쪽으로 다가가니 한창 식도를 주제로 이야기 중이다.

"내가 〈수술, 아야(Operation Ouch: 실제 치료 장면을 보여주거나 의학 실험을 통해 의학 상식을 전해주는 어린이 프로그램-옮긴이)!〉에서 봤다니까."

윌리엄이 침을 튀겨가며 말한다.

"진짜 재미있었어. 어떤 아이가 발톱을 물어 뜯다가 삼킨 거야. 하필 아주 큰 발톱이라서 폐에 구멍이 뚫리지 않았는지, 대동맥에 출혈은 없는지 알아보려고 엑스레이를 찍어야만 했어."

나는 자리에 앉으려고 의자를 잡아당긴다. 수영장에 햇빛이 부서져 반짝거린다. 웨이트리스가 음식이 담긴 접시를 들고 성에서 나온다. 호두기름과 향긋한 치즈, 염장 고기를 고명으로 뿌린 샐러드와 안은 촉촉하고 겉은 이에 씌운 보철물이 떨어져 나갈 정도로 바삭한 빵이다.

"매니큐어가 예뻐요, 나타샤 아줌마" 하고 느닷없이 제임스가 말한다.

나타샤는 손을 내려다보며 "고맙구나, 제임스. 새로 발랐단다"라고 인사한다.

"아줌마한테 잘 어울려요."

제임스가 덧붙여 말하자 나타샤는 날 보며 싱긋 웃는다.

"저기, 점심 드셔야 할 테니 저는 그만 가볼게요."

벤이 미소 지으며 마지못해 다시 일하러 돌아가고, 나타샤는 그의 뒷모습을 잠깐 지켜본다.

"베키는 어디 있어?"

내가 묻자 나타샤는 수영장을 가리킨다.

베키는 수영장을 서너 바퀴 돌며 수영하는 중이고, 셉은 서서 양쪽 팔을 뻗은 채 포피가 수영장으로 뛰어들 때마다 아이를 받아 수면 위로 들어 올린다. 포피는 염소 섞인 수영장 물이 들어간 눈을 깜빡거리며 킥킥거린다.

"또 할래!"

그제야 난 내 얼굴을 뜯어보는 나타샤의 눈길을 느끼고 "왜 그래?" 하고 묻는다.

하지만 나타샤가 대답하기 전에 셉의 목소리가 수영장에 쩌렁쩌렁 울려 퍼진다.

"안 돼, 포피! 아빠 말 들어. 포피!"

왜 갑자기 포피가 달리는지 잘 모르겠다. 하지만 포피의 짧은 다리가 수영장 주위를 빠르게 달리는 동안 셉은 물속에서 미친 듯이 뱅뱅거리며 포피를 다시 수영장 안에 들어오게 하려고 구슬린다.

"포피, 멈춰!"

포피는 잠깐 멈추는가 싶더니 나무를 향해 쏜살같이 달린다. 셉과 베키 둘 다 수영장 밖으로 뛰쳐나가 포피를 향해 달린다. 포피는 뒤도 돌아보지 않은 채 장난스럽게 킥킥 웃으며 달려간다. 두 사람이 거의 따라잡지만, 나는 포피가 그 짧은 다리로 그렇게 빨리 뛸 수 있다는 사실에 놀란다.

마침내 제임스가 나서서 그들을 구해준다.

"포피, 오빠가 사탕 줄게!"

그 말에 포피가 걸음을 멈춘다. 자기가 너무 달렸나 생각하는 사이 베키가 그녀를 훌쩍 안아 올린다. 포피를 안고서 우리 쪽으로 걸어오는 베키의 얼굴에 스트레스가 잔뜩 새겨져 있다. 베키가 내 옆자리에 앉아 수건으로 포피를 닦아주는데 조금 뒤에 셉이 다가온다.

"이렇게 될 줄 몰랐어?"

베키가 무섭게 따지자 셉은 눈살을 찌푸린다.

"뭘?"

"포피를 수영장 밖에 내놓으면 달아날 걸 몰랐냐고."

"그걸 내가 어떻게 알아? 그 전까지는 계속 수영장으로 뛰어들었다고."

"포피가 달아나면 당신은 수영장에 갇힌 채 무력하게 지켜볼 수

밖에 없다는 걸 알았어야지."

"무력하지 않아."

"아니, 무력해! 너무 뒤처지면 당신이 염병할 인조인간처럼 뛰쳐나간다 해도 소용없다고."

코에 주름이 잡힌 셉의 얼굴에서 반발심이 드러난다.

"그렇게 위험하다고 생각했으면 왜 처음부터 말리지 않았어?"

"그럼 또 내가 끼어든다고 싫어했을 테니까!"

셉은 숨을 길게 내쉬더니 나타샤와 나를 힐끗 보고는 베키에게 "우리 이 얘기는 나중에 할까?"라고 말한다.

"아니, 싫어."

이제 어떻게 할지 생각하는 셉의 목에서 맥박이 펄떡펄떡 뛴다. 마침내 셉은 남자아이들을 데리고 프리스비를 하러 간다.

베키는 포피를 닦아주다 말고 우리를 올려다본다.

"미안해. 늘 이렇지는 않아."

"당연히 그렇겠지"라며 내가 베키를 안심시킨다.

"아이가 생기면 사람이 변하는 것 같아, 안 그래?"라고 말하고는 베키가 한숨을 쉰다.

"맞아. 네가 페이스북에 마미 피그(〈페파 피그〉에 나오는 엄마 돼지-옮긴이) 글귀를 올린 날 그걸 깨달았지"라고 내가 맞장구를 친다.

베키가 피식 웃는다.

"엄마, 아빠랑 통화는 어땠어?"

나는 수영장에서 피어오르는 물안개를 바라보며 대답한다.

"엄마가 오늘 아침에 병원에 실려 가셨었대."

나타샤는 선글라스를 내리며 걱정스럽게 묻는다.

"세상에. 괜찮으시대?"

"지금은 괜찮아. 음식이 목에 걸려서 질식하셨던 모양이야."

나는 담담하게 말하지만 불끈 쥔 주먹의 손톱이 손바닥을 파고 든다. 베키가 묻는다.

"그래서 지금은 퇴원하셨어? 너, 집에 돌아가야 하는 거야?"

"그렇기도 하고, 아니기도 해. 부모님이 내가 돌아가는 걸 원치 않으셔. 별일 아니라고 고집을 부리시네."

베키의 눈이 내 입술로 향하고, 그제야 내가 입술을 깨물고 있다는 걸 깨닫는다.

"너는 믿지 못하는 눈치네."

베키 말이 맞다. 나는 별일 아니라는 아빠의 말을 믿지 않는다.

38

─────── 찰리와 오후를 함께 보낸다고 생각하니 긴장이 된다. 그게 좋은 일인지, 나쁜 일인지, 아니면 그냥 아주 이상한 일인지 모르겠지만. 15분 뒤면 찰리가 데리러 오기로 한 시간인데 우리 거실은 폭탄이라도 떨어진 듯이 아수라장이다.

"윌리엄, 바닥에 떨어진 네 젖은 수영복 좀 치워줄래?"

하지만 윌리엄은 아이패드를 끼고 소파에 편안하게 누워 있는 터라 조금 전부터 커뮤니케이션이 원활하지 않다.

"윌리엄?"

"잠깐만, 엄마. 이번 판 거의 다 깼어."

윌리엄이 중얼거린다.

그사이 나는 나타샤에게 피부가 좋아 보인다고 칭찬하는 초보적 실수를 저지른다. 그 바람에 나타샤가 메이크업 상자를 들고 나와 소파 끝에 걸터앉은 내게 '안면 윤곽술'을 시행한다. 거울을 힐끗 보고서야 나타샤가 내 얼굴을 피카소 그림에 나오는 얼굴처럼 만들어놓았다는 사실을 깨닫는다. 눈 아래에는 시커먼 삼각형 두 개가, 양쪽 볼에는 선홍색 동그라미가 생겼다.

"지금 장난해?"

"아직 안 끝났어."

"나타샤, 곧 있으면 찰리가 올 거라고."

나는 소파 너머를 바라보며 윌리엄을 재촉한다.

"빨리 안 일어나니, 윌리엄? 누가 밟고 목이 부러지기 전에 그 젖은 수영복 좀 치워."

현관문 노크하는 소리가 나고 문이 열린다. 심장이 공중제비를 도는데 알고 보니 그냥 애덤이다. 그는 흠칫하며 내 얼굴을 다시 본다. 마치 재미있는 농담을 놓쳤다는 듯이.

"우리 집에 코에 끼울 수 있는 빨간 공이랑 광대 옷도 있어. 당신 패션을 완성하고 싶다면 가져다줄게."

"아직 안 끝났어."

나타샤는 그렇게 말하고는 물을 가지러 재빨리 싱크대로 달려간다. 돌아오는 길에 샌들 속 발가락이 윌리엄의 수영복에 걸려 비틀거리다가 넘어지기 직전에 균형을 잡는다.

나는 윌리엄을 보며 눈살을 찌푸리고는 성큼성큼 걸어가 단호하게 아이패드를 빼앗는다. 윌리엄은 놀란 표정으로 날 올려다보더니 코를 찡그린다.

"왜? 내가 뭘 어쨌다고?"

"아까 수영복 치우라고 했지?"

윌리엄은 내가 무슨 말을 하는지 전혀 모르는 얼굴로 날 보며 눈을 끔뻑거린다.

"지금 당장 치워. 아니면 아이패드 압수야."

윌리엄은 마치 자기가 아끼는 강아지의 목을 조르겠다는 말이라도 들은 듯한 표정이다.

"하지만 이번 판 끝내야 해. 거의 다 깼어!"

"빨리!"

"하면 되잖아!"

윌리엄은 그렇게 대꾸하고는 발소리를 요란하게 내며 수영복을 치우러 간다.

나는 아이를 달래주고 싶은 마음과 찰리가 오기 전에 빨리 준비를 끝내야 한다는 마음 사이에서 갈등한다. 뒤를 돌아보니 애덤이 우두커니 서 있다. 불구경하듯이.

"당신이 가서 얘기 좀 해봐."

애덤은 마치 그 말이 자기 아닌 다른 사람에게 한 말일 거라는 듯이 주위를 둘러본 뒤에야 되묻는다.

"내가?"

"그래."

애덤은 잠깐 생각하더니 어깨를 으쓱인다.

"알았어. 당신은 가서 준비해. 내가 윌리엄하고 얘기해볼게."

"그래, 좋아. 고마워."

나는 침실로 달려가 볼 화장을 지운다. 뒤따라온 나타샤는 화장지로 얼굴을 박박 문지르고 있는 날 보고 흠칫 놀란다.

"그냥…… 브러시로 좀 털어내지."

"그럴 시간이 없어. 그리고 파운데이션에 블러셔만 발라도 괜찮아."

얼굴이 그럭저럭 볼만해지자 나는 살그머니 현관으로 가서 문을 살짝 열고 내다본다. 애덤이 우리 아들 어깨에 팔을 두르고 있다. 둘이 정확히 무슨 이야기를 나누는지는 안 들리지만 "괜찮아"라고 위로하는 말이 여러 번 들린다.

"으, 짜증 나."

내가 혀를 차며 말하자 나타샤가 묻는다.

"뭐가?"

"애덤."

"신경 쓰지 마. 조금 있으면 오늘의 데이트 상대가 올 거라고—"

나타샤가 그렇게 말하며 손목시계를 바라보는데 현관문이 덜컹 열린다. 윌리엄이다.

"찰리 아저씨 오셨어" 하고 윌리엄이 전해준다.

입이 바싹 마른다.

"알았다. 고마워."

윌리엄은 현관 근처를 서성이다가 "미안해, 엄마"라고 말한다.

짜증이 눈 녹듯 사라진다.

"괜찮아. 이리 와서 포옹하자."

윌리엄은 날 껴안은 뒤 몸을 떼며 묻는다.

"그러니까 엄마가 찰리 아저씨한테 운동을 가르쳐준다는 말이지……? 진짜야?"

나타샤가 기침을 한다.

"그건 왜 묻는데?"

"그냥 꼭…… 데이트 같아서."

저 철없는 애가 왜 갑자기 저렇게 예리해졌지?

39

——————— 레인지로버의 운전대를 잡은 찰리는 지극히 편안해 보인다. 이런 차는 찰리 같은 사람을 위해 만들어졌으리라. 스스로한테 자신감이 있고, 어른이 되는 것을 걱정하지 않으며, 지적인 전문직 종사자. 자신의 나이를 받아들이고, 거기에 어울리는 마크스 앤 스펜서 셔츠를 입는 사람.

찰리가 점심을 먹으려고 선택한 마을인 푸졸로 가기 위해 로시뇰성에서 차를 타고 남쪽으로 한 시간 넘게 달린다. 매끄럽지만 오르락내리락하는 도로를 달린 끝에 엽서에 나올 법한 마을에 도착한다. 어쩌나 높은 언덕 꼭대기에 자리 잡고 있는지 구름에 가까워진 듯하다. 우리는 부서질 듯한 덧창이 달리고, 대대로 키워온 장미 덩굴이 현관문을 휘감은 석회암 집들 사이로 난 좁고 구불구불한 길을 따라 걷는다. 걷다 보니 작은 광장과 그 주위의 어두운 바닐라색 건물들이 내려다보이는 레스토랑이 나온다.

찰리는 날 위해 의자를 빼주고 내 맞은편에 앉는다. 그러고는 웨이터가 메뉴판을 들고 나타나자 "뭐 마실래요?"라고 묻는다.

"Badoit, s'il vous plaît(탄산수 주세요)."

찰리가 운전해야 한다는 사실을 염두에 두고 내가 말한다.

그는 놀란 표정으로 날 바라본다.

"지금 휴가 중이잖아요. 운전은 내가 할 거고요. 술 한 잔 정도는 괜찮지 않아요?"

"의리상 물만 마시려고 했는데 정 그렇다면⋯⋯."

와인을 마시니 데이트에 엄청나게 도움이 되는 듯하다. 그렇다고 해서 애초에 잘못되어가고 있었다는 말은 아니지만. 긴장이 살짝 풀어져서 찰리의 좋은 점을 음미하게 된다.

그는 진지하고 지적이면서도 위협적인 구석이 전혀 없다. 또는 윌리엄 나이대의 남자아이를 키우는 일이 어떤 것인지 잘 알고 있다. 나는 나도 모르게 방금 전 아이에게 화낸 일을 털어놓고, 찰리는 자기도 그런 적이 있다고 날 안심시킨다.

"윌리엄 나이 때는 그런 일로 싸우는 게 정상입니다. 적어도 윌리엄은 다른 아이들처럼 아이패드를 하루에 열다섯 시간씩 들여다보지는 않잖아요."

나는 찰리의 말을 정정하지 않기로 한다.

"게다가 부모 노릇이란 게 원래 순탄하지 않습니다. 혼자서 키우는 건 더 그렇고요."

"나는 혼자 키우는 게 그다지 힘들지 않았어요. 오랫동안 부모님이 많이 도와주셨거든요."

찰리는 입에 든 음식을 삼키고 고심한 끝에 묻는다.

"당신이랑 윌리엄 아빠는 무슨 사이입니까? 둘이 아직도 친해 보이던데."

"그래 보여요?"

귀밑이 달아오른다.

"네, 그렇던데요. 저번에 합석했을 때 그렇게 생각했습니다."

나는 완강하게 고개를 젓는다.

"그렇지 않아요. 윌리엄 때문에 서로 참고 있는 거죠."

"당신이 여기 왔다는 사실 자체가 신기합니다. 대부분의 사람은 전 배우자와 휴가를 보내는 건 꿈도 꾸지 않으니까요. 저라면 어림도 없죠."

"전 부인이랑 사이가 안 좋은가요?"

화제가 나와 애덤을 벗어나 다행이다.

"당연하죠. 그 여자는 정신병자거든요."

"세상에."

"정말입니다. 제가 아는 한 가장 사람을 잘 조종하는 여자죠. 정말 끔찍합니다."

나는 뭐라고 대꾸해야 할지 몰라 그냥 "그래서 당신이 전 부인과 결혼했군요"라고 농담으로 받아친다.

"우리 모두 실수를 합니다. 하지만 슬픈 이야기로 당신을 지루하게 하지는 않을 겁니다. 그나저나 왜 우리가 전 배우자 이야기를 하게 됐죠?"

"틀림없이 당신이 먼저 꺼냈어요"라고 말하며 나는 부드럽게 미소 짓는다.

"그랬나요? 그럼 다른 이야기를 하죠. 휴가 끝나기 전에 다시 이런 시간을 갖는 게 어때요?"

나는 들고 있던 포크와 나이프를 내려놓는다.

"아직 메인 코스도 안 끝났어요. 디저트를 먹을 때쯤에는 내가 싫어질지도 몰라요."

찰리는 이글거리는 눈으로 날 바라본다.

"그런 일은 없을 겁니다."

데이트를 하니 온몸에 기운이 넘친다. 찰리와 자고 싶은 마음이 들어서가 아니라 나를 좋아하는 남자와 마주 보고 앉아 있다는 사실에 왠지 기분이 들떴기 때문이다. 찰리는 날 좋아한다는 사실을 숨기지 않았다. 그가 내게 하는 말 때문이 아니라 날 바라보는 눈빛에서 알 수 있다. 욕망이 담긴 그 눈빛이 내 안의 무언가를 건드린다.

다시 차로 걸어가 뙤약볕을 가르며 로시뇰성 정문에 도착한 뒤에야 우리는 깨닫는다. 그 언덕 꼭대기의 구름이 우리도 모르는 사이 흘러가버렸듯이 우리가 키스할 기회도 이미 지나가버렸다는 것을. 차의 속도가 줄어들며 대화가 멈추자 나는 찰리도 나와 같은 생각을 하고 있다는 걸 알아차린다.

"오늘 정말 재미있었습니다."

찰리가 앞을 바라본 채 운전대를 꽉 잡는다.

"저도요."

"여기서 내려드릴까요, 아니면 별채 쪽에 내려드릴까요?"

"여기 아무 데나 내려주세요. 윌리엄을 데리러 가야 하거든요."

찰리는 차를 세우고 핸드브레이크를 잡아당기더니 몸을 돌려 나를 똑바로 바라본다.

"네, 됐어요. 다시 한번 고마워요. 제 점심까지 사주실 필요는 없는데, 어쨌거나 정말 잘 먹었어요. 그리고—"

나는 횡설수설한다.

"제스" 하며 내 이름을 부르는 찰리의 손이 맨살이 드러난 내 팔을 쓸어내린다. 그의 손에서 전해지는 열기에 내 살갗에 소름이 돋는다.

"네?"

찰리가 키스하려고 내 쪽으로 몸을 숙이자 귀에서 맥박 소리가 천둥처럼 크게 울린다. 그의 입술이 내 입술에 닿자 이 순간을 절대 망치고 싶지 않다는 생각이 든다. 대범하고 매혹적인 여자가 되고 싶다. 찰리가 날 매력적인 여자로 생각하듯이 그렇게 보이고 싶다.

이런 생각에 어찌나 골몰했는지 하마터면 그에게 침을 흘릴 뻔한다. 나는 의식적으로 어깨의 긴장을 풀고, 그의 입술이 내 입술에 닿는 느낌을 즐기려고 노력한다.

한창 키스에 집중하고 있을 때 밖에서 조그맣게 떠드는 소리가 어렴풋이 들린다. 처음에는 전혀 신경 쓰지 않는다. 킥킥거리는 소리가 들려도 그저 누가 불(Boules: 프랑스의 국민 스포츠로, 작은 나무 공을 던져 기준점으로 삼고 그 공과 가장 가까워지도록 금속 공을 굴리는 사람이 이긴다-옮긴이)을 하고 있나 보다 생각할 뿐이다.

그런데 차창을 두드리는 소리에 찰리와 나는 얼른 몸을 뗀다. 아이들 여섯 명이 서로 차 안을 들여다보겠다고 난리를 치고 있다.

그때 어른의 목소리가 들린다. 어딘지 귀에 익은 목소리다.

"Les enfants! 얘들아! 이리 와!"

시몬이 허리를 숙여 차창을 들여다보고, 우리는 눈을 동그랗게 뜬 채 서로를 바라본다. 나라는 걸 알고는 시몬의 표정이 변한다. 만족스럽다기보다 안도하는 표정이다.

시몬이 왜 저런 표정을 짓는지 나는 정확히 안다. 나도 예전에 그녀와 같은 입장일 때가 있었으니까.

40

애덤과 사귈 때 나는 한시도 긴장을 늦추지 않았다. 애덤이 늘 바람을 피우고 다녀서가 아니다. 그저 못 말릴 정도로 누군가에게 푹 빠지면 두려움이라는 불행한 부작용이 따르기 마련이다. 애덤에게서 눈을 떼지 못하는 많은 여자 중에서 언젠가 나보다 더 예쁘고 아마도 더 재미있는 데다 똑똑하기까지 한 여자가 마침내 애덤의 관심을 끌게 될까 걱정이었다.

애덤과 사귀기 시작한 초기에는 내 자존감이 높아졌다. 키도 더 커지고 날씬해지고 재치와 매력이 넘치는 기분이 들어서 설령 욕실 타일 사이를 회반죽으로 메꾸는 이야기를 한다고 해도 애덤은 한없이 깊은 갈색 눈동자로 날 바라보며 열심히 들어줄 거라는 믿음이 생겼다.

그랬던 우리가 어쩌다 이렇게 사이가 나빠졌는지 이야기하자면 복잡하지만, 또 한편으로는 단순하다. 상황이 변했을 뿐이다.

우리의 문제는 내 임신으로 시작됐지만, 우리 사이를 영원히 바꿔놓은 것은 윌리엄이 태어나던 날의 일이다. 그 전까지는 무슨 일이 있든 둘이서 함께 해결해나갈 수 있다고 믿었다. 하지만 그날 이후로 우리 사이는 완전히 끝나버렸다. 애덤이 병실로 걸어 들어와 내 질문에 제대로 대답하지 못한 순간부터 난 그 사실을 알았다.

"대체 어디에 있었어?"

엄마는 자동판매기에서 커피를 마시고 오겠다며 나간 뒤였고, 나는 말이 곱게 나가지 않았다.

"그게 그러니까…… 줄스랑 함께 있었어."

줄스는 애덤의 직장 동료다.

"어쩌다 보니 늦어졌고 휴대전화를 잃어버렸어……. 나중에 전화기를 찾고서야 당신이 아이를 낳으러 갔다는 걸 알게 됐지."

"조지나랑 함께 있었던 건 아니고?"

"무슨 소리야. 아냐."

말도 안 된다는 듯이 애덤이 펄쩍 뛰었다.

"그럼 왜 조지나 립스틱으로 범벅이 된 거야?"

애덤은 얼른 손으로 목을 감쌌다.

"그건……."

그러고는 숨을 들이쉬었지만 거의 그와 동시에 계속 거짓말을 할 의욕이 바닥나버렸는지 "그래, 우연히 만났어"라고 털어놓았다.

나는 어이가 없다는 표정으로 애덤을 바라봤다.

"나더러 지금 그 말을 믿으라는 거야? 맨체스터에 술집이 그렇게 많은데 너랑 네 전 여자 친구가 우연히 같은 술집에 있었다고?"

애덤은 한쪽 발에서 다른 쪽 발로 체중을 옮기고는 내 눈을 똑바로 보지 못한 채 불안하게 이리저리 시선을 돌렸다. 애덤은 재능이 많지만 거짓말은 소질이 없다 못해 젬병이었다.

"그래, 알았어"라고 말하는 애덤의 이마에 땀이 맺혔다.

"조지나가 최근에 만나던 조니라는 남자와 헤어진 뒤 내게 며칠 간 계속 전화했어. 그래서 부시 바에서 만나기로 약속을 잡았어."

"근데 왜 거짓말했어?"

"안 했어! 음……, 그래, 거짓말한 셈이지."

"그 립스틱 자국은 뭐야?"

애덤은 마른침을 삼켰다.

"내가 조지나를 안아줬어……. 힘내라는 뜻으로."

나는 윌리엄이 듣지 못하도록 두 손으로 아기의 작은 귀를 막고서 말했다.

"그래서 조지나가 그 보답으로 널 빨아주기라도 했어?"

"제스, 그런 말 하지 마."

애덤이 더듬거리며 말했다.

"내가 네 아들을 낳는 열두 시간 동안 넌 전화기를 꺼뒀어. 대체 나한테 뭘 기대하는 거야?"

애덤은 계속 자기를 믿어야 한다, 조지나는 집에 혼자 갔다, 자기는 곁길로 빠져서 줄스를 만났다고 떠들어댔다. 난 진통제 때문에 머리가 멍하기는 했어도 정신이 완전히 나간 상태는 아니었다. 그 사실은 퇴원하고 처음으로 장을 보러 슈퍼마켓에 갔을 때 우연히 줄스의 아내 수지를 만나면서 확실해졌다. 수지가 의무적으로 윌리엄을 어르는 동안 나는 대수롭지 않다는 듯이 물었다.

"그래서…… 줄스도 회식하느라 집에 늦게 들어왔어요? 서너 명이서 이튿날 아침까지 마셨다면서요."

수지는 고개를 저었다.

"줄스는 체력이 약해, 제스. 12시 반이면 집에 와서 5분 만에 내 옆에서 코 골고 잔다고."

그때 확실히 알았다. 애덤이 또 거짓말했다는 것을.

나는 교회에 다니지는 않지만 늘 용서가 중요하다고 믿었다. 본래 원한을 품는 성격도 아니고, 나쁜 일은 잘 털어버린다. 미움과 원한에 사로잡히고 싶지 않았다. 하지만 계속 거짓말만 하는 사람을 어떻게 용서할 수 있을까? 애덤은 계속 거짓말을 하다가 마침내 더는 그날 밤 일에 대해 거짓말조차 하려고 들지 않았다. 그저 모든 게 내 '오해'라면서 그 이야기를 꺼내지 않았고, 그걸로 끝이었다.

우리는 윌리엄이 태어난 뒤 두 달 하고도 2주 동안 함께 지냈다. 우리가 가족으로서 서로에게 유대감을 느꼈어야 할 시기에 나는 살면서 가장 비참한 기분이었다. 그리고 그것은 애덤의 탓만은 아니었다.

나는 우리 아기에게 홀딱 반했지만 윌리엄은 쉬운 아기가 아니었다. 예쁘지만 까다로웠고, 늘 불안정하고 보챘으며, 자정에서 새벽 5시 사이가 아니고서는 먹는 데 관심을 보이지 않았다. 물론 더할 나위 없이 행복한 순간들도 있었다. 목욕이 끝난 아기를 수건으로 감싸서 품에 꼭 안을 때라든가, 조그만 손의 벨벳처럼 보드라운 피부에 감탄하는 순간들이 그랬다.

하지만 수면 부족과 지독한 피로가 영원히 끝나지 않을 것처럼 느껴지는 때도 있었다. 나는 윌리엄이 내 예상과 달리 늘 까르륵거리며 행복한 아기가 아닌 게 내 탓이라고 생각했다. 육아책이란 책은 다 읽었어도 틀림없이 내가 무언가 잘못하고 있다고 확신했다.

짧은 육아휴직이 끝나고 애덤이 다시 직장에 다니는 동안 나는 집에 남아 젖소처럼 모유를 짜고, 절망감에 속을 부글부글 끓이며 윌리엄을 보살폈다. 몸은 만신창이였고, 유방염에 시달렸으며, 잘나가는 멋진 엄마와는 거리가 멀어서 당시 그런 엄마들 사이에서 한

창 유행이던 신생아 아기 띠를 태워버리고 싶은 심정이었다.

낮에는 애덤이 곁에 있기를 바라다가 막상 그가 현관문을 열고 들어오면 그때부터 짜증이 났고, 그가 한 짓이 떠올랐다. 당시 몇몇 친구들은 내게 산후 우울증이 아니냐고 물었는데 아마 그랬을 지도 모르겠다. 하지만 그게 전부가 아니었던 데다 상황은 더 악화되었다.

한창 힘들 때 마침내 엄마가 지난 몇 년간 겪었던 재미있는 증상들이 의심의 여지 없이 위중하고 재미없는 병 때문이라고 말해주었다. 그 말이 내게 끼친 영향은 충격을 받았다는 정도로는 부족하다. 하늘이 무너지는 심정이었다. 제대로 생각할 수가 없었고, 여러 감정이 밀려들어 어지러웠다. 내 삶은 제멋대로, 내가 통제할 수 없는 방향으로 달려가고 있었다.

이런 스트레스와 불행이 합쳐진 상황에서 애덤의 거짓말을 받아줄 인내심은 바닥나 있었다. 그러니까 아마 나는 정말로 산후 우울증에 시달렸을 것이다. 하지만 엄마와 애덤도 내 우울증에 한몫했다. 날 배신했으며, 내게 필요한 정신적 기둥이 돼줄 수 없는 남자와 가정을 이뤘다는 사실에서 비롯된 우울증이었다.

그렇기는 해도 애덤에게 헤어지고 싶다고 했던 말은 진심이 아니었다. 심지어 그날 무슨 일로 말다툼을 벌였는지도 기억나지 않는다. 다만 불같은 분노에 사로잡혔던 것은 기억한다. 마치 내 안의 모든 두려움과 억울함, 그가 한 행동에 대한 분노가 별안간 그 순간에 하나로 모인 듯했다.

"당신은 윌리엄의 아빠가 될 자격이 없어. 아빠라는 역할에 적합하지 않다고. 시간이 흐르면 흐를수록 더욱 그런 확신이 들어. 나와 윌리엄이 떠나는 게 모두를 위해 좋아."

나는 그렇게 말하고서 우두커니 서 있었다. 한때 우리가 그토록 많은 친밀감과 사랑을 나눴던 공간에 저 암울한 말들이 맴돌았다. 돌이켜보니 나는 순진하게도 애덤이 남자답게 나서서 내게 떠나지 말라고 사정할 줄 알았다. 왜 내가 그 도박에서 이길 거라고 생각했는지 모르겠지만, 너무 지치고 힘들어서 내가 무슨 짓을 하는지 제대로 생각할 겨를이 없었다.

애덤은 내 말에 반박조차 하지 않았다. 그저 이렇게 말했다.

"그래. 당신이 원한다면 그렇게 해."

나는 짐을 싸서 부모님 집으로 갔다. 아무런 감각이 없었다. 이를 악문 채 절망감을 삼켰다. 고등학교 때 벽에 붙였던 포스터가 그대로 남아 있는 내 방에 누워 밤새도록 뒤척이며 울었고, 옆에서는 휴대용 아기 침대에 누운 아기가 보챘다.

아침이 되자 애덤에게 전화해서 내가 한 말을 취소해야 하나 말아야 하나를 두고 몇 시간 동안 고민했다. 끝내 전화하지 않은 이유는 내가 고집이 세서가 아니었다. 마음을 독하게 먹어야 한다는 사실을 본능적으로 알았기 때문이다. '애덤은 다른 여자와 잤다.' 숙이고 들어와야 할 사람이 있다면 내가 아니라 애덤이었다.

나는 오랫동안 애덤이 돌아오기를 기다렸다.

애덤은 꽃다발이나 약혼반지를 들고 현관 앞에 나타나지 않았고, "당신과 윌리엄에게 필요한 남자가 될게. 좋을 때나 힘들 때나 아내와 자식을 사랑하는 남자. 그래, 난 조지나와 바람을 피웠고, 우리 아들이 태어나는 순간을 놓쳤어. 하지만 이제부터 달라질 거야" 같은 멋진 다짐을 하지도 않았다.

그 비슷한 말도 하지 않았다.

대신 그가 없어서 무력해진 나를 남겨둔 채 조용히 사라졌다.

헤어지고 나서 우린 딱 한 번 만났다. 혹시라도 '다시 잘될' 가능성이 있는지 알아보려고. 하지만 나는 애덤 맞은편에 앉아서 울기만 했고, 애덤은 기계적으로 반응했다. 우리 사이에 파인 깊은 골이 더없이 또렷하게 보였다. 밀어낸 사람은 나였을지 몰라도 문으로 다가간 사람은 애덤이었다. 그에게서는 다시 돌아오라고 애원할 기미가 보이지 않았다. 그가 애원하지 않으니 나도 내 입장을 지킬 수밖에 없었다.

"그런 일을 겪었는데 어떻게 우리가 함께 살 수 있겠어?"

내가 넌지시 말했다. 나는 확실한 대답을 듣고 싶었지만 애덤은 말이 없었다.

"우리가 윌리엄을 위해 옳은 일을 하고 싶다면, 이것만이 답일 거야, 안 그래?"

막장 드라마의 대사 같은 말들이 내 입에서 쏟아져 나왔다. 나는 악수를 하자며 애덤에게 손을 내밀었지만, 마음속으로는 그가 손을 밀쳐내고 날 껴안으며 "아니, 그럴 순 없어. 왜냐하면 당신은 내 운명의 여자니까"라고 말해주기를 바랐다.

하지만 애덤은 몸을 굽혀 내 볼에 살짝 키스하고는 뒤돌아 가버렸다.

그 뒤 몇 달간은 내가 한 일을 후회했다. 하지만 몇 년이 지나면서 내가 옳은 일을 했다는 걸 깨달았다. 내가 한 행동은 힘들지만 용감했다. 우리 둘의 관계는 윌리엄이 뭐가 달라졌는지 알기 전에, 자기 부모가 날마다 다투는 모습을 보고 상처 받기 전에 끝났다.

나와 헤어진 지 채 한 달도 안 돼 애덤과 조지나는 공식적으로 사귀었다.

애덤은 조지나와 함께 런던으로 이사했는데 얼마 지나지 않아 외삼촌 프랭크가 간부전으로 사망했다는 소식을 들었다. 외삼촌은 전 재산을 애덤에게 남겼고, 그래 봐야 방 세 개짜리 수수한 집과 연금이 전부였지만 애덤에게는 외국에서 살고 싶다는 꿈을 실현하기에 충분했다. 애덤은 얼른 프랑스로 떠날 계획을 세웠다. 왜 조지나와 헤어졌는지는 몰라도 그 미래에 조지나는 없었다.

윌리엄이 태어나고 1년 동안, 애덤이 프랑스로 가기 전까지 윌리엄을 얼마나 자주 봤는지는 기억나지 않는다. 당시에는 내가 겪은 기쁨과 절망만으로도 정신이 없었기 때문이다. 하지만 내게는 천사이자 세상에서 가장 소중한 윌리엄이 애덤에게는 그런 존재가 아니라는 사실에 당황하고 분노했던 일만큼은 똑똑히 기억한다.

그걸 깨닫고 얼마 지나지 않아 나는 애덤에게 정이 뚝 떨어졌고, 반발심이 쌓이기 시작했다. 만약 애덤이 우리에게서 멀어져 윌리엄의 양육을 전적으로 내게 맡기고 싶어 한다면, 나는 기꺼이 그렇게 해주겠다고 마음먹었다.

41

─────────── 내가 찰리와 푸졸에 다녀온 다음 날, 애덤이 별채로 찾아온다.

"데이트 잘됐다며?"

애덤은 묘한 표정이다. 재미있어서 그러는지, 즐거워서 그러는지, 아니면 그저 날 놀릴 기회를 놓치고 싶지 않아서 그러는지 알수가 없다. 그래서 난 최대한 무덤덤한 표정을 짓는다.

"응, 좋았어. 고마워."

낮술을 마시고 레인지로버 앞자리에서 남자와 키스했다기보다는 그랜섬 백작 부인(영국 드라마 〈다운튼 애비〉에 나오는 백작 부인-옮긴이)과 애프터눈 티를 마시고 온 듯한 태도로 내가 말한다.

애덤은 날 빤히 바라보며 "잘됐네. 다행이야"라고 말한다.

달갑지 않은 느낌에 살갗이 따끔거린다. 딱히 애덤을 배신한 기분도 아닌데(그건 말도 안 된다) 조금은 그런 기분이다. 내 양쪽 뺨을 때리면서 애덤이 내게 무슨 짓을 했었는지, 그리고 얼마 전 내가 애덤의 집을 찾아갔을 때 시몬이 반쯤 벗은 상태로 있었다는 사실을 나 자신에게 상기시키고 싶다.

"용건이 뭐야?"

침묵을 깨려고 내가 묻는다.

마치 거짓 미소를 짓는 사람처럼 그의 입술이 실룩거린다.

"아무것도 아냐. 첫 데이트 이야기를 하니까…… 페어 트리가 생각나서."

그 펍 이름을 들으니 옛 추억이 밀려들며 우리가 막 사귀기 시작했던 때가 떠오른다.

무더운 7월 밤이었다. 우리는 오후부터 밤까지 에든버러에 있는 펍에 함께 있었다. 어깨를 달구는 황금빛 꼬마전구로 이뤄진 캐노피 아래서. 벤치에 나란히 앉아 있었는데 어찌나 바짝 붙었는지 움직일 때마다 허벅지가 맞닿았다. 나는 애덤이 말할 때마다 고개를 갸웃거리는 모습을 지켜보았다. 그가 웃으면 눈앞이 아찔하면서 몸이 따뜻해졌다.

그날 나는 애덤이 어디를 여행했고, 독서를 얼마나 좋아하는지 알게 되었다. 내 눈에 비친 애덤은 술집 직원들에게 친절하고, 돈이 많지 않으면서도 팁을 넉넉히 주는 남자였다. 옆 탁자에 있던 맹인 안내견과 친구가 되려고 노력하고, 누가 자기 청바지에 음료수를 흘려도 난리 치지 않는 남자.

데이트하기 전까지는 긴장이 되었지만, 막상 애덤과 대화를 시작하니 이야기가 끊이지 않았다. 애덤과 이야기하는 것이 지극히 자연스럽게 느껴졌고, 이상하게 마음이 편했다. 어둠이 담요처럼 내려앉자 애덤이 내 손을 잡았다. 나는 고개를 들어 그의 눈 속에 빠져들었다. 내가 그에게 홀딱 반했다고 확신하면서.

"좋았지"라며 나는 최대한 기계적으로 동의한다.

애덤은 살짝 미소를 짓는다. 그때 우리 아들이 나타나서 정복왕 윌리엄이 장례식 때 배가 터진 일화를 들려주기 시작한다.

그 뒤 며칠간 애덤과 윌리엄이 가까워지기를 바랐던 엄마의 소원이 이뤄져서 둘은 한시도 떨어지지 않는다. 나는 좋게 말하면 아버지의 역할에 모순감정을 갖고, 나쁘게 말하면 자식을 내팽개친 아빠인 애덤이 무슨 속셈과 논리적인 이유로 틈만 나면 윌리엄과 붙어 있으려고 하는지 알아내려 한다.

그러다가 엄밀히 말해 이건 좋은 일이라는 걸 깨닫는다. 특히나 이 소식을 전하면 엄마는 기운이 날 테고, 그것이야말로 꼭 필요한 일이다. 하지만 나는 자꾸 애덤이 무슨 꿍꿍이인지 의아하다. 애덤이 정말로 그렇게 쉽게 윌리엄을 사랑하게 됐을까? 비록 우리 사이는 완전히 깨졌을지라도 우리가 이렇게 훌륭한 인간을 창조해냈다는 사실을 이제야 알게 된 걸까?

내가 할 수 있는 일은 그저 빈정거리고 싶은 마음을 꾹 누르고 상황이 어떻게 돌아가는지 지켜보는 것이다. 게다가 두 사람 사이에 오가는 대화를 듣는 게 재미있다는 사실은 부인할 수가 없다. 윌리엄은 끝 모양이 다른 드라이버를 구분할 수 있는 척하며 도와주겠다면서 애덤을 졸졸 따라다닌다. 그 와중에도 악어는 혀를 움직이지 못하며, 고대 로마인들은 저녁 식사 시간에 후식을 먹으려고 토했다는 사실까지 장황하게 늘어놓는다. 기특하게도 애덤은 잠들지 않고 이야기를 들어준다.

심지어 그는 일전에 이집트 미라에 관한 수업을 들으려는 시몬에게 이런 말까지 했다.

"먼저 윌리엄에게 〈무서운 역사 이야기(Horrible Histories: 어린이 역사책이자 동명의 BBC 프로그램-옮긴이)〉를 들어봐."

화요일 아침에 윌리엄은 볼일이 있는 애덤을 따라 베르주라크에

유미 에브리싱

가고, 나타샤는 조슈아와 아침 골프를 친다. 캐서린 제타 존스가 하는 운동이라면 나타샤도 안 할 이유가 없다. 나는 나타샤에게 벤과 골프 치는 게 더 좋지 않냐고 물어보려다가 참는다. 나타샤가 솔직하게 대답하지 않을 것 같아서다. 그리고 나타샤의 말도 일리가 있다. 만약 그녀가 가정을 이루거나 좀 더 의미 있는 관계를 맺고 싶다면 이제 대학을 갓 졸업한 이십 대 초반의 남자와는 그럴 확률이 낮다. 벤이 아무리 잘생겼다고 해도.

베키의 별채에 들를까 하다가 용기를 내서 먼저 찰리의 별채로 가본다. 하지만 그의 차는 사라지고 없고, 아무도 문을 열어주지 않는다. 마침 빵이 떨어진 터라 차를 몰고 가장 가까운 마을인 프라빌락으로 간다. 거기에 작지만 알찬 슈퍼마켓이 있다.

가게 문이 열려 있고, 안으로 들어서는 순간 갓 구워낸 크루아상과 바게트의 뜨겁고 달콤한 향기가 진동한다. 나는 바게트와 영국 신문을 집어 들고서 가게를 둘러보다가 나도 모르게 와인 코너에 이른다.

"와인 마시기에는 좀 이르지 않아?"

셉의 피곤해 보이지만 잘생긴 눈이 날 바라보며 미소 짓고 있다. 이제 막 일어난 사람처럼 금발이 헝클어져 있었지만 일찍 일어나는 아이들 때문에라도 그랬을 리가 없다. 셉 뒤에서 루퍼스가 선반에 진열된 사탕과 젤리, 초콜릿 등을 열심히 보고 있다.

"휴가 중에는 술 마시기에 이른 시간이라는 건 없어. 하지만 난 그냥 구경만 하는 중이었어. 정말이야."

"믿어 주지"라며 셉이 웃는다. "넌 불쌍한 리처드 포터처럼 되지 않을 테니까."

나는 리처드 포터가 셉과 애덤의 대학 동창이라는 사실을 떠올리며 묻는다.

"리처드 포터가 어떻게 됐는데?"

"못 들었어? 두 달 전에 니키랑 헤어졌잖아."

"사실 리처드랑은 연락이 끊겼어."

"음, 그 일로 리처드가 아주 힘들어해."

"어머, 안 됐네."

"헤어지고 나서 좀 방탕하게 지내고 있어. 남자들이 으레 그렇듯이." 이렇게 말하고서 셉은 어깨를 으쓱하더니 "술을 퍼마시고, 아무 여자하고나 자고. 너도 알잖아"라고 한다.

"남자들만 그러는 거 아냐."

내가 말한다.

"맞아. 그래도 여자들은 일반적으로 이런 일을 더 잘 견뎌내는 것 같아. 친구들과 이야기해서 풀어버리고, 왜 그런 일이 생겼는지 원인을 알아내고, 〈아이 윌 서바이브(I Will Survive)〉를 부르고, 그런 거 있잖아. 반면 남자들은…… 이상한 짓을 하지."

셉은 몸을 부르르 떨며 "생각만 해도 끔찍해"라고 덧붙인다.

"하지만 넌 걱정할 일 없을 텐데."

나는 미처 생각해보지도 않고 그렇게 말한다. 그 말이 입 밖으로 나와 우리 사이를 맴도는 순간에야 내 말이 주제넘게 들리는 데다 꼭 맞는다고 할 수도 없다는 걸 깨닫는다.

"물론 그렇지."

셉의 턱이 실룩거리고, 나는 뭐라고 대답해야 할지 몰라 어색하게 웃는다.

"그래도 지금은…… 너무 힘들어."

셉이 침묵을 깨며 말한다.

"당연히 그렇겠지. 아이가 셋이나 되잖아. 그렇게 정신없이 사는데 쉬울 리 없지. 알아."

셉은 불안한 눈빛으로 루퍼스를 힐끔 보면서 아이가 들을 수 없는 거리인지 확인한다. 루퍼스는 바구니에 사탕과 초콜릿을 어찌나 많이 골라 담았는지 다리를 휘청거린다.

"베키와 헤어진다고 생각하면 속이 울렁거려."

나는 잠시 뭐라고 대답해야 할지 골똘히 생각한다. 어쩌다 보니 내가 알고 싶지 않은 영역으로 들어와버렸지만, 그래도 "왜 그런 말을 하는 거야, 셉? 이혼 당할까 봐 걱정하는 거야?"라고 묻지 않을 수가 없다.

"응. 아니. 모르겠어"라고 어정쩡하게 답하고는 셉이 숨을 들이쉰다.

"그냥 지금 상황이 잘 풀렸으면 좋겠어. 이해가 돼?"

나는 고개를 끄덕이며 "응"이라고 대답한다.

"아빠? 나 이거 마셔도 돼? 헐크가 마시는 음료 같아."

루퍼스가 55도짜리 압생트 한 병을 들고서 묻는다.

"잠깐만 기다려, 루프."

셉은 그렇게 말하고서 다시 날 돌아본다.

"베키한테는 말 안 할 거지?"

"당연하지."

나는 셉을 안심시킨다. 셉은 아들의 어깨를 잡고서 덜 독하고 덜 초록색인 음료가 있는 쪽으로 부드럽게 이끈다.

42

─────────── 오늘은 아이들이 호텔에 남고 싶다고 해서 셉이 아이들을 데리고 주변 탐험에 나서기로 했다. 덕분에 베키와 나타샤, 나는 함께 오후를 보낼 수 있었다. 오늘 아침 셉과 이야기를 나누고서 베키에게 쉴 수 있는 시간을 주는 게 좋겠다는 생각이 들었다.

우리 셋은 나타샤가 가이드북을 맡기로 하고 내 차에 올라타 우리만의 모험에 나선다. 이윽고 도르도뉴의 다른 마을처럼 마치 과거로 돌아간 듯한 벌꿀색 저택과 예쁜 광장이 있는 소르주에 도착한다.

"이 마을이 도르도뉴의 트러플 중심지야. 심지어 트러플박물관까지 있어."

나타샤가 말한다.

"생각해보니까 애들이 디즈니랜드에 가고 싶다고 했는데."

베키가 중얼거린다.

내가 베키와 5분 동안 상점 앞에서 서성거리는 동안 나타샤는 상점 안을 둘러본 끝에 내가 마지막으로 산 가방보다 더 비싼 배와 트러플잼 한 병을 들고 나타난다. 우리는 목적지 없이 돌아다니다가 예쁜 여관을 발견한다. 캐노피가 있는 테라스는 하늘색으로 칠해져

있고, 식탁에는 빳빳한 흰색 식탁보가 깔려 있으며, 칠판에 분필로
적은 메뉴가 있다.

나타샤가 커피를 주문하는 동안 휴대전화를 보니 새로운 문자가
와 있다. 나는 윌리엄 소식을 전해주는 애덤의 문자이기를 막연히
기대하며 전화기를 집어 든다. 애덤을 못 믿어서가 아니라 내 아들
이 살아 있고, 지금 또 폭포에 뛰어들고 있지 않다는 사실을 확인하
면 마음이 놓일 것 같다. 하지만 문자를 보낸 사람은 찰리다.

당신과 했던 키스가 자꾸 생각나요. x

나는 뭐라고 답장을 보낼지 생각하며 손가락으로 탁자를 톡톡
두드린다.

갑작스럽게 끝나기는 했지만 좋았어요! x

전화기를 내려놓고 보니 나타샤도 슬며시 미소를 띤 채 문자를
보내고 있다.

"요것들 봐라. 아주 꿀이 뚝뚝 떨어지네."

베키가 부러워하며 메뉴판을 훑어본다.

"그런 거 아냐. 그냥 문자 보내는 것뿐이라고."

내가 반박한다.

"나는 그냥 문자를 받았을 뿐이고."

나타샤가 말한다.

"조슈아가 보냈어?"라고 베키가 묻자 나타샤가 고개를 끄덕인

다. 베키가 한마디 한다.

"네가 조슈아와 함께 있는 걸 볼 때마다 벤의 가슴이 찢어지는 거 알지?"

"말도 안 돼."

나타샤는 그렇게 말하지만 우리 모두 그 말이 사실이라는 걸 알고 있다.

"낭만적인 문자를 받던 때가 그리워"라며 베키가 한숨을 쉬고서 이렇게 덧붙인다.

"셉이 마지막으로 보낸 문자는 발 냄새 제거제를 어디에 뒀냐는 거였어."

그러고는 나타샤를 바라본다. 나타샤는 다시 휴대전화를 들여다보고 있다.

"뭐라고 했는지는 몰라도 기분 좋은 문자인가 봐?"

베키의 말에 나타샤가 말한다.

"그게 아니라 지금은 다른 거 보고 있어. 내가 찾아다닌 건 아닌데 내 페이스북 피드에 이런 기사가 올라와 있네. '〈코스모폴리탄〉이 제안한다. 오늘 밤 당신이 시도해봐야 할 열 가지 섹스 팁'. 왜 인터넷 쿠키는 내가 이런 데 관심이 있을 거라고 생각했지?"

베키는 쿡쿡 웃더니 나타샤한테서 휴대전화를 빼앗아 읽는다.

"'손을 사용하지 말고 남자에게 마사지를 해줘라. 남자를 등진 채 여성 상위를 해보라. 남자에게 그를 흥분시키는 세 가지 동작을 적게 하고, 당신도 적어서 서로 목록을 교환하라.' 이런 거야 진작에 알고 있었지."

나타샤와 나는 눈빛을 교환한다.

"하지만 최근에는 해본 적 없어"라며 베키가 말을 잇는다. "요즘에 날 흥분시키는 셉의 행동은 치약 뚜껑을 안 닫고 그대로 두는 것뿐이야."

"정말 훌륭한 남편을 뒀네."

나타샤가 말한다.

"응. 하지만 '남자를 등진 채 여성 상위'를 시도하면 세 아이 중 하나가 쳐들어와서 왜 아빠가 고문당하는 소리를 내느냐고 물어. 그렇다고 해서 그런 일이 자주 일어난다는 건 아니지만. 요즘에는 그럴 시간도 없어."

나타샤가 얼굴을 찡그리며 "시간을 만들어야지"라고 말한다.

"어쩌다 시간을 내서 할 때는 좋아. 하지만 사실은…… 포피가 태어난 뒤로는 오르가슴을 느낀 적이 없어."

나타샤는 믿을 수 없다는 눈으로 날 슬쩍 바라보고는 "하지만 포피는 세 살이 다 됐잖아"라고 놀라워한다.

"지금 우리 상황에서 그건 대단한 일이 아냐, 나타샤. 걱정해야 할 일들이 산더미라고."

나타샤는 이해하지 못하는 얼굴이다. 내 휴대전화가 삐삐거리자 베키가 메뉴판을 내려놓는다.

"아, 작작 좀 해, 제스. 네 애인이 뭐라고 했는지 말해봐."

"내 입으로는 차마 못하겠다."

나는 내숭을 떨며 베키에게 문자를 보여준다.

당신 입술 생각을 떨칠 수가 없어요. x

베키는 "좋은 남자네"라고 중얼거리고는 날 바라보며 덧붙여 말한다. "지금 네가 힘든 시기라는 거 알아, 제스. 하지만 제발 이 연애를 즐겨줘."

로시놀성에 돌아와 나는 베키에게 윌리엄을 찾으러 가야 하니 중간에 내려달라고 말한다. 네덜란드 남자아이와 축구를 하고 있는 윌리엄이 보인다.

"엄마!"

윌리엄이 축구장에서 손을 흔들며 나를 부른다.

"아빠랑 재미있었어?"

"끝내줬어. 호텔에 돌아와서 아빠랑 축구를 했어. 아빠가 여러 가지 기술을 잔뜩 보여줬어. 근데 엄마, 핀이랑 좀 더 놀다 가도 돼?"

윌리엄은 내 쪽으로 걸어오며 그렇게 묻는다.

핀은 놀란 표정이다. 윌리엄은 하늘이 두 쪽 나도 공을 올바른 방향으로 차지 못했을 테니 아마 핀의 인내심이 한계에 달했으리라.

"괜찮아. 엄마랑 가 봐. 난 괜찮아."

핀의 말에 윌리엄은 아쉬운지 얼굴을 찡그린다.

"그래. 그럼 내일 또 할까?"

핀은 애매한 미소를 짓고는 기회를 놓치지 않고 사라져버린다.

"아빠는 지금 어디 있니?"라고 내가 묻는다.

"전화할 데가 있다고 했어."

윌리엄은 그렇게 말하며 성 쪽을 가리킨다. 애덤이 테라스에 나와 전화 통화를 하고 있다.

애덤이 손을 흔들자 나도 어색하게 손을 흔든다.

"아빠한테 별채로 돌아간다고 말하고 오렴."

윌리엄은 잠깐 사라졌다가 돌아오고, 우리는 별채로 간다. 2주 반 동안 거의 쉬지 않고 화창했는데 갑자기 공기가 축축해지더니 머리 위에서 우르릉거리는 먹구름이 부풀어 오른다.

"아빠 말이 폭우가 쏟아질 거래."

윌리엄이 말한다.

"그럴 수도 있겠네."

나는 중얼거리며 발걸음을 재촉한다.

"축구 말고 또 뭐 했어?"

"베르주라크에서는 아빠를 그림자처럼 따라다녔어. 그래서 아빠가 회의에 참석할 때 나도 함께 들어갔어. 호텔에 돌아와서는 시몬 누나를 도와줬고. 누나는 정말 예뻐, 그치?"

나는 "응"이라고 대답하며 고개를 끄덕인다.

"메건 폭스를 닮은 것 같아."

"메건 폭스는 갈색 머리잖아."

"알아. 그것만 빼고. 누나는 정말 아름다워."

우르릉거리는 천둥소리에 우리는 발걸음을 재촉한다.

"더 빨리 가야겠다."

나는 윌리엄의 손을 잡고 뛰기 시작해 마침내 별채에 도착한다. 비가 쏟아지기 전에 열쇠를 찾아내 문을 연다.

"아이패드랑 뒹굴기 딱 좋은 밤이네."

내가 윌리엄에게 말한다.

윌리엄이 얼떨떨한 표정으로 "나 게임 해도 된다는 말이야?"라고 묻는다.

"그래."

나는 어깨를 으쓱해 보인다.

"예에에에스!"

나는 웃음을 터뜨리며 윌리엄에게 묻는다.

"오늘 아침에 아이패드 쓰고 어디에 뒀어?"

순간 윌리엄의 얼굴에서 웃음기가 싹 사라진다. 윌리엄은 방으로 달려갔다가 다시 거실로 달려 나오더니 '헉' 하고 숨을 들이쉬며 손으로 입을 틀어막는다.

"왜?"

나는 나직이 묻지만 윌리엄이 왜 저러는지 이미 알고 있다.

"어디에 두고 왔는지 방금 생각났어."

43

──────── 하늘을 보니 윌리엄이 아이패드를 두고 왔다는 성의 테라스 탁자까지 가기도 전에 비가 쏟아질 듯하다. '어떻게 팝콘 만드는 기계랑 물총은 챙기면서 우비를 안 가져올 수가 있지?' 나는 그렇게 생각하며 별채를 나선다.

빠르게 달려 주차장을 지나 숲길로 접어든다. 축축한 초록색 나무에서 물안개가 피어오른다. 마침내 숲을 벗어나 아무도 없는 수영장으로 나온다. 수면에 먹구름이 비친다. 테라스로 가서 주위를 둘러보지만 아이패드는 없다.

곧 닥칠 폭풍우를 피해 호텔 안으로 피신한 사람들에게 가보니 그제야 그 물건이 눈에 띈다. 탁자 램프 아래에 놓여 있다. 아마도 날씨가 사나워지자 누군가 들여다놓은 모양이다. 내가 아이패드를 스웨터 속에 넣는데 빠지직 소리와 함께 번개가 주위를 비추고, 사람들은 "와!" 하는 탄성을 내뱉는다.

나는 잠깐 머뭇거리다가 그냥 가기로 하고 풀장을 지나 다시 숲길을 달린다. 얼마 달리지 않았을 때 하늘이 열리더니 폭우가 쏟아져 내 어깨를 때린다. 얼굴이 빗물로 번들거리고, 천둥이 신음하는 낮은 소리가 쩌렁쩌렁 울린다. 이렇게 폭풍우가 몰아칠 때는 밖에 나가지 않는 게 상책이다. 내가 이미 비에 젖어서 하는 말은 아니다. 그때 느닷없이 번개가 번쩍거리더니 바로 코앞에 떨어진다.

그 순간 누군가 내 손을 홱 잡아당긴다. 그제야 나는 숨을 헉 들이쉰다.

"이쪽으로!"

애덤과 나는 잔디밭을 가로질러 돌을 쌓아 만든 자그마한 헛간으로 달려간다. 애덤이 날 헛간으로 황급히 밀어 넣자마자 하늘에서 또 번개가 번쩍거린다.

"여기서 뭘 하려고?"

내가 묻는다.

"날 믿어, 제스. 폭풍우가 몰아칠 때는 밖에 돌아다니지 않는 게 좋아. 적어도 번개가 지나갈 때까지 기다려야 해."

나는 장작더미에 바짝 다가가 무릎을 세우고 앉아 무릎 앞으로 양손을 깍지 낀다. 애덤이 내 옆에 앉으며 묻는다.

"밖에서 뭘 하고 있었던 거야?"

내 팔꿈치에서 빗물이 한 방울 뚝 떨어진다.

"윌리엄이 테라스에 아이패드를 두고 와서 비가 쏟아지기 전에 가져오려고 했지."

애덤은 못마땅하다는 듯이 얼굴을 찌푸린다.

"번개가 당신 바로 앞에 떨어졌잖아. 몇 걸음만 빨랐으면 당신이 맞았을 거라고."

목을 빼고 하늘을 바라보니 또 번개가 보인다. 하지만 이번에는 아까보다 작다. 몸이 바르르 떨려온다. 애덤이 날 바라보고 있다는 걸 깨닫고는 내가 묻는다.

"왜?"

애덤은 고개를 젓더니 허리에 묶고 있던 면 스웨터를 힘들게 풀어서 내게 건넨다.

"좀 젖기는 했지만 이거라도 걸쳐."

"괜찮아"라고 대답하는 내 턱이 떨린다.

"제스, 그냥 입어."

나는 스웨터를 입기로 한다. 하지만 헛간이 너무 좁아서 옷을 입으려다 애덤의 얼굴을 치고 만다. 애덤은 웃음을 터뜨리고, 나도 미소를 짓다가 이내 소리 내어 웃는다. 마침내 스웨터 안에 양쪽 팔과 뒤이어 머리까지 집어넣는다. 코에 묻은 빗물을 닦아내고 고개를 들자 애덤의 눈빛이 부드러워지더니 내게 미소를 보낸다.

사소한 행동이지만 그걸 보니 내 안에서 뜨거운 행복감이 솟아오르며 팔다리에 힘이 빠진다.

"고마워."

내가 속삭인다.

하지만 애덤은 대답하지 않고 그저 날 바라본다.

나도 애덤을 바라본다. 갑자기 그에게서 눈을 뗄 수가 없어 어둠에 잠긴 그의 얼굴을 빤히 바라본다.

우리 사이에 있었던 일, 좋고 나쁜 일이 모두 다 사라지고 두근거리는 내 심장 박동 소리가 빗소리마저 안 들릴 정도로 크게 울린다. 나는 지금 지난 몇 년간 원하지 않았던 무언가를 원하고 있다. 본능적이고 동물적이면서 내가 아는 모든 것을 거스르는 무언가를. 그걸 너무 원한 나머지 하마터면 애덤의 목을 끌어안고 그냥 해버릴 뻔했다. 나는 애덤과 키스하고 싶다. 키스하고 싶어서 못 견딜 지경이다.

애덤은 목을 빼고 밖을 내다보더니 중얼거린다.

"폭풍우가 지나가네."

하지만 난 애덤처럼 밖을 내다볼 수 없다. 그저 애덤만 바라볼 뿐이다. 그러다 빗줄기가 가늘어지자 정신을 차리고 나직이 말한다.

"그만 가야겠어."

애덤은 고개를 끄덕이고는 벽에 등을 기댄다. 하지만 애덤의 부적절한 생각이 그대로 드러날 정도로 강렬한 눈빛이 내게 머무는 게 느껴진다.

나는 비에 젖고 머리카락도 흐트러졌지만 너무 열이 나서 얼굴이 불덩이 같다. 아이패드를 집어 들어 스웨터 안에 넣고는 헛간 밖으로 나간다. 이번에는 애덤을 돌아보지 않는다. 돌아봤다가는 내가 무슨 짓을 할지 너무 두렵기 때문이다.

44

─────────── 내가 다가오는 모습을 본 나타샤가 별채 문을 열어주며 몸서리를 친다.

"이 비를 맞으면서 온 거야? 그칠 때까지 성에서 기다릴 줄 알았는데."

"그럴 걸 그랬어."

나는 그렇게 중얼거리며 안으로 들어가 젖은 래브라도처럼 몸을 흔들어 물기를 털어낸다.

"가져왔어?"

윌리엄이 소파에서 올려다보며 멋쩍은 표정으로 묻는다.

"그래, 가져왔다."

나는 입을 꾹 다물었다가 윌리엄을 노려보며 말한다.

"하지만 너한테 넘겨주기 전에 먼저 잘 닦고 아무 이상이 없는지 확인해야겠어. 일단 젖은 옷부터 벗어야겠다."

나는 침실로 들어가 아이패드를 대충 닦아 침대에 내려놓고 스웨터를 벗는다. 추위에 살갗이 쓰리다. 바지와 티셔츠를 입고 수건으로 머리를 말리는 내내 조금 전에 있었던 일로 마음이 어지럽다. 나는 침대 끄트머리에 걸터앉아 아이패드를 집어 들어 전원을 켠 다음 잘 작동하는지 확인하려고 인터넷을 클릭한다. 새 페이지가 아닌, 내가 마지막으로 본 인터넷 페이지가 열린다. 깜빡 잊고 검색 기록을 삭제하지 않은 모양이다.

헌팅턴병 유전자 검사

그 구절을 다시 읽으니 숨이 턱 막힌다. 정신 건강을 위해 더는 찾아보지 말아야 하는데도 나는 틈만 나면 구글에서 이걸 검색한다.
"맙소사!"
나는 나직이 중얼거리며 저 글에 정확히 무슨 내용이 있었는지 기억해내려고 링크를 클릭한다. 페이지를 훑어보자 요즘 내 삶에서 가장 중요한 문제가 떠오르며 속이 울렁거린다.

단 하나의 비정상 유전자가 헌팅턴병(HD)을 일으킨다. HD 환자의 자녀는 부모 한쪽으로부터 이 유전자가 한 번만 복제되어도 병에 걸린다.
유전자 검사로 HD를 진단하거나 확인할 수 있다. HD 환자의 자녀는 18세 이후에 자신이 결함 있는 유전자를 물려받았는지 알아보는 검사를 받을 수 있다. 만약 유전자를 물려받았다면 헌팅턴병에 걸릴 테지만 몇 살에 증상이 나타날지는 알 수 없다.
혈액 샘플을 이용해 '헌팅턴' 유전자에서 CAG가 반복되는 횟수를 세어보면 DNA에 HD 돌연변이가 있는지 알 수 있다. HD에 걸리지 않은 정상인은 CAG가 많아야 28번 반복되는 반면, HD에 걸린 환자는 대개 40번 이상 반복된다.
검사를 받을지 말지 결정하기란 힘든 일이다. 음성으로 나오면 걱정과 불확실한 미래에서 벗어날 수 있다. 양성으로 나오면 미래를 대비한 결정을 내릴 수 있다.

차라리 진실을 모르는 게 낫다고 말하는 사람들도 있다. 보통 중년이 되어서야 증상이 나타나는데 그때까지는 인생을 즐기고 싶기 때문이다.

계속 읽어나갈수록 공포심에 숨이 막히고, 겨드랑이에 땀이 찬다. 윌리엄이 이걸 보고 모든 걸 알아냈을 수 있다. 그렇게 되면 지난 10년간 내가 윌리엄과 거의 모든 지인에게 감춰온 사실을 윌리엄은 똑똑히 읽었으리라. 나는 두근거리는 가슴으로 아이패드를 내던지고 침실 문을 살짝 열고서 밖을 내다본다.

내 아들은 책에 코를 박은 채 소파에 누워 다른 손으로 로스트 치킨 맛 감자 칩을 입에 잔뜩 욱여넣고 있다. 그러고는 킥킥거리며 책장을 넘긴다. 나는 진정하자고 스스로를 다독인다.

윌리엄은 모른다. 알 리가 없다. 설사 인터넷에서 저 글을 읽었다고 해도 연관성을 찾아내서 엄마가 헌팅턴병 진단을 받은 날 이후로 우리가 마주하는 현실을 알아냈다는 뜻은 아니다.

나는 엄마가 헌팅턴병 진단을 받은 뒤 곧바로 이 유전자 검사가 있다는 사실을 알게 됐지만 초기에는 모르는 게 낫다고 생각했다. 헌팅턴병에 걸린 부모를 둔 자녀들은 대부분 유전자 검사를 받지 않는데 일반인이 생각하기에는 조금 의아할 것이다.

HD 음성 판정을 받을지도 모른다고 생각하면 검사가 유혹적으로 느껴지는 게 사실이다. 줄어들지 않는 가혹한 걱정에서 해방될 테고, 삶을 즐길 수 있으며, 건강히 오래 사는 미래를 고대할 수 있다. 하지만 양성 판정을 받으면 전혀 다르다. 내가 이 끔찍한 병을 물려받았다는 사실을 확실히 알게 된다. 따라서 증상이 나타나기도 전에 행복할 수 있던 순간들을 망치게 된다.

어떤 사람들은 자기가 양성인지 아닌지 모르고도 잘 살아간다. 하지만 나는 시간이 지날수록 모른다는 사실이 영 불편했다. 그래도 모르고 살아가려고 노력했다. 몇 년간이나.

그럼에도 그 생각을 마음 뒤편으로 밀쳐낼 수가 없었다. 기차에서 맞은편에 앉은 시끄러운 승객처럼 그 생각은 늘 내 마음속에 있었고, 나는 그 생각의 목소리를 지워버릴 수 없었다. 애덤과 헤어진 뒤 처음으로 남자를 사귀면서 그 목소리는 더욱 커졌다. 그렇게 심각한 사이가 아니었는데도.

나는 오랫동안 남자와 사귀지 않으려고 했다. 하지만 몇 년 전 토비를 만났을 때 그는 좋은 의미에서 매우 끈질겼다. 그리고 아주 사랑스럽고 솔직한 남자 같아서 더는 남자와 사귀지 않겠다던 내 오랜 결심을 포기해도 될 것 같았다. 그래서 일찌감치 토비에게 우리 엄마가 헌팅턴병에 걸렸으며, 내가 결함 있는 유전자를 물려받았을 확률이 50퍼센트라는 사실을 알렸다.

토비는 좋은 남자였다. 날 지지해주고 공감해주었으며 한없이 낙천적이었다. 적어도 처음에는 그랬다. 문제는 날 점점 더 좋아하게 되면서 나와 결혼해 가정을 이루고 싶다는 뜻을 비쳤다는 것이다.

어느 날 저녁 우리는 디즈버리의 작은 이탈리아 식당에서 저녁을 먹었고, 토비는 속마음을 털어놓았다.

"사랑해, 제스. 당신과 여생을 함께하고 싶어. 우리가 가정을 이룬 모습이 보여……. 당신과 나, 아이들 두세 명."

"그리고 윌리엄도"라고 내가 꼬집어 말했다.

"응, 물론 윌리엄도 있지" 하며 토비는 탁자 위로 손을 내밀어 내 손가락을 움켜잡았다.

"하지만 그러려면 우리 상황을 알아야 하잖아, 안 그래? 헌팅턴 병과 관련해서 말이야."

그 말이 암시하는 바는 분명했다. 나는 그의 미래의 아내이자 아이들 엄마가 될 수 있었다. 유전자 검사에서 좋은 결과가 나오기만 한다면.

그제야 깨달았다. 토비가 나를 좋아하는 만큼 내가 토비를 좋아하지 않는다는 것만이 문제가 아니었다. 문제는 그 검사를 받을지 말지, 언제 받을지 결정하는 일은 온전히 내 몫이라는 사실이었다. 다른 누구의 몫도 아니었다.

그래서 토비가 밤마다 내게 검사를 받으라고, 자기가 같이 가주겠다고 떠들어댈 때마다 내 마음은 멀어졌다. 검사 결과를 알아야만 내 곁에 남을지 말지를 결정하겠다는 남자를 위해 병원에 가서 검사를 받지는 않을 작정이었다.

토비가 내게 부담을 주면 줄수록 나는 검사를 받고 싶지 않았다. 그래서 토비는 떠났고 그걸로 끝이었다. 잠깐 슬펐지만 솔직히 말하면 다시 혼자가 되자 마음이 놓였다.

하지만 몇 년이 지나면서 검사를 받을지 말지의 문제가 계속 다시 수면 위로 떠올랐다. 그리고 올해 초 한파가 몰아쳤을 때 나는 날마다 요양원에 들러 상태가 악화된 엄마의 고통을 한층 더 강렬히 느끼게 되었다. 엄마가 급격히 악화되고 있다는 생각이 나만의 착각인지, 울부짖는 1월의 바람 때문에 엄마의 말수가 더욱 줄어들고 손이 더욱 앙상해졌는지는 모르겠다.

그저 어느 오후에 엄마와 함께 앉아 식어버린 차를 마시다가 문득 깨달았다. 이렇게 악화되는 엄마의 모습을 지켜보는 일이 내게 극심한 고통을 주고 있다는 사실을. 마침내 내 운명을 알아야 할 때가 온 것이다.

그래서 나는 두려움을 무릅쓰고 검사를 받았다.

45

─────────── 고통스러운 4주가 지나고 아빠는 혈액 검사 결과
를 들으러 나와 함께 병원에 갔다. 잉글리스 박사를 만난 것은 이번
이 처음이 아니었다. 유전자 상담사와 처음 만난 직후에 잉글리스
박사를 만나 기본적인 신경학 검사를 받았고, 몇 가지 검사를 성공
적으로 수행한 끝에 헌팅턴병 증상은 전혀 없다는 진단을 받았다.

전체적인 상황을 고려할 때 그게 아무런 의미도 없다는 건 알았
지만 그래도 한 줄기 희망이 생겼다.

그날 아빠는 멋지게 차려입었다. 세련된 어두운 남색 재킷과 새
로 산 바지를 입었는데 결과가 좋을 경우를 대비한 옷차림이었다.
아빠와 대기실에 앉아 있는데 이상하게 무중력상태인 것 같은 기분
이 들었다. 벽에서 초침이 재깍재깍 움직이는 시계를 바라보던 나
는 시계에서 눈을 떼고, 접수원의 선명한 매니큐어와 라디에이터
위에서 팔락이는 커튼에 집중했다.

"어젯밤에 〈프레이저〉 DVD를 꺼내서 봤어. 그게 얼마나 잘 만든
드라마인지 잊고 있었어."

내가 아빠에게 말했다.

"몇 회를 봤는데?"

"세 편을 연속으로 봤어. 마티의 의자를 창밖으로 집어던지는 화

도 포함해서."

"하! 훌륭한 작품이지"라고 아빠가 외쳤지만 웃음소리는 목구멍에서 말라버렸다. "훌륭해."

집을 나선 뒤로 우리 둘 다 여기 왜 왔는지 말하지 않았다. 나는 잠깐 말하려다가 막판에 옆집에서 키우는 바셋하운드가 임신했다는 이야기로 화제를 돌려버렸다.

마침내 지난 몇 년간 생각했던 이야기가 나도 모르게 불쑥 튀어나왔다.

"엄마랑 처음 사귀었을 때 말이야……. 만약 그때 아빠가 알았다면…… 그러니까 엄마에게 헌팅턴병이 있다는 걸 알았다면 상황이 달라졌을까?"

"그걸 알고도 엄마랑 결혼했을 거냐는 말이냐?"

나는 어깨를 으쓱이며 "뭐, 그런 셈이지"라고 얼버무렸다.

아빠는 내가 그런 질문을 했다는 사실에 실망한 듯했다.

"제스, 누군가를 사랑하면 말이다. 절대 그런 일로 사랑하는 사람 곁을 떠나진 않아."

그때 나는 '내 앞이니까 그렇게 말하겠지'라고 생각했다.

하지만 그때 아빠가 깜짝 놀랄 말을 덧붙였다.

"난 그때보다 지금 더 엄마를 사랑한단다."

나는 틀림없이 충격을 받은 표정이었으리라.

"사실이야. 진심이다. 우린 우리의 사랑을 시험할 수 있는 시련을 많이 겪었거든."

"제시카 펜들튼."

내 이름을 부르는 소리에 아빠와 나는 잉글리스 박사를 따라서 복도를 지나 그녀의 사무실로 갔다. 걸어가는 동안 여덟 살 이후 처음으로 아빠가 내 손을 잡아주었다. 내 손에 닿은 아빠의 손은 늘 그랬듯이 강하면서도 부드러웠다. 나는 갑자기 가슴이 벅차올랐다.

사무실에 들어가 의자 끝에 걸터앉았을 때 잉글리스 박사의 말을 듣지 않고도 그녀가 뭐라고 할지 알 수 있었다. 잉글리스 박사는 시간을 끌지 않고 곧장 본론을 말했다.

"우리가 원했던 결과가 아니에요, 제스."

잉글리스 박사는 그렇게 말했고, 그 말을 실감하기도 전에 나는 순간적으로 그녀가 안됐다고, 의사도 정말 못할 짓이라고 생각했다.

아빠와 함께 주차장으로 나오고 나서야 나는 내가 몸을 떨고 있음을 깨달았다. 양쪽 팔이 심하게 떨렸고 다리에 힘이 빠졌다. 우리는 아빠의 자동차 옆에 서 있었다. 아빠는 날 안아주며 머리에 대고 속삭였다.

"괜찮아, 제스. 괜찮을 거야."

술을 끊은 뒤로 아빠가 거짓말을 한 적은 처음이었을 것이다.

우리는 그날 엄마에게 곧바로 그 소식을 알리지 않았다. 상담가에게 그건 좋은 생각이 아니라는 충고를 이미 들은 터였다. 감정이 격해지고 충격이 심하면 엄마에게 '정신적 고통'을 일으킬 수 있다고 했다.

하지만 엄마에게 가슴 아픈 소식이 된다고 할지라도 이 일을 영원히 비밀로 할 수는 없었다. 자식에게 결함 있는 유전자를 물려줬을 '가능성'이 있다는 사실만으로도, 엄마가 이미 얼마나 괴로울지 알았기 때문이다.

엄마라는 사람들은 배 속에서 아이가 조그마한 팔다리로 일으키는 물결의 진동을 느끼는 순간부터 모성애의 힘이 가득 차오른다. 막 태어난 아기가 품에 안길 때 신생아 냄새와 함께 모성애를 들이마신다. 아기가 자라면서 등교 첫날 고사리 같은 아이 손을 잡거나, 넘어져서 피가 나는 아이의 무릎에 뽀뽀해줄 때 엄마 안에서 모성애도 함께 자라난다.

육아에 지쳐 잠이 부족하거나, 사춘기 자녀가 짜증을 내거나 버릇없이 굴면서 반항할 때는 엄마들도 미치기 일보 직전까지 간다. 하지만 언제나 자식을 사랑할 것이다. 아이들이 태어나기 전에는 불가능했던 아무 조건 없는 사랑으로.

우리 엄마에게 인생 최악의 날은 자신이 헌팅턴병에 걸렸다는 사실을 알게 된 날이 아니었다. 내가 헌팅턴병 양성으로 나왔다는 소식을 들은 2월의 어느 음산한 날이었다.

나로 말하자면 그때 머릿속에서 무슨 일이 벌어지는지조차 알 수 없었다. 그날 이후 몇 달간 너무 무서워서 아침에 일어나기 힘들 때도 있었다. 그리고 이 일로 나는 세상에서 가장 소중한 사람, 바로 내 아들의 미래에 의문을 품게 되었다.

아직 미성년자인 윌리엄은 열여덟 살이 되기 전까지는 검사를 받을 수 없다. 따라서 내가 이 병을 아들에게 물려주었는지 알아내려면 적어도 8년이 남았다. 윌리엄이 검사를 받는다고 가정할 때.

나는 서른세 살이다. 엄마는 서른일곱 살에 증상이 나타나기 시작했다. 나도 머지않아 증상이 나타나서 내가 하고 싶은 역할, 그러니까 딸이자 친구, 동료, 그리고 무엇보다 엄마 역할을 해내는 데 타격을 입을 수 있다.

나는 윌리엄이 어른이 됐을 때 옆에서 미소를 지어주는 사람이 되고 싶다. 윌리엄이 벙어리장갑을 끼고 작은 방울이 달린 털모자를 쓰는 아이였을 때 그랬듯이.

가끔은 중년이 된 윌리엄이 나오는 꿈을 꾸기도 한다. 때로는 어른이 된 윌리엄을 생생히 떠올릴 수 있다. 윌리엄은 과학자일 때도 있고, 역사가일 때도 있고, 한두 번은 청소부가 되기도 한다. 연애를 하고, 실연으로 힘들어하고, 고등학교를 졸업하고, 처음으로 자동차를 구입하고, 대학에 진학하고, 꿈에 그리던 직장에 취직하는 윌리엄을 생각한다.

이 중에 내가 과연 윌리엄 곁에 남아 그 애가 잘 이겨내도록 도와줄 수 있는 순간이 있을까?

하지만 이상하게도 그보다 더 사소한 순간들을 자주 생각한다. 이를테면 윌리엄의 곱슬머리가 숱이 줄어들 무렵, 나는 계속 그 애 곁에 있을까? 또는 그 애의 수염이 희끗희끗해지는 걸 볼 수 있을까? 변성기를 맞아 목소리가 굵어지고, 도미노피자를 습관적으로 먹어서 배가 점점 나오는 모습도 보게 될까?

이런 미래를 놓치게 된다고 생각하면 견디기 힘들다.

그러다 보면 우리가 여기 프랑스에 온 진짜 이유, 엄마가 우리에게 프랑스에 가라고 그토록 성화를 댄 이유가 떠오른다. 우리 아들에게는 아빠가 필요하다. 내가 밝힌 것보다 훨씬 더 중대한 이유 때문에. 검사 결과를 생각하면 더는 그 이유를 무시할 수 없다. 난 애덤이 좀 더 노력해서 윌리엄에게 필요한 아빠가 될 수 있게 해달라고 기도한다.

46

―――――――― 환한 아침 햇살이 침실 창문으로 쏟아져 들어온다. 나는 부드러운 흰색 시트 사이에 누워 천장을 뚫어져라 바라본다. 윌리엄이 헌팅턴병에 대해 알아냈을 리 없다고 밤새 날 설득했다. 더불어 헛간에서 있었던 일이 무슨 의미인지 해석하려 하면서.

내가 내린 유일한 결론은 이렇다. 아무 일도 없었던 척해야 한다. '정말로' 아무 일도 없었으니까. 난 윌리엄 표현대로 그저 '불편했을' 뿐이다. 날 바라보던 애덤의 눈빛과 그에 따른 내 반응을 생각할 때마다 정말로 그런 일이 있었다는 게 실감 나지 않는다. 기이한 꿈을 꾼 듯하다.

아침에는 다 함께 수영장에서 놀다가 나타샤가 준비한 점심을 먹으러 갈 계획이다. 이제 베키와 셉은 다투지 않지만, 그럴 때도 둘 사이의 대화는 다분히 기능적이다. 베키는 셉에게 아이들의 팔 튜브가 어디에 있는지 묻고, 셉은 베키에게 올 때 수도 크림(기저귀 발진에 바르는 크림-옮긴이)을 가져다달라고 부탁한다. 아이들의 습진 재발, 배변 훈련, 전자 기기 사용, 젖니에 대해 상의하지만 두 사람의 눈이 서로를 갈구하는 욕망으로 빛나던 시절에 나눴던 대화는 한마디도 없다.

그리고 둘 다 긴장을 완전히 풀지 못한다. 내가 수영장 안에서

다 함께 배구를 하려고 제임스와 루퍼스를 데려갔는데도 베키와 셉 둘 중 하나는 내가 볼 때마다 미친 듯이 포피를 달래고 다른 하나는 기저귀 가방을 뒤지고 있다. 두 사람은 최고이자 최악의 육아 전도사다.

1시 30분이 되자 우리는 짐을 챙겨 다시 별채로 간다. 나타샤가 그때까지 점심을 준비해두기로 약속했다. 베키와 아이들이 먼지를 일으키며 안뜰을 가로질러 터벅터벅 걸어가는데 찰리가 별채에서 나와 내게 손을 흔든다. 나는 수건과 비치백을 의자 위에 내려놓고 찰리에게 다가간다.

"수영장에 있었습니까?"라고 그가 묻는다.

"네, 하지만 오늘은 사람이 많아요. 어제 비가 와서 오늘은 다들 햇볕을 쬐려고 하네요."

"저기, 이따가 당신이랑 윌리엄, 그리고 나랑 클로이, 이렇게 넷이서 함께 산책하는 거 어때요?"

"좋아요. 윌리엄도 좋다고 할 거예요."

"힘든 구간은 없습니다. 프런트에서 산책로 지도를 가져왔는데 호수 근처의 멋진 코스예요."

"가는 걸로 해요(It's a date: '약속했다' 정도의 의미로, 데이트와는 상관없다—옮긴이)"라고 말해놓고 목덜미에 열이 오른다.

"그 '데이트'를 말하는 건 아니지만 아무튼 갈게요."

찰리는 웃다가 휴대전화가 울리자 고개를 돌린다. 그는 "실례해요, 제스" 하고는 주머니에서 전화를 꺼내 받는다. 구릿빛으로 그을린 찰리의 매끈한 팔은 시계를 차서 더욱 멋져 보인다. 싸구려 스와치 시계를 차도 고급 시계로 보일 것만 같다.

나는 이제 그만 가야 하는지 어떤지 몰라서 어색한 자세로 서 있다가 뒤로 물러나면서 소리 없이 입만 움직여 말한다.

"이따 볼까요?"

찰리는 한 손으로 전화기를 막고서 "4시쯤 어때요?"라고 묻는다.

"좋아요."

찰리는 멋진 남자다. 의사가 지금 내 상황에서는 미래에 대해 복잡하고 괴로운 의문이 떠오르는 진지한 관계보다 가볍게 만날 수 있는 남자가 좋다고 했는데 찰리가 딱 거기에 해당한다.

이웃에 사는 밝고 다정한 남자. 우리는 함께 식사를 하거나 영화를 보러 갈 수 있다. 재미있게 시간을 보내고 어쩌면 토요일 밤에 키스할 수도 있다. 생각만 해도 '즐겁다'. 지금으로서는 즐거움에 가장 끌린다. 강렬한 감정은 살면서 실컷 느낀 터라 그렇게 가벼운 감정이 좋다.

별채에 들어서는 나타샤의 흥분한 목소리를 듣는 순간 내 생각은 흩어져버린다.

"이봐, 베키, 너를 비난하려고 한 말이 아니라니까!"

"그렇게 들렸어"라며 베키는 탁자에 가방을 내던진다.

"무슨 일이야?"

나는 그렇게 묻지만 답은 이미 뻔하다. 그리고 둘 다 물러설 기미가 보이지 않는다.

47

━━━━━━━ 나타샤는 극도로 흥분했지만 감정을 다스리려고 무척 애를 쓰는 사람의 표정이다. 요가 학원에서 가르쳐주는 심호흡을 하고 있는데 조용한 요가 학원에서는 쉽게 할 수 있지만 내 목을 조르고 싶어 하는 사람 앞에서는 쉽지 않은 법이다.

나타샤가 베키에게 말한다.

"네가 점심이 왜 이렇게 늦어졌냐고 물었잖아. 그래서 난 저번에 너와 셉이 빌려 갔던 바비큐 그릴이 닦여 있지 않았다고, 그래서 그걸 닦느라 늦었다고 말했을 뿐이야."

"그래, 미안하게 됐어."

베키가 별로 미안하지 않은 말투로 말한다.

"너도 아이 셋을 키워봐. 그중 둘은 죽자 살자 싸워대지, 하나는 설사하지, 또 하나는 〈코렐라인〉을 보고 악몽을 꿨다면서 밤새 우리 침대에서 안 자고 깨어 있었다고."

나타샤는 얼굴을 찌푸리며 "그럼 넷이잖아"라고 한다.

"뭐라고?"

"그럼 아이가 넷이 되잖아. 너희는 셋뿐인데."

"우리 집 애가 몇 명인지는 나도 알아!"

나타샤는 가슴 위로 팔짱을 끼며 말한다.

"베키, 괜한 이야기를 꺼내서 미안해. 하지만 정말이야. 네가 물어봐서 대답한 거야."

"내가 물어본 이유는 제때 밥을 주지 않으면 자정 넘어 음식을 먹은 그렘린처럼 포악해지는 아이가 있기 때문이야. 네가 그런 반응을 보일 줄 몰랐다고."

"그건 반응이 아냐. 아무 의미도 없는 행동이었어."

나타샤가 부드럽게 말한다.

나는 베키의 팔을 잡고서 "괜찮은 거야?"라고 묻는다.

베키는 이마를 문지르며 말한다.

"그럼 네가 그릴 씻었으니까 대신 내가 다른 일을 할게. 뭘 해야 해?"

"아무것도 하지 않아도 돼"라고 말하며 나타샤는 날 힐끔 쳐다보며 말을 잇는다. "제발 긴장 풀고 그냥 앉아 있어. 10분 뒤에 점심이 나올 테니까."

베키가 고개를 끄덕이는데 금방이라도 울 듯한 표정이다. 그러고는 "알았어. 미안해"라고 중얼거리더니 뒤돌아 밖으로 나간다.

나타샤는 다시 샐러드 재료를 썬다.

"괜찮아?"

내가 묻자 나타샤는 고개를 끄덕이더니 불안한 표정으로 주위를 둘러본다.

"요즘 베키가 정말 이상해."

"스트레스 때문이야."

"나도 알아. 하지만 그렇다고 해서 우리까지 늘 베키에게 혼날 이유는 없잖아. 우리도 휴가 중이라고. 맙소사, 너도 힘든 상황이잖아."

"난 생각하지 않으려고."

나타샤는 입을 비뚤여 아랫입술을 깨문다.

"좀 어때, 제스?"

나는 양쪽 눈썹을 치켜세우며 대답한다.

"내 건강을 말하는 거라면 아주 좋아. 적어도 지금은. 하지만 컵을 떨어뜨리거나 계단에서 넘어질 때마다 초조해. 지난번에 애덤, 윌리엄이랑 베이낙성에 갔다가 넘어졌거든. 증상이 시작된 건가 계속 걱정하고 있어. 엄마 상태를 보는 것도 도움이 안 되고."

"가여운 어머니"라고 말하며 나타샤가 걱정스러운 표정으로 눈을 찡그린다. "너도 가엾고."

난 나타샤의 동정을 원치 않는다. 원치 않는 정도가 아니라 싫다. 오래전 엄마의 헌팅턴병을 알게 된 직후 처음으로 그 사실을 나타샤와 베키에게 말했을 때 두 사람은 내 헌팅턴병 여부에 대해서만 이야기하고 싶어 했다. 셋이 만나서 술이나 커피를 마실 때마다 두 사람은 끊임없이 날 걱정하고 질문을 퍼부었다.

좋은 뜻으로 그랬다는 건 알지만 난 두 사람의 그런 태도에 신물이 났다. 갑자기 엄마와 내가 헌팅턴병으로만 정의되는 듯했다. 입만 열면 헌팅턴병 얘기였다. 새로 태어난 내 아기나 무너지는 애덤과의 관계, 정치, 〈소프라노스〉, 새로 나온 샤넬 매니큐어 색깔 또는 예전에 우리가 이야기했던 다른 숱한 주제는 모두 사라져버렸다.

두어 달 뒤 나는 두 사람에게 솔직하게 말했다. 더 이상은 너희들을 볼 때마다 병 이야기를 하고 싶지 않다고. 난 여전히 '나'고, 너희들이 신문에서 읽는, 투병 중인 '용감한' 희생자가 아니라고. 특히

나 나는 전혀 용감하지 않고, 용감한 사람의 정반대니까 이제 그만 이야기하자고, 제발.

비록 내가 유전자 검사에서 양성이 나왔다는 소식을 들은 뒤로 모든 게 어쩔 수 없이 다시 원점으로 돌아갔지만 그래도 두 사람은 내 말뜻을 알아차린 듯했다.

"저기, 베키가 너한테 나쁜 감정이 있어서 그랬다고 생각하진 마."

내가 나타샤에게 말한다.

나타샤는 허리를 편다.

"물론이지. 나도 베키가 딱해. 하지만 베키를 위한 희생양이 되고 싶지는 않아."

내가 칼을 집어 들고 바게트를 얇게 자르는데 나타샤의 휴대전화에서 알림음이 울린다.

"나타샤, 오늘 와이파이가 너한테 잘해주기로 마음먹었나 보다."

나타샤는 휴대전화를 들고서 화면을 골똘히 바라본다.

"조슈아가 나랑 찍은 사진을 페이스북에 올렸네. 날 좋아하는 것 같아."

나타샤는 내게 휴대전화를 건네며 두 사람이 샴페인 잔으로 건배하는 사진과 골프 클럽에서 포즈를 취한 사진을 보여준다.

"골프는 어땠어?"

"조슈아는 아주 잘 쳤지만 난 별로였어. 6번 홀에서 내 공이 어찌나 안 들어가는지 포기하고 술이나 마시러 갔지."

"그래서 조슈아랑……?"

나는 양 눈썹을 치켜세운다.

"잤냐고? 아니, 버티는 중이야. 진지한 관계를 맺을 준비가 된 남자인지 알아보고 있어."

나는 다시 휴대전화로 시선을 옮겨 조슈아의 프로필을 훑어본다. 조슈아에게 좀 더 호감이 생기면 좋으련만. 내가 예전보다 남을 더 평가하는 사람이 된 걸까? 조슈아가 페이스북에서 '좋아요'를 누른 목록이(천박한 스트리퍼들의 사진과 '중년 백인 남성을 탄압하지 마라'라는 사이트도 포함해서) 도움이 안 되기는 한다.

밖에 나가보니 베키가 기운을 내서 포피에게 《그림 없는 책》을 읽어주고 있다. 셉은 제임스와 루퍼스에게 스카이콩콩 타는 법을 가르쳐준다.

"소질이 있네."

셉이 간신히 세 번 뛰고서 라벤더 화분 속으로 나가떨어지는 걸 보고 내가 미소 지으며 말한다.

나는 베키 옆에 앉아 포피에게 빵을 준다.

"고마워요. 제스 이모, 착하다."

내가 베키에게 말한다.

"저기, 나한테 좋은 생각이 있어. 내가 아이들을 봐줄 테니까 저녁에 셉이랑 둘이서만 외출하면 어때?"

베키는 날 바라보며 고마우면서도 믿을 수 없다는 표정으로 바뀐다.

"아, 이래서 내가 널 그렇게 사랑하는 거야, 제스."

"그렇게 할 거지?"

"절대 안 돼. 너한테 세 아이와 윌리엄까지 맡기고 나갈 순 없어. 하지만 그런 제안을 해주다니 정말 천사가 따로 없다."

"베키, 괜찮을 거야. 나 아직 쓸 만해."

내가 우긴다.

"당연히 쓸 만하지. 하지만 포피는 저녁 내내 우릴 찾을 테고, 제임스는 네 화장품을 다 뭉개놓을 테고, 나는 저녁 내내 네가 얼마나 힘들지 걱정하면서 보낼 거야."

"걱정할 필요 없다니까."

"생각해볼게."

베키는 그렇게 이야기를 끝낸다. 하지만 이미 내 제안을 거절하기로 마음먹은 듯하다. "그 전에 해야 할 일이 있어"라며 베키는 고개를 들어 현관을 바라보고 한숨을 쉰다.

"뭔데?"

"나타샤와 화해하는 거."

48

─────────── 클로이는 우리랑 함께 산책하느니 차라리 발톱 제거술을 받겠다고 생각하는 게 틀림없다. 클로이가 불평한다는 뜻은 아니다. 불평하려면 말을 해야 하는데, 클로이는 찰리와 내 뒤에서 느릿느릿 걸어오는 동안 거의 말을 하지 않는다. 반면 윌리엄은 클로이와 대화를 나누려고 노력하고 있다.

"우리 이야기할래?"

윌리엄이 열심히 제안하자 클로이는 시큰둥한 표정으로 윗입술 한쪽을 삐죽이며 묻는다.

"무슨 얘기?"

"흠, 흑사병 어때?"

나는 뒤돌아 클로이에게 미소 지으며 "정말 예상 밖이지? 그건 너도 인정해야 할 거야"라고 말한다.

윌리엄은 내 의리 없는 행동에 얼굴을 찡그린다.

나는 윌리엄에게 사과한다.

"미안, 윌리엄. 하지만 클로이는 그런 데 관심 없을ㅡ"

"흑사병에 대해 뭘 아는데?" 하고 클로이가 묻는다.

윌리엄은 허리를 펴며 말한다.

"음, 흑사병은 1346년에 시작되었고, 쥐를 통해 퍼져나가 유럽

인구의 3분의 1을 죽음으로 몰아넣었어."

"흑사병에 걸리면 비장이 녹는다는 거 알아?"라고 클로이가 묻는다.

"와!"

윌리엄은 감동한 표정이다.

찰리와 나는 서로 바라보며 미소 짓는다. 나는 "그럼 우린 무슨 이야기를 할까요? 천연두?" 하며 농담을 던진다.

우리는 호텔 단지에서 벗어나 근처 초원을 걷는 중이다. 길게 자란 잔디가 무성하고, 대기는 야생 난의 강렬한 향으로 가득하다. 마침내 들판을 둘로 가르는 정문 앞에 도착하자 찰리가 옆으로 비켜선다.

"어서 가라, 얘들아. 너희 둘이 먼저 가."

윌리엄과 클로이는 가볍게 찰리를 앞지르고, 찰리는 내게도 먼저 가라고 한다.

한참을 가다가 생각해보니 지금 찰리가 내 엉덩이를 가까이에서 보고 있다는 생각이 든다. 순간 머뭇거리다가 더 큰 화를 자초해서 나는 그만 발을 헛디디며 "으악!" 하는 비명과 함께 넘어진다.

"괜찮아요?"

나는 고개를 끄덕이며 겸연쩍게 미소 짓고, 아이들은 아무것도 모른 채 앞에서 성큼성큼 걸어간다. 마침내 우리는 잎이 무성한 초록색 오크나무가 듬성듬성 있는 탁 트인 벌판에 도착한다. 찰리가 내게 몸을 기댄다. 내가 고개를 들자 찰리가 속삭인다.

"당신 오늘 정말 멋져요."

"그만해요. 나 얼굴 빨개진다고요."

평생 모든 칭찬을 농담으로 받아치던 본능을 발휘해 내가 말한다.

"진심입니다."

찰리가 꿋꿋이 말한다. 아이들이 이렇게 가까이 있는데도 지나칠 정도로 단호하게.

나는 기침을 하며 화제를 바꾼다.

"클로이는 여기서 지내는 게 좋대요?"

찰리는 내 속마음을 눈치채고는 허리를 펴며 "그런 것 같습니다. 지루해 죽겠다고 불평할 때만 빼고요"라고 말한다.

"저런."

"솔직히 말하면 올랜도에 갈 걸 그랬습니다."

"올랜도도 좋죠."

"가봤어요?"

"딱 한 번요. 윌리엄이 여섯 살 때 남자 친구 토비랑 함께요. 내가 디즈니랜드를 좋아할 줄 몰랐는데 첫눈에 반해버렸죠. 난 한심한 디즈니광이에요. 토비는 싫어했지만요. 곳곳에서 캐릭터 인형들이 노래를 불러대는 게 불편한 사람도 있을 거예요."

"솔직히 말하면 나도 그런 부류죠. 근데 그 남자랑은 왜 헤어졌습니까?"

"디즈니랜드에 대한 견해가 다르다는 이유 말고요?"

찰리는 좀 더 진지한 대답이 나오기를 기다린다.

"그냥 흐지부지됐어요. 본래 서로 열렬히 사랑하는 사이는 아니었어요. 그냥 원만한 관계였죠."

"당신이 아빠 말고 다른 남자와 사귀는 걸 윌리엄이 싫어하지 않았나요?"

"네, 그랬을 거예요. 애덤과 나는 윌리엄이 아주 어렸을 때 헤어졌어요. 그래서 윌리엄은 우리가 함께 살지 않는 걸 당연하게 여겨요. 토비도 윌리엄에게 아빠 노릇을 하려고 하지 않았고요. 당신과 클로이 엄마는 어때요?"

"클로이는 우리의 이혼에 아주 불만이 많습니다."

"저런."

"하지만 불행하게도 그 일에 관해서라면 나로서는 할 수 있는 게 없어요."

나는 아무 말도 하지 않고 찰리가 계속 이야기한다.

"지나는, 클로이의 엄마죠. 비행기 승무원입니다. 승무원이 조종사와 바람을 피운다고들 하지만 전 지나를 전적으로 믿었죠. 하루는 자동차 배터리가 방전돼서 지나의 배터리를 빌리려고 트렁크를 열었더니 빈 샴페인 병이 있더군요. 뭐냐고 물었더니 일주일쯤 전에 친구들과 점심을 먹고 빈 병을 가져왔다고 했습니다."

"그럴듯한데요."

"그러다 지나에게 또 다른 휴대전화가 있다는 걸 알게 됐죠."

"맙소사!"

"네, 정말 전형적이죠."

찰리는 충격적인 진실이 줄줄이 밝혀지는 비통한 이야기를 계속 이어간다. 한 조종사는 지나가 항공사 남자 직원 절반과 잤으며 호텔에서 자쿠지 파티를 벌였다고 했고, 지나와 함께 비행했던 승무원은 그녀가 조종석에서 비행과는 전혀 상관없는 남자의 다른 장치를 만지는 걸 봤다고도 했다. 찰리와 같이 일하는 동료가 체스터의 한 펍에서 다른 남자와 키스하는 그녀를 목격한 뒤에야 마침내 지나는 바람을 피웠다고 인정했다.

"내게 가장 큰 상처가 된 건 지나가 거짓말을 했다는 사실입니다. 나도 내심 지나가 바람을 피운다는 걸 알고 있었어요. 하지만 그녀는 계속 부인했죠. 더는 거짓말이 통하지 않을 때까지요. 난 한계에 다다랐습니다."

"그래서 헤어질 수밖에 없었군요."

나는 그렇게 말하고 시선을 돌린다. 나도 그런 경험이 있다는 말은 하고 싶지 않다.

"사실 난 지나를 용서하려고 했습니다."

"정말요?"

"네, 하지만 지나가 헤어지고 싶어 하더군요."

갑자기 분위기를 밝게 하고 싶다는 생각에 나는 찰리에게 몸을 기대며 "전 부인이 완전 나쁜 년이네요"라고 속삭인다.

찰리가 웃음을 터뜨린다.

"고맙군요. 그 말을 들으니 기분이 한결 나아졌어요."

땅이 급격히 가팔라지자 정상으로 올라가는 동안 허벅지에서 불이 난다.

"이 언덕만 넘으면 호수야. 힘내, 얘들아."

뒤처진 클로이와 윌리엄은 공기 감염에 대한 이야기를 멈추고는 자기들에게 왜 이런 시련을 주냐고 투덜댄다. 정상이 가까워지자 양쪽 다리에서 불이 난다. 찰리는 팔을 뻗어 내 손을 끌어당기며 "여기 경치가 끝내줍니다"라고 말한다.

정말로 그랬다. 신록이 굽이치는 들판, 반짝이는 호수, 거울 같은 수면에 새 한 마리가 훅 내려오면서 완벽한 원 모양으로 이는 물결.

공기는 뜨겁고 고요하며 미풍도 불지 않는다. 유일한 기척이라고는 옆을 팔랑팔랑 지나가는 나비의 소리 없는 날갯짓뿐이다. 나는 잠시 나비에게, 햇빛 속에서 희미하게 빛나는 부드러운 그 청색 날개에 매혹된다.

그러다 호숫가 둑에 있는 사람의 형체가 눈에 들어온다. 애덤이 반바지만 입은 채 티셔츠인지 두꺼운 면 스웨터인지 그걸로 머리를 괴고 누워 있다. 그렇게 웃통을 벗고서 책을 읽고 있다.

애덤을 보자 추억이 밀려들어 하마터면 그와 사랑에 빠질 뻔한다. 여름에 자전거를 타고 함께 공원에 가서 그늘에 나란히 누워 책을 읽다가 한 장이 끝날 때마다 서로를 끌어안고 키스했던 날들의 추억.

"어, 아빠다. 아빠!"

윌리엄이 외치며 애덤을 향해 언덕을 뛰어 내려간다. 몸을 일으킨 애덤은 자기에게 달려오는 아들을 보고 웃음을 터뜨린다. 윌리엄은 몇 달간 못 봤던 것처럼 애덤을 끌어안고, 애덤도 윌리엄을 꼭 안아주고는 옆에 앉으라고 한다.

나는 몇 분간 몰래 두 사람을 지켜본다. 만약 우리가 결혼했더라면 어떻게 됐을까 하는 달갑지 않고 바보 같은 생각이 내 머릿속으로 밀려든다.

49

───────────── 자식에게 고맙다는 말을 들으려고 부모가 되는 사람은 없다. 그래서 이튿날 윌리엄이 내게 향긋한 라일락 꽃다발을 내밀었을 때 난 말문이 턱 막힌다.

"엄마 주는 거야? 언제 샀어?"

나는 믿기지 않는다는 표정으로 꽃다발을 받는다.

"오늘 아침에 아빠랑 함께 있을 때"라고 말한 뒤 윌리엄이 얼른 덧붙인다. "하지만 내 돈으로 샀어."

"그러니까 왜?"

내가 너무 감동하자 윌리엄은 걱정스러워한다.

"엄마가 좋아할 거라고 아빠가 그랬거든. 엄마가 가장 좋아하는 꽃이고, 꽃을 선물하는 건 내가 엄마를 사랑한다는 걸 보여주는 좋은 방법이라고 했어."

"어머나, 세상에. 기특하기도 하지."

나는 도저히 참지 못하고 두 팔을 뻗어 윌리엄의 깡마른 몸을 끌어안는다. 윌리엄도 형식적인 포옹으로 내게 보답한다.

"이제 가도 돼?"

"어딜 가는데?"

"아무 데도 안 가. 그냥 숨이 막혀서."

왜 애덤은 내가 라일락을 좋아한다고 생각했는지 모르겠다. 좋아하는 꽃이 있는 호사를 누릴 만큼 꽃을 자주 산 적이 없다. 적어도 최근에는. 윌리엄은 침실로 쏜살같이 달려가고, 나는 싱크대로 걸어간다. 선반에서 푸른색과 하얀색으로 된 에나멜 꽃병을 꺼내 물을 받고 꽃을 꽂아 탁자로 가져간다.

단점이 있기는 해도 애덤의 좋은 점은 사랑과 우정의 작은 징표인 선물을 끊임없이 준다는 것이다. 그들이 자기 인생에 들어와서 기쁘다는 뜻이다. 비단 내게만 그러는 것도 아니다. 사귄 지 1년쯤 됐을 때 런던 소호에 있는 리버티백화점을 둘러보는데 애덤이 백화점에서 자체적으로 만든 명품 넥타이를 집어 들었다. 무늬가 있는 진청색 실크 넥타이였다.

"이거 완전히 아버님 취향인데."

애덤이 말했다. 아빠가 고급스러운 넥타이를 좋아하는 건 사실이었다. 지금도 넥타이가 옷장에서 꽤 많은 공간을 차지한다.

"너무 비싸, 애덤. 나중에 크리스마스 선물로 드리자."

"아냐, 괜찮아. 내가 살게."

애덤은 그렇게 말하고서 내가 말리기도 전에 계산대로 걸어갔다.

가끔은 애덤의 그런 행동에 정말 짜증이 나기도 했다. 나는 가스비를 마련하려면 어떻게 해야 하나 밤잠을 설쳐가며 고민하는데 애덤은 골동품 가게에서 내게 줄 팔찌를 사 들고 왔다. 마음 한편으로는 그런 애덤에게 꿀밤이라도 먹이고 싶었지만, 또 한편으로는 그 팔찌와 나를 생각하는 그의 마음이 너무나 좋았다.

오늘 저녁에 애덤은 자기 집에서 바비큐 파티를 열기로 했고, 우리 모두 그 집에 모이기로 했다. 조슈아와 외출한 나타샤만 빼고.

조슈아는 30분쯤 전에 도착해 지독한 향수 냄새를 풍기며 나타샤를 데리고 나갔다. 페이스북에 올라온 전 동료의 글에서 틀린 맞춤법을 고쳐줘서 그가 더는 망신당하지 않도록 했다는 자랑을 늘어놓으면서.

나는 나갈 준비를 하러 침실로 간다. 대단한 자리에 가는 것도 아닌데 입을 만한 옷을 찾을 수가 없다. 핫팬츠를 입은 시몬 옆에 앉는다고 생각하니 더욱 그랬다.

나는 아직 캐리어에 처박혀 있던 얇은 꽃무늬 탱크톱을 입기로 한다. 하지만 다리미를 찾지 못해 탱크톱의 주름을 펼 수 있는 다른 기발한 방법을 생각해내야만 했다. 나타샤의 고데기로 탱크톱을 쓸어내리는데 누군가 현관문을 두드린다.

고데기의 플러그를 뽑고 문을 열어보니 계단에 찰리가 서 있다.

"어머, 안녕하세요!"

나는 애덤의 집에 가기로 약속한 시간까지 얼마나 남았는지 손목시계를 확인해보고 싶은 걸 꾹 참으며 인사한다.

"안녕하세요."

욕망으로 가득한 찰리의 눈을 보니 조금 불안해진다. 마치 지금까지 내 생각을 하다가 곧장 달려온 듯하다. 그렇게 생각하면 물론 내 어깨가 으쓱해지지만 그의 눈빛이 너무나 강렬해 나는 뒤로 한 발짝 물러선다.

"뭐 하고 있었어요?"

"음, 지금은 고데기로 탱크톱의 주름을 펼 수 있는지 알아보는 중이에요."

찰리는 눈살을 찌푸리고 잠깐 침묵하더니 진심으로 당황스러워하며 "고데기요?"라고 되묻는다.

"농담이었어요."

나는 자신 없게 중얼거린다.

찰리는 목을 길게 빼고 내 뒤쪽을 둘러본다.

"집에 누가 또 있습니까?"

"다 있어요."

실망한 기색이 역력한 찰리는 몸을 기울여 내 손을 잡고는 "당신 생각을 멈출 수가 없어요"라고 속삭인다.

"준비 다 했어!"

윌리엄이 외치면서 거실로 튀어나온다.

나는 얼른 손을 잡아 뺀다. 찰리는 내게서 눈을 떼지 않은 채 "아, 외출하는군요?"라고 묻는다.

"애덤의 집에서 열리는 바비큐 파티에 가요."

"아, 윌리엄과 클로이를 설득해서 둘이 축구나 뭐 다른 운동을 하게 하고, 나는 당신과 한잔하려고 했는데."

"아, 아쉽네요. 다음에 해요."

"저도 좋아요."

윌리엄이 불쑥 끼어든다.

찰리의 관자놀이 맥박이 더 세게 뛴다.

"그래요. 난 그만 가봐야겠네요. 즐겁게 보내요."

찰리는 실망한 표정을 숨기지 못한 채 억지 미소를 짓는다.

50

────────── 애덤의 석조 주택 앞은 매캐한 여름 냄새가 가득하다. 오랜 친구들은 블랙베리 빛깔의 와인을 앞에 둔 채 이야기를 나누고, 아이들은 적어도 5분 동안은 서로를 죽일 듯 달려들지 않고 평화롭게 프리스비를 한다. 우리는 의자가 다 제각각인 탁자 세 개를 붙여놓고 둘러앉았다. 벤치형 의자에 앉은 사람도 있고, 둥그렇게 휜 등받이에 크림색 캔버스 천을 씌운 푹신한 의자에 몸을 파묻고 앉은 사람도 있다.

윌리엄은 아빠 옆에 딱 붙어서 애덤이 한가롭게 버거 패티를 뒤집는 내내 시끄럽게 떠들어댄다. 부드러운 황금색 불빛을 받고 선 두 사람에게 내 시선이 향한다. 나는 나도 모르게 앞으로 10년, 어쩌면 20년 뒤를 상상한다. 성인 대 성인, 아버지와 아들로서 이야기를 나누는 두 사람, 그리고 그들의 인생에서 그런 일이 특별한 여름휴가 때뿐만이 아니라 늘 있는 일이 되는 미래를 그려본다.

"루소 근처 공원에 집라인(zip line) 시설이 있네. 내일 가볼까?"

셉이 내게 가이드북을 건네며 말한다.

내가 가이드북을 뒤적이며 여기서 그 공원까지 차로 몇 분이 걸릴지 의논하고 있을 때 뒤에서 애덤의 기척이 느껴진다. 그가 내 잔을 들어 와인을 따른다.

"난 조금만 줘."

"왜?" 하며 애덤이 잔에 와인을 가득 따른다.

"정 그러시다면."

나는 한숨을 쉬며 와인 잔을 받아 들고, 애덤은 내 옆에 앉는다.

그는 연한 색깔의 면 셔츠를 입었는데 소매를 많이 걷어 올려 햇볕에 그을린 팔이 드러나 있다. 지난번에 헛간에서 내 손을 잡았던 그의 손, 내 목을 타고 올라왔던 불편한 열기의 기억이 밀려든다.

"꽃 고마워."

내가 예의 바르게 말하자 애덤이 미소 짓는다.

"그건 윌리엄 생각이었어."

"그래? 윌리엄은 당신 생각이라던데?"

"합작품이야."

"어쨌든 좋은 생각이야. 날 알아주는 사람이 있다는 건 멋진 일이지."

애덤은 잠시 침묵을 지키다가 목소리를 낮추어 말한다.

"오늘 당신 근사해."

"고마워."

사실은 남몰래 땀을 흘리고 있지만 나는 태연하게 대답한다. 애덤 옆에 이렇게 가까이 앉아 있으니 갑자기 숨이 막힌다.

"조금 전에 내가 고데기로 편 이 탱크톱 덕분일 거야."

애덤은 웃음을 터뜨린다. 나는 함께 웃을 수 있어서 정말 다행이라고 생각하며 덧붙인다.

"당신은 늘 수완이 좋았지."

"안녕하세요, 여러분!"

우리는 하던 행동을 멈추고 시몬을 돌아본다. 그녀는 작고 흰 꽃무늬가 새겨진 진한 남색 원피스를 입고 있다. 부드러운 천이 그녀의 가슴 윤곽을 유혹적으로 드러내주고, 갈색으로 그을린 허벅지가 보일 정도로 길이가 짧다. 애덤은 실례한다고 말하고는 시몬을 맞으러 간다. 시몬은 옅은 색 플랫 슈즈를 신은 발의 뒤꿈치를 들고서 애덤의 목에 양팔을 두르더니 그의 입술에 나른하게 키스한다. 나는 와인에 시선을 붙잡아둔다.

해가 지자 애덤은 음식을 줄줄이 탁자 위에 내놓는다. 향긋한 허브를 뿌린 케밥, 마늘과 레몬에 재운 닭고기, 오리와 돼지고기로 만든 두툼한 소시지. 그런가 하면 감자 칩도 있고, 톡 쏘는 향의 비네그레트 소스를 뿌린 색색의 샐러드도 있으며, 바삭한 빵도 있다. 우리는 배가 부른 정도를 넘어설 때까지 먹고, 한 입 한 입을 음미한다.

이렇게 천국 같은 곳에 있는데도 시몬 옆에 있으니 이상하게 불안하다. 거의 죄책감이 들 지경이다. 그런 심정을 보상하려는 듯이 나는 시몬을 대화에 끌어들이기도 하고, 그녀가 입은 원피스와 신발이 예쁘다고 칭찬하고, 뜬금없이 그녀의 엄마가 효과를 장담한 안티에이징 크림을 또 추천해줘서 고맙다는 말도 한다.

다른 사람에 비하면 나는 이번 휴가에 술을 많이 마시지 않은 셈이다. 본래 술을 많이 마시는 편은 아니다. 아빠 밑에서 자란 것이 최고의 폭음 방지 캠페인이 되어주었다. 하지만 오늘 밤에는 한 잔이 두 잔이 되고, 두 잔이 석 잔이 되어서 평소 마시던 양보다 훨씬 많이 마신다. 급기야 2인 1조로 물구나무서서 뛰기 시합을 하자는 아이들의 제안에 열렬히 동의하기에 이른다. 베키와 나는 물구나무서서 각각 일곱 살짜리, 열 살짜리 아들에게 발목이 잡힌 채 출발선에서 킥킥거린다.

내 발목을 잡은 윌리엄이 내가 무슨 늙은 당나귀라도 되는 것처럼 "더 빨리!"라고 외쳐댄다. 그 소리를 들으며 느릿느릿 들판을 가로지르는 행위가 결코 품위 있다고는 할 수 없지만 정말로 재미있다. 그리고 잠깐이나마 현실, 적어도 내 삶을 잊을 수 있게 해준다. 최근에는 그런 적이 좀처럼 없었다.

게임을 끝내고 한 시간 반 정도 늘어져서 남은 음식을 먹고 있는데 아이들이 다시 심심해하며 사람들이 더 많이 참여하는 게임을 하고 싶다고 한다. 부추기는 사람도 없는데 애덤이 벌떡 일어난다.

"자, 여러분, 또 게임을 해야 할 시간이 돌아왔습니다. 크리켓, 아니면 불? 네가 선택해라, 윌리엄."

윌리엄은 지체 없이 "불! 엄마가 아주 잘해요"라고 말한다.

나는 베르주라크 와인을 마시다가 사레가 들린다.

"글쎄, 내가 잘하는지는 모르겠는데?"

"분명히 엄마가 그렇게 말했어. 불을 아주 잘한다고."

윌리엄이 지지 않고 말한다.

"그냥 어느 정도 한다는 뜻으로 말했겠지."

"자, 어서 일어나, 제스."

애덤이 명령하듯 말하며 장난스럽게 내 팔을 잡는다. 하지만 나는 그의 손이 살에 닿으면 또 이상한 기분이 들까 봐 얼른 뿌리친다. 그러자 루퍼스가 벌떡 일어난다. 어른들 모두 동시에 하겠다고 일어선 듯하다. 애덤, 시몬, 그리고 나. 사람은 다섯인데 공은 네 세트뿐이다. 동네 슈퍼마켓에서 파는 알록달록한 플라스틱 공이다.

"내가 빠질게."

나는 기꺼이 말하지만 윌리엄이 반대하고 나선다.

"안 돼, 엄마!"

애덤이 어깨를 으쓱이며 "난 안 해도 돼"라고 말한다.

"아, 아빠, 그러지 말고 해요."

결국 두 아이와 시몬만 남게 된다. 윌리엄과 루퍼스는 시몬을 노려본다.

"내가 빠져야 할 것 같네요."

시몬은 억지로 미소 지으며 그렇게 말하고는 자리에 앉아 힘주어 다리를 꼰다.

나는 눈을 깜빡거리며 애덤을 올려다본다.

"난 정말 빠져도 괜찮ㅡ"

"빨리 나와, 제스. 이리 와서 당신 실력을 보여 달라고."

애덤이 재촉한다.

51

─────────── 대체 내가 왜 불 경기를 잘한다고 했을까? 아빠는 열 살이던 내게 늘 선천적으로 재능을 타고났다고 했지만, 공을 집어 들었을 때 나는 너무 취해서 이 게임에 필요한 날카로운 집중력을 발휘하지 못한다. 게임은커녕 한 발을 다른 발 앞으로 내디디는 일조차 힘들다.

"동전으로 누가 잭(경기에서 기준이 되는 나무 공-옮긴이)을 던질지 결정하자."

애덤은 그렇게 말하며 주머니에서 동전 한 움큼을 꺼낸다.

"난 뒷면!" 하고 윌리엄이 외친다.

애덤이 1유로를 던지고서 손등에서 잡는다.

"뒷면이다."

윌리엄은 작은 흰색 나무 공을 잡고 눈썹에 힘을 줘가며 앞으로 던진다. 그다음에 던진 윌리엄의 첫 번째 투구는 나쁘지 않아서 나무 공과 겨우 30센티미터 떨어진 곳에서 멈춘다. 다음 선수인 애덤이 던진 공은 그보다 더 가까운 곳에서 멈추고, 그다음에 던진 루퍼스의 공은 두 사람을 훨씬 앞지른다.

내 차례가 되어 나는 앞으로 나가서 공을 손에 쥔 채 던질 자세를 잡는다. 날 바라보는 시몬의 눈길이 느껴져서 아드레날린이 치솟고, 내 동작이 지나칠 정도로 생생하게 느껴진다. 나는 다리를 뒤로 뻗고 팔을 돌려 공을 던진다. 하지만 공은 완전히 엉뚱한 각도로 날아가고, 지켜보던 사람들이 박장대소한다.

하지만 이는 시작에 불과하다. 그 뒤로 20분 동안 나는 계속 꼴찌에서 벗어나지 못한다. 애덤은 그런 나를 보며 즐거워서 어쩔 줄 모른다.

"이건 그렇게 힘든 스포츠가 아니야, 제스."

"실력이 녹슬었을 뿐이야. 그리고 이제 잘난 척 그만해. 자꾸 그러면 물수제비 사건을 폭로할 거야."

내가 쏘아붙이자 애덤은 웃음을 터뜨리며 고개를 젓는다.

"당신이 원하면 내가 가르쳐줄 수도 있어."

"개인 교습은 필요 없어."

"마음대로 해."

"뭔가 배우는 게 있을지도 몰라, 엄마."

윌리엄이 끼어든다. 지난 몇 년간 내가 윌리엄에게 늘 해오던 말이라서 입장이 난처해진다.

"알았어. 그럼 이리 와서 내가 뭘 잘못하는지 보여줘."

애덤은 공 하나를 집어 들더니 씩 웃으며 내 쪽으로 걸어온다. 걸어오는 내내 공을 위로 던졌다가 받아내면서.

나는 애덤이 간단한 시범을 보일 거라고 생각했고, 그러면 재수 없다는 표정을 지으며 그에게 잘난 척한다고 말해줄 작정이었다. 그런데 애덤은 내가 싫다고 말할 겨를도 없이 내 등 뒤에 바짝 서더니 허리 옆으로 손을 쑥 내밀어 내 손을 감싼다.

애덤의 손이 닿자 나는 몸이 굳고 머리가 지끈거린다. 혹시 시몬이 지켜보는지 불안한 마음으로 힐끔거리지만 그녀는 뭘 가지러 집 안에 들어가고 없다.

"이렇게 하는 거야."

귀에 애덤의 숨결이 닿는다.

나는 애덤을 밀어내고 잘난 척 좀 그만하라고 농담을 던질까 생각하지만 그의 몸이 내 등에 딱 붙어 있어서 그럴 수가 없다. 그렇게 하려면 애덤 때문에 달아오른 내 얼굴을 보여줘야만 한다. 그래서 그냥 가만히 있기로 한다. 천천히 숨 쉬려 애쓰는 동안 죄책감과 즐거움이 뒤섞여 아랫배가 찌릿하다.

우리가 함께 팔을 움직여 공을 던지는 동안 내 등에 닿은 그의 가슴 윤곽이 느껴진다. 공은 나무 공에서 한참 먼 곳에 떨어진다. 게임이 시작된 이래로 최악의 투구다.

애덤이 구부렸던 등을 편다. 나는 불안한 마음으로 그를 돌아본다. 애덤은 아주 심각한 표정으로 "신경 쓰지 마"라고 중얼거린다.

"정말 도움이 많이 되네."

나는 분위기를 밝게 하려고 농담 삼아 말하지만 오히려 끼를 부리는 말처럼 들려서 얼굴이 더욱 붉어질 뿐이다.

"다시 해볼까?"

애덤이 내 마음을 설레게 하는 미소를 짓는 순간 카랑카랑한 시몬의 목소리가 우리를 방해한다.

"애덤, 나 집에 갈래."

그녀는 가슴 위로 팔짱을 꼈고, 나는 수치심으로 몸이 경직된다.

"시몬, 이리 와서 당신이 나 대신 해요."

나는 얼른 말하며 애덤에게서 물러선다. 그러곤 "난 완전 꽝이에요. 어서요, 이리 와요"라고 거듭 권한다.

"고맙지만 머리가 아프네요"라고 그녀가 딱 잘라 말한다.

나는 그녀의 말투를 모르는 체 대답한다.

"어머, 저런. 두통은 정말 끔찍하죠. 두통이 자주 있어요?"

시몬은 애덤을 쏘아보며 말한다.

"최근 들어 자주 생기네요. 여러분, 모두 내일 아침에 보죠. 즐거운 저녁 되세요."

시몬이 퉁명스럽게 말하고서 자리를 뜬다. 나는 애덤의 옆구리를 찌르며 "따라가"라고 한다.

애덤은 정말로 어리둥절한 표정이다.

"왜? 머리가 아프다잖아."

"당신한테 화나서 그러는 거잖아, 애덤."

"내가 뭘 어쨌는데?"

하지만 난 그 질문에 대답할 수가 없다. 대답하면 우리 사이에 변화가 생겼다는 걸 인정하는 꼴이기 때문이다. 갑자기 저항하기 힘들어진 변화.

52

───────── 베키와 셉의 아이들은 쓰러진 도미노 패처럼 애덤의 소파에 누워 곤히 잠들어 있다. 처음에는 포피, 그다음에는 루퍼스, 그다음에는 제임스까지. 애덤과 셉은 남자아이들을 둘러메집으로 옮기고, 베키는 포피를 유모차에 눕힌다. 포피의 작고 통통한 손가락이 핑크 버니의 귀를 꼭 붙잡고 있다.

내가 애덤의 설거지를 돕는 동안 윌리엄은 여분의 침실에서 몸을 웅크린 채 아이패드로 〈가디언즈 오브 갤럭시〉를 열일곱 번째로 보고 있다. 마치 그 영화는 아무리 봐도 질리지 않는다는 사실을 증명이라도 하려는 듯이.

내가 문을 열고 방 안으로 고개를 들이밀자 윌리엄이 깜짝 놀라 고개를 들더니 아이패드 화면을 닫는다.

"뭘 보고 있었어? 이상한 거 보면 안 돼."

술에 취한 내 머릿속에 지난번 폭풍우가 치던 날 깜빡 잊고 닫지 않았던 헌팅턴병 웹 사이트가 떠오른다.

"그런 거 아냐."

윌리엄은 요절복통 실수를 모아놓은 동영상을 보려다가 접속이 안 돼서 실패했다는 사실을 증명하려고 내게 아이패드를 내민다.

"혹시 이 동영상에 욕이 나오니?"

"그냥…… 조금."

윌리엄은 그렇게 대답하며 입이 찢어져라 하품한다.

"너무 피곤해."

"어서 집에 가자. 이젠 네가 너무 커서 엄마가 안고 갈 수도 없어."

윌리엄은 끙끙거리며 어깨 위로 시트를 끌어당긴다.

"원하면 여기서 자고 가라고 해."

내 옆에 선 애덤의 몸에서 나오는 열기에 내 몸이 떨린다. 나는 일부러 그와 거리를 둔다.

"윌리엄은 별채까지 걸어갈 수 있어. 아무리 늦었어도."

"싫어, 여기서 자고 갈래"라고 윌리엄이 우긴다.

나는 내 아들과 그 애의 아빠를 번갈아 바라본다.

"좋아. 하지만 신발이랑 양말 벗고, 이불은 꼭 덮고 자야 해. 아침에 데리러 올 테니까. 알았지?"

"알았어."

윌리엄이 신나서 대답하며 이불 속으로 들어가더니 양말을 벗어 내 쪽으로 던진다.

"그래, 고맙다."

나는 인상을 쓰며 손으로 양말을 잡는다. 그러고는 윌리엄에게 다가가 뽀뽀하고 한동안 그 애의 뺨에 내 뺨을 대고 있다가 몸을 뗀다. 가슴이 저릿하면서 내게 이런 아들이 있다는 사실에 감사하는 마음이 든다.

"사랑한다."

내가 속삭인다.

"내가 더 사랑해."

"아냐, 내가 더 많이 사랑해."

"말도 안 돼"라는 윌리엄의 말에 나는 웃으면서 뒷걸음질한다. 지금쯤이면 애덤이 가고 없을 줄 알았는데 그는 뜻밖의 감정에 휩싸여 눈가가 촉촉해져서는 우리를 바라보고 있다. 그러더니 윌리엄에게 다가가 오랫동안 이마에 뽀뽀한다.

밖으로 나가자 높이 솟은 달이 잔디를 가로질러 그림자를 던지고, 우리 위로 별자리가 하늘의 거미줄처럼 걸려 있다. 애덤은 의자를 쌓기 시작하고, 나는 가방을 멘다.

"그만 가야겠어. 정말 윌리엄이 자고 가도 괜찮겠어?"

애덤은 동작을 멈추고 허리를 펴며 "물론이지"라고 대답한다.

나는 고개를 끄덕이고는 우리 별채를 향해 걸음을 뗀다.

"제스?"

"응?"

"차 한 잔 마실래? 좋은 물건을 구했다고 자랑하는 건 아닌데 나한테 요크셔 티가 있어."

나도 모르게 미소가 새어 나온다.

"누구한테 샀는데?"

"모린이라고 예순여섯 살인데 해마다 슈롭셔에서 여기로 오지. 모린은 건드리지 않는 게 좋아. 잠깐 여기 앉아 있어. 내가 물 끓여 올게."

나는 그의 집 앞 빛바랜 벤치형 의자에 앉아 기다린다. 귀뚜라미의 서정적인 리듬이 정적을 깬다.

이내 애덤이 찻주전자를 들고 나온다. 현관의 불빛을 배경으로 그의 윤곽이 드러나자 내 몸은 흥분으로 들뜬다. 애덤은 찻주전자가 담긴 쟁반을 탁자 위에 내려놓고는 다리를 벌려 벤치를 끼고 앉은 채 내 옆으로 천천히 다가와 날 마주 본다. 나는 그의 시선을 피해 탁자 표면에 있는 옹이를 들여다본다.

애덤은 머그잔 두 개에 차를 따르고서 자기 잔을 들어 내 잔에 부딪히며 말한다.

"건배."

뜨거운 액체가 목구멍을 타고 매끄럽게 넘어가는 동안 나는 어느새 애덤을 들이마시고 있다. 머릿속은 추억으로 가득하다.

"이 냄새는 뭐야?"

애덤이 고개를 들더니 장난스럽게 자기 겨드랑이에 코를 대고 킁킁거리며 "무슨 냄새?" 한다.

"악취가 난다는 게 아니라, 그냥…… 당신 애프터셰이브 로션 말이야. 내가 아는 냄새 같아서."

잠깐 정적이 흐른다.

"떼르 데르메스(Terre d'Hermes)."

나는 목에 솜이 걸린 듯 침을 꿀꺽 삼키고는 "예전에 늘 그걸 썼지"라고 말한다.

애덤은 마치 잘못하다 들킨 듯한 표정으로 대답한다.

"음, 몇 년 동안은 안 썼어. 그러다 샤를라에서 이걸 보고 예전에 좋아했던 기억이 나더라고."

애덤의 갈색 눈이 나를 뚫어져라 바라본다. 나는 손가락이 떨릴 정도로 강렬한 감정에 사로잡힌다. 한때 내가 사랑했고 미워했던 남자 곁에 앉아 있으니 불현듯 왜 우리가 헤어졌는지 기억나지 않는다.

마음 한쪽에서 그만 일어나서 가라는 이성의 속삭임이 희미하게 들린다. 하지만 누군가를 그저 바라보기만 하는데도 온몸이 뒤집히는 느낌이 너무 짜릿해서 멈추고 싶지 않다.

지금 나는 그를 갈망한다. 그의 입술을 바라보며 그 맛을 보고 싶어서 미칠 지경이다. 손끝으로 그의 턱을 쓰다듬으며 예전과 같은 느낌인지 알아보고 싶다.

아랫배에 강렬한 압력이 쌓이기 시작한다. 지난 몇 년간 느끼지 못한 기분이 든다. 애덤이 내게서 눈을 떼지 않자 새하얗게 달아오른 욕망에 가속이 붙는다.

무엇보다도 이 사실이 떠오른다. 인생이 내게 무엇을 던져주었든지 간에 이 순간, 나는 살아 있다.

구석에 앉아 앞날을 걱정하며 괴로워하지도 않고, 우리 아들과 엄마, 내가 어떻게 될지 두려워서 가슴이 미어지지도 않는다. 나는 살아서 숨 쉬고 느끼고 있다. 애덤이 내게 몸을 기울인다.

우리의 입술이 닿자 새로운 동시에 익숙한 느낌이 든다. 애덤은 내 한쪽 다리를 벤치 반대쪽으로 넘기고는 내 손을 끌어당겨 날 꼭 안는다. 그의 입술이 점점 더 깊이 들어오는 동안 내 몸은 그와 밀착된다.

"이러면 안 돼."

그의 입술이 귀밑으로 내려오자 내가 허리를 뒤로 젖히며 속삭인다.

"이래도 돼."

애덤은 그렇게 말하며 손으로 내 머리를 쓸어내리고, 내 입술과 관자놀이, 목에 키스한다. 나는 취했다고, 내가 이걸 허락하는 이유는 취했기 때문이라고 막연히 생각한다.

하지만 그건 사실이 아니다.

술에 취했을지는 몰라도 난 이걸 원한다.

애덤이 내 손을 잡고 일어나서 내게 일어나라고 했을 때도 난 이걸 원한다. 애덤이 날 집 안으로 이끌며 윌리엄이 잠자고 있는 방 앞을 지나다가 아이가 이불을 덮고 잠들었는지 잠시 확인할 때도 난 이걸 원한다. 복도를 지나 집 반대쪽으로 가서 애덤의 침실로 들어가고, 그가 침실 문을 딸깍 닫은 다음 다시 내게 키스하고, 손으로 내 등을 쓸어내릴 때도 난 이걸 원한다.

우리는 천천히 서로의 옷을 벗기며 상대의 맨살을 새롭게 만지는 순간순간을 음미한다.

애덤의 알몸이 얼마나 아름다운지 잊고 있었다. 나는 괴로울 정도로 완벽한 그의 몸을 만져야 할지, 바라봐야 할지 몰라 괴롭다. 애덤의 무게가 나를 점점 누르는 동안 나는 그의 허리 아래쪽을 붙잡고 피가 고동치는 것을 느낀다. 그러자 애덤이 움직임을 멈추고 내 턱을 잡는다.

"내 눈에 당신이 얼마나 아름다워 보이는지 알아? 내게는 늘 그렇게 아름다워 보인다는 거 알아?"

그 말을 들으니 눈에 눈물이 맺힌다. 하지만 말하고 싶지 않다. 그저 내 안에서 그의 열기를, 위로 솟아오르며 흔적도 없이 사라지는 느낌을 경험하고 싶다. 우리가 처음 사귀었을 때 그랬듯이.

53

─────────── 귀에 거슬리는 꼬꼬댁 소리가 계속 들려온다. 마침내 나는 움찔하며 잠에서 깨어나 애덤의 가슴 위에서 고개를 든다. 햇살이 가득 들어오는 방 안을 훑어보며 주변을 살핀다. 덧창이 열려 있고, 햇살 속에 먼지가 떠다니고 있고, 바닥에는 마치 범죄 현장의 증거처럼 옷가지가 흩어져 있다.

고개를 돌려 벌어진 애덤의 입술과 목과 맨살이 드러난 어깨를 보니 가슴이 철렁 내려앉는다. 이내 정신이 번쩍 든다. 이건 잘못돼도 단단히 잘못되었다. 지난밤에 벌였던 정신 나간 짓이 생각나자 머리가 지끈거린다.

가장 큰 문제는 윌리엄이다. 그 일이 벌어졌을 때 윌리엄은 '바로 여기', 별채 저쪽에 있었다! 물론 그때 윌리엄은 곤히 잠들어 있었고, 이 세상 모든 부모가 아이들과 함께 사는 집에서도 섹스를 한다는 걸 알지만 문제의 부모가 10년 전부터 별거했다면 상황이 다르다.

윌리엄은 애덤과 내가 부부가 아니고, 앞으로도 절대 그럴 일이 없다는 사실을 받아들이려고 평생을 애써왔다. 그러니 아직 사춘기도 되지 않은 그 가여운 아이에게 이 일이 어떤 영향을 끼칠지 생각하면 끔찍하다. 윌리엄은 단지 어리둥절한 정도로 끝나지 않고 훨씬 더 심각한 상태가 될 것이다. 희망을 가질 것이다. 이 일이 뭔가 의미가 있을 수 있다는 잘못되고 끔찍한 생각을 할 것이다.

나는 아이에게 어떤 그럴싸한 변명도 할 수 없다. 그런 변명은 없기 때문이다. 술에 취해 저지른 실수라는 것 말고는. 윌리엄은 이 일에 실제보다 더 많은 의미를 부여할 수밖에 없다. 평소에 내가 남자들과 가벼운 잠자리를 엄청 자주 가지지도 않았으니까. 내가 저지른 가장 난잡한 짓이라고 해봐야 토비와 섹스를 하면서 제이미 도넌(《그레이의 50가지 그림자》의 주연배우-옮긴이)의 머리를 헝클어뜨리는 상상을 한 정도다.

내 유일한 선택지는 윌리엄의 눈을 바라보며 사실대로 말하는 것이다. 그냥 네 아빠와 하룻밤 잤을 뿐이라고.

그 생각을 하니 이 유감스러운 사건의 또 다른 불쾌한 진실이 생각난다. 내가 '그 여자'라는 사실. 그 누구도 아닌 내가. 나는 오랫동안 피해자라고 생각하며 살았기 때문에 내가 시몬에게 그런 역겨운 짓을 저질렀다고 생각하니 너무나 충격적인 나머지 배를 주먹으로 얻어맞은 것만 같다. 내가 시몬을 잘 모른다거나, 시몬이 애덤을 스쳐가는 여자 중 하나에 지나지 않는다는 사실은 중요치 않다. 이 순간에 애덤은 시몬의 남자다.

물론 지금까지 시몬과 같은 여자는 숱하게 많았다. 늘 다음 여자가 먼저 있던 여자를 걷어차고 그 자리를 차지한다. 하지만 난 '다음 여자'가 되고 싶지 않다. 내가 어떻게 '다음 여자'가 된단 말인가.

생각이 여기에 이르자 나는 시트에 불이라도 붙은 듯 벌떡 일어나 앉는다. 애덤이 몸을 살짝 뒤척인다. 그가 눈을 감은 채 자세를 바꾸는 동안 나는 움찔하며 그를 노려본다.

조용히 허리를 숙여 상의를 줍고, 침대에서 조심스럽게 내려와 방 안을 돌아다니며 나머지 옷들을 줍는다. 옷을 입으며, 내가 문을 여는 순간 윌리엄이 아이패드 플러그를 꽂을 콘센트를 찾아 복도를 서성이는 일이 없게 해달라고 두근거리는 마음으로 기도한다.

옷을 거의 다 입고서 침대 가장자리에 앉아 샌들에 발을 밀어 넣는다. 다른 쪽 샌들을 집어 든 순간, 애덤이 내 손목을 잡는다. 나는 놀라서 숨을 헉 들이쉰다. 애덤이 뭔가 경솔한 말을 할 거라고 생각했지만 그의 표정을 보니 진지하다.

"이 일을 후회하지 마."

처음에는 뭐라고 대답해야 할지 몰라서 그냥 그의 손을 뿌리치고 일어선다. 그러고는 빙그르 돌아서서 그를 노려보며 "글쎄, 애덤. 후회되네"라고 말한다.

"왜?"

"그걸 정말 내 입으로 설명해야 해? 시몬은 어쩔 거야?"

애덤은 너무 짜증 난다는 표정을 짓는다. 마치 자기에게 여자 친구가 있다는 사소한 문제 따위는 이 일과 무관하다는 듯이, 신경 쓸 가치도 없다는 듯이.

"제스……, 시몬은 비교가 안 돼. 당신과 내 관계는—"

"다 지난 일이라는 게 중요하지."

밖에서 문을 쾅 닫는 소리가 들리자 우리 둘 다 입을 다문다.

"윌리엄은 절대 이 일을 알아서는 안 돼"라고 내가 속삭인다.

애덤이 침을 삼킨다.

"안 돼, 아니, 그러니까 그렇다고. 당신 말이 맞아."

나는 불안한 마음으로 다시 침대에 앉아 손톱을 물어뜯으며 문 밖에서 인기척이 들리는지 귀를 기울인다.

"젠장, 윌리엄이 일어났으면 어쩌지?"

"욕실 문이 닫히는 소리였을 거야. 이따금 창문이 열려 있으면 바람에 쾅 닫히거든. 이 시간에 윌리엄은 틀림없이 아직 자고 있을 거야."

나는 시계를 본다. 7시 15분. 여기 온 뒤로 윌리엄이 보통 일어나는 시간보다 한 시간 이르다.

"그럼 그만 갈게."

"작별 키스는 안 해주겠지?"

나는 혀를 찬다.

"지금 그런 소리가 나와?"

문으로 걸어가서 빼꼼 열고 밖을 내다본다. 아무도 없다.

"명심해. 단 한 마디도 하면 안 돼."

"그래, 알았어."

발을 내디딜 때마다 마룻바닥이 삐거덕거린다. 루브르박물관에 침입해 레이저광선을 피해 다니는 도둑 흉내라도 내듯이 벽에 딱 붙어서 발끝으로 걷고 있는데도.

입 밖으로 튀어나올 것처럼 심하게 쿵쾅거리는 심장을 안고서 조용히 욕실을 지나 마침내 현관문에 도착한다. 문손잡이를 몇 센티미터 앞두고 있을 때…… 망할 놈의 수탉이 다시 울어대고, 나는 소스라치게 놀란다.

"엄마?"

나는 고개를 든다. 지금 숨 쉬지 않으면 기절할지도 모른다.

"윌리엄! 잘 잤니? 너 데려가려고 일찍 왔어. 방금 일어났니?"

"아니, 수탉 때문에 진작 깼어. 〈가디언즈 오브 갤럭시〉 보고 있었지. 그러다 엄마 목소리를 들었고, 그럼 아빠도 일어났겠다고 생각했어."

"흠……, 아냐. 아빠는 아직 자고 있을걸. 엄마도 방금 도착해서 확실히는 모르지만."

"방금 도착했다고?"

"그래."

"어떻게 들어왔어?"

"그게…… 자물쇠를 땄지."

예를 들어, '문이 잠겨 있지 않았다'와 같은 쉬운 설명을 놔두고 왜 굳이 그렇게 말했는지 알다가도 모를 일이다.

윌리엄은 감격스럽다는 듯이 눈이 휘둥그레진다.

"엄마가 자물쇠를 딸 줄 알아?"

"음, 사실은 열려 있었어. 그러니까 안 잠겼더라고. 하하!"

윌리엄은 눈을 비빈다.

"이제 갈 준비 됐니?"

내가 묻는다.

"아직 옷도 안 입었어."

"빨리 입어. 할 일이 많아. 퍼뜩퍼뜩."

난 평생 '퍼뜩퍼뜩'이라는 말을 써본 적이 없다.

그때 애덤의 침실 문이 열리고, 그가 폴 스미스 트렁크 팬티만 입은 채 하품을 하고 기지개를 켜며 걸어 나온다. 내 얼굴이 새빨개지자 애덤이 씩 웃는다. 누가 보면 방금 복권에라도 당첨된 줄 알겠네.

"잘 잤니?"

애덤은 그렇게 말하며 아들의 머리를 헝클어뜨리고는 끌어당겨 포옹한다. 나는 패닉에 빠져 손을 깨문다. 애덤에게서 필시 섹스의 냄새가 날 것이다.

"오늘 날씨 정말 좋지?"

"안녕, 아빠."

윌리엄은 환한 얼굴로 애덤을 올려다본다.

"기분이 좋아 보여요."

"살아 있다는 게 기쁘구나, 아들아."

애덤이 내 눈을 바라보며 말한다.

나는 어이없다는 표정으로 눈을 치뜬다.

애덤은 윌리엄에게서 몸을 떼며 "아침으로 베이컨 샌드위치 어떠니?"라고 묻는다.

"우리 지금 가야 해"라고 내가 냉큼 말한다.

애덤은 이의를 제기하려고 입을 열다가 그냥 다문다.

"알았어. 하지만 두 사람은 언제든 여기서 또 자고 갈 수 있어."

맙소사, 애덤의 목을 졸라버리고 싶다.

"엄마도 여기서 잤어?"

윌리엄이 날 돌아보며 묻는다.

"바닥에서 잤단다."

애덤이 씩 웃으며 말한다. 날 위해 변명해준다고 생각하는 게 틀림없다.

"불편하진 않았어, 제스? 미리 알았으면 휴대용 매트리스에 좋은 시트를 깔아뒀을 텐데."

정말이지 애덤은 다시는 거짓말을 하면 안 된다. 심각할 정도로 어설프다.

"나한텐 방금 왔다고 했잖아."

윌리엄이 따지듯 말한다.

"어서 가서 옷이나 입어."

윌리엄은 우리 두 사람을 번갈아 바라보며 "무슨 일 있어?"라고 묻는다.

윌리엄이 방에 들어가 옷을 입는 동안, 나는 바깥 탁자 앞에 앉아 손가락으로 탁자를 두들겨대며 기다린다. 애덤과는 도저히 대화를 나눌 수 없고, 나누고 싶지도 않다.

윌리엄을 데리고 어젯밤 옷차림 그대로 우리 별채를 향해 걸어간다. 작열하는 태양 앞에서 이른 아침의 안개는 감쪽같이 사라지고, 별채에 묵는 다른 가족들이 눈을 반짝이며 현관 계단으로 나와 오늘 하루를 새롭게 시작하려고 한다.

열 살짜리 아들을 데리고 외박한 티를 내며 걸어가는 여자는 틀림없이 역사상 내가 처음일 것이다.

54

──────────── 내가 애덤과 잤다는 소식에 베키는 예상대로 호들갑을 떨지 않는다.

"뭘 어쨌다고?"

그녀는 커피를 마시다 말고 캑캑거린다. 우리는 베키가 묵는 별채 앞에 앉아 있고, 제임스와 루퍼스는 서로 상대의 다리를 부러뜨리는 기발한 방법을 생각해내려는 중이다.

내가 대답하려는데 집 안에서 셉이 외친다.

"베키! 비상사태야!"

베키가 한숨을 내쉬며 설명한다.

"포피가 똥을 쌌는데 기저귀가 없다는 뜻이야."

그녀는 마지막 단어를 길게 늘여 말하고는 쏜살같이 안으로 들어간다. 그러고는 3분 뒤에 다시 나와서 루퍼스와 제임스를 떼어놓고는 내 옆에 앉는다.

"왜 남자들은 기저귀 가는 일을 심장 절개술이라도 하는 것처럼 굴지? 자기가 무슨 의사라도 되는 것처럼 옆에서 필요한 도구를 재깍재깍 건네줘야 한다고 생각하더라고. 어쨌든…… 애덤이라고? 놀라 자빠지겠네."

"다른 사람한테는 말하지 마, 알았지?"

"내가 누구한테 말하겠어?"

"일단 셉부터."

"요즘에는 누가 커피 내릴 차례인지 얘기할 시간도 없어. 아무튼 충격이다, 제스."

베키는 이렇게 말하고는 새어 나오는 미소를 감추지 않고 "어땠어?" 하고 묻는다.

"끔찍해."

내 대답에 베키가 입을 딱 벌린다.

"정말로?"

"내가 그런 짓을 했다는 게 끔찍하다고. 대체 무슨 생각으로 그런 걸까? 심지어 난 그렇게 취하지도 않았어."

"천만에. 불 게임을 할 때, 너 공을 던지면서 하마터면 셉의 머리를 날릴 뻔했다고. 정말로 그렇게 끔찍했어?"

나는 볼 안쪽을 깨물며 "어땠을 거 같아?" 하고 되묻는다.

베키의 얼굴에 깨달음이 번진다.

"좋았구나, 그렇지? 필시 오르가슴을 여섯 번은 느꼈겠지. 너무 좋아서 비명을 지르고—"

"그래, 그래, 좋았어."

나는 나직이 말을 잇는다.

"사실 끝내줬어. 내 인생 최고의 경험 중에서 10위 안에 들 정도로."

"세상에! 너 예전에 돌고래하고 수영한 적도 있잖아, 그렇지?"

나는 "그래"라고 대답하며 흐느낀다.

"하! 대단하네!"

내 입에서 나직한 신음이 새어 나온다.

"근데 그걸 왜 걱정하는 거야, 제스? 네가 고민해야 할 다른 일과 비교하면…… 감동적인 섹스는 아무런 해도 끼치지 않는다고."

그 말에 대답하려고 입을 열지만 베키가 말을 잇는다.

"다시 그런 섹스를 할 수만 있다면 난 뭐라도 줄 거야. 그렇다고 셉이 섹스를 못한다는 건 아냐. 잘해. 아직도 실력이 녹슬지 않았어. 하지만 요즘은 셉이 내게 오럴 섹스를 해주면 빨리 끝났으면 좋겠다고 생각한다니까. 왜냐하면 다릴 옷이 산더미처럼 쌓였거든. 아마 셉도 나랑 같은 심정일 거야."

"정말 그럴까, 베키? 너희 둘 아무 문제 없는 거야?"

"아, 그럼."

베키는 신경 쓰지 말라는 듯이 말하고는 커피를 한 모금 마시더니 눈에 눈물이 맺힌다.

"사실 잘 모르겠어."

베키가 커피잔을 내려놓으며 말을 이어간다.

"휴가를 오면 달라질 줄 알았는데 전혀 달라지지 않았어. 두 아들은 여전히 싸우고, 포피는 눈에 넣어도 안 아프지만 키우기가 너무 힘들어. 셉과 난 지쳤어. 그리고…… 우린 서로에게 화풀이를 하는 것 같아."

내 눈과 마주친 베키의 눈 가장자리가 붉게 물들어 있다.

"가끔은 아이 셋을 키우는 엄마이자 아내 역할을 내가 잘 못한다는 기분이 들어. 마음은 여전히 스물두 살 때와 같은데 주변 환경은 전부 다 확 바뀌었어. 어떻게 이런 일이 생겼는지 나만 모르는 듯한 기분이야."

"베키, 그렇게 느끼는 사람이 너만은 아냐. 다들 자기 자식을 사랑하지만 그런 희생에서 벗어나서 젊고 자유롭게 살던 시절을 그리워한다고. 정말 좋은 시절이었지. 특히 넌 주말마다 늦잠을 잤으니까 더."

"극단적으로 들리겠지만…… 이따금 셉이랑 헤어지면 어떨까 하는 생각이 들어."

난 정말 충격을 받는다.

"정말 그러고 싶어?"

베키는 얼굴을 찡그리며 대답한다.

"아니, 당연히 싫지. 하지만 그런 기분이 드는 것도 싫어. 예전에 난 함께 있으면 즐겁고 재미있는 사람이었어. 사람들도 날 좋아했지. 하지만 지금 날 봐. 체력은 바닥났고, 하루 종일 아이들에게 소리만 질러대. 심지어 지난번에는 나타샤에게도 악을 썼잖아. 나타샤가 잘못한 것도 없는데. 난 세상에서 우리 가족을 가장 사랑해. 하지만 가끔은…… 너무 힘들어."

베키는 눈을 감고 코를 훌쩍거린다.

"이런 말을 한다는 것 자체가 패배자에 죽일 년이 된 기분이야. 대체 이런 엄마가 어디 있니?"

"피곤해서 그래."

나는 그렇게 말하며 베키의 손을 꼭 잡고서 "베키, 이따금 지치고 지긋지긋한 기분을 느껴도 돼. 때로는 이 모든 게 버겁게 느껴져도 괜찮다고. 넌 인간이야"라고 위로한다.

베키는 숨을 돌리며 고개를 끄덕인다. 나는 말을 잇는다.

"하지만 먼저 도움이 필요하다는 사실을 받아들여야 해. 나타샤와 내가 아이들을 대신 봐줄게."

베키가 괴로워하며 "그 얘기는 이미 끝났잖아. 너희들도 휴가 중
이라고"라고 대꾸한다.

"괜찮아 문제없어."

베키가 코웃음을 친다.

"난 우리 아이들을 사랑하지만, 그 말만은 절대 동의할 수 없어."

"상관없어. 우리가 잘 돌볼게. 더는 토 달지 마"라고 내가 우긴다.

베키가 망설이며 자신 없는 표정으로 날 올려다본다.

"좋아, 네가 정 그러고 싶다면. 우리 아이들을 봐준 뒤에도 나랑
절교하지 않기를 바랄 뿐이야."

나는 흡족한 마음으로 미소를 지으며 커피잔을 향해 손을 뻗는
다. 하지만 손잡이를 잡기 전에 손이 미끄러져서 잔을 넘어뜨린다.
탁자에 뜨거운 커피가 흐른다. 나는 벌떡 일어나 가방에서 휴지를
꺼내 탁자를 닦고, 베키는 집 안으로 달려가 행주를 가지고 나온다.
베키가 커피를 닦는 사이 나는 의자에 털썩 앉아 떨리는 손을 들어
올린다. 절망감에 사로잡혀 손을 뚫어져라 바라본다.

이따금 뚫어져라 바라보면 관절의 살갗 밑에서 무슨 일이 벌어지
는지 예상할 수 있을 듯하다. 몸속에서 이미 무슨 일이 벌어지고 있
다면, 헌팅턴병이 조용히 날 잠식하고 있다면 내 눈에 보일 듯하다.

"괜찮아?"

베키가 속삭인다.

나는 고개를 끄덕이며 "응, 괜찮아"라고 대답한다.

하지만 계속 손을 이리저리 돌려보고 골똘히 바라보며 늘 하던
질문의 답을 찾으려 한다. 방금 그건 누구나 저지르는 실수일까, 아

니면 그 이상의 의미가 있을까?

나는 차가운 커피를 머금고 잔뜩 쌓여 있는 휴지 더미를 바라보다가 베키가 날 바라보고 있다는 걸 깨닫는다.

"그냥 실수야, 제스. 아무것도 아니라고."

나는 뻣뻣하게 고개를 끄덕인다. 눈을 깜빡이며 나오려는 눈물을 참고, 이를 악물며 복받치는 감정을 삼킨다. 당연히 베키의 말이 맞을 것이다. 이런 적이 처음도 아니다. 누구나 덤벙댈 수 있다.

지난 2년 동안 나는 온갖 이상한 느낌을 경험했다. 얼굴이 간지럽기도 하고, 마치 다리가 내 다리가 아닌 듯이 느껴지기도 했다. 몇 주 전에는 테스코에 주차하고 장을 본 뒤 나왔는데 차를 어디에 주차했는지 전혀 기억나지 않았다. 5분이나 걸려서 찾아냈고, 그동안에 자동차 키를 뻭뻭 눌러대며 주차장을 걸어 다니면서도 지나다니는 사람들을 의식해 장대비 속에서 태평하게 산책하는 척했다.

그 일이 있는 뒤로 나는 확신했다. 이것이야말로 엄마가 헌팅턴병 초기에 겪었던 증상, 인터넷 카페에서 헌팅턴병 환자들이 초기 증상이라고 말했던 바로 그거라고.

그랬더니 베키는 지난 5년간 자기는 그런 짓을 몇 번씩 저질렀다고, 한번은 차를 도둑맞았다고 철석같이 믿고 셉에게 전화해서 데리러 와달라고 한 적도 있었다고 했다. 셉은 베키를 데리러 주차장에 들어가는 길에 재활용 쓰레기통 옆에 세워진 그들의 자동차 포드 포커스를 발견했다.

잉글리스 박사는 현재로서는 그런 실수들이 불안감에서 비롯되었을 뿐이라고 말했다. 내게는 헌팅턴병의 임상 증상이 전혀 없고, 마지막으로 했던 MRI 결과도 그와 일치한다며 돌연변이 유전자가 있든 없든 나는 건강하다고 했다. 지금, 이 순간만큼은.

　문제는 지금 엄마가 견뎌야 하는 고통이 내 미래라고 생각하면 그 사실을 마음 뒤쪽으로 밀쳐두기가 어렵다는 것이다. 그래서 난 같은 질문을 하고 또 할 수밖에 없다. 언제 그 병이 살갗 밑을 기어 다니며 날 정의하는 모든 것을 앗아 갈까? 나의 사고방식. 내 몸동작. 내 얼굴. 나를 나로 만드는 모든 것을.

55

─────── 그날 아침에 난 엄마와 영상통화를 한다. 화면이 깜빡거리는 동안 늘 그랬듯이 엄마의 신체 상태를 가늠한다. 몸에 경련을 일으키지 않은 채 가만히 있는 엄마를 보니 갑자기 긍정적인 생각이 밀려든다. 하지만 곧 그저 화면이 정지해 있었을 뿐이라는 걸 깨닫는다. 화면이 정상으로 돌아가자 엄마의 어깨가 위로 들썩이고, 나는 익숙한 괴로움에 배가 뒤틀린다.

"안녕, 엄마! 좀 어때?"

내가 미소 지으며 안부를 묻는다.

아빠는 엄마를 위해 아이패드를 들고 있다. 엄마가 대답하려는데 말이 제대로 나오지 않는다. 마침내 아빠가 대신 대답한다.

"정신없이 바쁜 아침이었다. 제마가 한 시간 동안 있다가 갔어."

엄마와 제마 아주머니는 중학교 때부터 친구인데 서로 죽고 못 사는 사이다. 어떻게 보면 지금도 그렇다.

"그리고 동네 학교에서 초등학생들도 찾아왔고. 이따가 기아노풀로스 박사를 만나러 갈 거다."

"아, 그래요, 잘됐네."

기아노풀로스 박사는 처음부터 엄마의 주치의였고, 엄마는 이 선생님을 아주 좋아했다. 똑똑하고 격려를 아끼지 않는다는 게 가장 큰 이유지만, 언젠가 엄마가 내게 말했듯이 롭 로(1980년대에 유명했던 미국 영화배우-옮긴이)를 닮았기 때문이기도 하다.

"그래서…… 윌리엄은 축구를 하고 있어, 엄마. 미안해. 축구가 끝날 때까지 기다렸다가 데려왔어야 하는데. 요즘에는 축구를 정말로 좋아해. 평생 호날두만큼 잘하지는 못하겠지만 적어도 재미는 붙였어."

엄마는 대답하지 않는다. 오늘은 엄마의 눈빛이 공허해 보이고, 스크린 너머에 있는 나와 눈을 마주치지 못한다. 얇은 티셔츠가 엄마의 가냘픈 어깨에 헐렁하게 걸려 있다. 아빠가 몸을 숙여 주머니에서 휴지를 꺼내더니 엄마의 입꼬리에 고인 침을 닦아준다.

"그래, 초등학생들은 왜 왔어?"

내가 엄마에게 묻는다.

엄마는 올바른 단어를 찾으며 오랫동안 침묵하다가 마침내 입을 연다.

"노래하려고."

"어머, 그거 좋네."

"음정이 엉망이야"라는 엄마의 말에 나는 간신히 웃는다.

"아무튼 그래서 윌리엄은 요즘 애덤하고 꼭 붙어서 지내. 아주 즐거운 시간을 보내고 있어. 엄마도 알다시피 난 처음부터 이번 여행이 탐탁지 않았는데 역시 엄마가 옳았어. 둘이 아주 친해졌어."

엄마가 웅얼거렸고, 난 그게 "잘됐구나"라는 말임을 알아듣는다.

"엄마가 좋아할 줄 알았어. 나도 행복해."

"오늘 예뻐 보인다."

"그래? 고마워."

다시 긴 침묵이 흐른 뒤에 엄마가 "행복해 보여"라고 덧붙인다.

내 뺨이 홍조를 띠고 내가 편안해 보이는 이유는 두말할 나위 없이 애덤과 잤기 때문이다. 하지만 그런 이야기는 엄마와 하고 싶지 않아서 얼버무린다.

"그게…… 요즘 신선한 과일을 많이 먹었어."

아주 예전에는 애덤과 사귀면서 겪는 내 감정을 엄마에게 다 털어놓았다. 엄마와 연애 이야기하는 걸 부담스러워하는 딸도 있지만, 우리 사이에서는 늘 자연스러웠다.

나는 애덤을 처음 만났을 때 느낀 강렬한 행복감, 그리고 그와 헤어졌을 때의 처참한 심정을 설명했다. 애덤과 헤어진 지 몇 달 지났을 무렵 내가 엄마에게 얼마나 의지하는지 깨달았다. 엄마는 강했다. 내가 제대로 생각할 수 없을 때도 엄마는 그 일의 원인을 알아냈다. 그리고 내가 아무리 상처를 받았어도, 다시 일어나서 애덤 없이 살아갈 수 있다고 가르쳐주었다.

내가 부모님 집으로 들어간 직후, 엄마가 헌팅턴병에 걸렸다는 사실을 아직 알기 전이었던 어느 저녁, 엄마는 날 앞에 앉히고 엄하게 꾸짖었다.

"제스, 넌 강하고 똑똑해. 앞으로 좋은 엄마가 될 거야. 애덤과는 잘 안 됐지만 너한테는 멋진 미래가 펼쳐져 있어. 이번 일은 얼마든지 이겨낼 수 있다."

엄마는 매사에 그런 태도로 살았다. 불평하지 않고, 곱씹지 않고, 현실과 화해하고, 자기가 가진 것을 최대한 활용하면서. 엄마는 한 번도 그걸 잊지 않았다.

윌리엄은 유치원을 다니던 마지막 해에 성탄극에 참여했고, 나는 연극을 함께 보려고 부모님을 데려갔다. 당시 엄마는 아직 휠체어를 타지는 않았지만 엄마의 의지나 의도와 관계없는 이상 행동이 매우 심하던 때였다. 엄마가 뻣뻣한 몸을 경련하듯이 움직이며 강당에 들어서자 사람들이 조용해졌다.

"이쪽으로 와, 엄마. 저기 자리 있어."

나는 엄마에게 말하며 다른 학부모 두어 명과 학부모회 회장에게 눈인사를 했다.

"제스, 경품 응모권 좀 사줄래요?"

윌리엄의 친구 올리버의 엄마 다이애나가 소책자를 흔들며 나타났다.

"다 괜찮은 경품들이에요. 벅스 피즈(샴페인과 오렌지 주스로 만든 칵테일-옮긴이) 세 병에 모둠 고기 요리, 발 마사지기도 있고요. 포장이 낡았다고 무시하면 안 돼요. 전부 신제품이거든요, 정말로!"

"네, 물론이죠."

내가 그렇게 대꾸하며 지갑을 꺼내는 동안, 다이애나의 눈동자는 내 옆에 있는 엄마에게로 향했다. 돈을 건네던 나는 다이애나가 날 바라보지 않는다는 걸 깨달았다. 그녀의 시선은 자꾸 엄마에게, 얼굴을 비뚤게 일그러뜨리는 엄마에게 향했다. 엄마가 병에 걸렸다는 사실을 모르는 사람들에게는 아마 혐오스러워 보였으리라.

다이애나 같은 반응이 처음 겪는 일은 아니지만 결코 익숙해지지 않았다. 예전에 틀림없이 내게 우리 엄마가 아프다는 말을 들은 적이 있는데도 그녀는 이 정도일 거라고는 생각하지 못한 듯했다. 다이애나에게는 엄마의 저 얼굴이 '편안한' 표정이라고 읽어낼 여유가 없었다. 다이애나는 "고마워요"라고 어색하게 대답했고, 나는 그녀의 눈에서 다양한 감정, 즉 당황, 놀람, 혐오를 보았다.

아빠가 엄마를 부축했고, 우리는 떼를 지어 서성이는 사람들 사이를 헤치고 뒤쪽에 있는 세 자리로 걸어갔다.

"이쪽으로 오렴."

한 여자가 어린 딸을 자기 쪽으로 끌어당기며 말했다. 우리 엄마가 술에 취한 줄 알고 무서워서 하는 말이었다. 한 아이는 나중에 윌리엄에게 "너희 할머니, 정신병원에서 왔어?"라고 물었다고 한다.

연극이 시작되었다. 우리 자리는 구석진 곳에 있었는데도 엄마의 입에서 새어 나오는 괴상한 소리가 잘 들렸다. 난 제발 저 소리가 들리지 않도록 아이들이 또 시끄러운 노래를 부르게 해달라고 기도했다. 연극이 끝난 뒤에는 식당에서 민스파이와 뱅쇼를 나눠주었다. 나는 곧장 집에 가고 싶었는데 윌리엄은 좀 더 있고 싶어 했다.

"안 돼. 그냥 집에 가자, 윌리엄."

그때 엄마가 끼어들었다.

"괜찮아. 잠깐 있다 가도 돼."

겨우 1분이 지났을 때 엄마가 윌리엄의 새 담임 선생님이 들고 있던 플라스틱 컵을 치는 바람에 컵에 반쯤 담겨 있던 뱅쇼가 선생님의 옷에 쏟아졌다.

상냥하고 친절한 해리슨 선생님은 조금 전까지 학부모들과 헤롯왕(헤로데스) 역을 맡은 아이의 열정적인 연기에 대해 이야기를 나누고 있었는데, 느닷없이 김이 모락모락 나는 자줏빛 액체가 시폰 블라우스 위로 번지자 깜짝 놀란 표정이었다.

엄마는 침착하게 유머로 상황을 수습했다.

"미안해요, 선생님. 내 운동신경이 형편없네요."

"아니에요. 괜찮습니다."

해리슨 선생님이 얼굴을 붉히며 말했다.

"세탁비는 내가 낼게요. 요즘에는 내가 세탁소 최고 우수 단골이 거든요"라고 엄마가 말했다.

나는 생각에서 빠져나와 다시 영상통화 화면을 본다.

"음, 그만 끊어야겠어요, 엄마."

엄마는 날 바라본다. 내게 집중하려고 애쓰면서 계속 머리를 휙 휙 움직인다. 그러더니 다시 얼굴이 일그러지면서 미소일 수도 있 고 아닐 수도 있는 표정을 짓는다. 나는 그게 미소라고 믿으며 사무 실을 나선다. 엄마의 머릿속이 엉망진창이고 캄캄하다 할지라도 아 직은 이따금 불을 켤 수 있다고 믿는다.

56

———————— 영상통화를 끝내고 축구장으로 가니 나타샤가 윌리엄과 아이들을 지켜보고 있다. 날 보고 나타샤가 말한다.

"우리가 아이들을 대신 봐주겠다고 한 건 잘한 일이야. 얼른 그날이 왔으면 좋겠어. 오늘 오후에는 아이들과 뭘 하면 좋을까 생각 중이야."

"너무 심각하게 생각할 거 없어. 여기에 다양한 게임이 있으니까 우린 그냥 함께 놀아주면 돼."

"아까《아기 길들이기》책을 겨우 다운받았어. 대충 훑어봤는데 유용하더라고. 너 괜찮아? 심란한 표정이네."

나는 자기 덩치의 반쯤 되어 보이는 독일 남자아이를 상대로 태클을 시도하는 윌리엄을 바라본다. 그 아이는 옆에서 누가 재채기만 세게 해도 날아갈 것처럼 보인다. 우리 아들은 공 근처에는 가지도 못하고, 대신 자기 발에 걸려 넘어졌다가 한참 뒤에야 일어난다.

"간밤에 일이 생겼어."

이 일은 아는 사람이 적을수록 좋지만 베키에게만 말하고 나타샤에게 말하지 않는 건 의리 없는 행동이다.

"일어나서는 안 될 일."

나타샤는 눈을 깜빡이며 "너랑 애덤?"이라고 묻는다.

"누구한테 들었어?"

"아무한테도 안 들었어. 난 진작부터 그렇게 될 줄 알았지. 너한테 말을 안 했을 뿐이야."

지금 내가 느끼는 감정이 놀라움인지 분노인지 모르겠다. 어쨌든 그때 누군가의 목소리가 들린다.

"안녕하세요, 여러분."

시몬의 금발 위로 햇살이 반짝거린다. 화장을 전혀 하지 않았는데도 매끄럽고 탱탱한 피부에서 광채가 난다. 시몬이 똑바로 쳐다보며 미소 짓자 나는 얼굴이 후끈거리다 못해 따끔거린다.

"윌리엄의 축구 실력이 나날이 좋아지고 있어요, 제스. 급속도로 성장하는 중이에요."

"아……, 그렇게 말해줘서 고마워요, 시몬."

나는 어색하게 웃으며 골문을 향해 달려가는 윌리엄에게 시선을 고정한다. 윌리엄과 골대 사이에는 아무런 장애물도 없지만 그 애의 공은 골대를 빗나간다.

"아, 아깝다!"

시몬이 외친다. 내 안에서 불안감이 부글부글 끓어오르며, 나는 필사적으로 이 자리를 피할 구실을 찾는다. 나타샤가 그런 내 마음을 알아차리고 대화에 끼어든다.

"시몬, 우린 내일 어디를 갈까 이야기하던 중이었어요. 혹시 추천해줄 곳이 있나요?"

"라 로크 가자크 가봤어요? 거기 식물원이 있는데 예전에 애덤과 함께 거기서 아주 낭만적인 피크닉을 즐겼죠."

시몬은 그곳의 주요 랜드마크와 거기서 애덤이 보여줬던 수많은 헌신적인 행동들을 상세히, 활기차게 늘어놓는다. 그녀가 말하는 내내 나는 수치심과 죄책감, 후회로 얼룩져 그 자리에서 죽을 것만 같다.

이 상황에서 유일하게 긍정적인 점은 시몬이 간밤에 애덤과 나 사이에 있었던 일을 모르는 게 분명하다는 사실이다. 우리가 불 경기를 할 때 시몬이 느꼈을지 모르는 의구심은 완전히 사라진 듯하다. 이상한 일이다. 내 가슴에는 '배신녀'라는 번쩍거리는 글씨가 적힌 큼직한 간판이 걸려 있는 듯한데.

"안 그래, 제스? 제스?"

나는 나타샤가 내게 무언가 물어봤다는 걸 깨닫는다.

나는 얼른 "음……, 그래. 정말 좋은 생각이야"라고 진지하게 대답한다.

"오늘 아침에 재활용 쓰레기통 옆에서 구더기를 봤다고 불평하던 참이었어."

"아, 미안. 잠깐 딴 생각에 빠져 있었어."

"저도 요즘 그래요."

시몬이 행복한 표정으로 말을 잇는다.

"곧 떠난다고 생각하니까 일에 집중할 수가 있어야죠."

내가 고개를 번쩍 든다. 시몬의 파란 눈동자가 날 뚫어져라 바라보고 있고, 부드러운 입술은 반쯤 미소 짓고 있다.

"떠난다고요?"

"성수기가 끝나면요. 지금은 쉬쉬하고 있지만 이미 정해진 일이에요."

"어디로 가는데요?"

난 이 소식이 무슨 의미인지 파악하려고 애쓰며 묻는다. 성수기가 끝난 뒤에도 시몬이 애덤의 여자 친구로 남는다면 최장 시간의 기록을 세우게 될 것이다.

"일종의 세계 일주죠. 그렇다고 모든 나라를 다 가는 건 아니지만요. 지금 계획을 세우는 중이에요."

"와, 좋겠어요! 정말 멋지네요. 어느 나라에 갈 건가요?"

이렇게 말하는데 아드레날린이 치솟아 가슴이 뻐근해진다.

"먼저 동남아시아부터 갈 거예요. 예전에 애덤과 함께 일했던 동료가 태국에 있어서 일주일간 그 집에 머물기로 했거든요. 그다음에는 베트남에 갈 계획인데 거기도 아주 멋질 거예요. 지난주에 인터넷에서 '구운 들쥐'가 적힌 메뉴판을 보기는 했지만요. 먹을 수 있을지 모르겠어요."

시몬은 키득거리며 계속 떠들어댄다. 그녀가 하는 이야기를 이해하고 의미를 파악하려고 애쓰는 동안 나는 점점 숨이 막혀온다. 마침내 나타샤가 가장 중요한 질문을 던진다.

"잠깐만요……. 그러니까 애덤도 함께 가는 건가요?"

"그럼요!"라며 시몬이 씩 웃는다. 그녀는 틀림없이 이 순간을 즐기고 있다. 그러더니 시몬의 눈이 과장되게 커진다.

"어머나, 미안해요, 제스! 아마 애덤은 자기가 직접 말하고 싶었을 거예요. 윌리엄 일도 있고 하니까요. 근데 원래 윌리엄을 자주 만나지는 않았잖아요, 안 그래요? 크게 달라지진 않을 거예요. 6개월에 한 번씩 만나던 걸 1년 뒤에 보는 거니까요."

"이 호텔은 어쩌고요? 누가 운영하죠?"라고 나타샤가 묻는다.

"블랑샤르 부부요."

"애덤에게 이 호텔을 판 사람들요?"

"네. 한시적으로 호텔 경영을 맡을 거예요. 블랑샤르 부부는 이곳을 속속들이 아니까 애덤도 믿고 맡길 수 있죠. 몇 대에 걸쳐 이 성이 자기 집안 소유였기 때문에 두 사람도 어서 빨리 경영하고 싶어해요. 여행하는 동안 애덤이 계속 확인할 거고요."

다리에서 힘이 쑥 빠져나가는 느낌이다.

"미안해요, 제스"라고 말하는 시몬의 눈이 반짝거린다. 그녀는 아름다운 얼굴로 활짝 웃으며 "하지만 어차피 당신도 조만간 알아야죠. 그렇게 놀랍지는 않잖아요. 우리가 애덤에 대해 아는 사실이 하나 있다면, 애덤은 얽매이기를 질색한다는 거죠"라고 말한다.

57

─────────── 애덤이 시몬과 함께 세계 일주를 떠나려 한다는 사실이 좀처럼 실감 나지 않는다. 불과 몇 시간 전에 그가 내 허벅지 안쪽의 튼살을 봤다는 것은 문제의 일부에 지나지 않는다. 우리가 여기 도착한 이후 대화를 나누고 또 나누는 동안(윌리엄에 대해, 그에 대해, 돔므에서 가장 맛있는 아이스크림은 어디에서 파는지, 병따개 없이 맥주 뚜껑을 어떻게 따는지 등등) 애덤은 그 이야기를 내게 해야겠다는 생각을 한 번도 못 한 모양이다.

하지만 날 가장 괴롭히는 것은 내가 여기까지 찾아온 일이 완전히 물거품이 되었다는 사실이다. 영국에 돌아가서 엄마에게 실패했다는 소식을 전해야만 한다. 애덤은 바뀌지 않았다고. 사실은 아무것도 바뀌지 않았다고.

나는 애덤이 개과천선해서 오랫동안 방치했던 아들에게 갑자기 헌신적인 아빠가 되었다고 나 자신을 속여왔다. 하지만 보아하니 그는 전혀 바뀌지 않았다. 그저 우리와 즐거운 몇 주를 보내고, 윌리엄이 자신을 숭배하도록 만들고는 두 번째로 윌리엄의 인생에서 사라지려 하고 있다.

다만 지금의 윌리엄은 무슨 일이 벌어지는지 전혀 모르는 아기가 아니다. 윌리엄은 열 살이고, 애덤을 숭배한다. 게다가 윌리엄에게는 애덤이 필요하다. 두 사람이 생각하는 것보다 훨씬 더.

나는 이 뜻밖의 상황에 가슴을 주먹으로 맞은 듯해서 시몬에게 이런 내 감정을 들키기 전에 자리를 뜰 수밖에 없다. 나타샤는 그런 내 심정을 이해하고 자기가 윌리엄을 대신 봐줄 테니 가서…… 뭐든 하라고 한다.

나는 그 '뭐든'이 무엇인지조차 모르겠다. 그저 지금으로서는 호텔에 가서 다른 사람을 피해 임시로 화장실에 대피해 있어야 한다는 사실밖에는. 마침내 분노가 치밀어서 지금 당장 영국으로 돌아가고 싶은 강렬한 충동을 느낀다.

윌리엄과 함께 별채로 걸어가는 동안에도 그런 기분은 가라앉지 않는다. 우리 발아래에서는 지금 내 기분과 완전히 상반되는, 허브와 잔디의 달콤한 향기가 풍긴다.

"내가 상대편 골을 막았어, 엄마."

윌리엄이 신나서 말한다.

"정말?"

"응!" 하며 윌리엄이 웃는다.

"엄마가 봤어야 하는데. 정말 대단했다고."

나는 "잘했다, 우리 아들. 골도 넣었어?"라고 중얼거린다.

윌리엄의 얼굴빛이 어두워지더니 "음, 아니"라고 웅얼거린다. 그러고는 왜 골을 넣는 일이 과대평가되어 있는지 자세히 설명한다.

"네가 정말 자랑스럽다."

나는 한 팔로 윌리엄의 어깨를 끌어안으며 덧붙인다.

"어떻게 그렇게 실력이 좋아졌어?"

"아빠 덕분이야. 아빠가 아주 잘 가르쳐줘."

윌리엄의 대답은 간단명료하다.

그 말에 내 등이 뻣뻣해진다.

"아빠는 태클도 아주 잘해, 엄마. 아빠는 정말 힘이 세, 그렇지?"

"그럴 거야."

"그리고 진짜 빨리 달려."

"그래?"라고 웅얼거리는데 내 목에 키스하던 애덤의 모습이 총 천연색으로 떠오른다.

"엄마, 왜 그래?"

"응?"

"지금 어지러워? 엄마 꼭 개릿 선생님 같아. 선생님은 늘 어지럽 다고 하거든. 쉰 살이 넘으면 그렇대."

"어지러운 거 아냐. 그리고 엄마는 쉰 살이 되려면 아직 멀었어. 자, 이제 다른 이야기를 할까?"

"좋아. 무슨 이야기?"

"네가 하고 싶은 이야기."

윌리엄이 잠깐 생각하는 동안 우리는 별채 뒤쪽의 작은 주차장 에 도착한다.

"쥐라기는 어때?"

마침 찰리가 끈으로 자동차 지붕에 서핑 보드를 묶고 있다. 딱히 찰리와 사귀지는 않았지만 다른 사람과 잤다는 사실이(그 상대가 애 덤이라는 점은 차치하고라도) 너무 부끄러워서 찰리에게 아는 척하는 건 고사하고 쳐다보기도 어렵다.

"안녕, 찰리."

나는 어색하게 인사한다.

버클을 다 조인 그가 고개를 들며 "안녕, 제스. 별일 없어요?"라고 인사한다.

"네, 좋아요. 고마워요."

"바비큐 파티는 재미있었어요? 클로이가 오늘 아침에 당신이 돌아오는 걸 봤다더군요."

찰리는 마치 설명을 듣고 싶다는 듯이 내 얼굴을 훑어본다.

"음……, 네, 우린…… 네."

그의 얼굴이 경직되며 어색한 미소로 되묻는다.

"'네'?"

나는 고개를 끄덕이며 "애덤의 집에서 자고 왔어요"라고 답한다.

찰리가 그 문장의 뜻을 해독하는 동안 정적이 흐른다.

"윌리엄이 곯아떨어졌거든요. 그래서 나도 다른 방에서 잤죠."

나는 거짓말한다.

갑자기 여행지에서의 로맨스를 즐기던 며칠 전으로 시계를 되돌리고 싶다. 올여름이 지나면 그걸로 끝나버릴 로맨스였지만, 그래도 서너 번 영화를 본다거나 멋진 곳에서 저녁 식사를 할 수 있었으리라.

"언제 또 저녁 먹으러 갈래요?"

내가 불쑥 말한다. 애덤을 벌주고, 어젯밤 일이 아무런 의미도 없다는 것을 나 자신과 애덤에게 증명하려는 나약한 시도다. 유치한 행동이라는 건 알지만 지금 내가 할 수 있는 일은 이것뿐이다.

찰리는 놀란 기색이 역력하다.

"정말요?"

"네."

"난 두 사람이 잘되는 줄 알았는데요. 당신과……."

찰리는 윌리엄을 힐끔 보고는 말꼬리를 흐린다. 그러고는 "미안해요"라고 사과하며 미소 짓는다.

"좋아요."

58

──────────── 애덤을 찾아 호텔 단지를 쏘다니는 동안 그를 발견하지 못할 때마다 화가 쌓인다. 마침내 벤이 지키고 있는 프런트에 도착한다. 벤은 다정한 갈색 눈으로 미소를 짓는다. 그을린 콧잔등에 새로 돋은 약간의 주근깨 때문에 더욱 어려 보인다.

"오늘은 윌리엄 없이 혼자예요, 제스?"

"음……, 네. 혹시 애덤 봤어요? 전화를 안 받네요. 집에도 가봤는데 없어요."

"아까 톱을 찾던데 헛간에 갔을 거예요. 제가 도와드릴 일이 있나요?"

나는 걱정스러워하는 벤의 얼굴에 감동한다.

"아뇨. 하지만 고마워요."

헛간 앞에서 애덤이 벤치를 향해 허리를 숙인 채 팔을 앞뒤로 움직이며 톱질하고 있다. 두 팔이 땀으로 번들거린다. 내가 다가가자 애덤은 고개를 들더니 환하게 미소 짓다가 내 표정이 심각하다는 사실을 알아차린다.

그가 살며시 톱을 내려놓고는 천으로 손을 닦으며 내 쪽으로 걸어온다. 생수 한 모금을 꿀꺽꿀꺽 마시더니 내게 말한다.

"아까 당신을 찾으러 갔었어."

그의 눈동자가 열망으로 반짝거리지만 시몬이 알려준 사실에 충격을 받은 나는 아무런 감흥이 없다. 나는 애덤이 내민 손을 뿌리친다.

"당신한테 설명을 듣고 싶은 일이 있어."

"뭔데? 가서 뭘 좀 마시면서 이야기할까?"

"아니."

머릿속에서 온갖 단어가 앞다퉈 떠오르고 마침내 나는 그 일부를 입 밖으로 내뱉는다.

"아까 시몬을 만났어."

애덤은 초조하게 머리카락을 쓸어내린다.

"어색했겠네. 미안해, 제스. 오늘 시몬한테 말하려고 했어."

"애덤, 시몬 말로는 당신이 자기하고 세계 일주를 할 거라던데?"라며 내가 톡 쏘아붙인다.

"1년 동안 블랑샤르 부부에게 호텔 운영을 맡기기로 계약했고, 당신은 그냥…… 떠날 거라고. 정말이야? 정말 시몬이랑 장기 여행을 떠날 계획이야?"

나는 애덤의 표정에서 그 말이 사실이라는 걸 곧바로 알아차린다.

"맞아. 그게 좀 복잡한데……."

"아니, 간단해, 애덤. 사실이야? 시몬 말대로 항공권을 예매하고, 1년 동안 여행할 계획을 세운 거야? 아니면 시몬이 거짓말을 하는 거야?"

애덤은 움찔하더니 천천히 고백하기 시작한다.

"거짓말은 아냐. 하지만 이젠 상황이 달라졌ㅡ"

"뭐가 달라졌는데? 당신이 여전히 열여덟 살 철부지처럼 굴고 있어서 당신 아들은 1년 넘게 아빠를 만날 수 없게 될 거라는 사실을 전에는 몰랐어? 당신은 헌신이 뭔지도 모르고, 이 세상에 걱정거리라고는 하나도 없지."

이 얼마나 듣기 싫은 잔소리인가. 이 정도면 분위기를 확실히 망쳤다. 혹시 내가 애덤을 질투하는 걸까? 나로서는 꿈도 꿀 수 없는 세계 일주를 해서? 순간적으로 그런 의문이 든다.

"당신이 처음 여기 왔을 때 말하려고 했어."

"근데 왜 안 했어?"

"마음이 바뀌었으니까."

"아, 그러세요? 그러니까 처음에는 사실대로 말하려고 했다가 그냥 우리에게 거짓말을 하기로 마음먹었다?"

"그게 아니라 여행에 대한 마음이 바뀌었다고."

나는 계속 빈정거리려다가 그제야 애덤의 말을 이해한다.

"뭐라고?"

"그렇게 장기 여행을 떠나는 게 내키지 않아졌다고. 그뿐 아니라…… 내 마음이 다 바뀌었어."

"지금 제정신이야, 애덤? 여행을 가지 않기로 마음을 바꾸었는데 시몬한테는 그 사실을 알리지 않았다고? 그 말을 나더러 믿으라는 거야?"

애덤은 이마를 찡그린다.

"말하려고 했는데 계속 미뤄졌어. 시몬의 생일이 지나고, 당신과 윌리엄이 여기 와서 상황이 어떻게 돌아가는지 볼 때까지 기다리고 싶었어."

"그러니까 양다리를 걸치고 있었던 거네?"

이제 애덤은 내 앞에 정면으로 서서 가슴 위로 팔짱을 낀다.

"당연히 아니지, 제스. 지금까지 윌리엄을 충분히 만나지 못했고, 아빠 노릇을 제대로 하지 못했다는 사실을 깨달았어."

"맞는 말이네."

"하지만 그렇게 되기까지 당신도 일조했어."

"내가?"

몸 안에서 아드레날린이 치솟는다. 애덤은 방금 한 말을 취소하고 싶어 하는 표정이다. 하지만 이미 늦었다.

"어떻게 그런 말을 할 수 있어, 애덤?"

애덤은 눈을 살짝 감았다가 뜨면서 숨을 들이쉰다.

"제스, 난 늘 내가 형편없는 아빠가 될 거라고 확신했어. 하지만 그래도 그냥 부딪쳐봐야 했어. 다른 부모들이 자기가 자격이 있다고 생각하든 말든 그냥 부모 노릇을 하는 것처럼. 그걸 이제야 깨달았어."

그다음에 무슨 말이 나올지 알고 있다.

"당신을 탓하는 게 아냐, 제스. 하지만 당신은 내가 당신 삶에서, 그리고 윌리엄의 삶에서도 빠지기 바란다는 사실을 아주 분명히 밝혔어. 나한테 윌리엄은 아빠 없이 크는 게 나을 거라는 말도 했지. 내가 그 말에 이의를 제기하지 않은 건…… 음, 나도 당신 말이 맞는다고 생각했기 때문이야."

나는 마른침을 삼킨다. 내 호흡은 이제 점점 차분해진다.

"내가 더 열심히 맞서 싸웠어야 해."

애덤이 말을 잇는다.

"당신, 그리고 나 자신에게 내가 우리 부모보다 더 나은 부모가 될 수 있다는 걸 증명했어야 해. 근데 나는 그냥 포기해버렸어."

애덤이 계속 말하는 동안 나는 할 말이 없다.

"그래도 마음 한구석으로는 늘 상황이 달라지기를 바랐어. 내가 어떻게 해야 할지는 몰라도 이번처럼 윌리엄이 여기 와서 나와 함께 휴가를 보내면 좋겠다는 생각을 자주 했어."

예전에 윌리엄이 아장아장 걸어 다니는 아기였을 때 애덤이 내게 부탁한 적이 있다. 윌리엄을 데리고 프랑스에 와줄 수 있냐고. 그때 애덤에게 뭐라고 했는지 정확히 기억나지 않지만 틀림없이 "꺼져"를 예의 바르게 돌려 말했을 것이다. 나는 숨이 턱 막힌다.

애덤은 한 손으로 이마의 땀을 닦고, 통나무 위에 걸터앉는다.

"갑자기 당신한테서 이곳에 오겠다는 메일을 받고 너무나 기뻤어. 정말이야. 그러다 윌리엄과 더 많은 시간을 보내면서 무언가가 마음에 걸리기 시작했어. 시몬과 세계 일주를 떠날 수 없다는 사실을 깨달았지. 시몬과 세계 일주를 떠나고 싶지 않았어. 하지만 시몬은 좋은 사람이야. 멋진 여자지. 난 시몬에게 못할 짓을 많이 했어. 당신과 잔 것만 해도 그래."

나는 눈을 깜빡이며 땅을 내려다본다.

"그래서 때를 봐서 시몬에게 갈 수 없다고 말하려고 했어. 하지만 당신 말이 맞아. 지금 당장 해야겠어. 사실 몇 주 전에 해야 했지만."

나는 눈을 감고 이 상황을 곰곰 생각해본다. 몇 분 전까지만 해도 내 안에서 끓어오르던 분노는 다 녹아서 사라지고 완전히 다른 감정이 느껴진다. 눈가가 촉촉해진다. 나는 애덤에게 들키지 않으려고 눈을 깜빡인다.

"지금 빨리 해치워야겠어."

"맙소사, 이젠 내가 당신과 공모한 것 같잖아."

내가 코를 훌쩍이며 말한다.

애덤은 자리에서 일어나 내 손을 잡더니 나를 끌어당겨 껴안는다. 가슴이 저릿하다. 하지만 나는 애덤을 부드럽게 밀어낸다.

나는 "그만 갈게"라고 속삭인다.

애덤이 다시 내 손을 잡는다.

"먼저 당신에게 할 말이 있어."

"뭔데?"

"제스……, 어젯밤 말이야. 그 일은 내게 정말 큰 의미가 있어."

나는 바닥을 본다.

"그만해, 애덤."

"왜? 당신에게는 술김에 저지른 실수일지 모르지만, 만약 그렇다면…… 맙소사, 당신과 실랑이하고 싶지 않아. 아무튼 나는 아니었다는 것만 알아줘. 내게 당신은 그보다 더 큰 의미가—"

"그만해, 제발…… 그만"이라고 속삭이며 나는 손을 뺀다. 그러고는 몸을 돌려 어두운 숲으로 달려간다. 풀에 발목이 긁히고, 나는 내 발에 걸려 넘어진다. 이대로 맨체스터까지 계속 달려가고 싶다.

59

—————— 나는 프랑스를 일찍 떠날지 말지, 또는 떠날 수 있을지 없을지를 두고 그날 내내 고민한다. 베키 대신 아이들을 봐주는 정신없는 상황에서도.

"자, 포피, 동화책 읽어줄까?"

나타샤가 소파 끝에 걸터앉으며 말한다.

포피가 고개를 들더니 "나 배고파"라고 한다.

"아, 그래? 그럼 바나나 먹을래?"

나타샤는 그릇에서 바나나를 집어 든다.

"사탕 먹고 싶어."

"아, 저런. 여긴 사탕이 없단다. 대신 바나나는 어때? 음……, 맛있겠다."

나타샤는 무릎을 꿇고 앉아 껍질을 벗긴 바나나를 포피에게 건넨다. 포피는 바나나가 마치 신발 바닥에 붙어 있던 껌이라도 되는 듯이 바라본다.

"싫어어어어어어어!"

그러고는 바나나를 나타샤에게 밀치며 "돌려놔!"라고 소리친다.

"뭘 돌려놔?!"

"돌려놔아아아아!"

포피는 바닥에 드러눕는다.

"얘 왜 이러니?"라고 나타샤가 어리둥절한 표정으로 묻자 색칠 공부를 하던 제임스가 고개를 들고 말한다.

"바나나를 다시 껍질 속에 넣어달라는 거예요."

포피는 10분이 지나서야 진정되고, 나타샤는 우리가 마실 와인 두 잔을 따른다.

와인을 건네며 자리에 앉는 나타샤에게 나는 "하나만 물어봐도 돼?"라고 운을 뗀다.

"왜 그렇게 진지해?"

나타샤는 미소를 짓지만 난 미소가 나오지 않는다.

"윌리엄과 내가 먼저 돌아가도 괜찮아?"

나타샤는 숨을 헉 들이쉬었다 내쉰다. 마치 어느 정도 예상했다는 듯이.

"내가 여기로 초대해놓고서 먼저 가려니까 마음이 안 좋아. 하지만 내가 돌아가도 베키와 셉은 있을 테고, 오히려 우리가 없으면 조슈아도 자유롭게 만날 수 있어. 널 버리고 가는 건 정말 싫지만……."

나타샤는 고개를 젓는다.

"버리고 가는 거 아냐, 제스. 난 어른이야. 애덤과 있었던 일이 걱정돼서 그러는 거야? 아니면 엄마 때문에 그러는 거야?"

"둘 다. 아빠가 있기는 하지만 그래도. 그리고 내가 애덤과 그런 짓을 했다는 게 믿기지 않아. 술에 취했든 아니든. 여기서는 모든 게 너무 복잡해."

나타샤는 아이들을 힐끗 쳐다보며 듣고 있지 않다는 걸 확인한

다음 내 쪽으로 몸을 숙인다.

"왜 걱정하는지 이해는 돼. 내가 여러 남자를 전전했듯이 애덤도
여러 여자를 전전했고, 그러니 너도 그런 여자 중 하나가 될까 봐
걱정되겠지. 그건 윌리엄에게도 끔찍한 일이고. 하지만……."

"하지만 뭐?"

"넌 그냥 그런 여자가 아냐."

"아니, 엄밀히 말하면 그래."

"애덤에게 넌 늘 그 이상일 거야."

대체 나타샤는 무슨 말을 하려는 거지?

"둘이 잘될 수도 있잖아. 처음에 너희 둘을 헤어지게 만들었던
의견 차이를 극복하고―"

"우리가 헤어진 건 의견 차이 때문이 아니었어, 나타샤. 애덤이
바지 속 물건을 잘 간수하지 못한 탓이지. 게다가 어차피 잘되지도
않을 거야. 생각하는 것조차 어리석은 일이라고."

나타샤가 내 말에 동의할 수 없다는 듯이 의자에 등을 기대앉으
며 "왜?"라고 묻는다.

"뭐부터 말할까? 우리는 이미 한 번 깨졌어. 또 애덤과 내가 다시
사귀면 윌리엄의 머릿속이 복잡해질 거야."

"그래, 하지만―"

"그리고 그 모두를 합친 것보다 훨씬 더, 몇백만 곱절 더 중요한
사실은," 나는 사납게 말을 잇는다. "내가 치명적인 병에 걸릴 미래
를 앞두고 있다는 거지."

나타샤는 다시 뒤로 털썩 기댄다.

그러고는 내 말에 반박하거나, 손해 볼 거 없으니 그냥 저질러보

라고 설득하는 대신 내게는 그렇게 말할 수 없음을 깨닫는다. 다른 친구들에게는 그렇게 말할 수 있다. 하지만 난 다르다. 나타샤는 향후 10년, 그리고 그 이후에 내게 어떤 미래가 닥칠지 생각하느라 머릿속이 복잡해 보인다.

"나로서는 생각조차 할 수 없는 일이야, 나타샤."

내가 부드럽게 말을 잇는다. 나타샤는 울컥한다.

"그래서 내가 돌아가는 게 모두에게 최선이라고 생각한 거야."

나타샤는 벽 쪽으로 몸을 돌리고 잠자코 와인을 한 모금 꿀꺽 삼킨다.

"이건 너무 불공평해, 제스."

나는 손을 뻗어 나타샤의 손을 꼭 잡는다. 와인 잔을 만졌던 그녀의 손가락이 아직 차다.

"아니, 그렇지 않아. 하지만 내가 받아들여야 할 현실이야."

나는 아이들을 한번 쓱 쳐다보고, 나타샤는 아이들이 눈치채기 전에 눈물을 닦고 마음을 추스른다. 그러고는 이렇게 말한다.

"그래, 알았어. 하지만 달아나지는 마, 제스. 베키와 내가 널 도와주려고 여기까지 왔는데 너 혼자 집에 가버리는 건 안 돼. 우린 널 돕고 싶다고. 그러려고 왔고."

나는 내 와인 잔 가장자리에서 반짝거리는 햇살을 내려다본다.

"또 윌리엄도 슬퍼할 거야."

나타샤의 말에 나는 슬며시 웃음을 지으며 "그건 반칙이야"라고 말한다.

"하지만 사실인걸."

"그래. 네 말이 맞아, 나타샤. 하지만 극복하겠지."

우리 둘은 동시에 윌리엄을 바라본다. 윌리엄은 포피에게 '고양이'의 철자를 가르쳐주며 놀고 있다.

"B-C-T-R-P-E-D-G."

포피가 더듬더듬 말하자 윌리엄이 칭찬한다.

"잘했어!"

나타샤와 나는 쿡쿡 웃다가 조용해진다. 그러다 나타샤가 하는 말에 내 가슴이 저릿해진다.

"아직도 애덤을 사랑하는 거지?"

나는 입을 열지만 아무 말도 하지 않는다. 우리 둘 다 이미 답을 알기 때문이다.

60

─────────── 이튿날 나는 베키에게 묻는다.

"어제 왜 그렇게 집에 일찍 왔어?"

"음……," 베키가 몸을 꿈틀거린다. "여기에서 무슨 일이 벌어지고 있나 걱정돼서."

"아무 일 없었어! 식은 죽 먹기였다고. 아이들이 말을 엄청 잘 들었어."

"정말 짜증 낸 적이 없단 말이야?"

"나타샤가 코르크 병따개를 못 찾아서 짜증 낸 거 말고는 없어. 그보다는 너랑 셉이 정말로 긴장을 풀고 즐거운 시간을 갖는 게 중요하잖아."

"그렇게 했어."

베키는 그렇게 말하지만 난 전혀 믿음이 가지 않는다.

"근데 그 거대한 디저트는 먹지 말 걸 그랬어. 내일부터 다이어트 할 거야."

"안 해도 돼. 당신은 지금 이대로 딱 좋다고."

현관에 나타난 셉이 말한다.

"고마워. 하지만 내 청바지는 의견이 달라."

내가 웃음을 터뜨리는데 밖에서 귀를 찌르는 비명에 이어 "엄마

아아아!" 하는 외침이 들린다. 베키가 지친 눈으로 셉을 바라보자 셉이 한숨을 쉬면서 "내가 갈게"라고 말한다.

"너한테 할 말이 있어. 아까 우연히 애덤을 만났는데 좀…… 이 상해 보이더라."

베키가 말한다.

"무슨 말이야?"

"좀 긴장했달까? 아, 호랑이도 제 말 하면 온다더니."

애덤이 우리 쪽으로 걸어오고, 나는 어깨가 굳는다.

"안녕, 베키. 별일 없지?"

"응, 고마워."

베키가 대답하는데 포피가 아장아장 걸어온다. 애덤은 미소를 짓고, 나는 저절로 그의 입술에 눈길이 간다.

"나는 우리 부대를 먹일 음식을 사러 가야겠어. 아니면 난리가 나거든. 가자, 포피. 네 건포도 들고 엄마랑 쇼핑하러 가자. 제스, 이따 봐."

베키는 대놓고 날 뚫어져라 쳐다보며 자동차 키를 집어 든다.

"좀 걸을까?"라고 애덤이 제안한다.

"축구 시합이 끝나면 윌리엄이 별채로 올 거야. 난 별채에 있어야 해."

"그럼 별채까지 걸어갈까?"

나는 뻣뻣하게 고개를 끄덕인다.

"그래."

우리는 숲으로 향하며 길을 따라 걷는다. 진초록색 양치식물이 카펫처럼 깔린 바닥에 나뭇가지 사이로 새어 들어오는 햇살이 무늬를 만든다. 내가 바닥을 응시하는 동안 애덤은 시몬에게 여행을 갈수 없다고 말했다고 알려준다.

"윌리엄과 그렇게 오래 떨어져 있고 싶지 않다고 했어. 그리고…… 다른 사람을 좋아하게 됐다고도 했고."

나는 억지로 고개를 들어 정면을 바라본다.

"시몬이 누구인지 물어봐?"

애덤이 날 돌아보는 게 느껴진다.

"내가 굳이 말하지 않아도 알 거야."

나는 침을 삼키고서 "시몬이 뭐래?"라고 묻는다.

"일을 그만두고 오늘 오후에 집으로 가는 비행기를 탈 거래. 자기 아버지가 변호사인데 부당 근로조건으로 날 고소할 테니까 기대하라고 했어."

나는 숨을 들이쉰다.

"잘됐네."

우리는 별채에 도착해 밖에 놓인 의자에 앉는다. 배가 뻣뻣하다. 눈을 감고 턱을 들어 눈꺼풀에 와닿는 태양의 빨간 열기를 말없이 느끼며 잠시나마 내가 어떻게든 이 일을 해결하는 환상에 빠진다. 우리 가족의 파편을 수리하고, 우리의 퍼즐 조각들을 다시 맞추는 상상을 한다. 아마 그래서 이 말을 해야겠다는 기분이 드나 보다. 이제 와서 하기에는 너무 늦은 말일 테지만.

"미안해."

애덤은 어리둥절한 표정이다.

"뭐가? 시몬과 여행을 떠나는 일에 대해서는 당신 말이 전적으로 옳았는걸."

"아니, 그거 말고……. 당신이 한 말을 계속 생각했어. 내가 당신에게 윌리엄의 아빠 노릇을 제대로 하지 못할 거라고 말했던 일. 당신이 없는 편이 윌리엄에게 도움이 될 거라는 말, 하는 게 아니었는데. 그건 완전히 틀린 말이야."

나는 애덤의 얼굴에 나타나는 표정을 보며 말을 잇는다.

"또…… 정말 사실이 아니니까. 우리가 여기 오고 나서 당신이 증명했듯이."

그러고는 그의 얼굴을 살피며 말을 이어간다.

"윌리엄은 당신을 사랑해, 애덤. 정말로. 그리고 우리가 여기 온 뒤로 당신은 그 애의 사랑을 얻어냈어. 그럴 자격도 있고."

애덤은 눈을 질끈 감으며 자신의 반응을 부끄러워한다. 그러고는 다급히 말한다.

"제스, 우린 다시 시작할 수 있어. 그럴 수 있고말고. 당신에 대한 내 감정은…… 예전과 달라. 아니, 사실은 아주 분명해졌어."

애덤은 마치 고등학교 토론 수업에 참가한 학생처럼 왜 우리가 다시 합치고, 다시 한번 시작하는 것이 합당한지 계속 의견을 피력한다. 하지만 난 애덤의 말에 집중할 수가 없다. 내가 아직 그에게 하지 못한 말에만 집중할 수 있다. 지난 10년간 감춰온 진실에만.

"왜 울어, 제스?"

애덤이 날 돌아본다. 그의 눈빛을 보자 가슴이 미어진다.

"소용없어, 애덤. 우린 함께할 수 없어."

그에게 말하지 않은 진실을 모두 말해야 한다. 아니, 진작 말했어야 한다.

"사실은……."

유미 에브리싱

하지만 말이 나오지 않는다. 내 목소리가 진실을 밝히기를 거부한다. 늘 내 마음 한편을 차지하고 있던 남자에게 어떻게 그 사실을 알린단 말인가. 그 사실을 알게 되면 나에 대한 애덤의 생각은 완전히 바뀔 것이다. 더는 날 자신이 원하는 여자로 보지 않고, 그저 불쌍한 여자로만 볼 것이다. 내가 말하려고 입술을 달싹이는데 애덤이 먼저 말한다.

"옆 별채에 머무는 남자 때문이지?"

나는 어처구니없는 웃음을 터뜨린다.

"뭐라고?"

"그 찰리라는 남자. 당신에게 아주 푹 빠져 있던데."

나는 믿을 수가 없어서 고개를 젓는다.

"찰리 때문이 아냐."

내 말에 애덤은 방어적으로 팔짱을 낀다.

"애덤. 난 그 남자를 좋아하지 않아. 그냥 휴가지에서 만난 남자에 불과하다고."

애덤의 눈에서 불이 튄다.

"알았어."

"아니, 당신은 몰라."

나는 숨을 잔뜩 들이쉬고 초원을 향해 외치고 싶다.

'찰리 때문이 아냐. 아직 당신을 잊지 못했는데 어떻게 찰리를 좋아할 수 있겠어? 당신 옆에 있을 때마다 나는 행복해져. 당신 살냄새를 맡을 때마다 참을 수 없는 욕망이 가득 차오른다고.'

하지만 이런 말은 도움이 되지 않는다. 그래서 장난스럽게 대꾸한다.

"애덤, 그 남자는 카디건을 입는다고. 그것도 옷깃이 달린 카디건. 분명히 말하는데 찰리 때문이 아냐."

무심코 고개를 드는데 내 말을 들은 찰리가 날 똑바로 노려보고 있다. 그는 눈을 끔뻑이더니 몸을 돌려 별채로 성큼성큼 걸어가 현관문을 탁 닫는다.

61

──────── 한 시간 뒤, 나는 밖에 나갔다가 찰리와 마주칠까 두려워서 소파에 웅크리고 누워 있다. 찰리를 찾아가 설명 또는 사과를 해야 할까? 그동안 윌리엄은 말없이 생각에 빠진 채 침울하게 앉아 있다.

"오늘은 축구 시합이 왜 일찍 끝났어?"

내가 묻자 윌리엄은 어깨를 으쓱해 보이며 대답하기를 거부한다.

"또 넘어졌니?"

윌리엄은 고개를 들고 날 노려본다. 어떻게 자기가 레알 마드리드 수준에 못 미치는 경기를 했을 거라 생각하냐는 듯이.

"아니, 내가 골을 넣었어."

"어머나!"

나는 다소 지나치게 충격을 받은 듯이 말한다.

"세상에, 정말 잘했다, 윌리엄. 근데 왜 그렇게 시무룩해?"

윌리엄은 고개를 저으며 얼굴을 찡그린다.

"어서 말해봐."

"다른 아이들이 제임스를 게이라고 놀렸어. 내가 제임스를 괴롭히지 말라고 했더니 나한테도 게이라는 거야. 난 게이가 아닌데."

"아, 윌리엄."

나는 짜증스러운 동시에 뿌듯한 마음으로 한숨을 쉰다.

"제임스를 위해 나선 건 잘한 일이야. 하지만…… 설사 네가 게이라고 해도 괜찮아. 엄마 생각은 그래."

윌리엄의 입술 한쪽이 올라간다. 마치 내가 이 상황을 제대로 이해하지 못한다는 듯이.

"난 그냥 그 애들이 제임스를 괴롭히는 게 싫었을 뿐이야."

"그래, 알아. 그 일이 있었을 때 셉 아저씨는 어디 있었니?"

"축구장 옆에서 신문을 읽고 있었어. 너무 멀리 떨어져 있어서 무슨 일이 벌어지고 있는지 못 들었어."

"넌 옳은 일을 한 거야, 우리 아들."

나는 윌리엄에게 다가가 그 애의 앙상한 어깨에 팔을 두르고 꼭 끌어안으려고 하지만 윌리엄은 내 손을 뿌리치며 말한다.

"이제 난 축구를 함께할 사람이 없다고. 이제야 잘하게 됐는데."

그러고는 자리에서 일어나 침실로 들어간다.

나는 윌리엄을 내버려둔다. 하지만 이내 따라가고 싶은 충동을 이기지 못한다. 윌리엄의 침실 문을 열고 들어가 보니 아이가 이층 침대 위층에 올라가 엎드려 있다.

"윌리엄."

나는 부드럽게 말한다. 집이었다면 침대 끝에 앉아 윌리엄의 등을 문질러줬을 것이다. 아이가 짜증이 나서 내게 털어놓지 않을 수 없을 때까지.

나는 침대 위층으로 올라가는 사다리의 맨 아래 계단을 딛고 올라가다가 세 번째 계단에 이르러서야 이게 얼마나 위험한 일인지 깨닫는다. 아마 침대 위층은 두 사람의 무게를 견디도록 설계되지 않았을 것이다. 특히나 그 두 사람 중 하나가 지난 3주간 치즈를 엄청나게 먹어대서 청바지를 태워버릴까 생각 중인 성인 여자라면. 그래도 나는 위층까지 올라가 매트리스 위로 몸을 끌어올린다.

"뭐 하는 거야?"

윌리엄이 돌아눕더니 코를 찡그리며 일어나 앉는다.

"그냥 너랑 함께 있으려고."

나는 그렇게 말하고 마침내 침대 위에 앉아 다리를 꼰다. 마치 여기서 윌리엄과 함께 자려는 듯이.

"뭐 다른 고민이라도 있니?"

윌리엄은 사춘기 직전의 아이들 특유의 표정으로 날 바라본다. 내 질문이 너무 바보 같아서 어리둥절하다는 표정.

"없어."

"저기, 있잖아……. 축구 못 하는 게 문제라면 엄마에게 해결책이 있어."

"뭔데?"

"생각해봤는데……."

윌리엄은 무슨 말이 나올지 불안하다는 듯이 날 올려다본다.

"우리가 집에 일찍 돌아가는 게 좋을 것 같아. 내일이라도. 페리 시간표를 알아봤는데 수수료를 조금만 더 내면 예약한 표를 바꿀 수 있어. 그럼 넌 집에 가서 친구들을 만날 수 있고, 재키랑 〈골든 워페어〉 게임도 함께—"

"뭐라고?"

윌리엄이 내 말을 자른다.

"그러니까 엄마 말은…… 일찍 떠날 수도 있다는 거야. 내일."

"싫어!"

월리엄이 어찌나 심하게 거부하는지 나는 깜짝 놀란다.

"얘……, 그냥 생각이라도 해봐."

월리엄은 가슴 위로 팔짱을 끼고서 "생각해봤는데 가기 싫어"라고 내뱉는다. 아이의 얼굴이 백지장처럼 하얗게 질리고 몸까지 부들부들 떤다. 부루퉁하기만 했던 아이가 10초 만에 이토록 화가 나다니.

"네가 아빠와 즐겁게 시간을 보내는 건 알아. 하지만 아빠는 호텔 일로 아주 바빠. 그리고 너도 빨리 돌아가서 친구들을 만나면 좋잖아."

내가 설득해보지만 월리엄은 입을 앙다물고 나를 노려본다.

"아빠랑 사이가 안 좋아서 그러는 거야?"

월리엄이 어젯밤 일을 전혀 모른다는 사실에 울어야 할지, 아니면 안도감에 웃어야 할지 모르겠다.

"음, 아니. 그래서 그러는 거 아냐."

월리엄이 화를 내며 말한다.

"뭐가 아냐? 엄마는 아빠 미워하잖아. 날 위해서 여기 계속 머물지도 못할 만큼. 아빠랑 나는 이제 막 좋은 친구가 됐고, 아빠가 축구 잘하는 법도 가르쳐주고 있는데―"

"그래서가 아냐, 월리엄."

나는 아이의 말을 자르고 설명한다.

"아빠는 할 일이 너무 많아. 그리고 다음에 널 보러 영국에 오겠다고 이미 약속했어."

애덤한테서 떨어뜨려놓고 싶은 사람은 월리엄이 아니라 나라는 사실을 도저히 말할 수가 없다. 윌리엄이 이렇게 나오기 전까지는 내가 여기 계속 남아 있는 걸 얼마나 두려워하는지 미처 몰랐다.

"난 아무 데도 안 갈 거야. 엄마는 엄마 마음대로 해."

윌리엄이 단호하게 말한다.

나는 지금껏 들어본 적 없는 윌리엄의 이 달갑지 않은 말투가 믿기지 않아서 눈을 깜빡인다.

"지금 뭐라고 했어?"

"난 안 갈 거라고."

윌리엄의 말투 때문인지, 날 노려보는 눈빛 때문인지 모르겠지만 갑자기 이 상황을 통제할 수 없다는 사실에 압도당한다. 이건 잘못되어도 한참 잘못되었다. 소리를 지르고 싶다.

"엄마한테 무슨 말버릇이야."

나는 내가 얼마나 충격을 받았는지 감출 수 있을 만큼 엄하게 말한다.

"엄마가 돌아가야 한다고 하면, 넌 돌아가는 거야. 그리고 다시는 엄마한테 그런 식으로 말하지 마. 넌 스물다섯 살이 아니라 열 살이고, 설령 스물다섯 살이라고 해도 엄마한테 그런 식으로 말하면 안 돼. 사실 어느 누구한테도 그런 식으로 말하면 안 되지."

"내가 어쨌길래? 내가 잘못한 것도 없는데 왜 야단을 맞아야 해? 약속을 어기고 모든 걸 망친 사람은 엄마잖아. 그것도 일부러!"라며 윌리엄이 소리를 지른다.

윌리엄의 투덜거림과 피해자 행세가 내 신경을 건드린다. 《슈퍼 내니》 책에서 읽었던, "아이에게 소리를 지르면 아이가 이기는 셈"이라는 구절은 깡그리 무시해버린다. 이성적으로 행동하고 싶지도 않다. 더는 내게 벌어지는 일들을 받아들일 수가 없고, 이 상황이 결정타가 된다.

"그만해, 윌리엄!"

나는 결국 소리를 지르고 만다.

"넌 이 엄마가 지금 어떤 상황인지 전혀 몰라. 쥐뿔도 모른다고. 알았다면 엄마를 이해하고 엄마 뜻에 따랐을 테니까. 그리고 절대 엄마한테 그런 식으로 말하지도 않았겠지. 혼자 힘으로 널 키운 엄마가 마치 네 신발 바닥에 붙은 껌이라도 된다는 듯이 말이야."

"엄마가 혼자서 날 키운 건 아빠를 내 곁에 못 오게 하려고 그런 거잖아."

나는 볼 안쪽을 세게 깨문다.

"그렇지 않아, 윌리엄. 그렇지 않다고."

"알 게 뭐야. 아무튼 난 집에 안 갈 거야."

"딱 두 가지만 말할게. 첫째, 엄마한테 다시는 그딴 식으로 말하지 마. 넌 일흔 살이 될 때까지 아이패드 접근 금지야. 그리고 둘째, 우리는 내일 집으로 돌아갈 거야. 그러니까 싫어도 참아. 원래 인생은 이따금 엿 같은 거야, 윌리엄. 거기에 익숙해지라고."

윌리엄은 이불을 홱 젖히고 두 다리를 침대 아래로 내리더니 바닥으로 뛰어내린다. 그러고는 침실 문을 쾅 닫고 나가버린다. 나는 가슴이 철렁 내려앉는다.

윌리엄과 이렇게 다툰 적은 처음이다. 마음 한편으로는 내가 왜 그랬는지 알 수 없지만, 다른 한편으로는 저렇게 버릇없는 윌리엄에게 여전히 화가 치민다. 어느 쪽이든 나는 죄책감에 휩싸이고, 이 일이 일어나기 7분 전으로 되돌아가고 싶다.

나는 다시 침대 사다리를 붙들고 씨름하지만 이런 사다리를 내려가는 게 너무 오랜만이다. 그렇다고 그냥 뛰어내릴 수도 없다. 그래서 사다리를 등진 채 내려가는 실수를 저지르고 만다. 그러다 주르륵 미끄러지면서 양쪽 무릎이 칠면조구이 다리처럼 구부러지고, 그제야 이 방법으로는 내려갈 수 없다는 걸 깨닫는다.

나는 천천히 위로 다시 올라가 몸을 반대로 돌려서 내려간다. 그러고는 잠깐 멈춰서 생각을 정리한 뒤 윌리엄을 찾으러 거실로 나간다. 하지만 윌리엄은 거실에 없다.

"윌리엄 어디 갔어?"

나타샤가 싱크대에서 고개를 들며 "밖에 나갔어. 괜찮아? 둘이 심각하던데"라고 묻는다.

"그랬어."

나는 현관으로 걸어가 문을 열고 안뜰을 내다본다. 안뜰에는 아무도 없다. 나이팅게일 두 마리가 담장 위를 통통 뛰어가고, 부겐빌레아 주위에서 벌들이 웽웽거릴 뿐이다.

"어디 간다는 말 없었어?"

"미안하지만 없었어. 별일 없는 거야?"

나는 주먹으로 이마를 문지르며 "사실 잘 모르겠어, 나타샤"라고 중얼거린다.

62

—————— 나타샤와 나는 흩어져서 윌리엄을 찾는다. 나는 로시뇰성을 찾아보고, 나타샤는 애덤의 집에 가보기로 한다. 그리고 무슨 일이 있든지 20분 뒤에 다시 우리 별채에서 만나기로 한다. 전화로 연락하는 건 믿을 수 없기 때문이다.

나는 숲속 길을 따라 달리며 윌리엄의 이름을 부르지만 돌아오는 것은 침묵과 빨라진 맥박의 불규칙한 박동뿐이다. 숲에서 나와 성으로 달려가는데 애덤이 성에서 나오더니 곧 무언가 잘못되었음을 알아차리고 묻는다.

"무슨 일이야?"

"윌리엄 때문에. 나랑 다투다가 나가버렸어. 어디로 갔는지 모르겠어."

애덤은 잠시 생각하더니 나를 안심시킨다.

"걱정하지 마. 윌리엄은 경솔한 애가 아냐. 나도 가서 찾아볼게. 골프 카트를 타고 둘러볼게."

애덤은 호텔 단지 반대편으로 달려가고, 나는 반대쪽 길을 따라 달리며 윌리엄의 이름을 부르고 또 부른다. 도중에 사람을 만날 때마다 멈춰 서서 혹시 윌리엄을 봤는지 묻는다.

별채로 돌아와 앞에 서 있는 나타샤를 보고서야 내 입에서 흐느낌이 새어 나온다. 나는 어서 새로운 소식을 들으려고 빨리 달린다.

"겁먹지 마, 제스. 틀림없이 이 근처에 있을 테니까."

나타샤가 해줄 수 있는 말은 이것뿐이다.

우리는 숲속, 그리고 베키와 셉이 묵는 별채를 비롯해 근처의 다른 별채들을 살펴보다가 마침내 다시 우리 별채로 돌아온다. 별채 앞을 서성거리니 등의 땀이 식는다. 1분이 지나도 애덤은 여전히 나타나지 않는다. 우리는 침착한 척하며 자리에 앉아 기다린다.

나는 애덤의 골프 카트가 옆자리에 윌리엄을 태운 채 곧 저 모퉁이를 돌아 나올 거라고, 모든 일이 잘될 거라고 생각한다. 나타샤가 고개를 들자 나도 그녀의 시선을 따라간다. 애덤이 탄 골프 카트가 보이지만 옆자리는 비어 있다. 나는 골프 카트에서 내리는 애덤에게로 달려간다.

"허탕이구나."

질문이라기보다 혼잣말하듯 내가 말한다.

애덤은 고개를 끄덕이고, 나는 걱정이 가득한 애덤의 표정을 보고 새삼 놀란다.

"이 차로 갈 수 있는 데는 다 가봤어. 하지만 그렇게 멀리 갔을 리가 없어."

"바보 같은 짓은 안 하면 좋으련만."

"안 할 거야"라고 나타샤가 힘주어 말한다.

"윌리엄이 얼마나 화났는지 몰라서 그래."

"아냐, 나타샤 말이 맞아. 홧김에 어디에서 머리를 식히고 있을 거야. 나는 호텔로 가서 벤과 함께 윌리엄을 좀 더 찾아볼게."

애덤이 확신에 차서 말한다. 그러고는 날 돌아보더니 내 눈을 살피며 "제발 걱정하지 마"라고 말하고는 내 손을 꽉 잡는다. 아주 잠깐이지만 기분이 조금 나아진다.

"자, 서두르자. 두 사람은 저기 동쪽에 있는 숲을 찾아봐. 나는 반대편으로 갈게. 30분 뒤에 여기서 다시 만나."

"그때까지 윌리엄을 못 찾으면?"

애덤은 이를 악문다.

"그건 그때 가서 생각하자고."

나타샤는 나보다 체력이 좋다. 내가 그걸 아는 이유는 나타샤도 그릿 수업을 듣는데 훨씬 즐기는 수준으로 하기 때문이다. 나는 매 수업을 출산이라도 하듯이 흉측하고 고통스럽게 느껴서 수업이 끝나고 난 뒤 얼마나 힘들었는지를 잊어버릴 즈음에야 다시 할 마음을 먹곤 한다.

그런데도 윌리엄의 이름을 부르며 숲속을 달리는 지금, 나타샤는 나를 따라잡지 못한다. 마침내 나타샤가 "제스!" 하고 소리를 지른다. 나는 뒤돌아본다. 나타샤가 허리를 구부린 채 팔꿈치를 허벅지에 대고 숨을 고르고 있다.

"제스……, 이제 그만…… 돌아가야 해."

손목시계를 보니 애덤을 만나기로 한 시간이다. 별채로 돌아가면서 나는 아까와 달리 우리가, 내가 부정적인 생각에 짓눌려 천천히 가고 있음을 깨닫는다. 이 숲을 지나 별채 현관 앞에 다다랐을 때 윌리엄 없이 혼자 서 있는 애덤을 보고도 견딜 수 있을지 모르겠다.

하지만 별채 앞에는 아무도 없다.

"이건 좋은 신호일 수 있어."

무슨 논리로 나타샤가 그렇게 말하는지 잘 모르겠지만 나는 이가 딱딱 부딪치는 걸 멈추려고 애써 고개를 끄덕인다.

그때 애덤이 누군가와 함께 모퉁이를 돌아 나온다. 나는 가슴이 철렁 내려앉는다.

"데려왔네."

"아! 하느님, 감사합니다."

하느님께 감사하고 앞으로 더 훌륭한 사람이 되겠다는 뒤죽박죽의 기도가 머릿속을 스쳐 간다. 하지만 고개를 든 순간 내 희망은 박살 난다. 윌리엄은 반바지를 입었는데 애덤과 함께 있는 사람은 긴바지를 입었다. 그리고 훨씬 키가 크고, 훨씬 나이가 많고, 훨씬······.

애덤과 함께 온 사람은 윌리엄이 아니라 벤이다.

63

———————— 윌리엄이 사라진 지 벌써 한 시간 반, 나는 경찰에 신고하고 싶어진다. 윌리엄이 시무룩해서 어딘가에 숨어 있을 거라는 애덤의 말이 맞을 거라고 믿고 싶지만 지금껏 이런 적은 한 번도 없었다.

그래도 윌리엄에게 아무 일 없다고 굳게 믿는 애덤을 보니 도움이 된다. 나는 애덤의 확신이 간절히 필요한 터라 윌리엄은 아무 일 없을 거고, 아이패드 금단증상이 시작되자마자 곧 돌아올 거라는 말을 계속해달라고 부탁한다.

하지만 마침내 애덤도 호텔로 돌아가 유선전화로 경찰에 신고하자고 말한다. 애덤이 사무실 문손잡이를 잡는데 주방 직원 쥘리앵이 옆으로 지나가며 인사한다.

"Est-ce que tout va bien(별일 없어요)?"

애덤은 사무실 문을 열고 안으로 들어가 책상 앞에 앉으며 건성으로 "Nous ne pouvons pas trouver William(윌리엄이 사라졌어)"라고 말하고는 전화기의 다이얼을 누른다.

"윌리엄?"

쥘리앵이 날 돌아보며 말을 잇는다.

"조금 전에 호숫가에서 봤어요. 출근하기 전에 낚시하러 갔거든요."

"네? 내 아들 윌리엄을 봤다고요?"

"네, 어떤 남자랑 얘기하고 있던데요."

애덤은 전화기를 쾅 내려놓는다.

"가서 찾아보자."

우리 셋, 그러니까 나, 나타샤, 애덤은 골프 카트를 타고 올라갈 수 있는 데까지 올라간 다음 차에서 내려서 뛴다. 지난번에 찰리, 클로이와 호숫가로 걸어갔을 때 얼마나 걸렸는지 정확히 기억나진 않지만 족히 30분은 걸렸던 것 같은데 지금은 훨씬 길게 느껴진다.

언덕 앞에 도착하니 숨이 턱에 차 쓰러질 지경이다. 나는 풀로 덮인 비탈을 전속력으로 올라가지만 애덤이 훨씬 빠르다. 그의 팔다리가 피스톤처럼 계속 움직이다가 마침내 호숫가에 도착한다. 2초 뒤에 나도 애덤 옆에 가서 선다.

호수 옆에서 작은 형체가 혼자서 물수제비를 뜨고 있다.

나는 윌리엄의 이름을 부르지 않는다. 어차피 숨이 너무 헐떡거려서 목소리가 나오지도 않지만. 대신 애덤이 호숫가로 내려간다. 우리가 절반쯤 내려갔을 때 윌리엄이 우리를 돌아보더니 다시 고개를 돌려 호수를 바라본다.

마침내 나는 윌리엄에게 다가간다. 다가가서 그 애의 어깨를 잡아 돌려세우고 꼭 껴안는다. 이 아이를 위해서라면 무슨 일이든 할 거라는 결심이 다시 강렬히 떠오르며 머리가 지끈거린다.

"이게 대체 뭐 하는 짓이야, 윌리엄?"

나는 간신히 그렇게 말하고는 덧붙여 말한다.

"아빠랑 엄마가 얼마나 걱정했는지 알아? 엄마는 네가 도망친 줄 알았어. 아니면…… 아니면 물에 빠졌거나 무슨 끔찍한 사고가 생긴 줄 알았다고. 아까 너랑 얘기했다는 남자는 누구야?"

윌리엄은 고개를 숙인 채로 눈을 치켜뜬다.

"찰리 아저씨. 클로이 누나랑 산책하러 왔었어."

나는 가슴이 죄어들지만 억지로 어깨의 긴장을 푼다. 윌리엄의 눈에서 눈물이 흘러내리자 내 입술이 떨린다. 윌리엄은 시선을 피하며 반항하듯이 "미안해"라고 쏘아붙이며 눈물을 닦는다.

"앞으로 다시는 이런 짓 하지 않겠다고 약속해. 알겠니?"라며 내가 애원한다. "다시는 이러면 안 돼, 응?"

하지만 윌리엄은 내 말을 무시한다. 나는 윌리엄의 턱을 돌려 날 바라보게 한다.

"약속해, 윌리엄."

"알았어!"

가슴이 터질 것만 같다.

"윌리엄, 엄마 지금 심각해. 모르겠니?"

"알아!" 하고 윌리엄이 악을 쓴다.

"글쎄……, 모르는 것 같은데. 넌…… 전혀 뉘우치고 있는 말투가 아니야."

윌리엄이 씩씩거리며 다른 곳으로 걸어간다. 애덤이 윌리엄의 손을 잡아 세우더니 우람한 팔로 우리 아들을 끌어안는다. 나는 무력하게 소외되는 심정이다. 윌리엄이 애덤의 품에서 울기 시작하고, 애덤은 윌리엄의 가느다란 머리카락을 쓰다듬으며 "괜찮아"라고 속삭이고는 이마에 키스한다.

"걱정할 것 없어. 다 잘될 거야."

그러자 윌리엄이 이글거리는 눈으로 날 돌아본다.

"아뇨, 잘 안 될 거예요. 그렇지, 엄마? 우린 괜찮지 않을 거야."

모래가 잔뜩 들어간 것처럼 입 안이 깔끄럽다. 나는 침을 삼킨다.

"집에 돌아가는 일 때문에 그러는 거라면……."

"그것 때문이 아냐"라며 윌리엄이 노려본다.

"정직하지 않은 엄마 때문이지. 엄마는 늘 내게 정직해야 한다고 했잖아. 문제가 있으면 말해야 한다고. 하지만 엄마는 아무에게도 말하지 않았어. 그리고 난 알아……. 다 안다고."

64

—————————— 나는 잠자코 윌리엄이 한 말의 숨은 뜻을 해석하려 애쓴다. 그 많은 사람에게 비밀을 잘 감췄는데 정작 가장 알리고 싶지 않은 사람이 알아버린 걸까?

"자, 우리 모두 진정하자."

애덤이 끼어들더니 윌리엄을 돌아본다.

"윌리엄, 넌 나타샤 이모랑 호텔에 돌아가서 탁구를 하는 게 어때? 그동안 엄마랑 아빠는 얘기를 좀 할게. 또 달아나면 안 된다, 알았지?"

윌리엄이 고개를 끄덕인다.

나타샤가 슬며시 웃으며 "넌 아마 탁구 잘할 거야, 윌리엄. 하지만 내가 경고하지. 이모 실력도 만만치 않아"라고 아이를 달랜다.

"호텔에 벤이 있거든 요령을 좀 알려달라고 하렴, 윌리엄. 이 동네에서는 벤이 챔피언이야. 성수기가 시작된 후로 한 번도 진 적이 없어."

윌리엄은 망설이다가 나타샤와 함께 언덕을 올라간다. 지금은 나와 함께 있기보다 나타샤와 함께 있는 게 낫다고 판단한 모양이다. 애덤은 잔디에 앉아 호수를 바라본다. 나도 그 옆에 앉는다. 흰 황새 한 마리가 수면 위로 천천히 내려왔다가 다시 높이 날아오른다. 대기에서는 뜨겁고 달큼한 냄새가 풍기고, 높이 솟은 태양 아래 하늘은 진한 푸른색이며, 잔디는 부드럽게 내 종아리 뒤쪽을 간질인다.

"정말 아찔했어."

애덤이 말한다. 그러더니 잠시 망설이다가 한쪽 팔을 내 어깨에 둘러 나를 자기 옆으로 끌어당긴다. 나는 하지 말라고 말할 기운도 없어서 내버려둔다. 누가 날 안아주니 기분이 좋다. 든든하면서도 위안이 된다. 최근에는 아무에게도 위로를 받지 못한 터라 낯설면서도 놀라운 기분이 든다.

날 바라보는 애덤의 눈길을 느끼고 나도 그를 바라본다. 애덤이 키스하려고 몸을 숙인다. 나는 이번에도 거부하지 않는다. 그의 입술이 어찌나 부드러운지 몸에서 힘이 빠진다.

"또 그만하라는 말은 하지 마."

애덤이 말한다.

"그만해."

내 말에 애덤은 키스를 멈추지만 나를 뚫어져라 바라보는 건 멈추지 않는다.

"난 당신에게 빠졌어, 제스. 또다시. 앞으로 당신에게 계속 키스하고 싶어."

나는 몸을 떨며 거울처럼 맑은 호수 수면을 바라본다.

"참 간단하게 말하네."

"그럼 복잡해?"

"응."

애덤이 양손을 뒤로 뻗어 잔디를 짚으며 상체를 젖히고 실눈을 뜬다.

"아까 윌리엄이 말한 비밀은 대체 뭐야?"

나는 다시금 애덤에게 털어놓으려 한다. 우리 둘 다 준비가 안 되긴 했어도 말하는 게 옳다. 내가 말하려고 입을 열자 따뜻한 미풍이 내 머리카락 사이로 속삭이고, 햇살을 받은 살갗이 따끔거린다.

백만 가지 핑계를 댈 수 있지만 진짜 이유는 이것이다. 이렇게 아름다운 시간과 장소에서 애덤과 헌팅턴병 이야기를 하고 싶지 않다. 그에게 키스하고 아무 문제도 없는 척하고 싶다.

나는 몸을 기울여 그와 입술을 포갠다. 애덤의 따뜻한 가슴 위로 내 가슴이 스치는 동안 그의 몸에서 나오는 열기를 느낀다. 애덤은 내 입 속으로 빠져들어 탐욕스럽게 키스에 답하더니 몸을 떼고 "좋아"라고 속삭이며 내 머리카락을 쓸어 넘긴다.

"내게 비밀을 말해주지 않을 거라면 아까 내가 하려던 말로 돌아가지."

"무슨 말?"

"내가 당신에게 빠졌다고."

내 입에서 피식 웃음이 새어 나온다.

"그거 정말 고마워, 애덤."

나는 자세를 고쳐 앉으며 장난스럽게 말한다.

"하지만 당신이 몇 가지 잊은 게 있어. 예를 들어, 지난 10년간 당신은 살아 숨 쉬는 여자를 만나기만 하면 전부 사랑에 빠졌어."

"그렇지 않아."

"그리고 설사 내가 당신에게 호감이 있다고 쳐도, 사실이 그렇다는 게 아니라 어디까지나 가정이—"

"당연히 그렇겠지."

"내가 정신이 나가지 않고서야 '아싸! 애덤과 내가 다시 사귈 수 있어'라고 말할 수는 없어. 내가 요실금이며 갈라진 젖꼭지와 씨름하던 임신 기간에 맨날 밖에서 신나게 놀고 다니던 그 애덤하고 말이야."

그가 움찔한다.

"내가 힘들게 출산하는 동안 조지나와 섹스를 하느라 바빴던 그 애덤하고."

"난 밖에서 신나게 놀지 않았어. 그리고 조지나와 자지도 않았고. 이미 말했잖아."

"나중에 조지나와 동거했잖아!"

"그러니까 당신이 출산하던 날 밤에는 자지 않았다고."

더는 실랑이하고 싶지 않다. 지금까지 이 대화를 너무 많이 해서 또 할 수도 없다. 애덤은 몸을 일으키며 한숨을 쉰다.

"그 일이 당신한테는 여전히 중요하군. 출산할 당시에 내가 옆에 없었다는 사실이."

"당연하지, 애덤. 영원히 그럴 거야."

"나한테도 중요한 일이었어. 엄청나게 중요한 일. 난 정말 당신 곁을 지키고 싶었는데—"

"조지나랑 함께 있느라 바빴지."

"조지나랑 함께 있지 않았어. 그러니까 내 말은, 있기는 있었지. 그날 저녁에 조지나를 만났지만 조지나나 다른 누구와도 자지 않았어. 당신이 내 말을 믿어줬으면 좋겠어, 제스. 난 밤새 노던 탭에 있었고, 당신에게 가려고 했지만—"

"잠깐만."

내가 그의 말을 자른다.

"노던 탭?"

"왜 그래?"

"그때는 밤새 부시 바에 있었다고 했잖아."

애덤은 숨을 멈추더니 자신의 실수를 깨닫고 어깨가 굳어진다.

"그랬나?"

"그래, 애덤. 부시 바라고 했어."

"내가 어디에 있었는지가 뭐가 중요해? 요점은 내가 다른 여자랑 안 잤고, 그게 사실이라는 거야. 왜 날 못 믿지?"

"왜냐하면 당신이 거짓말하는 게 빤히 보이니까."

"거짓말 아냐."

"흠."

애덤은 시선을 돌리더니 골똘히 생각에 잠겨 손으로 머리카락을 쓸어 넘긴다.

"내가 뭐라고 해도 소용이 없겠군."

그 말이 맞다.

"저기, 이젠 상관없어."

내가 말한다.

"오래전 일이고, 다 지난 일이야. 요점은 이거야. 당신과 내가 다시 합친다는 건 우리 둘 모두에게 안 좋은 일이라고. 이유는 숱하게 많지만 특히 윌리엄 때문에."

"윌리엄은 좋아할 거야."

난 순간적으로 다 털어놓을 뻔한다. 가장 중요한 이유. 결정적인 이유. 애덤이 내세우려는 어떤 주장도 무용지물로 만들어버릴 이유. 하지만 말이 입 밖으로 나오지 않는다.

"지금 윌리엄의 삶은 단순해. 윌리엄에게는 엄마와 아빠가 있고, 두 사람은 함께 살지 않지만 둘 다 윌리엄을 사랑해. 우리 이기심만으로 그 애를 한동안 세상에서 가장 행복한 아이로 만들었다가 나중에 또 헤어지면 윌리엄은 비참해질 거야. 왜 윌리엄을 다시 그런 롤러코스터에 태워야 해?"

애덤의 눈동자는 흔들림이 없다.

"절대 헤어지는 일 없어."

"하지만 애덤, 그건 우리 둘 중 누구도 장담할 수 없어."

65

─────────── 나는 그날 저녁 내내 윌리엄의 눈동자 뒤에서 무슨 일이 벌어지고 있는지, 아까 그 애가 했던 아리송한 말에 아무런 악의도 없는지 알아내려 애쓴다.

마침내 이층 침대 사다리 맨 아래 계단을 딛고 서서 윌리엄에게 이불을 덮어주며 직접 물어본다. 엄마에게 헌팅턴병에 걸렸다는 말을 들은 이후로 가장 두려워하던 이야기를 꺼낼 마음의 준비를 하면서.

"너 아까 엄마가 정직하지 못하다고 했잖아. 그게 무슨 뜻이야?"

윌리엄은 책장 모서리가 잔뜩 접힌 《메이즈 러너》에서 시선을 떼지 않은 채 말한다.

"아무 의미 없어, 엄마. 그냥 홧김에 한 말이야. 그렇게 달아나버려서 정말 미안해."

"알아. 이미 말했잖아. 엄마도 미안하다. 너랑 말다툼하기 싫어. 앞으로 다시는 그런 일 없었으면 좋겠다."

"나도."

3년만 있으면 중학생이 된다는 사실을 고려할 때 과연 그렇게 될까 하는 의문이 들어서 나는 혼자 웃는다.

"그래서 우린 내일 집에 돌아가는 거야?"

이불을 턱 밑까지 끌어 올리며 윌리엄이 묻는다.

나는 머뭇거리며 "아니" 하고 대답한다.

윌리엄의 눈이 반짝거린다.

"네가 난리를 쳐서 그러는 건 아냐. 처음 계획대로 머무르는 게 낫겠다고 방금 엄마가 결정했어."

윌리엄이 씩 웃는다.

"하지만…… 엄마랑 너랑 한 번쯤 해야 할 이야기가 있어."

"무슨 이야기?"

윌리엄이 날 올려다본다. 난 아이의 표정을 보고 멈칫한다. 정말 지금이 그 이야기를 하기에 적절한 때일까? 여름휴가가 거의 2주나 남은 이 시점에? 앞으로 2주 동안 햇살 속에서 느긋하게 쉬면서 수영이나 해야 할 아이에게 너도 할머니처럼 될 수 있다는 이야기를 꼭 해야 할까? 이번 휴가에서 드라마 같은 일은 이미 충분히 겪었다.

"성교육 책에서 더 물어볼 거 있어?"

나는 그 자리에서 얼른 둘러댄다.

윌리엄은 곰곰 생각하는 표정을 짓는다.

"지금은 없어."

천만다행이다.

"그래서 탁구 시합에서 나타샤 이모를 이겼어?"

"응, 아빠 말대로 벤 형이랑 같이 했거든. 형이 아주 잘하더라고."

"그래?"

"응, 근데 나타샤 이모한테 일부러 계속 져주더라. 둘이 좋아하는 거 같아. 이모는 형이랑 사귀어야 해."

"그렇게 생각해?"

"응."

윌리엄이 고개를 끄덕인다. 자신의 통찰력을 아주 자랑스러워하는 기색이 역력하다.

"근데 지금은 다른 아저씨, 그 늙은 아저씨가 이모 남자 친구지?"

"조슈아 아저씨는 그렇게 늙지 않았어."

"그래? 어쨌든 벤 형이 훨씬 재미있어."

"알았다, 큐피드. 이제 그만 자야지."

윌리엄이 이불 속으로 파고든다.

"사랑한다, 윌리엄."

"내가 더 사랑해."

나는 침실 문을 닫고 영국에 돌아가는 대로 윌리엄에게 헌팅턴병에 대해 말하겠다고 다짐한다.

이튿날 아침, 내 침실은 흐릿한 빛으로 가득 차 있다. 나는 침대에 누운 채 천장에서 돌아가는 선풍기의 부드러운 응응 소리를 듣는다. 휴가 마지막 날이 아득히 멀게 느껴지는 동시에 빠르게 다가오는 듯하다.

애덤 곁에 있으면 괴로우면서도 즐겁다. 오직 거짓된 평계가 있어야만 그를 가질 수 있다는 걸 알기에 그를 원하는 마음이 더욱 커진다. 애덤은 내가 예전에 처음 사귀었을 때와 같은 여자인 줄 안다. 젊고, 눈이 반짝거리고, 길고 건강한 미래가 펼쳐진 여자.

나는 윌리엄을 위해서라도 휴가가 끝날 때까지 여기 머물 것이다. 그리고 상황이 어떻든 간에 윌리엄이 아빠를 좋아한다는 사실은 좋은 일이다. 이제는 정말로 그렇게 믿는다. 휴가가 끝나면 애덤이 다시 예전으로 돌아갈지 모른다는 걱정이 손톱만큼 남아 있기는 하지만. 지금도 애덤은 아빠라기보다 친구처럼 행동한다.

집 밖에서 누군가의 목소리가 들리자 나는 일어나 앉아 혹시 찰리와 클로이의 목소리인지 귀를 기울인다. 벌떡 일어나 이를 닦고 세수한 뒤 원피스를 입는다.

짧은 사과의 말을 나직이 연습하면서 현관문을 열고, 잔뜩 벼르며 안뜰로 나간다. 목소리를 따라 별채 뒤쪽 주차장으로 가보지만 찰리의 차는 사라지고 없다. 그제야 내가 들은 목소리는 어제 아기를 데리고 다른 별채에 들어온 부부임을 깨닫는다.

나는 풀이 죽는다. 이 대화를 나중으로 미뤄야 한다고 생각하니 안심이 되면서도 실망스럽다. 다시 안뜰로 돌아가니 늘 벽에 기대어 있던 클로이의 빨간 튜브, 햇볕 아래서 녹아내리던 튜브가 사라지고 없다. 현관 옆에 있던 샌들도 없다. 의자에 걸쳐두던 비치 타월이나 간밤에 쓴 시트로넬라 향초도 없다.

나는 천천히 별채로 다가가 손바닥으로 빛을 가리고 유리창 너머 집 안을 들여다본다. 거실에는 아무도 없다. 별채는 텅 비었고, 투숙객은 사라졌다.

66

─────────── 그 일이 있고 난 뒤 선 베드에 누워 다리에 쏟아
지는 햇볕을 쬐니 마음이 편안해진다. 제임스와 루퍼스가 다투는
소리만이 이 평화를 깨뜨릴 뿐이다. 마침내 나는 두 아이를 떼어놓
기 위해 윌리엄에게 루퍼스를 데리고 가서 다른 아이들에게 함께
축구하자고 얘기해보라고 권한다. 우리와 함께 남은 제임스는 나타
샤가 가져온 〈글래머〉 잡지를 뒤적인다.

내가 선크림을 막 덧바르려는데 윌리엄과 루퍼스가 터덜터덜 돌
아온다. 윌리엄에게 또 아이들이 못되게 굴더냐고 물으니 윌리엄
은 어깨를 으쓱해 보이며 아빠가 곧 와서 함께 수영하기로 했다고
말한다. 10분 뒤에 애덤이 도착하고, 그가 수영장 옆에서 옷을 벗자
나는 일부러 눈을 돌린다.

"〈폴다크(Poldark)〉 다음 시즌은 언제 하려나?"

나타샤가 선글라스를 내리고 애덤의 몸을 뜯어보면서 혼잣말을
한다.

포피에게 모자를 씌워주려고 씨름하던 베키가 키득거리며 동작
을 멈추더니 "지금 〈폴다크〉가 문제야?"라고 말한다. 그러고는 날
슬쩍 찌르며 덧붙인다.

"지난번에 네가 좋은 시간을 보낸 게 당연해, 제스."

나는 책 너머로 애덤을 몰래 훔쳐보는 걸 그만두고 다시 책에 집중하려고 선 베드에 눕는다. 그러다 굳이 그렇게까지 해야 하나, 라는 생각이 든다. 그냥 애덤과 윌리엄, 그리고 내 앞에 펼쳐진 광경을 보면 안 되나? 나는 책을 내리고, 수영장에서 가느다란 띠처럼 반짝거리는 햇살에 눈이 가도록 내버려둔다.

팔에 튜브를 낀 채 머리가 젖은 아이들은 형광색 막대 아이스크림을 빨아 먹고, 염소 처리한 수영장 물을 찻잔에 따라 엄마에게 준다. 애덤이 물을 튕기자 윌리엄은 무력하게 웃음을 터뜨리고, 그 대가로 아빠를 물속에 밀어 넣는다.

초현실적인 평온함이 밀려온다. 내 삶이 좋은 것들, 아름다운 것들, 햇살과 웃음으로 가득 찼다는 느낌이 든다. 아니, 그 사실을 다시금 깨닫는다.

"나타샤 이모, 오늘은 피부가 정말 햇볕에 그을린 것 같아요."

제임스가 끼어든다.

나타샤는 자기 팔을 내려다보더니 제임스에게 몸을 기울이며 말한다.

"이건 갈색 로션을 발라서 만든 가짜 피부란다. 다른 사람들한테는 비밀이야."

"나도 발라도 돼요?"

"안 돼."

베키가 웃으며 말하자 제임스가 얼굴을 찡그린다.

"어릴 때도 그런 로션을 발랐어요, 나타샤 이모?"

"아니. 이모가 어릴 때는 그런 로션이 없었어."

제임스는 잡지를 한 장 넘기며 "그 구석기에는 또 뭐가 없었어요?"라고 묻는다.

다이어트 콜라를 마시던 나타샤는 사레가 들려 켁켁거린다.

"안녕하세요!"

조슈아가 환하게 웃으며 우리를 내려다보고 서 있다. 그는 배 둘레가 딱 달라붙는 폴로셔츠를 입고 있다.

나타샤가 고개를 들고 미소 짓는다. 그러고는 옆자리를 토닥이며 "여기 앉으세요"라고 말한다. 조슈아는 의자에 앉더니 다리를 최대한 쩍 벌린다.

"여러분 다들 정말 멋지시네요."

조슈아가 그렇게 말하자 베키는 눈을 동그랗게 뜨고서 날 바라본다.

조슈아가 나타샤에게 몸을 기울이고 둘이 이야기를 나누는 동안, 수영장 반대편에서 바비큐 그릴을 닦으며 두 사람을 바라보는 벤이 내 눈에 들어온다. 잘생긴 벤의 낙담한 표정을 보자 나도 모르게 조슈아를 힐끗 보게 된다. 대체 나타샤는 조슈아의 어떤 점이 좋다고 생각하는 건지 궁금해진다.

베키가 내 쪽으로 몸을 기울이며 "아주 눈을 못 떼는데?"라고 속삭이고는 호두를 입에 던져 넣는다.

"벤 말이지? 그러게 말이야."

"벤 말고, 애덤" 하고 베키가 중얼거린다.

수영장 쪽으로 고개를 돌리니 애덤이 우리를 바라보며 서 있다. 나는 눈을 돌린다.

"너도 알겠지만…… 한때는 너희 둘이 정말 잘 어울렸어."

나는 베키를 노려본다.

"베키, 그만해."

그러고는 나타샤와 조슈아를 돌아보며 두 사람의 대화에 끼려고 한다.

"요즘에 한창 대세라는 건 알지만 굳이 공공장소에서 그래야 합니까?"

조슈아가 모유 수유에 대해 이야기하는 듯하다.

"모유 수유가 '정상적인 인간의 기능'이라고 주장하는 순진한 이상주의자들을 보면 참을 수가 없다니까요. 그렇게 치면 똥 싸는 것도 마찬가집니다. 하지만 난 모든 사람이 보는 앞에서 쪼그려 앉아 똥을 싸지는 않죠."

베키가 얼굴을 찡그린다.

"어떻게 그걸 아기에게 젖 주는 일과 비교할 수 있죠? 모유 수유는 아기에게 밥을 먹이는 행위라고요."

"젖병에 담아서 주면 되잖습니까? 아니면 적어도 화장실에 들어가서 해야지요."

토론이 베키와 조슈아 사이로 이어진다. 조슈아는 상대편이 토할 정도로 그들 목구멍 깊숙이 자기 의견을 쑤셔 넣기 전에는 한 치도 물러설 기미가 없어 보인다. 나타샤 또한 조슈아가 그냥 아가리를 닥쳐주었으면 하고 바라는 기색이 역력하다.

"방해해서 미안한데 난 그만 가봐야겠어."

내 말에 베키가 기회를 놓치지 않고, "나도 같이 가"라며 수영장을 바라본다. 수영장에서는 셉이 포피와 루퍼스를 데리고 놀아주고 있다.

"셉, 나 저녁 먹기 전에 샤워하려고 별채에 갈 거야. 혼자 수영하고 싶으면 내가 아이들 데려갈게."

"아니, 괜찮아. 요 두 녀석은 이따 내가 데려갈게."

윌리엄은 애덤과 함께 남고, 베키는 제임스의 손을 잡는다. 우리 셋은 숲 쪽으로 천천히 걸어간다.

"조슈아와는 흥미로운 대화였어"라고 내가 중얼거린다.

베키는 어이없다는 표정으로 눈을 치뜬다.

"그렇게 말할 수도 있겠네. 그 남자는 최악이야."

그러더니 다시 셉을 돌아본다. 셉이 포피를 공중으로 붕 띄워 올리자 포피는 까르르 웃음을 터뜨리고, 그 웃음은 우리에게까지 전염되어 웃게 만든다.

다시 별채 쪽으로 걸어가며 나는 베키가 혼자 흐뭇하게 미소 짓는 걸 보고 묻는다.

"왜 그래?"

베키가 어깨를 으쓱한다.

"내가 좋은 남자를 골랐지, 안 그래?"

나는 고개를 절레절레 흔들며 웃음을 터뜨린다.

"왜?"

베키가 어리둥절한 표정으로 묻는다.

"네가 다시 셉을 좋아하게 만들려고 내가 그렇게 고생해가며 아이들을 봐줬는데 말이야. 정작 조슈아와 이야기 나눈 지 5분 만에 그렇게 되다니."

베키도 깔깔 웃는다.

"굳이 조슈아와 비교하지 않아도 셉이 얼마나 좋은 남편인지 알 수 있지 않아?"

"바보 같은 소리"라며 베키는 혀를 차더니 날 슬쩍 보고는 씩 웃는다.

"그래도 도움이 되긴 됐어, 제스."

67

──────── 이튿날 윌리엄과 나는 배낭 하나에 샌드위치와 로스트비프 맛 감자 칩, 초콜릿을 잔뜩 챙겨서 가이드가 안내하는 단체 등산에 참여하기 위해 베제르 계곡으로 차를 몬다. 공식 가이드와 함께하는 등산은 길을 잃을 염려 없이 운동할 수 있는 좋은 방법 같다.

윌리엄은 처음에는 뜨뜻미지근한 반응이더니 막상 계곡에 도착하자 금세 모험심이 발동해 축축하고 습기로 번들거리는 동굴 속으로 재빨리 들어가는가 하면, 새소리가 귓가에 울리고 바위 사이로 야생화가 고개를 내민, 자갈이 깔린 산길을 신나게 뛰어다닌다.

우리는 잠깐 동안 비탈 정상에서 휴식을 취한다. 흐릿한 열기 속에서 바위에 걸터앉아 수분을 보충하고, 다리도 쉬게 해준다. 윌리엄은 사과를 다 먹더니 심지를 내게 건넨다.

"네가 스물한 살이 돼도 엄마가 네 쓰레기통 노릇을 해야 할까?"

나는 그렇게 말하며 배낭을 뒤져 비닐봉지를 꺼낸다. "쓰레기를 아무데나 버리는 것보단 낫잖아"라며 윌리엄이 멋쩍어한다. 나는 사과 심지를 비닐봉지에 담아 배낭에 밀어 넣는다.

"생각해봤는데 말이야, 오늘 저녁에 엄마가 네 축구 경기를 보러 가면 어떨까?"

유미 에브리싱

윌리엄은 별로 달갑지 않은 표정이다.

"그럼 애들이 날 지켜줄 엄마가 필요해서 함께 왔다고 생각할 거야."

"좋아, 난 한마디도 안 할게. 그냥 똥 씹은 표정으로 경기만 볼 게…… 그럼 아이들이 널 함부로 하지 못할 거야."

윌리엄은 내 거친 표현에 충격을 받은 모양이다.

"어차피 난 축구를 그렇게 잘하는 것도 아닌데, 뭐."

"말도 안 돼. 이번 방학에 네가 축구를 얼마나 잘하게 됐는데."

내가 그렇게 주장하긴 했지만, 솔직히 조금 과장해서 한 말이기 는 하다.

"다른 얘기 하면 안 돼?"

나는 초콜릿을 다 먹고 휴지로 손을 닦으며 "그래. 무슨 얘기 할 까?" 묻는다.

윌리엄은 잠시 생각한다.

"정치 얘기는 어때?"

그래서 우리는 채널 4 뉴스의 한 토막 같은 대화를 나눈다. 나는 아는 정보가 너무 없어서 4G가 제대로 터져 구글의 도움을 받은 뒤 에야 대화에 참여할 수 있다.

"나중에 커서 무슨 일을 할지 결정했어."

산을 내려오기 시작하면서 윌리엄이 말한다.

"뭘 할 건데?"

"난민 캠프에서 일할 거야. 거기서 사람들을 도울 거야. 의사를 할 수도 있고."

나는 윌리엄의 어깨에 팔을 두른다.

"정말 자랑스럽구나. 하지만 엄마는 네가 무슨 일을 하든 자랑스러울 거야."

"응, 물론이지. 근데 어차피 안 될 거야. 난 모델이 될 거니까."

그 말에 놀란 내가 기침을 한다. 마침내 윌리엄이 화난 표정으로 날 째려보자 나는 마치 아까 먹은 사과가 걸려서 그렇다는 듯이 주먹으로 가슴을 치면서 "그래"라고 수긍한다.

"아빠는 나 정도면 충분히 잘생겼다고 했어. 아빠는 내 나이 때 나만큼 잘생기지 않았대. 그러니까 모델이 될 수 있어"라고 윌리엄이 말한다.

한 시간쯤 뒤 별채에 도착해 안으로 들어서자마자 윌리엄이 본능적으로 아이패드를 집어 든다. 우리가 말다툼을 벌인 후로 윌리엄은 아이패드를 멀리했다. 아마도 앞으로 60년 동안 아이패드 금지라는 내 명령을 다시 떠올리게 하고 싶지 않아서일 것이다.

"그거 내려놔. 오늘 저녁은 베키 이모네 별채에서 먹을 거야. 그러니까 가기 전에 빨리 샤워부터 해."

"알았어, 엄마. 1분만."

내가 말리려는데 현관문이 열리더니 나타샤가 들어온다.

"안녕, 나타샤. 오늘 조슈아랑 나갔다 왔어?"

내 물음에 나타샤는 날 쳐다보며 "아니, 나 조슈아를 피해 다니는 중이야"라고 말한다.

"어머, 그럼 이제 싫어진 거야?"

나타샤가 낙담한 표정으로 고개를 끄덕인다.

"조슈아는 모든 조건을 만족시키는데 한 가지가 예외야. '병신처럼 행동하지 말 것'."

"유감이야, 나타샤."

"그럴 거 없어."

나타샤가 아무렇지도 않다는 듯이 말한다.

"조슈아는 내일이면 영국으로 돌아갈 테고, 런던은 넓으니까 두 번 다시 그를 만날 일은 없어. 알고 보니 조슈아는 자기가 아주 대단하다고 착각하는 멍청이였어."

"왜 내 귀가 간지럽지?"

고개를 돌려보니 현관에 애덤이 서 있다.

나타샤가 웃으며 말한다.

"애덤, 당신 얘기 아냐. 난 스웨터 챙겨서 베키네 갈 거야. 너도 갈 거지?"

"윌리엄이 샤워부터 하면. 그렇지, 윌리엄?"

윌리엄은 "응, 알았어"라고 대답하면서도 꼼짝하지 않는다.

나타샤는 스웨터를 가지러 방에 가고, 나는 애덤이 날 바라보고 있다는 걸 깨닫는다.

"베키한테 오늘 밤에 내가 못 간다는 말 들었지? 몽티냑에서 저녁 식사 약속이 있거든."

애덤이 말한다.

"들었어."

나는 우리 아들을 쳐다보며 이를 악물고 "윌리엄" 하고 부른다. 윌리엄은 대답하지 않는다.

"윌리엄!"

"1분만, 엄마."

나는 내가 합리적인 사람이라고 생각하지만 이건 너무하다.

"이미 1분 지났어. 1분이 뭐야, 10분은 됐겠다."

나는 윌리엄에게 다가가서 아이패드를 빼앗아 전원을 끈다.

"안돼에에에에!"

〈타이타닉〉 마지막 장면에서 뗏목에 타고 있던 케이트 윈즐릿처럼 윌리엄이 손을 뻗으며 외친다.

"엄마가 최소한 다섯 번은 말했어. 우리 오늘 멋진 하루를 보냈는데 망치지 말자."

"알았어! 난 이제 졌어"라고 윌리엄이 중얼거린다. 그러고는 자리에서 일어나 침실로 향한다.

"윌리엄, 잠깐만."

분명 애덤의 목소리지만 평소와 완전히 달라서 다른 사람 같다.

윌리엄이 돌아선다.

"엄마한테 그런 식으로 말하지 마라."

아이의 뺨이 붉어지고 눈은 충격으로 얼어붙는다.

"상대가 그렇게 여러 번 부탁하게 하면 안 돼."

애덤이 말을 잇는다. 그의 말투에서 살짝 불편한 기색이 느껴진다. 마치 지금 자기가 옳은 일을 하는 건지 잘 모르겠다는 듯이.

"만약 네가 그렇게 부탁하는데 우리가 계속 안 들어주면 기분이 어떻겠니?"

윌리엄은 뻣뻣하게 어깨를 으쓱한다.

"그러니까 하지 마라. 알겠지?"

윌리엄의 얼굴에 다양한 감정이 스친다. 처음에는 반항심과 민망함, 그러다가 조용한 굴욕감과 후회까지.

"미안해, 엄마."

"그래. 이제 어서 가서 빨리 샤워하렴."

윌리엄이 침실로 가는 것을 보며 나는 애덤에게 고맙다고 말한다. 애덤이 대답하기 전에 나타샤가 내 팔꿈치를 톡톡 건드리며 "베키네 별채에서 봐. 금방 올 거지?"라고 묻는다.

"10분 뒤에 갈게."

내 대답을 들은 나타샤는 현관으로 가서 문을 닫고 나간다. 나는 그제야 애덤이 안절부절못하고 있다는 걸 깨닫는다.

"잠깐 산책 좀 할까?"

"좋아."

집 밖으로 나오니 지평선에 나직이 걸린 태양이 건너편 들판에 한 무더기 피어 있는 야생화 위로 황금빛 햇살을 드리운다. 애덤이 먼저 앉고, 나는 일부러 그의 옆자리를 피해서 앉는다. 요즘에는 애덤 옆에 앉으면 너무 강렬하고 참을 수 없는 감정이 솟구치기 때문이다.

"요즘 이 호텔의 미래에 대해 많이 생각해. 아직 윌리엄에게 무언가를 약속하고 싶지는 않아. 일 처리가 덜 끝났으니까……. 게다가 그 전에 해야 할 일도 많고……."

"애덤, 무슨 말을 하려는 거야?"

"영국으로 돌아가고 싶어."

애덤이 날 뚫어져라 바라보며 내 반응을 기다린다. 하지만 난 너무 놀라서 대답이 나오지 않는다. 그러자 애덤이 말을 잇는다.

"방법이 있을 것 같기는 해. 간단하지는 않을 테고, 시간도 꽤 걸리겠지만 그래도 가능은 해."

그 말이 무슨 뜻인지 이해하자 머릿속에 온갖 질문이 떠오른다.

"여긴 어쩌고? 영국에서 무슨 일을 하려고?"

그런 중대한 사안은 이미 다 생각해뒀다는 듯이 그가 피식 웃는다.

"전부터 이 호텔을 사고 싶어 하는 사람이 있다고 했잖아. 근데 내가 늘 거절했어. 사업은 성공했지만 오랫동안 여기저기 손보느라 아직 빚이 많아. 이젠 빚을 좀 갚아야 할 때가 됐는지도 몰라……."

애덤이 말꼬리를 흐리고는 다시 이야기를 시작한다.

"아무튼 그래서 그 제안을 진지하게 알아봤는데 제안한 금액이 내 빚하고 맞먹더라고. 본전치기인 셈이지. 이윤이 조금 남을 수도 있고. 설사 손해를 본다 해도 상관없어. 맨체스터에서 다시 일자리를 구하면 적어도 윌리엄 곁에 머물면서 당신들을 보살필 수 있으니까. 우리 둘이 함께 할 수 있잖아. 부모 노릇 말이야."

머릿속에서 여러 가지 생각이 충돌하지만 그걸 입 밖으로 꺼낼 수가 없다.

"당신한테 뭔가를 기대한다는 말은 아냐, 제스."

이 말을 하고는 애덤이 눈을 깜빡거리며 땅을 바라본다.

"나와 다시 얽히고 싶지 않다고…… 적어도 그런 식으로는 싫다고 했던 당신의 말을 존중할게."

고개를 든 애덤은 의지가 확고한 표정이다.

"하지만 난 윌리엄의 인생에 관여하고 싶어. 학부모 행사에도 가고, 윌리엄을 학교 클럽에 데려다주는 일도 하고 싶어. 그러기 위해서라면 뭐든지 할 거야."

예전 같았으면 그런 일은 절대 불가능하다고 생각했으리라.

프랑스에 처음 도착했을 때 난 늘 애덤에게 짜증을 내며 더 나은 아버지가 되라고 시비를 걸었다. 그가 정말로 그렇게 될 수 있다고 믿지도 않으면서. 내가 여기 온 이유는 그저 나중에 엄마한테 엄마의 부탁대로 했다고 말하기 위해서였다. 말은 안 했지만 애덤이 실패할 거라고 확신하면서 애덤에게는 기대하는 척했다.

그러나 애덤은 실패하지 않았다. 기대 이상이었다. 하지만 유감스럽게도 그는 아직 자신이 윌리엄을 등하교시키는 것보다 훨씬 더 많은 부담을 지게 될 거라는 사실을 전혀 모르고 있다.

68

─────────── 지난번에 우리에게 아이들을 맡기고도 하늘이 무너지지 않는다는 사실을 확인한 베키는 이튿날 나타샤와 내가 다시 아이들을 봐주겠다는 제안을 받아들인다.

"엄마와 아빠는 또 데이트하는 거야?"

제임스가 묻자 나타샤가 대답한다.

"아마도 낮잠을 잘 거야."

"왜 잠을 자? 잠은 재미없는데."

"둘 다 새벽 5시 45분에 일어났으니까 아마 자고 싶을걸."

포피는 폭풍 눈물을 흘리며 부모와의 이별을 받아들이지 못했지만, 그들이 눈앞에서 사라지자마자 눈물을 뚝 그쳤다. 지금은 윌리엄과 함께 직소 퍼즐 네 개를 맞추고, 동화책 두 권을 읽고, 아이패드로 〈심슨네 가족들〉을 보면서 딸꾹질을 섞어가며 웃는다. 마치 무슨 내용인지 좀 안다는 듯이.

제임스와 루퍼스도 사이좋게 논다. 루퍼스가 어제 가족끼리 돔 므에 놀러 갔던 이야기를 들려주는 과정에서 약간의 혼란이 있었지만.

"엄마가 똥을 쌌어요(Mummy had a crap)"라고 루퍼스가 진지하게 말한다.

"아냐, 그런 적 없어"라며 제임스가 코웃음을 친다.

"그랬어! 진짜 큰 똥을 쌌는데 너무 좋다면서 당장 또 싸고 싶다고 했어."

"거짓말쟁이."

루퍼스의 말에 제임스가 중얼거린다.

"아냐! 형도 쌌잖아. 딸기 아이스크림 있는 걸로."

"혹시 크레이프(crepe) 말하는 거니?" 하고 나타샤가 짐작해본다.

"네, 똥(crap). 정말 맛있었어요."

한 시간 뒤, 푸른 하늘과 높이 솟은 태양이 우리를 수영장으로 가라고 유혹한다. 기온은 어제보다 덜 덥고, 공기는 더 맑고 상쾌하며, 호텔 벽을 따라 드리운 화분에서 레몬빛 작은 꽃들의 향기가 진동한다.

윌리엄은 늘 김이 서리는 물안경을 쓰고서 수영장에서 루퍼스, 제임스와 놀고 있다. 아이들은 다이브 스틱(막대 모양으로 물속에 던지면 바닥에 서는 장난감-옮긴이)을 물속에 던진 다음, 앞다퉈 그걸 집어 오는 놀이를 하고 있다.

홀터넥 비키니를 입은 나타샤는 진홍색 페디큐어를 칠한 발가락을 선 베드 밖으로 내민 채 등을 대고 누워서 작은 물뿌리개와 텀블러 서너 개로 포피와 티 파티 놀이를 한다.

벤이 우리 탁자에 놓인 컵을 치우러 오자 나타샤가 고개를 들어 미소 짓는다. 두 사람은 서로 상대 앞에서 부끄러워하는 듯 보인다. 그런 둘의 모습은 사랑스러운 동시에 안타깝다. 둘 다 무슨 말이든 하고 싶어 죽겠다는 표정이기 때문이다.

다행히도 수영장에서 나온 윌리엄이 물을 뚝뚝 흘리며 그들에게

다가와 침묵을 깨고 두 사람을 불행에서 구제해준다.

"앵무새는 고개를 안 돌려도 뒤를 볼 수 있다는 거 알아요?"

두 사람은 웃음을 터뜨린다.

"알고는 있었어"라고 벤이 말한다.

"수의학 전공했죠?"라고 내가 벤에게 묻는다.

"맞아요. 하지만 내가 네 나이일 때는 그런 걸 몰랐단다, 윌리엄."

"윌리엄은 아주 똑똑해요. 수학 우등생 명단에도 올라갔죠."

나타샤가 벤에게 말한다.

"우등생이 아니라 영재 명단이야."

내가 바로잡았지만 둘 다 내 말을 듣지 않는다. 윌리엄은 이미 수영장으로 터벅터벅 걸어가고 있다. 나는 나타샤가 벤과 계속 이야기를 나눌 수 있도록 그녀 대신 찻잔을 집어 들고 포피에게 차를 따라달라고 한다.

"남은 며칠 동안 뭘 할 거예요?"

벤의 물음에 나타샤는 "이제 우리도 아이디어가 바닥났어요"라고 대답하며 양쪽 다리를 모아 옆으로 눕는다. "당신은 쉬는 날 뭐해요? 추천해줄 만한 거 있어요?"

"저는 주로 차를 몰고 코스 호수로 갑니다. 거기서 수상스키를 탈 수 있거든요."

"아, 나도 수상스키 좋아해요. 2년 전에 카리브해에서 배웠는데 그 뒤로 탄 적이 없어서 아마 이젠 못 탈 거예요."

"전 사우스웨일스에서 배웠습니다. 굉장하죠?"

두 사람은 잡담을 나눈다. 이야기가 끝나자 벤이 나타샤를 바라보며 말한다.

유미 에브리싱

"관심이 있으면 내일 코스 호수에 데려다드릴게요. 쉬는 날이거든요."

순간적으로 나는 나타샤가 거절할 거라고 생각했다. 여기 처음 왔을 때 나타샤가 내게 말했던 이유들 때문에 말이다. 벤은 너무 어리고, 프랑스에 살고, 도저히 그녀가 원하는 의미 있는 관계로 이어질 수 없다.

하지만 황금빛 햇살이 그의 얼굴 위로 쏟아지고 산들바람을 타고 여름 향기가 진동하자 이곳에 마법 같은 기운이 흘러넘쳐서 그런 이유 따위는 존재하지 않는다.

"그거 좋네요."

벤의 얼굴이 미소로 환해진다.

"좋아요. 내일 아침 10시에 데리러 갈게요."

벤이 자리를 뜨자 나타샤는 한숨을 쉬며 "내 팔자를 내가 꼬네"라고 구시렁거린다.

"걱정하지 마."

"아니, 걱정돼. 벤은 좋은 남자지만 신혼집에서 쓸 그릇을 함께 고를 일은 없을 거야."

"사랑에 빠질 때가 되면 함께 그릇을 고를 남자가 나타날 거야, 나타샤. 하지만 이런 일은 강요한다고 되는 게 아니잖아. 그러니까 내가 너라면 그런 남자를 만날 때까지는 수상스키나 재미있게 타겠어."

"엄마!"

포피가 외치는 소리에 우리는 고개를 든다. 베키와 셉이 손을 잡고서 우리에게 걸어오고 있다.

"다시 태어난 기분이야."

베키가 씩 웃으며 허리를 숙여 포피에게 키스하고는 덧붙인다.

"낮잠이 얼마나 큰 호사인지 잊고 지냈어."

"두 사람에게 정말 고마워. 아주 좋은 선물이었어. 우린 정말 기진맥진했었거든."

셉은 그렇게 말한 뒤 윗옷을 벗어 던지더니 두 아들과 함께 수영장에 뛰어든다.

베키가 하품을 하더니 선 베드를 살짝 끌어당겨 그 위에 눕는다. 그녀는 아몬드 선크림을 다 바르기도 전에 곯아떨어진다. 어찌나 곤히 자는지 꿈까지 꾸는 듯 눈꺼풀이 실룩이고 파르르 떨린다.

나타샤가 내 허벅지를 톡톡 치더니 몸을 숙여 속삭인다.

"베키가 곯아떨어졌어. 낮잠 잤다는 거 거짓말 아냐?"

나는 슬며시 웃으며 "그랬으면 좋겠다"라고 속삭인다.

69

─────────── 요즘에는 영상통화를 할 때마다 아빠의 미소가 점점 더 옅어지는 듯하다. 예전에 아빠는 함박웃음을 짓곤 했다. 그것도 자주. 아빠의 웃음소리가 그립다. 어린 내게 자장가를 불러주고, 윌리엄이 넘어져 무릎을 다치면 달래주던 엄마의 목소리도.

나는 애덤의 사무실에서 서류에 둘러싸인 채 아빠와 영상통화를 하는 중이다. 아빠는 힘들지 않다고 계속 날 안심시키려 한다. 나타샤는 수상스키를 타러 갔고, 윌리엄은 셉과 아이들을 따라 호수로 낚시하러 갔다.

"아까 게이너가 다녀갔다."

아빠가 말한다. 게이너 아주머니는 엄마의 오랜 친구로 학교 동창이다. 지금은 피터버러에 살지만 두 달에 한 번씩 엄마를 찾아오려고 노력한다.

"아, 아주머니는 어떠셔?"

"아주 좋아. 최근에 남편이랑 케냐에 다녀왔다더구나. 가족 전체가 사파리 투어를 했대. 아주 좋았다고 하더라."

"멋지네."

아빠의 눈동자가 잠시 허공을 바라본다. 나는 아빠가 무슨 생각을 하는지 안다. 엄마도 그런 여행을 좋아했으리라.

"게이너는 충격을 받은 모양이야."

"무슨 충격? 엄마 때문에?"

아빠는 대답하지 않지만 결국 고개를 끄덕인다.

아빠는 날마다 엄마를 보기 때문에 엄마에게 일어나는 변화를 거의 알아차리지 못한다. 너무 느리고 서서히 변하는 터라 시드는 꽃을 바라보는 것과 같다. 계속 보고 있을 때는 변화가 전혀 보이지 않지만 떠났다가 돌아오면 그제야 시든 꽃이 보이듯이. 그리고 엄마에게는 한동안 만나지 못했던 친구의 망연자실한 표정을 보는 것이 가장 심란한 일이다.

나는 절망적인 침묵 속에서 아빠가 떨리는 손으로 입을 가리고 감정을 숨기지 못하는 모습을 지켜본다. 마음에 꽉 찬 슬픔의 무게 때문에 약해지지 않겠다는 아빠의 결심은 무너져 내린다. 이런 모습을 볼 때마다 아빠도 엄마도 내 부모이기 전에 한 인간이라는 사실을 깨닫는다.

엄마와 아빠는 35년간 서로를 지탱해왔다. 두 분의 사랑은 좋을 때나 힘들 때, 다른 부부였다면 헤어졌을 상황에도 늘 빛났다.

엄마는 오랫동안 천천히 쇠약해져갔다. 아직 우리 곁을 떠날 징조는 보이지 않지만, 만약 그런 날이 온다해도 우린 여전히 엄마의 죽음을 받아들일 준비가 되어 있지 않을 것이다. 아빠가 엄마 없이 뭘 할 수 있을지 난 정말 모르겠다.

"영국으로 돌아갈게, 아빠."

난 마음을 먹는다.

"그래 봤자 겨우 일주일 앞당기는 거야."

엄마를 위해서가 아니라 아빠를 위해서다. 아빠 혼자서는 이 일을 감당할 수 없다. 간호사가 지나가면서 아빠의 눈길을 끈다. 이 틈을 타 아빠가 내 마음을 돌려놓으려고 하기 전에 얼른 화제를 바꿔버린다.

"아, 그리고 애덤이 다시 영국으로 돌아올 거래."

아빠는 깜짝 놀라더니 등을 곧게 편다.

"정말이냐?"

"응, 윌리엄과 더 많은 시간을 보내고 싶대."

아빠의 눈가에 주름이 잡히는 걸 보니 아빠는 여전히 애덤이 좋은 모양이다. 이 일은 단지 엄마에게만 좋은 소식이 아니었다. 엄마와 내가 애덤에게 분노했을 때도 아빠는 애덤에게 한 번도 화내지 않았다.

"정말 잘됐구나, 제스. 너나 윌리엄에게 정말 잘된 일이야."

"응, 두고 봐야 알겠지만."

아빠의 표정이 살짝 어두워진다.

"애덤이 영국에 돌아와도 윌리엄에게 소홀할 거라는 말이냐?"

"아니, 그게 아니라……."

하지만 나는 말꼬리를 흐린다. 내가 무슨 뜻으로 한 말인지 나도 모르겠다.

그러다 깨닫는다. 나는 보류하고 있다. 장기간의 휴가로 여기 와 있는 동안이 아니라 현실에서도 일등 아빠로 변한 애덤을 보기 전까지는 애덤이 그렇게 될 거라고 믿고 싶지 않다.

"지난 몇 년 동안 윌리엄과 난 애덤에게 여러 번 실망했어. 그러니까 또 실망하고 싶지 않아. 그럴 일이 없기를 바라지만 현실적으로 생각해야지."

"애덤은 널 실망시키지 않을 거다, 제스."

나는 아빠를 보며 신기하다는 듯이 빙긋 웃는다.

"아빠가 늘 애덤을 좋아한 거 알아. 하지만 애덤은 그렇게 믿음 직한 성격이 아니야. 좋은 부모라는 걸 증명하려면 햇볕 아래서 기껏 서너 주 잘해주는 것만으로는 부족해. 윌리엄이 태어날 때 애덤이 날 팽개치고 전 여자 친구와 잤다는 사실은 변함이 없어."

아빠가 의자에 등을 기대며 묻는다.

"정말 애덤이 전 여자 친구와 잤다고 생각하니?"

"생각하는 게 아니라 사실이야."

아빠는 침을 삼키고는 말한다.

"네 엄마도 같은 말을 했다만, 난 그저 네 엄마 혼자 속단한 거라고 생각했다."

"그렇지 않아. 절대 용서 못 할 일이지."

"하지만…… 윌리엄을 낳을 때 넌 엄마가 네 옆에 있어주길 바랐잖니."

이 이야기를 하고 있자니 나도 모르게 화가 치민다.

"그거야 그렇지. 하지만 엄마와 애덤 둘 다 옆에 있어주면 더 좋았겠지. 뭐니 뭐니 해도 애덤은 아기 아빠라고!"

나는 화가 나서 말한다.

아빠는 고개를 끄덕이고는 시선을 돌린다.

"난 그냥…… 우리 때는 그렇지 않았거든. 출산할 때 아기 아빠가 없어도 대수롭지 않았어."

그러더니 아빠가 턱을 들고 가슴을 펴며 날 바라본다. 아빠의 입술이 불안하게 실룩인다.

"왜 그래, 아빠?"

"제스, 너한테 할 말이 있다."

70

──────────── 아빠 옆으로 보이는 문이 열리더니 간호사가 머리를 내민다. 쉰 살쯤 되어 보이고, 명찰을 달았지만 글자가 작아서 읽을 수 없다. 모르는 얼굴인 것으로 봐서 새로 온 직원이라고 짐작할 뿐이다.

"아내분 목욕이 끝났습니다."

간호사가 말한다.

"아, 그렇군요. 알겠습니다."

아빠는 문을 열려고 아이패드를 내려놓는다. 나는 이내 휠체어에 탄 엄마가 병실로 들어오고, 두 간호사가 엄마를 침대로 옮기는 모습을 흐린 화면으로 지켜본다.

엄마가 침대에 눕자 아빠는 엄마가 날 볼 수 있게 아이패드를 들어 올린다. 엄마는 더할 나위 없이 불편해 보이는 자세로 누워 있다. 뻣뻣하고 뒤틀린 데다 팔다리는 말라비틀어진 나뭇가지 같다.

"제스와 통화 중이야, 여보. 당신도 얘기하겠어?"

아빠가 차근차근 묻는다.

엄마는 '예스'를 뜻하는 익숙한 소리로 대답한다. 누워 있다는 점만 다를 뿐 엄마는 지난번에 봤을 때와 똑같다. 물론 그 말이 좋은 뜻은 아니지만.

"몸은 좀 어때, 엄마?"

엄마는 대답하지 않고 고개를 옆으로 돌린다. "난……"이라고 어렵게 말문을 열지만 곧 말을 흐린다. 나는 엄마가 더 하려는 말이 있는지 잠시 기다린다. 엄마는 아무 말도 하지 않는다.

"엄마, 한 주 앞당겨서 돌아갈 거야. 애덤과 윌리엄은 아주 친해졌어……. 그리고 너무 오래 자리를 비운 것 같아. 더 일찍 가려고 했는데 윌리엄이 더 있고 싶어 했어. 자꾸 날 설득하더라고. 하지만 윌리엄과 다시 얘기해볼게. 윌리엄은 열 살이니까 내 결정에 따라야지, 뭐. 진작 돌아갔어야 했는데—"

"안 돼."

엄마의 말에 내가 말을 멈추자 엄마는 몸을 실룩이며 "하지 마"라고 말한다.

"뭘? 일찍 가는 거? 하지만 난 가고 싶어, 엄마."

엄마는 고개를 떨어뜨리고 입을 벌린 채 잠시 침묵을 지킨다. 엄마가 말하려고 애쓰는 모습을 보자 가슴이 죄어온다. 하지만 내가 하릴없이 속을 끓이고, 엄마의 입이 뜻대로 움직이지 않는 동안 침묵만 흐른다.

마침내 엄마가 말한다. 요즘에는 늘 그렇듯이 나직하고 쉰 목소리지만 나는 또렷이 알아들을 수 있다.

"기억해."

"뭘 기억해, 엄마?"

"내가…… 한 말."

아빠는 손끝으로 엄마의 팔을 살살 문지른다. 엄마를 다정하게 안심시키려는 듯이.

"뭘 말하는 거야, 여보?"

하지만 내 안에서 이미 기억이 떠오른다. 나는 엄마의 말이 무슨 뜻인지 안다. 더는 한 마디도 필요치 않다.

우리는 엄마의 마흔여덟 번째 생일을 맞아 베네치아 심플론 오리엔트 특급열차에 올라탔다. 겨우 당일치기 여행이었지만 비용을 마련하느라 나는 거의 파산할 지경이었다. 복권에라도 당첨되지 않는 한 베네치아까지는 도저히 갈 수 없었다.

하지만 가장 아끼던 물방울무늬 실크 원피스를 입고서 화려한 1920년대식 가구로 꾸며진 열차에 올라타는 엄마를 본 순간 돈이 아깝지 않았다. 그 여행은 내가 바라는 그대로였다. 우아함이 무엇인지 제대로 보여주면서도 잊지 못할 만큼 화려해서 차창에는 빳빳한 다마스크(damask: 올이 치밀한 자카르직의 천-옮긴이) 커튼이 달리고, 벽에는 값비싼 오크나무 패널이 덧대어지고, 식탁보는 설탕보다 더 새하얬다. 기차가 영국의 전원을 가로지르는 동안 우리는 훌륭하게 손질된 랍스터를 먹고 샴페인을 마셨다.

그렇다, 계단을 오를 때 엄마의 다리는 몸무게를 지탱하지 못하는 듯이 흔들거렸다. 그렇다, 엄마는 그때도 경련을 일으키고 몸을 실룩였다. 내가 빈티지 크리스털 샴페인 잔에 든 샴페인을 엄마가 마실 수 있도록 플라스틱 유아용 컵에 옮겨 담을 때 사람들은 날 바라보았다.

당시 엄마는 이미 증상이 심해진 상태였다. 하지만 그날만큼은 아무 상관 없었다. 직원들도 아주 친절했다. 나는 기차에 타기 전에 미리 전화해서 엄마의 상태를 알렸고, 그들은 엄마에게 그날을 특별한 날로 만들어주려고 최선을 다했다.

　엄마는 매 순간을 즐겼다. 기차, 음식, 나와의 동행. 하지만 여행이 거의 끝나갈 무렵에 엄마는 내게 무슨 말인가를 하고 싶어 했고, 내가 그 말을 늘 기억하길 바랐다.

　"널 위해 이런 순간을 가능한 한 많이 만들렴, 제스. 사는 게 힘들 때는, 누구나 그렇겠지만, 너 자신을 위해 꼭 해야 할 일이 있어. 바로 후회 없이 사는 거야."

　나는 가슴이 벅찼지만 엄마는 내가 아무 말도 하지 않고 그냥 듣기를 바랐다.

　"넌 내가 후회하는 일이 많을 거라고 생각할지 모르지만 전혀 그렇지 않단다, 제스. 난 내가 사랑하는 남자와 결혼했고, 아끼는 자식과 손자가 있고, 그 세 사람과 오랫동안 건강하게 함께 살았을 정도로 운이 좋았어."

　엄마는 팔을 뻗어 내 손을 꼭 잡고 "난 헌팅턴병으로 죽어가는 게 아냐"라고 말했다.

　나는 고개를 번쩍 들고 물었다.

　"그게 무슨 말이야?"

　"난 그 병과 함께 살아가고 있는 거야. 둘은 엄연히 달라. 난 날마다 오늘이 마지막 날인 것처럼 살아. 병세가 아주 악화되기 전까지는 그렇게 살 작정이야. 내 주위의 좋은 것들만 생각하고, 내게 닥칠 미래는 생각하지 않을 거야. 내가 좋아하는 일만 할 거야. 바다에서 수영하고, 케이크를 굽고, 춤을 더 많이 출 거야."

　엄마는 머뭇거리며 말을 잇는다.

　"하지만 넌 오늘과 내가 지금 하는 말을 기억해야 해. 내 병세가 얼마나 악화되든, 네게 무슨 일이 일어나든 네겐 아직 살아갈 날이 많아. 그걸 기억하렴, 제스. 원하는 게 있으면 가져. 무작정 해."

모니터 화면을 바라보고 있는 지금 뜨거운 눈물이 뺨을 타고 흘러내린다. 나는 고개를 끄덕이며 말한다.

"기억해, 엄마."

나는 엄마가 미소 짓기를 기다린다. 좀 더 소통할 수 있기를 탐욕스럽게 바란다. 하지만 엄마의 고개가 돌아가고 눈동자는 다시 초점을 잃는다. 아빠는 엄마 얼굴에 붙은 부드러운 머리카락을 쓸어 넘기며 볼에 다정하게 키스한다.

71

—————— 나는 휘청거리며 호텔에서 나와 연철로 만든 문 가장자리를 잡는다. 달구어진 연철에 손바닥이 데는 듯하다. 지금 중요한 일에 억지로 집중하는 이유는 엄마의 말 때문만은 아니다. 윌리엄이 태어나던 날과 애덤에 대해 했던 아빠의 말 때문이기도 하다.

내가 기억하는 부분, 다시 말해 애덤을 기다린 시간들, 애덤의 셔츠에 묻은 립스틱, 그리고 술 냄새는 분명 실제로 있었던 일이다. 하지만 그 사이사이의 공백은 내 상상으로 채워 넣었다. 호텔 방에서 조지나의 매끈한 머리카락을 넘기는 애덤의 손, 술에 취해 얽힌 팔다리를 상상하면서 나는 버림받았다고 생각했다.

내가 생각할 수 있는 해답은 하나뿐이다. 다만 지금은 또 다른 의심이 자라나는 상태에서 나는 달리기 시작하고, 전력 질주로 호텔 단지를 가로지른다. 숲 가장자리에서 꽃을 꺾고 있던 블랑샤르 부인을 발견하고 나는 숨을 헐떡거리며 혹시 애덤이 어디 있는지 아냐고 묻는다.

"자기 집으로 돌아갔어요, 제스. 하지만 서둘러요. 곧 베르주라크에 간다고 했어요."

애덤의 집에 도착했을 때는 심장이 방망이질한다. 현관문을 연

애덤이 어찌나 걱정스러운 표정을 짓던지 나는 잠깐 진정한다.

"무슨 일이야? 또 윌리엄 문제야?"

나는 고개를 저으며 숨을 헐떡인다.

"아냐. 윌리엄은 아무 일 없어."

"좀 앉을래? 당신 금방이라도 쓰러질 것 같아."

"괜찮아."

"저기, 제스, 한 시간 뒤에 베르주라크에서 약속이 있어서 지금 나가야 해."

애덤은 식탁 위에 놓인 서류 더미를 집어 든다.

"정말 미안한데 무슨 용건인지 빨리 말해줄 수 있어?"

그러고는 뒤돌아 가방에 서류를 쑤셔 넣는다.

"윌리엄이 태어나던 날 밤에 무슨 일이 있었던 거야?"

애덤은 멈칫하더니 다시 서류를 가방에 넣으며 시간을 번다.

"이미 수십 번 했던 얘기야, 제스. 이제 와서 왜 또 그 얘기를 꺼내는 거야?"

"우리 아빠랑 함께 있었지?"

애덤은 고개를 들지 않은 채 말한다.

"지금 가야 해. 나중에 이야기하자."

그러더니 현관문을 열고 나가며 내게도 나오라고 손짓한다. 그리고 현관문을 닫은 뒤, 자동차 리모컨 키를 눌러 잠금 장치를 해제한다.

"당신은 밖에서 우리 아빠를 만났고, 무슨 일이 벌어진 거야. 그래서 병원에 못 온 거고."

내가 말한다.

하지만 애덤은 나와 대화하기를 거부하고 차 문을 연다.

"애덤, 난 진실을 알고 싶어. 감당할 수 있다고. 이건 너무 부당하잖아……. 지금까지 당신 혼자서 그 비밀을 감당하고—"

"그만해, 제스."

애덤이 한 손을 들어 올리며 단호하게 내 말을 자른다.

"나중에 기꺼이 다 말해줄게. 하지만 지금은 베르주라크에 가야 해. 이미 늦었어."

애덤은 자동차에 올라타고 나는 더욱 답답해진다. 이 일의 진실을 알아내려고 10년이나 기다렸는데 애덤이 그냥 차를 타고 떠나게 둘 수는 없다. 나는 차 문을 열고 올라탄다.

"나도 함께 갈 테니까 가는 길에 말해줘."

"말도 안 되는 소리. 그럼 윌리엄은 누가 보고?"

"셉. 지금 셉이랑 낚시 갔어."

애덤은 시동을 켠다.

"제발 내려, 제스."

나는 안전띠를 매고 "당신에게 진실을 듣기 전까지는 안 내릴 거야"라고 버틴다.

애덤은 앞 유리창을 바라본다. 파란 꽃잎 하나가 바람을 타고 날아와 앞 유리창에 떨어지더니 다시 포르르 날아올라 햇살 속에서 춤춘다. 애덤은 한숨을 쉬며 시동을 끈다.

"당신 아버님이 날 용서하지 않으실 거야."

"용서하실 거야."

내가 그를 안심시킨다.

"정말이야. 내가 약속해. 아까 아빠가 나한테 직접 말하려고 했는데 간호사가 들어오는 바람에 못 했어."

애덤은 고개를 절레절레 흔든다. 그의 이마에 구슬땀이 맺힌다.

"이건 옳지 않아. 아버님을 배신하는 거라고."

"애덤, 사실대로 말하지 않으면 당신은 다른 누구도 아닌 당신 자신을 배신하는 거야."

애덤은 가슴이 들썩일 정도로 숨을 깊이 들이쉬더니 눈을 감고 마침내 포기한다. 그러고는 우리가 헤어진 가장 큰 이유였던 그날 밤의 진실을 말하기 시작한다.

72

─────────── 그날 저녁 애덤은 맨체스터의 부시 바에서 동료들과 회식을 끝낸 참이었다. 조지나와도 만난 뒤였다.

"그날 난 당신에게 조지나와 약속이 있다는 말을 하지 않았어. 당신이 조지나와 나 사이에 무언가 있다고 의심할 거라고 생각했으니까."

애덤이 말을 잇는다.

"게다가 조지나가 남자 친구와 헤어진 직후라서…… 당신이 이해하지 못할 거라고 생각했어. 하지만 이게 사실이야. 조지나는 조니와 헤어지고 나서 엉망이었어. 단지 헤어져서 슬픈 게 아니라 그 이상이었어. 심각한 우울증이었어……. 위태로울 정도로."

"당신은 조지나가 조니와 헤어지는 게 낫다고 했잖아."

"그거야 당연하지. 하지만 당시에 조지나는 그걸 몰랐어. 조니는 적어도 두 번이나 바람을 피운 데다 조지나가 모아둔 돈을 절반이나 써버렸어. 그런데도 무슨 이유에서인지 조지나는 조니가 돌아오길 바라더라고."

조지나는 그날 애덤에게 전화해서 속상해하며 조니에게 다시 돌아와달라고 사정할 작정이라고 말했다. 애덤은 조지나를 달래며 대신 부시 바에서 만나 술이나 한잔하자고 했다. 어차피 그곳에서 동료들과 회식할 예정이었으니까. 하지만 10시가 돼도 조지나는 나타나지 않았다. 애덤은 빨리 집에 가고 싶었지만 조지나를 생각해 좀 더 기다렸다. 술을 여섯 잔이나 마신 동료들에게 둘러싸여 술은 전혀 입에 대지 않은 채로.

그러고는 내게 별일 없냐고 문자를 보냈고, 나는 자러 간다고 문자를 보냈다. 마지막으로 주고받은 문자에서 우리는 간단하게 '잘자' 그리고 '사랑해'라고 했다. 그 뒤로 몇 년간 나는 이것이 그냥 형식적인 문자라고 생각했다.

"마침내 조지나가 술에 잔뜩 취해 비틀거리면서 나타났어."

애덤이 이야기를 이어나간다.

"여자 친구 둘을 데려왔는데 처음 보는 사람들이었어. 그 친구들이 조지나를 끌고 노던 쿼터를 돌아다니면서 술을 퍼 먹인 상태였어. 마주치는 아무 남자하고나 자는 방식으로 슬픔을 잊게 하려고 작정했더라고."

조지나는 음담패설을 지껄이는가 하면 질질 짜기도 하다가 또 난폭하게 행동했다. 애덤은 그녀의 나약한 영혼이 심각한 상태라는 결론을 내렸다. 그래서 조지나가 "그냥 누가 좀 안아줬으면 좋겠어"라고 말하며 그를 끌어안았을 때 겁에 질려 몸을 빼지 않고 가만히 있었다.

"나는 그냥…… 얼어버렸어. 그랬더니 조지나가 내 목에 키스했고, 난 조지나를 밀쳐냈지. 은근슬쩍 눈치만 주고 끝날 상황이 아니었거든."

애덤은 침을 꿀꺽 삼키고는 말을 계속한다.

"조지나는 굴욕감을 느꼈을 거야."

조지나는 수치심에 불타서 밖으로 뛰쳐나갔다. 이런 일이 없었던 척할 정도로 술에 취하지는 않아 보였다. 친구가 조지나를 뒤따라갔고, 애덤은 두 사람이 술집 앞에서 택시를 잡아타는 것을 보았다. 그 뒤 애덤도 슬그머니 술집에서 빠져나왔다. 너무 지쳐서 빨리 따뜻한 침대에 들어가고 싶었다. 더러운 빗물에 코트가 젖은 채 비에 젖은 도로를 걸으며 주차장을 향해 발걸음을 재촉했다. 그리고 주차장에 거의 다 왔을 때 노던 탭에서 쫓겨나는 한 남자를 보았다.

"처음에는 남자를 피해서 갔어. 상태가 아주 안 좋았거든."

"취했어?"

애덤이 고개를 끄덕인다.

나는 늙은 주정뱅이를 떠올린다. 공격적이지만 다치기 쉬운 상태로, 누군가 도와주면 버럭 성질부터 내던 사람.

"그런데 남자가 바닥에 쓰러지더니 끔찍한 신음 소리를 내는 거야. 도저히 모른 척할 수가 없었어. 그래서 도와주려고 허리를 숙였지. 전화로 구급차를 부르려고 남자를 돌려 눕혔는데 그제야 알았어……. 많이 본 코트더라고."

그 문장을 다시 해석하는 동안 내 가슴이 철렁 내려앉는다.

"그러니까 많이 본 얼굴이었다는 말이지?"

애덤이 잠깐 주저하다가 고개를 끄덕인다. 역시 내가 짐작한 대로다. 빗속에서 돌아누운 늙은 주정뱅이는 우리 아빠였다. 몇 년 동안 술은 한 방울도 입에 대지 않았고, 그래서 엄마와 나를 안심시키고 뿌듯하게 만들어준 아빠.

"아버님을 깨우려고 했는데 나를 막 때리시는 거야. 난 줄 모르셨던 거지. 아버님은…… 제정신이 아니었어."

애덤은 신중하게 단어를 고르고 있었지만 그럴 필요 없다. 그 장면이 눈에 선하게 그려진다.

"당신한테 어릴 적에 아버님이 알코올 의존자였다는 이야기를 들은 기억이 났지만, 그래도 충격이었어. 아버님의 그런 모습은 본 적이 없었으니까."

알고 보니 아빠는 바에 앉아서 술을 마시다가 토하는 바람에 쫓겨난 참이었다. 더군다나 팔을 깔고 쓰러진 터라 애덤은 아빠의 팔이 부러졌을 거라고 생각했다.

그는 공황 상태에 빠졌고, 머릿속에 온갖 생각이 오갔다. 하지만 배 속의 아기와 함께 침대에 누워 있는 임신 막달의 여자 친구에게 전화할 수는 없었다. 그래서 부시 바로 달려가 남아 있는 회사 동료들 중 유일하게 술이 덜 취한 크리스를 끌고 나왔다.

"우리 둘이서 아버님을 내 차 뒷좌석에 태웠어. 병원으로 데려가려고 말이야. 아버님은 상태가 너무 안 좋았어…… 정신을 차리라고 사정도 해보고, 소리도 질러봤는데…… 아무래도 아버님이……."

"급성 알코올 중독이었다는 거야?"

애덤은 고개를 끄덕인다.

응급실 직원들은 시큰둥하면서도 능숙하게 대처했다. 그들에게는 토요일 밤마다 흔히 볼 수 있는 환자였다. 마침내 정신을 차린 아빠는 거의 발작하듯이 겁을 먹었고, 애덤의 손을 잡으며 가지 말라고 사정했다.

"그리고 하필 그때 휴대전화 전원이 꺼져버렸어."

애덤이 무덤덤하게 말한다.

"난 진정하자고 마음먹었지. 그러고는 만약 당신이 진통을 시작

했다면 마지막으로 보낸 문자에서 언질이 있었을 거라고 계속 생각
했어. 아버님의 휴대전화를 쓸까 생각도 했지만 그럼 우리 둘이 함
께 있는 이유를 말해야 하잖아. 아버님이 이 일을 아무에게도 말하
고 싶어 하지 않는다는 걸 난 이미 눈치챘어. 그리고…… 만약 당신
이 이 일을 알면 어떻게 될지 생각도 하기 싫었어."

내가 얼마나 마음 아파할지 애덤은 알고 있었다. 실제로도 그랬
으리라.

"아버님은 멍이 심하게 들기는 했지만 팔이 부러지지는 않았어.
몇 시간 뒤에 마침내 퇴원했을 때 아버님에게 가장 필요한 건 샤워
였어. 그래서 난 크리스의 집으로 차를 몰았지. 그 상태로 아버님
을 집에 보낼 수는 없었어. 그렇게 지저분한 상태로. 차를 타고 가
는 동안 아버님은…… 속상해했어. 눈물을 보이셨지. 난 아버님에
게 계속 말했어. '괜찮을 거예요, 아버님. 기분은 별로겠지만 이 일
로 죽지는 않을 거예요.'"

하지만 이 일은 기분이 별로인 정도가 아니었고, 둘 다 그 사실을
알고 있었다.

"크리스 집 앞에 차를 세웠을 때 아버님이 내 팔을 잡더니 맹세
하라고 했어. 당신에게 이 일을 절대 말하지 않겠다고. 당신이든, 다
른 누구에게든. 난 그렇게 하겠다고 약속했지. 걱정하지 말라고, 이
일은 영원히 우리 둘만의 비밀로 남을 거라고."

애덤이 아빠를 욕실로 밀어 넣었을 때는 아침 7시가 다 된 시간
이었다. 애덤은 크리스의 부엌으로 가서 충전기에 휴대전화를 연결
했다. 애덤의 휴대전화는 전날 밤 10시에 전원이 꺼진 뒤 처음으로
다시 켜졌다.

73

─────────── 쓸쓸한 애덤의 눈을 보는 것만으로도 나는 그의 말이 사실임을 알 수 있다. 그의 이야기는 최악이자 최선의 방식으로 납득이 된다. 아빠에게 애덤의 말이 맞는지 확인할 필요도 없지만, 언젠가 우리가 함께 모여서 이 이야기를 하게 된다면 아빠는 틀림없이 사실이라고 할 것이다.

아빠가 왜 다시 술을 마셨는지도 나는 알고 있다. 그날은 엄마의 검사 결과가 나온 날이었다. 아직 엄마에게 헌팅턴병 증상이 나타나지는 않았지만 두 분은 앞으로 어떤 미래가 닥칠지 알고 있었다.

"아버님을 배신할 수 없었어."

애덤이 말한다.

"술에 잔뜩 취해 있기는 했어도 비밀을 지켜달라는 아버님의 말이 맞았어. 아버님이 그런 부탁을 한 건 자기 자신을 위해서가 아니라 당신과 어머님을 위해서였지. 두 사람이 충격을 받을 테니까."

"하지만 애덤, 그 일로 모든 게 바뀌었어. 그 일 때문에……."

"당신이 날 떠났다고?"

애덤이 한쪽 눈썹을 치켜세운다.

"아니, 그렇지 않아, 제스. 솔직해지자고. 당신이 날 떠난 이유는 수십 가지고, 그건 그중 하나일 뿐이야."

"가장 중요한 이유지"라고 내가 주장한다.

애덤은 나와 눈을 마주치지 못한 채 앞 유리창 너머로 흐릿한 햇살을 바라보며 말한다.

"나는 아버지 노릇을 하고 싶지 않았어. 무서웠고 미숙했고 내가 그렇다는 사실을 인정하고 싶지 않았으니까. 당신이 임신했을 때 난 좀 더 노력했어야 했는데 그러지 않았어. 윌리엄이 태어나고 나서는 거리를 두면서 상황을 더 악화시켰지."

나는 입 안을 깨문다.

"나도 딱히 당신을 아빠로 인정해주진 않았어."

"당신이 했던 말은 모두 나 스스로도 맞는다고 생각했던 말들이야, 제스. 어머님도 내가 당신들 곁에서 꺼지고, 아예 지구에서 사라져야 한다고 생각하셨을 정도니까. 내가 얼마나 형편없었으면 어머님이 그렇게 생각하셨겠어."

나는 얼굴을 찌푸린다.

"엄마가 그렇게 생각했는지는 어떻게 알아?"

애덤이 입을 굳게 다문다.

"한번은 당신과 윌리엄을 보려고 갑자기 찾아간 적이 있는데 어머님이 노발대발하셨어. 솔직히 말해서 너무 무서웠어. 예전에는 어머님과 사이가 좋았잖아. 어머님은 자기 집에 온 손님이라면 누구든 반갑게 맞아주는 분이셨어. 그랬던 분이 날 그렇게까지 미워하는 걸 보고 나니까……."

"엄마는 당신을 미워하지 않아, 애덤. 솔직히 그 사건이 일어난 뒤로 당신을 좋아하진 않았지만 그때 그렇게 화를 낸 건…… 엄마의 상태가 안 좋아서였어. 엄마의 본심이 아니었다고."

애덤은 앞을 바라보며 엄지손가락으로 운전대 아래쪽을 긁는다.

"어쨌든 그 일로 당신과 난 인연이 아닌가 보다, 다시금 생각했어. 당신과 윌리엄에게서 벗어나 다른 일을 해야 한다고 생각했지. 내가 어리석었어."

"후회하기는 나도 마찬가지야. 정말이야."

애덤이 그렇게 오랫동안 이런 비밀을 간직하고, 그동안 내가 애덤에게 완전히 부당한 원한을 품었다고 생각하니 갑자기 할 말이 없어진다.

"저기, 제스. 나 이제 정말 가야 해. 이미 20분이나 늦었어."

애덤이 열쇠를 돌려 시동을 걸고 내가 내리기를 기다린다.

하지만 난 내리고 싶지 않다. 대신 손을 뻗어 그의 팔을 만진다. 안전띠를 풀고 몸을 돌려 양손으로 그의 얼굴을 감싼다.

애덤의 눈이 다시 벅찬 감정으로 반짝거린다. 나는 그의 부드러운 입술을 가볍게 스치며 키스한다. 애덤이 입을 벌리며 나를 더 깊이 받아들인다. 내가 그의 안전띠 버클을 푼다.

"왜 그래?"

나는 더 깊이 키스하다가 그의 입에서 내 입술을 떼며 묻는다.

"왜? 싫어?"

"아니. 당연히 아니지. 계속해."

애덤이 쉰 목소리로 말한다. 그랬다가 몸을 뒤로 빼고 시계를 힐끗 본다.

"그래도 이왕이면…… 회의 끝난 뒤에 하면 좋겠는데."

나는 더 뜨겁게 키스하고, 애덤이 얼른 날 끌어당긴다. 그러더니 동작을 멈추고 날 바라보며 숨을 들이쉬고는 다급히 말한다.

"좋아. 미팅은 집어치워. 타이어에 펑크가 났다고 문자 보낼게."

나는 웃음을 터뜨린다. 애덤은 자동차 열쇠를 홱 빼더니 차 문을 연다. 나도 차 문을 연다. 우리는 옷매무새를 다듬으며 그의 집 앞 잔디밭으로 걸어간다. 그러고는 비틀거리며 집 안으로 들어가 현관 문을 쾅 닫는다.

내가 문에 등을 기대자 애덤이 내 손에 깍지를 끼며 얼굴과 목을 따라 키스한다. 내 살갗에 닿는 그의 입술은 뜨겁고 조용하고 흥분되어 있다. 나는 애덤의 손에서 내 손을 뺀 다음, 그의 갈비뼈를 더듬으며 셔츠 위쪽으로 손을 올린다. 내 안에 점점 욕망이 쌓인다. 나는 손을 계속 올리지만 애덤이 더 빠르다. 그가 셔츠 맨 위의 단추 두 개를 풀더니 머리 위로 셔츠를 끌어당겨 벗어버린다.

애덤의 몸을 보자 내 몸이 욕망으로 욱신거린다. 짭짤하면서 축축한 살갗. 근육의 탄탄한 곡선. 쇄골까지 살짝 내려오는 갈색 머리카락. 나는 그의 가슴에 입을 맞춘다. 하지만 애덤이 부드럽게 내 얼굴을 들어 올리더니 내게서 눈을 떼지 않은 채 블라우스의 단추를 풀어 어깨 뒤로 젖힌다. 바닥에 우리 옷이 쌓이고 마침내 애덤은 내 손을 잡고 침실로 이끈다.

왜 늘 애덤과 하는 섹스가 다른 남자와 하는 것보다 더 좋은지 모르겠다. 그저 애덤이 잘해서일 수도 있다. 하지만 우리 둘이 함께 할 때 느껴지는 마법 같은 힘이 있고, 다른 사람하고는 이를 절대 흉내 낼 수 없다.

강렬한 햇살이 창으로 흘러들어 오는 동안 애덤은 예전과 똑같이, 이번이 처음이자 마지막이라는 듯이 나와 사랑을 나눈다. 마치 순간순간이 살아 있는 것만큼이나 소중하다는 듯이.

74

─────────── 사랑을 나누고 나서 나는 애덤의 가슴에 머리를 댄 채 누워 있고, 그는 내 턱을 쓰다듬는다. 그의 손길에 내 몸이 떨린다. 애덤은 평소답지 않게 말이 없다.

"괜찮아?"

"응."

애덤은 그렇게 대답하더니 이내 정정한다.

"아니."

나는 고개를 들어 "왜 그러는데? 얘기해봐"라고 말한다.

애덤은 몸을 일으켜 팔꿈치로 침대를 디디고는 잠시 생각하다 입을 연다.

"이 일을 또 후회할 거야?"

기분 좋으면서도 씁쓸한 미소가 입가에 슬며시 떠오른다. "아니"라고 말하며 나는 몸을 일으켜 애덤의 입술에 짧게 키스한다.

"아니, 후회 안 해. 오르가슴을 두 번이나 느꼈는데 후회를 왜 하겠어?"

나는 일부러 장난스럽게 말한다. 우리에게 더 이상 극적인 사건은 필요 없다. 애덤은 웃음을 터뜨리지만 여전히 심란한 표정이다.

"그렇게 자랑스러워할 필요는 없어."

나는 분위기를 밝게 하려고 더 노력한다.

"왜? 한 번 더 느끼고 싶어?"

애덤은 그렇게 맞장구치더니 손을 내려다본다. 눈빛이 심각하다.

"당신이 오르가슴을 두 번이나 느꼈다니 다행이야. 하지만 난 그 이상을 원해."

내 어깨에서 긴장이 풀린다.

"그 이상이야, 애덤. 당연히 그 이상이지."

"좋아, 그럼 당신에게 할 말이 있어."

애덤은 내 손을 가볍게 밀치고 일어나더니 베개로 절묘하게 아래를 가린 채 무릎으로 침대를 딛고 내 앞에 선다.

"제스, 사랑해."

나는 숨이 멎는 듯하다. 그 말을 순순히 믿기에는 오늘 이미 무모한 짓을 너무 많이 저질렀다.

"그게 말이야, 애덤―"

"내 말 아직 안 끝났어. 나, 당신과 결혼하고 싶어."

나는 입이 떡 벌어진다.

"애덤, 제발 좀 진정해."

"갑작스럽게 느껴진다는 거 알지만 전혀 갑작스러운 일이 아냐. 난 처음부터 당신을 사랑했어."

"처음에는 내가 있는 줄도 몰랐잖아."

"시시콜콜 따지지 마. 요점은 내가 당신을 사랑한다는 거야. 당신은 어떻게 생각할지 몰라도 난 우리가 함께하는 순간마다 당신을 사랑했고, 지난 10년간 당신을 잊으려고 노력했어. 당신과 비슷해 보이는 여자들과 사귀었지만 몇 달 또는 몇 주 뒤에는 깨닫곤 했지.

당신을 대신할 수 있는 여자는 없다는 걸."

머릿속에 온갖 감정들이 앞다퉈 떠오르고, 나는 할 말을 잃는다.

"최악의 프러포즈라는 거 알아. 반지도 없고, 근사한 말도 준비하지 못했고, 제대로 격식을 갖추지도 않았으니까. 하지만 그래도 한 가지 장점은 있어. 내가 진심이라는 거야. 내가 한 모든 말이 다 진심이야."

애덤이 장난을 치는 것 같지는 않다.

"나와 결혼해주겠어, 제스? 결정에 도움이 된다면 한쪽 무릎이라도 꿇을게."

"그럴 필요 없어, 애덤. 그랬다가는 고환이 다 보일 테니까."

애덤은 웃음을 터뜨리지만 이마를 문지르면서 웃음이 잦아든다.

"아직 내 질문에 대답하지 않았어."

울고 싶은 충동이 목구멍까지 복받쳐 오른다.

"응, 대답 안 했어. 당신에게 할 말이 있어, 애덤. 진작 말했어야 했는데 할 수가 없었어. 다른 사람들에게도 마찬가지고. 나에 대해 솔직하게 말하지 않은 사실이 있어. 내가 당신과 결혼할 수 없는 이유이기도 해. 듣고 나면 당신도 나와 결혼하고 싶지 않을 거야."

애덤은 어리둥절해서 얼굴을 찡그린다.

"다른 남자가 있어? 찰리는 아니라고 했지만 다른 남자가 있는 거야?"

나는 고개를 젓는다. 그렇게 간단한 문제라면 얼마나 좋을까. 내가 걱정해야 할 일이 그저 다른 사람들처럼 삼각관계라면 얼마나 좋을까.

나는 가슴 위로 이불을 끌어당기고 일어나 앉아 손으로 머리카락을 쓸어내린다.

울지 않을 것이다.

절대로.

"이건 당신과 나만의 문제가 아냐, 애덤. 당신, 나, 모든 것에 관한 문제지."

"무슨 말이야?"

"사실 엄마는 헌팅턴병을 앓고 있어."

애덤은 실눈을 뜨고서 지금 내가 왜 이 이야기를 꺼내는지 짐작해보려 한다.

"신경을 망가뜨리는 뇌 질환인데 결국 목숨을 잃게 돼. 치료법도 없고, 심지어 증상을 늦추는 방법도 없어."

"나도 들어봤어. 잘은 모르지만 들어본 적은 있어."

"그래."

나는 마음을 굳게 먹기 위해 숨을 들이쉬지만 효과가 없다.

"지금 엄마는 제대로 생각하지도 못하고, 제대로 먹거나 말할 수도 없을 정도로 완전히 망가졌어. 하지만 문제는…… 엄마가 그렇게 된 걸로 그치지 않는다는 거야."

나는 고개를 들고 용기를 내서 지금까지 오랫동안 날 따라다녔던 말을 하려고 한다.

"그건 유전병이야. 그리고 나도 그 병을 유발하는 유전자를 가지고 있어."

나는 이를 악문 채 잠깐 시간을 번 뒤 말을 잇는다.

"그러니까 나도 정확히 엄마처럼 될 거라는 뜻이야, 애덤. 훗날 나도 정신적으로나 육체적으로 망가질 거야. 그러다 결국 죽겠지."

내가 너무 차분하고 담담하게 말해서 애덤이 이 일의 심각성을 모르는 건 아닐까? 애덤은 그저 날 바라보며, 또는 멍하니 내 쪽을 응시하며 내가 한 말을 이해하려 한다.

"그리고 내게 돌연변이 유전자가 있어서 윌리엄도 그걸 물려받았을 확률이 50퍼센트야."

나는 침대에 기대고 앉아 애덤이 내 말을 받아들이기를 기다린다. 그의 얼굴 아래쪽에 힘이 풀리더니 입술이 벌어진다. 그의 눈빛은 충격을 받은 이상이다. 아직 분노나 두려움, 연민의 기색은 없지만 이 모두가 조금씩 섞여 있다. 도저히 믿을 수가 없어서 아직 숨도 제대로 못 쉬는 것 같다.

"헌팅턴병에 걸릴지 알아보는 검사가 있어. 나도 그 검사를 받았어. 그래서 아는 거야. 윌리엄은 열여덟 살이 지나야 받을 수 있어."

"하지만 검사가 틀릴 수도 있잖아. 안 그래?"

"틀리지 않아, 애덤. 검사는 정확해. 난 헌팅턴병에 걸릴 거야. 피할 수 없어."

애덤은 온갖 질문이 떠오르는 듯하지만 먼저 이것부터 묻는다.

"그래서…… 당신 아파? 그러니까 지금 말이야."

"아니. 유전자 상담사 말로는 지금 내게는 헌팅턴병 증상이 전혀 없대. 하지만 경험상 늘 그 병이 시작됐다는 기분이 들어. 무언가에 걸려 넘어질 때마다 조종력에 이상이 생겼다고 생각해. 슈퍼에서 사려고 했던 물건이 기억나지 않을 때마다, 또는 누군가에게 짜증을 낼 때마다 '드디어 시작됐구나'라고 생각해. 하지만 아직까지 의사 말로는 그냥 불안해서 그런 거래."

"그래."

난 애덤이 무슨 생각을 하고 있을지 안다. 엄마에게 헌팅턴병에 걸렸다는 소식을 들었을 때 나도 그랬다. 애덤은 해결책을 찾아내고 싶을 것이다. 하지만 이 문제만큼은 해결책이 없다는 걸 금세 깨닫게 되리라.

"당신은 치료법이 없다고 했지만 그 병에 대한 연구가 진행 중이지 않아? 의학은 늘 진보한다고. 그러니까 당신은 어머님처럼 악화되지 않을 수도 있어."

나도 거기에만 희망을 걸고 있고, 그래서 끊임없이 관련 기사를 찾아본다. 하지만 이 병을 완치할 치료법은 아직 나오지 않았다.

"그럴 수도 있지. 전 세계에서 연구가 진행 중이니까. 새로운 소식은 늘 찾아서 읽고 있어."

그래도 애덤에게 이런 희망적인 견해만 줘서는 안 된다.

"하지만 지금으로서는 병의 진행을 늦출 약도 없어. 병 자체를 치료하는 게 아니라 증상을 조절하는 약만 있을 뿐이지."

궁금한 점이 수십 가지일 테지만 지금 애덤의 눈에 남은 것은 날 위로하고, 안아주고, 최선을 다해서 상황을 개선하고자 하는 마음뿐이다. 그래도 지금은 그에게 모든 걸 털어놓아야 한다.

"그래서 우리가 여기 온 거야, 애덤."

"무슨 말이야?"

"엄마는 늘 당신과 윌리엄이 좀 더 가까워지길 바랐어. 그러다 몇 달 전 검사에서 내가 헌팅턴병 양성이라는 결과가 나왔고, 그게 엄마의 바람일 뿐 아니라 현실적인 문제가 됐지."

애덤은 천천히 침을 삼킨다.

"엄마는 지금의 나보다 겨우 몇 살 더 많을 때 증상이 시작됐어,

애덤. 이건 오랫동안 지속되는 병이야. 10년, 가끔은 20년도 가. 하지만 언젠가 내가 더는 윌리엄의 엄마 노릇을 할 수 없는 때가 올 거야."

이때 처음으로 눈가가 뜨거워지고 따끔거리면서 눈물이 왈칵 쏟아진다.

"그렇게 되면 윌리엄에게는 당신이 필요해."

천만다행으로 애덤은 울지 않는다. 그저 황망한 표정으로 날 바라볼 뿐이다. 그러더니 내 손을 잡고 부드럽게 쓰다듬으며 말한다.

"윌리엄에게는 내가 있어, 제스. 약속할게. 무슨 일이 있어도 내가 윌리엄을 돌볼 거야."

75

─────────── 애덤에게 헌팅턴병에 대해 뭐라고 말해야 할지 오랫동안 고민한 터라 실제로 말하고 나니 할 일이 없어진 기분이다. 그래도 프랑스에 머무는 마지막 며칠은 발걸음이 가볍다. 더는 비밀의 무게에 짓눌려 비틀거리지 않아도 되니까. 불확실한 미래에 마침내 일말의 확실성을 주입할 수 있게 되었다.

지금까지 이 사실을 비밀로 한 것을 애덤이 용서해주고, 또 마침내 윌리엄이 태어나던 날 밤에 무슨 일이 있었는지 알게 된 것이 도움이 되었다. 하지만 무엇보다도 이번 여름에 있었던 일을 통해 어른이 되어야 한다는 사실을 우리 둘 다 이해했다는 점이 도움이 되었다. 우리 둘만 아는 일이지만.

우리 관계가 지속될 수 없다는 사실을 알지만 그래도 나는 올여름에 있었던 행복한 일들을 모조리 다시 음미한다. 애덤이 웃는 모습을 바라볼 때 내 살갗이 간질거리던 느낌. 그의 손이 닿을 때 내 몸이 불타오르던 느낌. 애덤이 내게 해줬던 사랑스러우면서도 슬프고 아름다운 일들. 그리고 내가 기억하는 한 처음으로 더는 내 몸을 적으로 간주하지 않게 된 일.

하지만 동화는 거기서 멈추어야 한다. 이로써 헌팅턴병이 내게서 빼앗아 간 것들에 하나가 더 추가되었다. 애덤과 나는 함께할 수 없고, 함께할 수 있다는 생각은 그대로 정지해버렸다. 우리 둘이 함께할 수 있는 해피 엔딩은 없기 때문이다. 애덤과 내가 함께 늙어가고, 구십 대에 함께 살사 댄스를 배우고, 요가 선생이 승선하는 세계 일주 크루즈 여행을 함께 떠나는 결말은 없다.

이번 여름에 나는 또 애덤과 사랑에 빠진다. 틀림없이 진정한 사랑일 것이다. 왜냐하면 지금 내가 느끼는 사랑은 애덤이 이 모든 걸 다른 사람과 함께 누리기를 바랄 정도로 이타적이기 때문이다. 시몬 말고(그렇게까지는 못한다) 다른 누군가와 함께.

그래도 애덤이 했던 프러포즈를 생각하면 아직도 웃음이 난다. 애덤의 좋은 면을 모두 연상시키듯이 재미있고 특이하며 사랑스럽고 열정적인 프러포즈였다. 씁쓸한 현실이 끼어들기 전에는 이 모든 게 가능했다.

애덤은 아직 현실을 받아들이지 못하고 있다. 이따금 그가 멍하니 허공을 응시하며 어떻게 이런 일이 벌어졌는지 괴로워하는 모습이 눈에 띈다. 애덤은 마치 지난 몇 주간 인생에서 더 중요하고 나은 무언가를 향해 돌진했는데 하룻밤 사이에 그 모든 게 사라지고만 사람 같다.

그래도 우리는 조용하면서도 단호하게 서로에게서 멀어진다. 키스는 끝났다. 시시덕거리는 일도 끝났다. 오르가슴을 두 번이나 느끼던 섹스도 끝났다. 두 번째 기회를 가져다준 여름은 나 같은 미래를 가진 사람이 기대할 수 있는 최상의 방식으로 끝나가고 있다.

이젠 내게 무슨 일이 생기든 애덤이 윌리엄을 사랑하고 보호해주리라는 사실을 알고 있다. 애덤은 내 인색한 평가보다 훨씬 나은 사람이다. 애덤과 나는 친구이자 부모인 훌륭한 관계를 이뤄낼 수 있을 것이다. 우리는 아주 잘 해낼 것이고, 우승 팀이 될 것이다. 더는 내가 이길 수 없을 때까지.

그 문제에 관해서라면 적어도 이 점은 확실하다. 윌리엄에게는 보살펴줄 사람이 있다. 어릴 때뿐 아니라 그 이후에도. 비록 장성한 우리 아들에게 해줄 애덤의 조언이 나와 다를지라도 윌리엄은 자기를 사랑하고 최선을 다해 키워줄 사람의 손에 맡겨질 것이다. 완벽한 부모는 없다. 우리 부모님도 그랬고, 나도 그렇다. 하지만 아들을 끔찍이 사랑하는 아버지라면 그걸로 충분하다.

물론 우리가 상의해야 할 실질적인 문제들이 산더미 같고, 커피를 마시면서 거듭 이야기를 나눠야 하지만 거의 다 끝나가고 있다. 애덤은 10월에 맨체스터로 돌아와 일단 우리 집에서 멀지 않은 캐슬필드에 집을 구할 것이다. 수요일과 토요일에는 윌리엄이 애덤의 집에서 잘 테고, 이 부분은 우리 둘 다 기꺼이 융통성 있게 조정할 수 있다. 이따금 애덤이 우리 집에 들러 차를 마시고, 매주 일요일 점심은 언제든 그의 집에서 먹어도 좋다는 초대를 받는다.

애덤은 "난 정말 기대돼, 제스. 인생이 즐거울 거야" 같은 말을 계속한다. 어찌나 확신에 차 있는지 나도 덩달아 그 말을 믿게 된다. 거의.

어쨌든 난 얼른 집에 가고 싶다. 엄마와 너무 오래 떨어져 있었다. 갑자기 어서 빨리 엄마에게로 돌아가고 싶다는 생각이 든다. 하지만 나타샤는 곧 떠난다는 사실을 달가워하지 않는 눈치다.

"빨리 돌아가서 일하고 싶어 할 줄 알았는데?"

다른 사람에게 했다면 빈정거리는 말로 들렸을 테지만 나타샤에게는 진심으로 하는 말이다.

"그렇긴 해. 하지만……."

나는 나타샤가 말을 끝내기를 기다린다. 하지만 그녀는 몸을 꼼지락대면서 민망한 표정으로 "난 벤이 정말로 좋아"라고 말한다.

"놀랄 일도 아니지. 벤은 잘생겼으니까."

"응. 하지만 내 나이에는 여행지에서 생긴 로맨스에 지나치게 의미를 두면 안 되잖아. 내가 마지막으로 그렇게 설레었던 때가 열네 살이었어."

"앞으로 계속 연락하기로 했어?"

"일부러 그 얘기는 피하고 있어. 페이스북 친구가 되기는 했지. 그래 봤자 엄청난 나이 차이만 느끼게 될 것 같지만."

"남자가 아홉 살 연상이라면 전혀 겁먹지 않았을걸. 게다가 넌 삼십 대 후반으로 보이지도 않아."

"고마워, 제스. 다 요가 덕분이지."

"정말?"

"음, 요가랑 보톡스."

76

─────────── 나타샤와 윌리엄과 나는 베키 일행과 만나 아이
들의 축구 시합을 지켜보기 위해 경기장으로 가고 있다. 공이 날아
올 염려가 없는 안전한 자리를 찾았을 때는 이미 축구장 모래 바닥
너머로 해가 지고 있다. 나타샤가 의자를 끌고 와서 앉더니 옅은 색
반바지 아래로 드러난 다리를 쭉 편다. 가죽 샌들 밖으로 갈색으로
그을린 길쭉한 발이 고개를 내민다.

나는 윌리엄이 축구장 근처를 맴돌기만 하는 걸 얼른 알아차린
다. 아이들 수가 많아서 눈치를 보는 것이다.

"빨리 와, 얘들아. 완전히 고양이를 모는 꼴이네!"

베키와 아이들이 함께 다니면 늘 그렇듯이 시끌시끌하고 어수선
하게 숲에서 나온다. 한 아이는 앞서 있고, 두 아이는 뒤처져 있으
며, 베키와 셉은 어설프게나마 아이들을 같은 방향으로 가게 하려
고 애쓴다. 우리를 발견한 포피가 온 힘을 다해 내게 달려오더니 무
릎에 털썩 앉는다.

윌리엄이 내 어깨를 친다.

"나 그냥 수영할래."

나는 마음이 좋지 않다.

"여기까지 와서 무슨 수영이야. 게다가 수영복도 안 가져왔어."

"알았어. 그럼 차라리 아이패드로—"

"제임스랑 루퍼스도 축구한대. 근데 너 혼자 여기 앉아서 앞으로 한 시간 동안이나 네…… 아니, 내 아이패드로 게임이나 하겠다고?"

윌리엄이 입술을 잘근잘근 씹는다. 그때 제임스가 다가온다.

"나도 축구하기 싫어."

이제야 이해가 간다.

"또 그 못된 아이들 때문이지? 네가 원하면 엄마가 가서 혼내 줄게."

"안 돼!"

두 아이가 진저리를 치며 한목소리로 대답한다. 마치 내가 알몸으로 축구장을 가로질러 뛰겠다고 협박이라도 한 듯이. 그러더니 자기들이 알아서 하겠다고 중얼거리고는 마지못해 다른 아이들에게 슬그머니 다가가 경기에 합류한다. 우리는 최대한 엄격한 부모의 시선으로 아이들을 바라보며 그들에게 우리의 존재를 분명히 인식시키려고 앞으로 나아간다.

"오늘은 벤 안 만나?" 하고 베키가 나타샤에게 묻는다.

"일 끝나고 보기로 했어. 만나서 날 위해 요리를 해주고 싶다니까 아마—"

갑자기 요란한 함성이 울려 퍼진다. 내가 경기장을 바라보자 윌리엄이 월드컵 결승전 끝나기 1분 전에 골을 넣은 선수처럼 양팔을 옆으로 벌린 채 경기장을 돌고 있다.

"기가 막힌 골이네!"라고 셉이 감탄한다.

나는 자리에서 일어나 경기장을 노려본다. 앞으로 되감기 버튼이라도 누를 수 있다면 좋으련만.

"윌리엄이 넣었어?"

셉이 쿡쿡 웃으며 "설마 못 본 거야?"라고 말한다.

"봤어, 엄마?"

우리 아들의 얼굴은 순수한 행복감 그 자체다.

나는 벌떡 일어나 손바닥이 얼얼할 정도로 박수를 보낸다.

"굉장하다, 우리 아들. 정말 잘했어!"

내가 자리에 앉자 베키가 능글맞게 웃는다.

"그 정도 연기력으로 배우가 될 생각은 하지 마."

"그런 말 마. 윌리엄은 모르는 눈치니까."

내가 복화술을 하듯이 한쪽 입꼬리만 움직여 말한다.

"이번엔 또 무슨 일이야?"

베키의 말에 나는 우리 아들의 뛰어난 축구 실력을 보여주는 기적적인 장면을 또 놓치나 싶어서 얼른 축구장을 바라본다. 하지만 베키가 바라보는 사람은 윌리엄이 아니다. 덩치 큰 아이들 중 하나인데 그 애가 제임스에게 뭔가 불쾌한 말을 하는 듯하다.

"맙소사……, 지난번에 아이들에게 못되게 굴었다는 애가 쟤 아냐? 다 지난 일이라고 생각했는데."

"아닌 것 같아."

베키가 분노가 치미는 얼굴로 자리에서 일어난다. 하지만 한발 늦었다. 베키가 가기도 전에 다른 사람이 끼어들었기 때문이다.

"우리 형 괴롭히면 가만 안 둬!"

루퍼스의 협박은 상당히 두루뭉술해 보였지만 그런 점을 보완이라도 하듯 기운이 넘쳤다. 어린아이의 목소리라고는 생각하기 힘들 정도로. 불행히도 루퍼스는 상대편 아이보다 30센티미터쯤 작고,

10킬로그램 정도 말랐다.

상대 아이가 양손으로 루퍼스의 가슴을 세게 밀친다. 어찌나 세게 밀쳤는지 루퍼스가 뒤로 비틀거리다가 엉덩방아를 찧는다.

"루퍼스!"

베키가 외친다.

하지만 루퍼스는 얼른 일어나 상대 아이의 눈이 튀어나올 정도로 배를 후려치며 복수한다.

"싸우지 마! 여긴 무법천지가 아니라고!"

베키는 소리치며 루퍼스를 떼어놓는다. 상대 아이는 절룩거리다가 달아난다. 베키가 아들을 붙잡아 우리에게 데려오며 "대체 왜 그런 거야?"라고 묻는다.

"걔들이 제임스 형을 괴롭혔다고. 그래서 내가 입 닥치라고 했어."

우리 옆으로 다가온 제임스가 숨을 헐떡이며 고개를 끄덕인다.

"맞아, 엄마. 루퍼스가 내 편을 들어줬어. 혼내지 마."

베키는 두 아이를 번갈아 본다.

"형을 보호한 건 잘한 일이야, 루퍼스. 하지만 다음에는 때리지 마, 알았지?"

두 아이는 다시 축구장으로 달려가고, 베키는 셉에게로 간다.

"이따금 이럴 때는 우리 아이들이 아무 문제 없이 잘 자랄 것 같다는 생각이 든단 말이지."

"당연히 잘 자라지. 10분 뒤에 아이들이 다시 싸우더라도 그 사실을 기억하라고."

77

——————— 프랑스를 떠나기 이틀 전 저녁, 우리는 통통한 보라색 포도로 뒤덮인 포도밭을 향해 걸어간다. 아빠 옆에서 비포장도로를 걷던 윌리엄은 발로 바닥을 차며 묻는다.

"사람이 북극곰의 간을 먹으면 비타민 A 과다 복용으로 죽는 거 알아요?"

"그거야 누구나 아는 상식이지."

애덤이 능글맞게 웃으며 말한다.

윌리엄이 입을 딱 벌린다.

"농담이야. 또 네가 아는 사실이 뭐지?"

"흠. 콧물이 어떻게 만들어지는지 알아요."

내가 웃음을 참느라 괴로워하자 윌리엄이 날 보고 웃으며 말한다.

"그럼 엄마가 아는 걸 말해봐."

오늘 저녁 하늘은 커튼콜이라도 하듯이 다시 환해지고, 지평선은 소용돌이치는 분홍색과 오렌지색, 그리고 이따금 흰색이 섞인 햇살에 잠겨 있다.

"셰익스피어의 부모는 문맹이었지."

내가 계속 말한다.

"베네수엘라의 수도는 카라카스고, 음……, 그리고 엄마는 다리를 일자로 찢을 수 있어."

"어디 해봐."

윌리엄이 말한다.

"여기서 어떻게 해. 어서 가서 저녁 먹어야지."

우리는 작은 마을에 도착해 애덤을 따라 식당으로 들어간다. 애덤은 비잔틴 양식으로 지은 성당과 인동덩굴이 넘쳐 나는 예쁜 집들에 둘러싸인, 안뜰이 보이는 자리를 예약해두었다. 식당은 벌써 손님들로 붐빈다. 애덤은 날 위해 의자를 빼주고, 나는 가장자리에 걸터앉는다.

"왜 그러는 거예요?"라고 윌리엄이 묻는다.

"숙녀에게는 이렇게 하는 거야."

애덤의 대답에 윌리엄은 순간적으로 어리둥절한 표정을 짓는다. 마치 엄마도 숙녀에 속하냐는 듯이. 웨이터가 와서 메뉴에 있는 와인과 음식을 주문받으며 더 필요한 것은 없는지 묻는다.

"Je voudrais L'EAU, s'il vous plaît(물 좀 주세요)."

내 말에 웨이터는 고개를 끄덕이고는 재깍 메모지에 받아 적는다. 나는 놀라서 애덤을 바라본다.

"난 이제 행복하게 여길 떠날 수 있겠어."

"꽤 유창했어."

윌리엄이 잠깐 화장실에 다녀오겠다고 나가고, 애덤과 나 단둘이 남는다. 왠지 어색하다. 마치 대화가 끊기고 더 무슨 말을 해야 할지 모르는 사람들처럼. 곧 윌리엄이 돌아오기 때문이기도 하고, 우리 둘 다 지금은 심각한 이야기를 하고 싶지 않기 때문이기도 하다. '심각한' 이야기는 충분히 했다.

"영국으로 돌아가면 나타샤는 틀림없이 여길 그리워할 거야."

내가 말한다.

"영국 날씨와 음식에 다시 적응하려면 누구나 시간이 꽤 오래—"

"게다가 나타샤한테는 벤도 있잖아."

내가 애덤의 말을 자르며 말한다.

애덤이 미소를 짓는데 눈가에 평소보다 좀 더 주름이 잡힌다.

"런던에서도 둘이 즐거운 시간을 보낼 거야."

"무슨 말이야?"

"두 사람, 영국에서 계속 만나는 거 아니야?"

애덤이 되묻는다.

"하지만 벤은 여기 남잖아."

"벤은 10월에 계약이 끝나. 그러니까 다시 영국에 돌아가서 제대로 된 직장을 구할 거야."

나는 얼굴을 찌푸리며 "나타샤에게 그런 얘기 안 한 것 같던데?"라고 말한다.

"이상하네. 어쩌면 나타샤에게 마음이 식었는지도 모르지. 아무리 매력적인 여자라고 해도 그럴 수 있어."

윌리엄이 화장실에서 돌아와 자리에 앉자 애덤은 윌리엄을 슬쩍 건드리며 머리를 흩뜨린다. 윌리엄은 애덤의 손을 피하며 키득거린다.

"네가 보고 싶을 거다, 윌리엄."

윌리엄이 걱정스러운 얼굴로 애덤을 바라보며 "그래도 맨체스터로 이사 올 거죠?"라고 묻는다.

"물론이지. 석 달 뒤면 갈 거야. 그럼 아빠랑 계속 만나야 해. 크리스마스 무렵이면 아빠랑 함께 있는 게 지겨울걸."

"그럼 우리랑 크리스마스 함께 보내는 거예요?"

우린 아직 거기까지는 상의하지 않았다.

"그건 그때 가서 이야기하자, 응?"

"하지만 함께 뭔가를 하긴 할 거야. 물론 할아버지랑 할머니도
함께."

내가 덧붙여 말해준다.

윌리엄은 식탁보를 바라보며 중얼거린다.

"할머니가 그때까지 살아 계실까?"

그 질문에 내 몸의 털이 쭈뼛 선다.

"당연하지. 할머니는 아프시지만…… 크리스마스 때까지는 아무
데도 가지 않으실 거야."

나는 말도 안 되는 소리라는 듯이 짐짓 웃으며 말한다.

"알았어"라며 윌리엄이 나직이 말한다.

"하지만 결국에는 지금 걸린 병으로 돌아가시겠지?"

"할머니가 오랫동안 우리와 함께 계셨으면 좋겠구나."

내가 자신 없는 목소리로 말한다.

"헌팅스병이지? 할머니가 걸린 병."

윌리엄이 이렇게 묻더니 서늘한 눈으로 날 바라본다. 그러고는
눈을 깜빡거리며 내 대답을 기다린다. 심장이 밖으로 튀어나올 듯
이 쿵쾅거린다. 그러나 나는 곧 담담하게 바로잡아준다.

"헌팅턴병. 근데 그걸 어떻게 알았어?"

"아이패드 검색 기록에 있었어. 그래서 최근에 엄마 신경이 그렇
게 날카로웠나 보다 했지. 구글에서 검색해봤어."

내 얼굴에서 핏기가 빠져나가는 게 느껴진다. 내가 그렇게 두려워하던 일이 벌어졌는데도 난 아무 일 없다고, 윌리엄은 여전히 아무것도 모른다고 확신했다. 지난 몇 년 동안 윌리엄이 인터넷에서 헌팅턴병에 관한 끔찍한 사실을 보게 될까 봐 그렇게 노심초사했는데 하필 〈뉴사이언티스트〉 웹 사이트를 보게 만들다니.

애덤은 나만큼이나 이런 대화에 준비가 안 된 듯하다. 하지만 적어도 그에게는 이번 주에야 이 사실을 알게 되었다는 핑계라도 있다. 나는 지난 10년간 윌리엄에게 할 말을 준비했는데도 머릿속이 하얘진다.

"엄마도 그 병에 걸렸어?"

할 말을 찾는 동안 입이 무감각해진다.

"엄마는 그 병에 걸리지 않았어. 지금은 아주 건강해."

"알았어."

"하지만…… 그 병을 일으키는 결함 있는 유전자는 가지고 있어. 그러니까 언젠가는 그래, 엄마도 그 병에 걸릴 거야."

내가 덧붙인다. 그러고는 아이의 반응을 읽어내려고 얼굴을 살살이 훑어본다.

"나한테도 그게 있겠지?"

나는 마른침을 삼키며 제대로 말하려고 억지로 입을 움직인다.

"결함 있는 유전자? 그래, 아마 너도 물려받았을 거야. 아닐 수도 있고. 설사 물려받았다고 해도 아주, 아주 오랜 세월이 흐른 뒤에야 그 병이 나타날 거야."

"알아. 평균 나이가 마흔이었지? 그건 정말 늙은 거잖아."

내가 볼 안쪽을 씹는 동안 윌리엄이 말을 잇는다.

"어차피 난 그 병에 안 걸릴 거야."

눈물이 핑 돈다. 나는 고개를 끄덕이면서도 "왜?"라고 넌지시 물어본다.

윌리엄은 어깨를 으쓱인다.

"뭐, 긍정적으로 생각하는 거지."

나는 가슴이 조이지만 눈물을 참는다. 어떻게든 마음을 진정하려 한다. '눈물샘 꼭 닫아, 제스. 절대 열면 안 돼.'

"정말 걱정할 필요 없어, 엄마."

윌리엄이 말한다. 어찌나 밝게 말하는지 그 애의 반짝이는 눈동자와 보드랍고 말랑한 뺨을 제대로 쳐다볼 수가 없다.

"과학자들이 치료법을 연구하고 있으니까 곧 뭔가 찾아낼 거야. 샌디에이고와 런던에서 쥐를 대상으로 치료 약을 실험했대, 엄마. 물론 쥐들에게는 정말 안 된 일이지만, 아픈 짐승이 나았을지도 몰라. 나중에 사람까지 낫게 된다면 그럴 가치가 있지."

나는 도저히 숨을 내쉴 수가 없어서 그저 고개만 끄덕인다.

"만약 치료법을 찾아내지 못한다면 나중에 내가 과학자가 돼서 찾을게."

"그거 굉장하다, 윌리엄."

"하지만 난 아직은 모델이 되고 싶어."

마치 '그러니까 너무 기대하지는 마'라고 말하듯이 윌리엄이 덧붙인다.

애덤이 나와 눈이 마주친다.

"난 무섭지 않아, 엄마."

윌리엄이 이야기를 계속한다. 내가 듣고 싶어 하는 말이 무엇인지 본능적으로 아는 것 같다.

"잘됐네. 엄마도 안 무서워."

나는 아주 단호하게 대답하고 잠시나마 그 말을 정말로 믿어본다. 마침 웨이터가 우리 음식을 들고 나타난다.

"하지만 지금은 배고파 죽겠다."

나는 나이프와 포크를 들고 오리 가슴살을 자르며 애덤보다는 음식에 집중하려고 한다. 우리 모자가 우리가 받은 저주를 적나라하게 의논하는 대화를 듣는 동안 애덤의 마음은 무너져 내렸으리라. 내 운명은 이미 정해졌다. 그저 윌리엄에게는 운명이 더 친절하기를 기도할 뿐이다.

"어쨌든 아빠는 뭘 아는지 아직 말 안 했어요."

윌리엄이 말한다.

멍한 상태에 있던 애덤이 정신을 차리고서 "아, 그래, 맞다. 알았어"라고 말하고는 잠시 생각한다.

"'느낌이 안 좋아'라는 대사가 〈스타워즈〉 영화에 매번 등장하는 거 아니?"

윌리엄은 감동한 표정이다.

"또 바다오리가 평생 일부일처제를 지킨다는 것도 알지."

이번에는 윌리엄이 덜 감동한 표정으로 코를 찡그린다.

"그리고……."

애덤이 뜸을 들이며 날 바라본다.

"너와 네 엄마가 세상에서 가장 좋은 사람이라는 것도 알아."

78

—————— "엄마엄마엄마엄마마마마마엄마!"

별채 밖으로 나오니 베키가 우리를 향해 절뚝거리며 걸어오고, 포피는 엄마의 다리에 매달려서 통곡하고 있다. 마침내 베키가 걸음을 멈추고 포피를 안아 올려 딸의 짧은 다리를 허리에 감는다.

"핑크 버니 때문이야."

베키가 설명하며 포피의 이마에 뽀뽀하지만 아이의 슬픔은 쉽사리 가라앉지 않는다.

"이제야 좀 느긋하게 휴가를 즐기게 됐는데 핑크 버니를 잃어버릴 줄이야. 전혀 대비하지 못한 참사야. 혹시 우리가 여기에 두고 갔니?"

"아닐걸."

나는 딱하다는 듯이 말한다. 그러자 포피가 다시 울부짖는다. 베키는 포피를 의자에 앉히고 별채 옆으로 돌아갔다가 온다. 그러고는 의자 밑, 문 뒤, 소파 쿠션 밑을 살펴보고는 다시 밖으로 나온다.

"혹시 이걸 찾고 있어?"

나타샤가 포피의 인형을 손에 든 채 현관에 나타난다.

"버니!"

포피가 의자에서 내려가 나타샤를 향해 뛰어간다.

"아침을 먹고 탁자에 그대로 두고 갔더라고. 내가 가져다주려고 했지."

베키의 몸에서 긴장이 풀리는 게 눈에 보인다. 베키가 손등으로 이마를 훔치며 "이 은혜 평생 잊지 않을게"라며 고마워한다.

"괜찮아. 토끼도 잠깐 휴가를 다녀온 거야. 그렇지, 포피?"

"착하다, 나타샤 이모."

포피의 칭찬에 놀랍게도 나타샤는 매우 기쁜 표정을 짓는다.

"안녕하세요, 여러분."

고개를 돌려보니 벤이 안뜰을 가로질러 오고 있다. 소금기를 머금은 그의 머리카락 위에서 햇살이 부서지고, 그가 가까이 다가오자 시트러스 향기가 풍긴다.

"좀 걸을래요, 나타샤?"

"좋죠."

나타샤가 미소 지으며 대답한다.

두 사람은 수줍어하는 십 대 소년, 소녀처럼 숲으로 걸어간다. 베키가 그들을 바라보며 "둘이 저렇게 끝나다니 안타까워"라고 말한다.

"흠, 벤은 런던으로 다시 돌아갈 모양이던데 나타샤에게 말을 안 했더라고."

"정말?"

베키는 나만큼이나 놀란 표정이다.

나는 고개를 끄덕인다.

"대체 이유를 모르겠어, 안 그래? 계속 생각해봐도 답이 안 나와."

탁자에 놓인 휴대전화를 힐끗 봤더니 문자가 와 있다.

"맙소사! 찰리가 문자를 보냈어."

"뭐래?"

문자를 훑어본 나는 미소를 지으며 베키에게 보라고 전화기를 건넨다.

작별 인사도 못 하고 떠나서 미안해요. 집에 가기 전에 카르카손에 사는 친구들과 며칠간 함께 있기로 즉흥적으로 결정을 내렸어요. 당신을 만나서 즐거웠어요, 제스. 남은 휴가도 잘 보내요. ─찰리. x

(추신. 그 카디건은 버렸어요!)

베키가 손으로 입을 가리고는 전화기를 내게 돌려주고, 나는 민망해한다.

그날 저녁 깡충깡충 뛰어가는 윌리엄을 앞세운 채 나타샤와 나는 숲을 지나 베키와 셉의 별채로 간다. 윌리엄은 사탕과 초콜릿을 잔뜩 들었고, 나는 슈퍼마켓에서 미리 사둔 샴페인을 가져간다. 휴가 마지막 날인 오늘을 기념해 좀 차려입기도 했는데, 나타샤가 짐들 맨 위에 있던 예쁜 노란색 원피스를 발견하고 그걸 입으라고 우겼기 때문이다.

그 뒤로 나타샤는 쉴 새 없이 이야기한다.

"벤은 자기가 영국으로 간다는 얘기를 내게 하기가 두려웠다고 하더라고."

기쁨을 감추지 못한 채 나타샤가 환히 웃으며 말을 이어간다.

"내가 자기를 스토커로 생각할까 봐, 날 따라서 런던으로 간다고 생각할까 봐 일부러 그 얘기를 하지 않았대."

"애덤 말로는 처음부터 올여름이 끝나면 런던으로 돌아갈 계획이었다더라. 돌아가서 다시 만나기로 했겠네?"

"응, 만나서 술 마시기로 했어."

나타샤의 얼굴에 잔잔한 미소가 퍼진다.

"그래도 내 생각에 벤은 여전히 너무 어리고—"

"하지만 넌 벤을 좋아하잖아. 벤도 널 좋아하고."

내가 나타샤의 말을 뚝 자른다.

"음, 그거야 그렇지"라고 나타샤가 머뭇거리며 말한다.

"나타샤, 네가 함께 그릇을 살 남자를 찾고 있다는 거 알아. 하지만 너랑 벤은 나이 차이가 얼마든 간에 아주 잘 맞아. 그리고 사람 일은 모르는 거야. 언젠가 둘이 함께 그릇을 사러 다닐지도 몰라."

"한 번에 하나씩만 생각하자, 제스."

나는 웃음이 나오려는 걸 참는다.

"그건 내가 하고 싶은 말이야, 나타샤."

우리는 마지막 저녁으로 바비큐를 먹으려 한다. 여름의 적절한 마무리라는 느낌이 든다. 지난 몇 주간 우리가 많이 먹었던 평범한 저녁이다. 아이들은 프리스비를 하며 놀고, 어른들은 카드 게임을 하고, 다들 좋은 친구들과 함께 느긋한 시간을 보낼 수 있다. 의리 있고, 재미있고, 이따금 옥신각신하기는 해도 내가 사랑하는 친구들.

베키와 셉의 별채에 도착하니 바비큐의 자욱한 연기 냄새가 진동한다. 빨갛게 타오르는 불꽃이 벤과 이야기하는 셉의 얼굴에 열기를 뿜어낸다.

"젠장, 소시지를 깜빡했어."

내가 이마를 찰싹 때리며 말한다. 그러고는 다시 집에 다녀오려고 돌아서는데 베키가 내 팔을 잡는다.

"소시지 없어도 돼."

"하지만 장인이 만든 소시지야."

"상관없어."

"상관있어. 비싼 소시지라고. 아마 프랑스에서 가장 호식하는 돼지로 만들었을 거야."

나타샤가 내 팔짱을 끼며 말한다.

"넌 소시지도, 샴페인도, 그 어떤 것도 필요 없어. 네가 가려는 곳에는 말이야."

"무슨 소리야?"라며 나는 얼굴을 찡그린다.

"넌 다른 데 갈 거거든."

나타샤가 말한다.

"싫은데."

"유감스럽지만 가야 해."

갑자기 애덤이 자동차 열쇠를 든 채 내 앞에 나타난다. 첫 단추를 푼 검은 셔츠에 밑위가 짧고 통이 좁은 진회색 바지를 입고 있다. 샤워한 직후인지 머리는 아직 흐트러져 있다. 숨이 멎을 정도로 잘생긴 얼굴이다.

"이게 무슨 일이야? 나 몰래 비밀 작전이라도 꾸민 거야?"

"응!"

윌리엄이 외친다.

난 달리 선택의 여지가 없다는 걸 깨닫는다.

운전하는 애덤의 옆자리에 앉아 있는 동안 우리가 어디를 가는지, 왜 가는지는 별로 생각하지 않는다. 대신 어떻게 애덤은 늘 날 감동시키고, 놀라게 하고, 흥분시킬 수 있을까 생각한다.

"나 항복할게. 날 어디로 데려가는 거야?"

애덤이 나를 쳐다보며 말한다.

"동굴 탐험을 할 거야."

"제발 농담이라고 해줘."

애덤이 환하게 미소를 지으며 "농담이야"라고 말한다.

나는 웃음을 터뜨린다.

"다행이네."

애덤의 차가 전원을 가로지르는 동안 나는 에어컨을 끄고 차창을 내린 다음, 눈을 감고 미풍이 내 살갗을 어루만지게 내버려둔다.

"괜찮아?"

애덤이 물으며 내 손을 잡으려다 말고 손을 거두어들인다.

"괜찮아. 고마워."

"이제 다 왔어."

애덤은 그렇게 말하며 차를 돌려 구부러진 진입로로 내려간다.

79

──────── '라 프라두성'이라고 깔끔하게 적힌 간판이 타임과 등나무의 진한 향기와 함께 우리를 맞이한다.

우리 차는 자갈이 깔린 진입로를 따라 높이 솟은 대문으로 천천히 다가간다. 구름이 소용돌이무늬처럼 찍힌 하늘이 장밋빛으로 불타오른다. 성은 대문 너머 초록빛 언덕에 우뚝 솟아 있는데 계단식 잔디 위에 자리 잡았다.

애덤은 차에서 내려 날 위해 문을 열어주고 주위를 둘러본다. 나는 더듬더듬 핸드백을 챙기며 묻는다.

"여긴 당신 호텔의 경쟁 업체 아니야?"

"그보다는 내게 영감을 준 곳이지. 여기에는 아이들이 묵을 수 없지만. 그리고 미슐랭 별도 받았어. 벤이 굽는 버거 패티도 맛있기는 하지만 여기 음식은 못 따라갈 거야."

"근데 여긴 왜 온 거야?"

"여기서 이야기를 나누면 좋을 것 같아서. 우린 의논할 일이 많잖아. 그리고—"

"애덤, 그만해. 더는 그 일로 이야기하고 싶지 않아."

긴장되어 있던 애덤의 어깨가 부드러워진다.

"잘됐네. 왜냐하면 거짓말이거든. 그냥 마지막 날에 당신과 함께 멋진 식사를 하고 싶었어. 양 정강이 찜을 아주 잘한다고 하더라고."

애덤은 내게 한쪽 팔을 내민다. 나는 그 팔에 팔짱을 끼고, 마치 우리가 〈다운튼 애비〉에 나오는 커플 같다고 생각하며 혼자 미소 짓는다.

웨이터는 애덤과 아는 사이인지 이름을 부르며 인사하고는 우리를 성안으로 안내한다. 내부는 많은 돈을 들여서 르네상스 건축의 모든 요소를 훌륭히 보존해놓았다. 우리는 반질반질한 바닥을 걸어 기다란 크리스털 꽃병에 탐스러운 작약과 활짝 핀 백합이 꽂혀 있는 호화로운 로비를 가로지른다. 석조 계단을 올라가 촛불이 켜진 식당으로 들어서니 손님들의 나직한 말소리만 들릴 뿐 조용하다.

테라스로 나가는 문 앞에 이르자 애덤이 내 손을 잡고 깍지를 낀다. 우리는 잘 손질된 정원과 이리저리 뻗어나간 덩굴이 내려다보이는 테라스 가장자리 탁자로 안내된다. 일몰을 감상하기에 완벽한 장소다.

"당신은 정말 온갖 좋은 곳은 다 알고 있네. 그거 하나는 인정해줄게, 애덤."

애덤이 슬며시 미소를 짓는데, 웨이터가 와인 리스트를 들고 다시 나타난다. 나는 애덤을 바라본다. 그는 골똘히 리스트를 훑어 내리다가 자기를 바라보고 있는 나와 눈이 마주치자 한쪽 입꼬리를 올려 웃음 짓는다. 나는 눈을 돌린다.

메뉴판에는 아예 가격이 적혀 있지 않다. 기둥뿌리가 흔들릴 만큼 고가라는 뜻이다. 애덤은 날 위해 번역해주고, 나는 기꺼이 그가 알아서 주문하게 한다. 하늘빛이 점점 희미해지면서 블랙베리 빛깔로 변한다.

"당신 정말 아름다워."

애덤이 기습적으로 내게 말한다.

"미안. 근데 알려줘야 할 것 같아서."

나는 볼의 홍조를 감추려고 와인을 한 모금 마신다. 나중에 나타샤에게 노란색 원피스를 입고 가라고 우겨줘서 고맙다고 말해야겠다.

음식은 더할 나위 없이 훌륭하고, 와인을 많이 마시지 않았는데도 분위기와 추억, 여기 애덤과 함께 있다는 사실에 취한다. 그리고 이상하면서도 사랑스러운 든든함이 느껴진다. 윌리엄에 관해서라면 이 남자에게 의지할 수 있다는 데서 오는 든든함이다.

우리는 또 신나게 웃기도 한다. 늘 침실 창밖에 팬티를 널어 말리던 아래층 남자, 밤에 나갔다가 들어왔는데 애덤이 낭만적이게도 날 안은 채 계단을 올라가다가 천장에 내 머리를 찧어서 하마터면 뇌진탕을 일으킬 뻔한 사건을 이야기하면서.

"내가 처음으로 당신에게 사랑한다고 말했던 때 기억나?" 하고 애덤이 묻는다. 나는 그 질문에 몸이 굳으며 한때는 우리가 지금보다 훨씬 더 서로를 사랑했다는 사실을 떠올린다.

"패트릭 골드스미스의 집에서 열린 파티가 끝난 뒤였잖아."

애덤이 그렇게 말하는 동안 나는 탁자 밑에서 냅킨을 비튼다.

"응, 기억해."

"집에 오는 길에 비를 만나서 막 뛰었지. 집에 도착했을 때 당신은 마스카라가 턱까지 흘러내리고, 머리카락은 얼굴에 찰싹 달라붙고, 코는 빨개져 있었어."

"그렇게 세세히 기억해주다니 고맙네."

애덤이 웃는다.

"당연하지. 그런 당신이 너무 예쁘다고 생각했으니까. 그래서 도저히 말하지 않을 수가 없었어. 당신을 사랑한다고."

나는 몸을 꼼지락거린다.

"굳이 그 일을 다시 꺼낼 필요는 없어, 애덤. 난 괜찮을 거야. 싸워서 이겨낼 거야."

내가 말한다. 여러 번 말하다 보면 언젠가 정말로 그렇게 믿게 될지 모른다.

"알아. 내가 하려는 말은 그게 아냐."

나는 긴장하며 마른침을 삼킨다.

"그럼 무슨 말을 하고 싶은데?"

애덤은 숨을 한 번 들이쉬고는 입을 뗀다.

"지난번에 거의 벌거벗은 상태로 무릎을 꿇고 당신에게 청혼했을 때—"

"거의 벌거벗은 게 아니라 완전히 벌거벗었어. 홀딱."

내가 그의 말을 자르며 바로잡는다.

"어쨌든 그건 형편없는 프러포즈였어. 이 말을 하는 지금 이 순간도 당신은 더 나은 프러포즈를 받을 자격이 충분하다는 거 알아. 다만 그때는 내 감정을 말하지 않고는 견딜 수 없었어. 그리고 내가 지금 하려는 말은 이거야. 언젠가 당신이 헌팅턴병에 걸린다고 해도 달라지는 건 없어."

나는 가슴이 조여온다.

"하나도."

애덤이 말을 잇는다.

"당신이 건강하게 장수하든, 힘들게 살다가 단명하든 난 당신을 사랑할 거야. 당신은 여전히 몇 년 전에 내가 사랑에 빠졌던 바로 그 여자일 테니까."

나는 머리에 피가 몰려 멍해진다. 정신을 차려 보니 어느 틈에 애덤이 한쪽 무릎을 꿇고 있다. 우리 뒤 탁자에서 필레 드 후제를 먹고 있던 남자가 너무 놀라 캑캑거린다.

"제스, 나와 결혼해주겠어?"

나는 말문이 막힌다.

"아, 깜박했네."

애덤은 말을 이으며 재킷 주머니에 손을 넣었다가 빼더니 패닉에 빠진 표정으로 양쪽 바지 주머니를 더듬는다. 옆 탁자에 앉아 있던 커플은 넋을 놓고서 우리를 바라보고, 피아노 연주자조차도 틀린 음을 치면서 연주가 불안정해진다.

"맙소사, 잊어버렸나 봐!"

애덤이 중얼거린다. 그러더니 마치 뭔가가 기억났다는 듯이 멈칫하고는 셔츠 윗주머니에 손을 넣는다. 심장이 뼈에 닿을 정도로 세게 쿵쾅거린다.

"잊어버리지 않으려고 여기 넣어뒀어."

"성공했네."

나는 재치 있게 말한다. 다른 말, 제대로 된 말은 전혀 생각나지 않았으니까. 애덤이 손을 내밀자 다이아몬드 반지가 촛불을 받아 반짝거린다. 아름답다. 나는 반지를 너무 자세히 보지 않으려 한다. '반지' 때문에 애덤의 청혼에 넘어가서는 안 된다는 걸 알지만, 그럼에도 단언컨대 그 반지는 굉장하다. 크다거나 번쩍거린다는 말이 아니라 그냥 아름답다. 백금에 아몬드 모양으로 세팅한 싱글 컷 다이아몬드가 박혀 있다.

하지만 중요한 건 반지가 아니다. 애덤의 떨리는 손과 촉촉하게 빛나는 갈색 눈동자도 중요하지 않다. 심지어 내가 이 프러포즈를 승낙하고 싶다는 사실도 마찬가지다. 이건 훨씬 더 중요한 일이 걸린 문제다.

"애덤……, 우린 그럴 수 없어."

우리 둘 다 식당 손님들 모두가 우릴 주시하고 있다는 불편한 사실을 깨닫는다.

"얼른 일어나, 애덤."

애덤은 사람들의 시선을 의식하며 주위를 둘러보더니 일어나서 자리에 앉는다. 부끄러운 표정이다.

나도 이런 말을 하는 내가 싫지만 내게는 선택의 여지가 없다.

80

——————— "애덤, 지금 당신은 자기 무덤을 파는 거야."

애덤은 내 설명을 기다린다.

"요즘 우리 엄마 상태가 어떤지 봤다면 도저히 여기 앉아서……
그렇게 무릎을 꿇고…… 내게 청혼할 수는 없었을 거야."

나는 이를 악물고 힘을 낸 뒤에야 간신히 말을 잇는다.

"엄마는 제대로 말하지도 못해, 애덤. 걷지도, 먹지도 못하고, 이
제는 혼자 화장실도 못 가. 심지어 앉아 있지도 못해서 요새는 주로
침대에 누워 있어. 엄마 곁을 지키느라 불쌍한 아빠는 아무것도 하
지 못해. 그렇게 엄마의 상태가 악화되는 모습을 무력하게 지켜봐
야만 하지."

애덤은 냅킨을 내려다보며 손으로 비틀더니 입을 연다.

"그럼 내 질문에 대답해 봐, 제스. 아버님이 왜 아직 어머님 곁에
있다고 생각해?"

"무슨 말이야? 아빠가 왜 엄마를 떠나지 않았냐고?"

"응. 그런 일이 일어나면 헤어지는 부부도 있잖아. 안 그래?"

난 대답하지 않는다. 그런 생각은 해본 적이 없다. 그저 아빠는
늘 엄마 옆에 있을 거라고만 생각했다.

"어머님이 불쌍해서 그러시는 걸까?"

그 말에 나는 움찔한다.

"아니면 의무라고 생각해서? 아니면 당신을 위해서? 두 분이 헤어지면 당신이 속상해할 테니까?"

눈물이 흐르며 얼굴이 따끔거린다.

"아마 전부 다겠지."

"말도 안 돼, 제스. 아버님이 날마다 어머님 곁을 지키시는 건 어머님을 사랑하기 때문이야."

난 말없이 울음을 삼킨다.

"아버님도 병이 싫기는 하시겠지. 병 때문에 어머님이 그렇게 되셨으니 싫으실 거야. 하지만 어머님을 사랑하셔. 아버님에게 어머님은 그 모든 걸 견뎌낼 가치가 있는 거야. 그리고 나도 당신에게 같은 심정이고."

나는 떨리는 손으로 식탁보 가장자리를 만지작거린다.

"제스, 들어봐. 당신에게 그 이야기를 들은 뒤로 틈날 때마다 그 병에 대해 읽어보고, 그 병에 걸린 환자들의 동영상을 봤어. 아주 말기 단계에 있는 환자들도 봤고. 보고서랑 헌팅턴병협회의 가이드라인, 블로그, 인터넷 커뮤니티에 실린 글까지 전부 다 읽었어. 그 병에 걸리면 어떻게 되는지 정확히 알아. 그것도 모르면서 당신에게 청혼하지는 않아."

애덤은 잠시 뜸을 들인다.

"있잖아, 제스. 앞으로 당신이, 아니 우리가 아주아주 힘들어질 거라는 거 알아. 하지만 아직은 아냐. 지금 당신은 헌팅턴병과 거리가 멀어. 당신은 건강해. 이 순간, 지금껏 내가 본 여자들 중에서 가장 아름다운 모습으로 여기에 앉아 있는 당신은 헌팅턴병에 걸리지 않았어. 그러니까 미래를 걱정하는 건 그만두고 그냥 살아. 기왕이면 나 같은 남편이랑 함께."

나는 고개를 절레절레 흔들고 훌쩍이면서 간신히 애덤과 눈을 마주친다.

"하지만 애덤…… 대체 누가 그런 여자랑 결혼하고 싶겠어?"

"난 특별하잖아."

"그거야 그렇지만—"

"결혼할 때 그러잖아. 아플 때나 건강할 때나 사랑하겠다고. 대부분의 사람은 결혼할 때 그 대목을 생각할 필요가 없지만 난 생각했어. 아주 많이. 그리고 결혼하기로 마음먹었고."

나는 무슨 말을 해야 할지 몰라서 머뭇거린다. 그러다 슬그머니 미소가 새어 나오며 아무 말도 하지 않아도 된다는 걸 깨닫는다.

"기, 이제 합의가 끝났지? 마침 피아니스트도 다시 연주를 시작했고, 내가 한 번 더 청혼할게."

애덤이 말한다.

나는 웃음을 터뜨리며 눈물을 닦는다.

애덤은 내게 반지를 내밀고, 반지는 불빛 아래서 반짝거린다.

"내가 또 무릎을 꿇기 바라는 건 아니지? 하루에 한 번은 괜찮지만, 두 번은 너무 절박해 보이잖아."

나는 웃으며 말한다.

"아냐, 하지 마."

애덤이 잠시 흔들린다.

"좋아. 당신 민망하게 하지 않을게. 하지만 다시 묻겠어. 제스, 나와 결혼해주겠어?"

나는 웃음을 짓다 말고 지금까지 내가 유일하게 사랑했던 남자의 눈을 들여다본다.

우리는 결코 완벽하지 않지만 천생연분이다. 10년이라는 세월이 걸리고, 중간에 아기도 낳고 불치병에 걸리고 천국과 지옥을 오가는 감정을 겪은 뒤에야 그 사실을 알아냈다.

따라서 내가 할 수 있는 대답은 하나뿐이다.

"알았어, 애덤."

그는 얼굴을 살짝 찡그리며 거듭 묻는다.

"예스야?"

"응, 그래. 예스야."

애덤이 흐뭇한 미소를 지으며 "와, 진짜 힘들었어"라고 말하고는 벌떡 일어나 맞은편에 앉은 날 껴안는다. 필레 드 후제를 먹고 있던 남자가 열광적으로 박수를 보낸다.

81

─────── 그날 밤 나는 애덤의 품에 안겨 선잠을 잔다. 이따금 몸을 뒤척이며 내 손바닥 아래에서 부드럽게 오르락내리락하는 애덤의 가슴을 느낀다. 높이 뜬 달이 덧창 틈으로 희미하게 빛나며 방 안에 신비로운 그림자를 드리운다.

나는 너무 흥분돼서 잠을 이룰 수가 없다. 예상치 못했던 즐거운 감정이 내 안에서 부글부글 끓어오른다. 몇 년 만에 처음으로 미래를 낙천적으로 생각하고, 앞으로 무슨 일이 일어나든 다 잘될 거라는 거의 초현실적인 확신을 갖게 된다.

잠이 덜 깬 애덤이 무의식적으로 날 끌어당기더니 키스하려고 몸을 기울인다. 눈을 감은 채 자기 입술로 내 입술을 누른다.

"깼네."

내가 속삭인다.

"방금. 지금 몇 시야?"

"음, 모르겠어……. 6시쯤 됐을 거야."

애덤의 손이 내 등을 쓸어내리고, 나는 그에게 몸을 밀착하며 입술로 그의 꺼칠한 턱을 문지른다. 그때 내 휴대전화가 울린다.

나는 조금 뒤에야 벨 소리를 알아듣는다. 우리 둘 다 멈칫한다. 나는 애덤에게서 떨어져 침대에서 내려온 뒤 방을 가로질러 창문

밑에 놓아둔 가방 쪽으로 간다. 가방 위에 휴대전화가 있다. 더듬거리며 전화기를 집어 드는데 손가락이 마음처럼 빨리 움직이지 않는다. 마침내 수신 버튼을 누르고 다급하게 말한다.

"아빠?"

아빠의 떨리는 목소리를 듣는 순간, 지난 10년간 두려워하던 바로 그 전화라는 사실이 분명해진다.

"제스, 엄마 때문에 전화했다."

82

——————— 집으로 돌아가기까지의 야단법석은 거의 기억나지 않는다. 확실한 건 그날 오후에 출발하는 비행기를 겨우 탔다는 사실이다. 나 혼자서. 윌리엄과 다른 사람들은 프랑스에 두고 왔다. 내 자동차와 소지품 대부분도.

구름 위에서 창문 너머를 멍하게 바라보며 여기서는 모든 것이 평화롭고 파랗고 완벽해 보인다고 생각한다. 비행기가 구름 아래로 내려가자마자 나는 훨씬 어두운 세상 속으로 다시 뛰어들어야 할 터였다.

닷새가 지나고, 아빠와 내가 10년 넘게 가정이 아니라 사실로 받아들였던 엄마의 죽음이 임박한다. 그제야 나는 이 일에 내가 전혀 준비되어 있지 않다는 사실을 깨닫는다. 애초에 준비되는 게 불가능하리라.

엄마는 비참하고 흉측하게 죽어간다. 정말로 저렇게 죽어간다는 사실이 믿기지 않을 정도로. 지난 몇 달간 음식물에 질식하는 경우가 점점 잦아졌는데 마침내 이런 사달이 났다.

의사들의 말에 따르면 엄마가 음식을 들이마셨고 그게 폐렴을 일으켰는데 엄마의 몸은 이미 너무 쇠약해져서 맞서 싸울 수가 없단다. 그 뒤로 엄마의 몸에 온갖 항생제를 들이부었지만 엄마의 폐가 너무 망가지고 지쳐서 승산이 없다.

사람들이 병세를 호전시키려고 노력하지 않는 것은 아니다. 그들은 노력하고, 최선을 다한다. 하지만 그들의 최선은 도움이 되지 않는다. 지금 엄마의 모습은 영원히 내 뇌리에 남을 것이다. 안정제를 맞아도 엄마는 전혀 편안해 보이지 않고 오히려 지독히 고통스러워 보인다.

아빠와 나는 교대로 병상을 지키며 엄마의 손을 쓰다듬고, 얇은 면 잠옷 아래에서 움직이는 엄마의 몸을 바라본다. 살갗 아래로 뼈가 다 드러나 있다. 엄마의 입술 사이로 울음이 새어 나올 때마다 아빠의 마음이 무너져 내린다. 나는 이 끔찍한 상황에 너무 압도된 나머지 이따금 창밖으로 거리를 지나다니는 사람들을 볼 때마다 미워하지 않으려고 안간힘을 쓴다. 마지막 며칠은 어찌나 많이 울었는지 볼이 쓰라릴 정도다.

내가 떠난 직후 애덤은 내 차를 운전해 윌리엄을 맨체스터까지 데려왔고, 아이와 함께 우리 집에 머물고 있다. 윌리엄은 계속 할머니를 보고 싶어 하지만 나는 허락하지 않는다. 병원 핑계를 대며 면회 불가라고 말한다. 프랑스에 있을 때 앞으로는 솔직히 말하겠다고 약속했지만 그 애가 이걸 봐서 좋을 게 없다. 자기 몸에 의해 서서히 질식해가는 할머니의 모습은 보여주고 싶지 않다. 절대로.

"집에 가서 좀 자고 오렴."

오늘만 벌써 네 차례나 아빠가 그렇게 말한다.

하지만 집에 가는 결정은 늘 도박이다. 나는 엄마의 임종을 지키고 싶다. 며칠 전 엄마가 최선을 다해 우리와 대화하려고 할 때 난 엄마가 돌아가시는 줄 알았다. 거듭 '바로 지금이야'라고 생각하며 마음의 준비를 했다. 저런 몸으로 계속 병마와 싸우기란 불가능하다.

하지만 엄마는 아직 삶에 매달리고 있다. 얼른 끝나기를 바라는 내가 밉기도 하다. 하지만 엄마는 이제 우리 엄마 같지 않다. 냄새도, 소리도 다르다.

"조금 있다 갈게, 아빠."

하지만 난 움직이지 않는다. 대신 병실을 가로질러 창틀로 눈을 돌린다. 거기에는 아빠가 요양원에서 가져온 사진들이 있다. 엄마가 볼 수 있도록 가져다둔 사진이다. 그나마 엄마가 볼 수 있던 때에.

그중에는 부모님의 결혼식 사진도 있다. 9월의 무더운 어느 토요일에 찍은 사진인데 두 분은 늘 그날이 그해에 가장 더웠다고 말했다. 열아홉 살 신부인 엄마는 믿을 수 없을 만치 어려 보인다. 엄마가 입은 웨딩드레스는 목이 높이 올라오고, 소매는 레이스로 되어 있다. 챙이 넓은 모자를 비스듬히 썼는데 모자에는 등까지 내려오는 베일이 달려 있다.

어릴 때 나는 저 모자를 아주 좋아해서 저걸 쓰고 레이스 치마를 입고서 엄마의 침실 거울 앞에서 춤을 추면서 체조 선수처럼 빙글빙글 돌았다. 사진 속 엄마는 눈이 부실 정도로 환히 빛나고, 말쑥하게 차려입은 아빠는 크림을 얻은 고양이처럼 환히 웃는다. 두 사람은 나란히 서서 함께 모험을 시작하려 하고 있다.

엄마가 사랑하는 사람들, 장소들, 동물들(우리 늙은 반려견 레이디) 사진이 대여섯 장 더 있는데 그중에서 우리 모녀가 함께 찍은 사진이 눈길을 끈다. 내 여섯 살 생일에 엄마가 만든 동화 속 성 케이크를 앞에 두고 우리 둘이 함께 서 있다.

사람들은 늘 엄마와 내가 닮았다고 했다. 이 사진이 가장 그렇다. 나는 엄마와 똑같이 입술이 도톰하고, 금발에 눈동자 색이 연하고, 코에 주근깨가 있다. 내 유일한 희망은 언젠가 내 차례가 됐을 때 나도 엄마처럼 용감하게 병마와 싸우는 것이다.

가장 최근 사진은 이틀 전 내가 아빠와 먹을 샌드위치를 사러 가는 길에 슈퍼마켓에서 출력해 왔다. 지난번에 애덤과 윌리엄이 호숫가에 앉아 웃는 모습을 휴대전화로 찍은 사진이다. 엄마가 이 사진을 제대로 봤을지 모르겠지만 부디 그랬기를 바란다. 나는 그 사진과 약혼반지를 엄마와 아빠에게 보여드렸고, 아빠는 엄마의 손을 잡으며 내가 돌아온 뒤 처음이자 마지막으로 미소를 지었다.

나는 다리도 펼 겸 자리에서 일어나, 오늘 아침에 간호사가 들어와 창문을 연 뒤로 한쪽이 구겨져 있는 커튼을 펴야겠다고 생각한다. 일어나면서 엄마의 손을 쓰다듬는데 유독 차갑다. 가슴이 두근거리고, 엄마가 이미 돌아가셨나 싶어서 패닉에 빠진다. 그때 엄마의 목 깊은 곳에서 신음 소리가 울린다.

"제스."

아빠가 속삭이듯 내 이름을 부른다. 하지만 아빠의 눈은 내가 아니라 성인이 된 이후 평생 사랑해온 여자의 얼굴에 고정되어 있다. 엄마가 이따금 거친 신음을 내뱉자 아빠는 엄마의 손을 꼭 잡는다. 엄마의 숨소리가 조용해지는가 싶더니 다시 거친 신음 소리가 난다. 나는 도로 의자에 앉는다. 움직였다가 멈추기를 반복하던 엄마의 폐가 마침내 정지한다.

생명은 내 예상보다 빨리 엄마의 몸을 떠난다.

엄마의 표정이 부드러워지고 더는 움직임도, 경련도, 우리가 익

숙해진 소리나 신음도 없다. 우리가 눈물을 흘리고 충격을 받고 압
도적인 슬픔을 느끼는 사이 병실에 무언가가 차오른다.

　평온이 병실을 가득 채운다.

83

1년 뒤
2017년 여름

─────────── 애덤이 VW 캠핑카의 열쇠를 돌린다. 마침내 시동이 걸리자 윌리엄과 나는 환호한다. 예전에는 그런 사람들을 이해 못 했는데, 지난해에 캠핑카를 사서 그 뒤 3개월 동안 주말마다 윌리엄과 함께 수리를 하더니 애덤은 이 차에 완전히 빠져버렸다. 캠핑카 운전석에 앉을 때만큼 행복한 애덤의 모습은 본 적이 없다. 누가 봤다면 람보르기니에 타는 줄 알았으리라.

캠핑카 외관은 회녹색과 흰색으로 칠해져 있고, 실내는 복고풍으로 꾸며져서 가죽 의자와 수수한 벽장이 있고, 노란 리본으로 묶은 체크무늬 깅엄 커튼이 달렸다. 우리는 이 캠핑카에 애덤의 엄마 이름를 따서 '리사'라는 이름을 붙여주었고, 오래전 애덤이 엄마와 함께 캠핑카 앞에서 찍은 사진을 운전석 햇빛 가리개에 붙여놓았다.

물론 1962년에 만들어진 캠핑카를 몰 때의 문제점은 언덕이 많은 지형에 매우 부적합하다는 것이다. 특히 잔디깎이보다 빠른 속도로 달리고 싶을 때는 더욱 그렇다. 이 말은 맨체스터를 출발해 프랑스 시골을 가로지르는 우리의 여행이 예상보다 오래 걸렸다는 뜻이다. 내가 이번 여행에 매우 비관적이었다는 사실을 고려한다면 얼마나 오래 걸렸는지 짐작할 수 있으리라.

위험한 산길과 타협해야 할 때마다 내 가슴이 철렁 내려앉기는 했어도 결국 우리는 목적지에 가까워진다.

"왜 그렇게 긴장하고 있어, 엄마?"

윌리엄이 묻는다.

"음, 모르겠어. 아마 저 아래 절벽과 연관이 있겠지?"

"저건 절벽이 아니라 언덕이야."

애덤이 능글맞게 웃으며 2단 기어로 바꾼다.

"네, 네, 그러시겠죠."

나는 그렇게 대답한다.

길이 넓어지고 우리가 엔조를 만나기로 한 지점에 차가 멈추자 그제야 안심이 된다. 엔조는 지난해 여름에 우리와 함께 캐니어닝을 한 가이드다.

캠핑카에서 내려 쭉 펼쳐진 계곡을 바라보며 나는 지난해에 배운 유일하고 중요한 교훈을 되새긴다.

사람은 누구나 미래가 불확실하다. 내일 버스에 치여 죽을 수도 있다는 사실을 대부분의 사람은 생각하지 않는다. 묵묵히 살아가며 모든 것을 당연하게 생각한다.

반면 나는 어떤 것도 당연하게 생각하지 않는다. 단 하나도. 우리 아들이 해주는 뽀뽀, 초콜릿 한 입, 나무에서 떨어지는 낙엽, 친구들과 함께 있을 때 터져 나오는 웃음을 음미할 줄 안다.

나는 잘 살고 있다.

나는 멋지게 살고 있다.

유 미 에브리싱

더는 미래를 두려워하며 살아가지 않는다. 그래 봐야 얼마 남지 않은 내 시간만 낭비하는 셈이니까. 최근에는 전에 없던 용기를 발휘해서 멋지고 풍요로운 삶을 살고 있다. 때로는 어둠으로 들어가야 우리가 얼마나 빛나는지 알 수 있다.

그렇다고 해서 지난 한 해가 힘들지 않았다는 말은 아니다. 이번 주에 엄마의 기일이 있어서 더욱 그런 느낌이 든다. 다시 프랑스에서 휴가를 보내는 것은 우리 모두에게 도움이 됐다. 며칠 전에 비행기를 타고 와서 우리와 재회한 아빠도 포함해서. 그래도 엄마를 잃은 상실감은 아빠의 상처 받은 심장에 영원히 새겨져 있다. 아빠는 엄마를 절절히 그리워한다. 우리 모두 그렇다.

나는 엄마의 미소가 그립다. 엄마의 지혜로운 충고가 그립다. 엄마가 만들어주던 케이크가 그립다. 인생이 어떤 역경을 던져주든 결코 흔들리지 않던 엄마의 경쾌한 유머가 그립다.

지난해가 힘든 시기였다는 사실에는 의심의 여지가 없다. 때로는 본능에 압도당하기도 한다. 유리잔을 떨어뜨리거나 쉽게 화가 나거나 새로 이사 온 이웃의 이름이 생각나지 않을 때마다 익숙한 공포가 밀려온다.

아픈 엄마를 지켜봤고, 헌팅턴병에 대해 잘 아는 나로서는 그럴 때 공포심을 느끼지 않기란 불가능하다. 그것이 내가 내린 결론이다. 하지만 두려움에 휘둘리지는 않을 것이다. 내가 엄마에게 배운 교훈이 있다면 끝까지 싸우라는 것이다. 나는 슬퍼하면서 시간을 낭비하지 않을 것이다.

우리에게 좋은 일이 생겼다는 사실도 도움이 된다. 이를테면 이사한 일. 호텔 매각이 마무리되고, 애덤이 계속 영국에 머무르자 손바닥만 한 테라스하우스에서 셋이 살을 맞대고 살기가 힘들어졌다. 특히 이제 우리 아들은 거의 나만큼이나 크고, 소파에 누우면 자리를 다 차지하니까. 그래서 우리는 더 큰 집으로 이사하기로 했다. 솔직히 말해 주말마다 다른 사람들의 집을 들여다보고 다니는 일이 어찌나 재미있던지 마침내 집을 구했을 때는 아쉬울 지경이었다.

이제 우리는 디즈버리에 있는 침실 네 개짜리 적벽돌집에 산다. 석 달 전에 이사했는데 나는 그 집이 마음에 쏙 든다. 높이 달린 창문 덕분에 집안 곳곳에 햇살이 눈부시게 쏟아져 들어오고, 태곳적부터 그 자리를 지켰을 법한 크고 오래된 계단이며 소나무로 만든 묵직한 문에 스며들어 있는 자연의 온갖 우여곡절이 마음에 퍽 든다. 윌리엄은 새 침실을 보고 뛸 듯이 기뻐했는데, 현재 그 방은 〈오늘의 경기(BBC의 축구 해설 프로그램-옮긴이)〉의 성지가 돼서 멋이라고는 전혀 없이 그저 벽마다 축구공과 선수들의 사진으로 도배되어 있다.

또 우리가 고대하는 결혼식도 있다. 어느 정도 규모로 할지를 두고 의견이 엇갈리기는 했다. 나는 호텔이나 세련된 펍에서 몇몇 사람만 불러 우리끼리 간소하게 하고 싶었는데 애덤은 리우데자네이루 올림픽 개막식 정도의 규모를 생각했다. 우리는 중간쯤에서 합의했고, 크리스마스에 친구와 가족 50여 명을 불러 결혼식을 올릴 계획이다. 그 정도면 너무 적지도 않으면서, 우리가 다시 서로를 알아봤다고 외치고 부끄러움 없이 축하를 받기에 충분하다.

모든 면에서 합리적인 결혼이다. 현재 우리의 예산 이상으로 결혼식에 돈을 쓰는 것은 불가능하다. 파산을 한 건 아니지만 호텔을 판 돈은 대부분 애덤의 새 사업에 들어갈 예정이다. 애덤은 부동산

개발업자가 되어서 양로원으로 쓰였던 아름답지만 낡은 저택을 구입했다. 로시뇰성처럼 크지는 않지만 상태가 나쁘기는 비슷했다. 어쩌면 더 나쁠 수도 있다. 물이 새는 지붕과 썩은 기둥만큼 내 미래의 남편을 흥분시키는 것은 없다.

애덤은 이 집을 개조해 세련된 아파트로 만들어서 팔거나 직접 세를 준 다음, 또 다른 집을 구입할 계획이다. 이런 이유로 한동안 휴가를 떠날 시간이 없었는데, 드디어 지난 3주 동안 프랑스를 횡단할 수 있었고 오늘 목적지인 도르도뉴에 도착했다. 우리는 로시뇰성에서 마지막 밤을 보냈다. 이번에는 손님으로.

이곳에 돌아오니 지난해에 보고 들은 풍경과 소리에 극심한 향수가 밀려든다. 벽을 따라 사방으로 퍼지는 꽃들, 나이팅게일과 나비, 향긋한 공기와 따뜻한 미풍.

지난해에 엔조가 데려갔던 폭포 둘레길을 다시 가보니 옆에 달콤한 향기를 풍기는 축축한 잔디가 깔리고, 울퉁불퉁한 바위들을 따라 고사리가 피어 있는 이곳이 얼마나 아름다운지 새삼 깨닫는다. 또한 지난번에 내가 얼마나 겁에 질려 있었는지도 생각난다.

청록색 연못에 풍덩 뛰어들어 오르락내리락하는 계곡에 누워 급류를 타고 아래로 내려가는 윌리엄을 보고 있으면 그런 생각은 안 들 것이다. 처음에는 나도 열심히 뒤따라간다. 두 사람을 따라 강둑을 빠르게 걸어 내려가고, 발이 미끄러질 때마다 작게 비명을 지른다.

하지만 팔에 소름이 돋기는 했어도 물이 차갑게 느껴지지는 않는다. 아들과 물장난을 치고, 약혼자와 깔깔 웃고, 달아오른 뺨에 닿는 차가운 물과 살갗에 닿자마자 그 물을 증발시켜버리는 햇살을

YOU ME EVERYTHING

느끼느라 바쁜 탓이다.

"그래, 당신 말이 맞았어. 이거 꽤 좋네."

내가 애덤에게 말한다.

애덤은 날 힐끗 본다.

"꽤 좋은 정도가 아니라 끝내주지. 일단 해보면 알아."

내가 대답하려는데 윌리엄이 내 쪽으로 다가온다. 어찌나 빨리 오는지 하마터면 물속으로 넘어질 뻔한다.

"엄마! 여기 큰 폭포가 있어. 뛰어내릴 거야? 엄마도 하자."

애덤이 "네 엄마는 더 이상 증명할 필요가 없어" 하더니 날 돌아보며 "정말이야"라고 덧붙인다.

나는 바위 가장자리로 가서 아래를 내려다본다. 급류가 내 발을 스쳐지나간다. 몸 안에서 아드레날린이 치솟는다. 나는 이를 악물고 숨을 들이쉰다.

"같이해, 엄마"라고 말하며 윌리엄이 슬그머니 내 손을 잡는다. 애덤이 다른 쪽 손을 잡는다. 나는 고개를 들어 눈부시게 파란 하늘에 시선을 고정한다.

한쪽에는 윌리엄이, 다른 쪽에는 애덤이 있다. 이제 뛰어내리기만 하면 된다. 두 사람이 아래로 뛰어내릴 순간을 두고 카운트다운을 하는 동안 그들의 뜨거운 손가락이 내 손가락을 꽉 잡고, 나는 지난해에 내가 배운 또 하나의 사실을 떠올린다.

사랑에 둘러싸여 있으면 두려워할 것이 아무것도 없다.

2017년 12월, 몇십 년에 걸친 연구 끝에 과학자들은 헌팅턴병 연구에서 아주 중요한 돌파구를 찾아냈다고 발표했다.

사람을 대상으로 한 임상 실험에서 새로운 약물이 성공적으로, 그리고 안전하게 헌팅턴병을 일으키는 유해한 단백질의 수준을 낮췄다고 했다. 유니버시티 칼리지 런던 연구 팀은 이 병을 늦추거나 막을 수 있는 희망이 생겼다고 했다.

이 글을 쓰는 시점에는 장기간에 걸친 결정적 자료가 아직 부족한 상황이고, 다음 실험을 통해 헌팅턴병의 정도를 낮추는 것이 이 병의 치료에 어떤 영향을 끼칠지 보여줄 것이다.

헌팅턴병에 대해 더 자세히 알고 싶거나 환자들을 돕고 싶다면 영국 헌팅턴병협회(www.hda.org.uk)나 미국 헌팅턴병협회(www.hdsa.org)를 방문하기 바란다.

You Me Everything
유 미 에브리싱

제1판 1쇄 발행 | 2020년 3월 10일
제1판 8쇄 발행 | 2022년 10월 26일

지은이 | 캐서린 아이작
옮긴이 | 노진선
펴낸이 | 오형규
펴낸곳 | 한국경제신문 한경BP
책임편집 | 이혜영
교정교열 | 한지연
저작권 | 백상아
홍보 | 이여진 · 박도현 · 하승예
마케팅 | 김규형 · 정우연
디자인 | 지소영
본문디자인 | 디자인 현

주소 | 서울특별시 중구 청파로 463
기획출판팀 | 02-3604-590, 584
영업마케팅팀 | 02-3604-595, 562   FAX | 02-3604-599
H | http://bp.hankyung.com   E | bp@hankyung.com
F | www.facebook.com/hankyungbp
등록 | 제 2-315(1967. 5. 15)

ISBN 978-89-475-4565-5   03840